Bitte Einzelzimmer mit Bad

Weltbild Taschenbuch

Die Autorin

Evelyn Sanders' erster Roman entstand, als sie zum Geburtstag ihres ältesten Sohnes ein Fotoalbum zusammenstellte und die Bilder »mit ein paar Zeilen« kommentierte. Die geborene Berlinerin, gelernte Journalistin, fünffach gestählte Mutter und vielfach gekrönte Bestsellerautorin lebt in der Nähe von Heilbronn.

EVELYN SANDERS

Bitte Einzelzimmer mit Bad

ROMAN

Weltbild

Besuchen Sie uns im Internet:
www.weltbild.de

Genehmigte Lizenzausgabe für Verlagsgruppe Weltbild GmbH,
Steinerne Furt, 86167 Augsburg

Ein Unternehmen der Droemerschen Verlagsanstalt
Th. Knaur Nachf. GmbH & Co. KG, München.
Umschlaggestaltung: Atelier Seidel – Verlagsgrafik, Teising
Umschlagmotiv: Illustratorin Andrea Dölling, Lübeck
Gesamtherstellung: CPI Moravia Books s.r.o., Pohorelice
Printed in the EU
ISBN 978-3-86365-147-3

2015 2014 2013 2012
Die letzte Jahreszahl gibt die aktuelle Lizenzausgabe an.

Kapitel 1

Das Telefon klingelte.

Ohne vom Kreuzworträtsel aufzusehen tastete Sabine nach dem Hörer und nahm ihn ab. »Redaktion Tageblatt, guten Tag.«

Barbara, die am gegenüberliegenden Schreibtisch in einer Illustrierten blätterte, schüttelte den Kopf und deutete auf das blinkende rote Lämpchen. »Ist doch die Hausleitung, du Schlafmütze! Lernst du das nie?«

Prompt tönte Sabine in den Hörer: »Bollmann.« Dann nickte sie, deckte mit der Hand die Sprechmuschel ab. »Der Alte will dich sehen. Bist du noch da?«

Barbara warf einen Blick auf ihre Armbanduhr. »Erst dreiviertel sechs, also muß ich wohl noch da sein.«

»Sie kommt gleich!« Sabine legte den Hörer auf und vertiefte sich wieder in ihr Rätsel.

»Warum muß der seinen schöpferischen Augenblick immer kurz vor Feierabend haben?« Barbara suchte ihren Stenogrammblock, durchwühlte Korrekturfahnen und Manuskripte, fand aber lediglich den Pik-Buben aus Peter Gerlachs Kartenspiel, den dieser seit seiner letzten Vorführung vermißte. Gelegentlich versuchte sich der Gerichtsreporter an Zauberkunststückchen, die ihm aber nur selten gelangen.

»Im Papierkorb ist er auch nicht. Ich müßte wirklich mal aufräumen! Gib mir schnell deinen!«

Wortlos schob ihr Sabine den Stenoblock zu. »Weißt du, wie der griechische Gott des Weines heißt?«

»Bacchus.«

»Quatsch, das ist der römische. Du solltest endlich mal was für deine Bildung tun! Und jetzt trab' ab, sonst kreuzt der Sperling noch selber hier auf!«

Barbara griff nach dem Block, blätterte ihn kurz durch und meinte zweifelnd: »Nur noch acht leere Blätter. Hoffentlich reichen die. Das letzte Mal hat er mir vierzehn Seiten diktiert, und davon sind bestenfalls fünf gedruckt worden. Was is'n heute als Aufmacher dran? Ölkrise, Anarchisten oder Gewerkschaftsbund?«

»Wie kann man als Redaktionssekretärin an tagespolitischen Ereignissen nur so desinteressiert sein?« Mißbilligend betrat Willibald Dahms, der Ressortleiter für Sport, den Raum. »Heute abend findet das Qualifikationsspiel zur Europameisterschaft statt, und da nach der letzten Meinungsumfrage achtunddreißig Prozent unserer Leser die Zeitung lediglich wegen ihres ausgezeichneten Sportteils abonniert haben, wird sich der heutige Aufmacher natürlich mit Fußball befassen. Fräulein Pabst, ich möchte Ihnen schon vorab die Einleitung diktieren ...«

»Kann nicht, muß zum Chef!« Barbara stöckelte zur Tür. »Das gibt sowieso wieder anderthalb Überstunden. Aber dafür gehe ich morgen früh gleich zum Friseur. Offiziell bin ich dann natürlich in der Landesbibliothek, vorbestellte Bücher für Dr. Laritz abholen.«

Sabine nickte. Die Bücherei diente seit jeher als Alibi, wenn eine von ihnen etwas Privates erledigen wollte.

Während Barbara im Zimmer des Chefredakteurs saß und mit gottergebener Miene dessen Meinung zu den desolaten Auswirkungen der neuen Bildungspolitik zu Papier brachte, stieg ein sommersprossiger Jüngling in den Fahrstuhl des Pressehauses, drückte den Knopf zum sechsten Stockwerk und memorierte noch einmal die Rede, die er sich auf dem Weg hierher zurechtgelegt hatte. »Liebes Schwesterchen«, würde er sagen, »auch du bist einmal Schülerin der elften

Klasse gewesen, weißt also, daß man am Fünfundzwanzigsten kein Taschengeld mehr hat und ...«

Der Fahrstuhl hielt. Karsten stieg aus und steuerte zielsicher die Glastür mit der Aufschrift »edaktion« an. (Das ›R‹ fehlte schon seit über einem Jahr.) Forsch drückte er auf die Klinke und trat ein. »Guten Abend, liebes ...«

Verdutzt sah er Barbaras leeren Schreibtisch. »Ist Tinchen denn nicht mehr da?«

»Wer soll das sein?«

»Tinchen? Äh, ich meine natürlich Fräulein Pabst, ich bin nämlich ihr Bruder«, fügte er erklärend hinzu.

»Seit wann heißt Barbara denn Tinchen?« erkundigte sich Sabine mäßig interessiert.

»Seit ihrer Geburt. Barbara ist bloß ihr zweiter Name. Aber das soll keiner wissen.«

»Nun wissen es aber schon eine ganze Menge.« Sabine deutete in den Hintergrund, wo an mehreren Schreibmaschinen Reporter in den verschiedensten Stadien der Auflösung hockten, an Krawattenknoten zerrten, Bleistifte zerkauten und versuchten, ihre während des Tages gesammelten Eindrücke in den vorgeschriebenen zwanzig Zeilen zusammenzufassen. Eine dicke Wolke Zigarettenqualms hing über der Szenerie.

»Barbara hockt beim Chef. Wenn du willst, kannst du ja warten.«

Karsten beschloß, das diskriminierende ›Du‹ zu überhören, das ihm für seine gerade 18 Jahre denkbar unangemessen erschien, und setzte sich auf einen der Hocker.

»Nimm lieber einen anderen! Der da wackelt und ist nur für Leute gedacht, die sich beschweren wollen. Normale Besucher kriegen den grünen Stuhl da hinten. Bei dem wackelt bloß die Lehne.«

Suchend sah sich Karsten um. »Da ist aber kein Stuhl.«

»Dann hat ihn wieder jemand geklaut.« Sie zuckte mit den

Schultern. »Setz dich auf den Schreibtisch. Weißt du übrigens, wie der griechische Gott des Weines heißt?«

»Dionysos.«

»Kluges Köpfchen!« Sie trug die Buchstaben ein. »Jetzt fehlt mir noch ein Fluß in Südostasien. Fängt mit M an.«

»Mekong oder Menam.« Interessiert beobachtete Karsten sein Gegenüber. »Gehört das auch zu Ihrer Arbeit?«

»Nicht unbedingt, ist mehr eine Art Beschäftigungstherapie. Bei einer Tageszeitung geht der Rummel erst abends los, trotzdem muß jemand Telefonwache schieben, Kaffee kochen, Rasierapparat und Aspirin für übernächtigte Reporter bereithalten, Manuskripte suchen und Blitzableiter spielen. Ein sehr vielseitiger Job, aber ein miserabel bezahlter!«

»Tinchen macht er Spaß.«

»Kunststück, die darf ja auch manchmal schöpferisch tätig sein, Filmkritiken schreiben und sogar selbständig die Post für unseren Kulturpapst erledigen. Dr. Laritz behauptet sogar, sie könne das besser als er selber. Der Mekong stimmt übrigens nicht. Gibt es noch einen anderen Fluß mit M?«

»Ja, den Mississippi!« Karsten vertiefte sich in eine der herumliegenden Zeitungen.

»Fließt denn der in Asien?«

Eine Zeitlang hörte man nur das Klappern der Schreibmaschinen, gelegentlich unterbrochen von einem unterdrückten Fluch oder dem Klirren einer Kaffeetasse. Dann tauchte Waldemar auf, der rothaarige Redaktionsbote, der eine Druckerlehre anstrebte und gemäß den Gepflogenheiten des Hauses zunächst einmal als Laufbursche tätig war. Zielsicher durchpflügte er die Rauchschwaden und steuerte den hintersten Schreibtisch an.

»Herr Müller-Menkert braucht den Bericht über die Karnevalsfeier bei den Monheimer Mostertköppen, Herr Flox, und warum der noch nicht in der Setzerei ist!«

»Herr Müller-Menkert kann mich mal!« Florian Bender

drückte seine Zigarette in dem überdimensionalen Deckel aus, der einst einen Eimer mit Delikateßgurken verschlossen hatte und nunmehr seine Funktion als Aschenbecher erfüllte.

»Soll ich ihm das wörtlich bestellen?« feixte Waldemar.

»Du kriegst das glatt fertig! Sag' deinem Herrn und Meister, daß meine aufopferungsvolle Tätigkeit im Dienste der Zeitung nicht nur das Ressort Lokales umfaßt, sondern daß ich darüber hinaus auch gelegentlich den Musen huldige und derzeit eine Eloge über die Neuinszenierung der ›Minna von Barnhelm‹ verfasse. Was kümmert mich profanes Narrentreiben, wenn hehre Dichtkunst mich bewegt?«

»Was?«

»Hau ab, du Kulturbanause! Der Artikel über die Helau-Brüder ist frühestens in einer Stunde fertig. Mehr als fünfzehn Zeilen springen sowieso nicht heraus. Die waren genauso besoffen wie im vergangenen Jahr und in den Jahren davor. Der einzige Unterschied besteht darin, daß sie jetzt arriviert sind und Sekt trinken statt Bier. Und dann merk' dir endlich, Knabe, daß ich nicht Flox heiße, sondern Bender! Flox ist nur mein Künstlername.«

»Klingt eigentlich mehr nach Hundefutter«, bemerkte Waldemar respektlos.

»Quatsch! Ich heiße Florian und mit zweitem Namen Xylander. Mein alter Herr ist Archäologe und hat's mit den ollen Griechen. Wenn es nach ihm gegangen wäre, hätte ich auch studieren und später irgendwelche Fossilien ausgraben müssen, aber in den geschichtsträchtigen Ländern ist es mir einfach zu heiß. Außerdem ist mein Bruder in seine Fußstapfen getreten! Der hat sich ja auch bereitwillig durchs humanistische Gymnasium prügeln lassen und später mit summa cum laude promoviert, während es bei mir nur zu einem Dreier-Abitur gelangt hat.«

»Und jetzt buddelt er Mumien aus?«

»Nee, er sortiert Scherben und klebt sie zusammen. Das

schaffe ich auch ohne Studium. Der Deckel meiner Kaffeekanne hält schon seit zwei Jahren. – Und jetzt verschwinde endlich, ich muß arbeiten!« Florian hämmerte erneut in die Tasten.

»Eine Frage habe ich noch!« Waldemar ließ sich von dem vorgetäuschten Arbeitseifer nicht beeindrucken. »Hat Ihr Bruder auch so'n komischen Namen?«

»Der heißt so, wie er ist, nämlich FaDe – Fabian Demosthenes. Stell dir bloß mal vor, der müßte seine Artikel auch mit den Initialen abzeichnen. Kein Mensch würde die lesen!«

»Glauben Sie denn, Ihre liest jemand?« fragte Waldemar, bevor er im Eilschritt den Rückzug antrat. Vor der Tür stieß er mit Barbara zusammen, die maulend ihren Stenoblock durchblätterte. »Elf Seiten lang hat der Alte über Bildungsnotstand und Schulreform gefaselt, und zum Schluß wollte er von mir wissen, ob ich Ovid im Originaltext gelesen hätte. Als ob ich in der Schule Griechisch gelernt hätte …«

»Ovid war ein Römer und sprach Latein!« bemerkte Karsten vorwurfsvoll.

Barbaras Kopf flog herum. »Was machst *du* denn hier?«

»Och, ich war gerade in der Nähe, und da habe ich gedacht, ich könnte dich doch nach Hause bringen.«

»Kannst du deine Karre nicht alleine schieben?« Barbara setzte sich an ihren Schreibtisch, fischte Manuskriptpapier aus der Schublade und versuchte stirnrunzelnd, ihr Stenogramm zu entziffern.

»Seitdem ich eine neue Zündkerze drin habe, läuft der Roller wieder tadellos«, entrüstete sich Karsten. »Bloß der linke Blinker funktioniert noch nicht; aber wir müssen ja sowieso nur rechts abbiegen.«

»Vielen Dank, ich nehme lieber den Bus. Außerdem muß ich erst die geistigen Höhenflüge unseres Ayatollahs abtippen, und das dauert noch eine Weile. Fahr lieber nach Hause und pauke Latein! Das schiebst du schon seit drei Tagen vor dir her.«

»Die Arbeit schreiben wir erst übermorgen, und eigentlich wollte ich dich ja auch nur anpumpen. Mein Taschengeld liegt doch weit unter dem Durchschnittseinkommen meiner Kumpel, bloß Vati will das nicht einsehen. Nun gibt es im Roxy den tollen Science-fiction-Film, da wollen wir heute rein. Ich bin aber total pleite. Hab' gestern sogar meine letzte Zigarette geraucht!«

»Deine vielleicht, aber an *meinen* hast du kräftig drangesessen.« Barbara schob ihrem Bruder eine halbvolle Packung über den Tisch. »Nimm sie und verschwinde! Ich habe zu tun!«

»Und das Kinogeld?«

Sie schüttelte den Kopf. »Gibt es nicht!«

»Nun sei nicht so geizig, Tinchen, schließlich warst du doch auch mal jung!«

»Wirst du wohl sofort den Mund halten!« zischte Barbara leise, »diesen albernen Namen kennt doch hier niemand.«

»Entweder du rückst jetzt zehn Mark raus, Tinchen, oder ...«

»Oder was ist mit Tinchen?« Unbemerkt war Florian an den Schreibtisch getreten. Sichtlich erheitert musterte er den schlaksigen Jüngling. »Wenn *ich* dir jetzt die zehn Mark nicht nur pumpe, sondern sogar schenke, verrätst du mir dann, was es mit dem geheimnisvollen Tinchen auf sich hat?«

Entsetzt sah Barbara von ihrer Maschine hoch. »Wehe, wenn du den Mund aufmachst!«

Karsten schielte sehnsüchtig auf den Geldschein, mit dem Florian so verlockend vor seinem Gesicht wedelte. Schließlich griff er danach und meinte entschuldigend: »Jeder ist sich selbst der Nächste, und Egoismus ist ja auch bei dir eine sehr ausgeprägte Tugend! Also: Meine Schwester, die vor siebenundzwanzig Jahren als Tochter des Uhrmachermeisters Ernst Pabst geboren wurde, sollte ein Junge werden und die Dynastie der Päbste als Ernst der Vierte fortsetzen. Entgegen der Familientradition wurde sie bloß ein Mädchen, worauf ihr Vater seinen Kummer in Schwarzwälder Kirschwasser ersäufte. Als er wieder nüchtern war, beschloß er – wohl aus Rache! –, seine Tochter auf den wohlklingenden Namen Ernestine taufen zu lassen. Später nannte er sie dann Tinchen. Da mein Erscheinen damals weder voraussehbar noch geplant gewesen war, kam ich in den Genuß eines neuzeitlicheren Namens, wofür ich meiner Schwester zu lebenslangem Dank verpflichtet bin.«

»Du bist ein ekelhaftes Waschweib!« giftete Barbara, griff nach dem erstbesten Gegenstand, der ihr in die Hände kam, und schleuderte ihn in Karstens Richtung. Leider handelte es sich dabei um eine Kaffeetasse, und leider verfehlte sie ihr Ziel. Sie schoß vielmehr haarscharf an Florians Kopf vorbei und landete im redaktionseigenen Gummibaum, der an solche Behandlung nicht gewöhnt war und zwei Blätter abwarf. Nun waren es nur noch acht, was bei einer Stammlänge von 1,37 m nicht eben viel ist.

»Volltreffer!« rief Florian. »Morgen veranstaltet Frau Fischer wieder ein Staatsbegräbnis.«

Frau Fischer gehörte zum Ressort ›Reise und Erholung‹, das keine eigene Kaffeemaschine besaß und deshalb regelmäßig im Sekretariat nassauerte. Als Entgelt wurde der herrenlose Gummibaum zweimal wöchentlich von Frau Fischer bewässert und von vorschriftswidrigen Düngergaben wie Zigarettenkippen, Streichhölzern und zerknülltem Kohlepapier befreit. Dafür produzierte das Gewächs jeden Monat ein neues Blatt und verlor zwei alte.

Bevor seine Schwester zu noch massiveren Wurfgeschossen übergehen würde, von denen vielleicht doch mal eins treffen könnte, hatte sich Karsten verkrümelt. Verbissen hämmerte Barbara auf ihrer Maschine herum und bemühte sich vergeblich, alle Anzüglichkeiten zu überhören.

»Liebe Ernestine alias Barbara Pabst«, dozierte Florian,

»einem bedauerlichen Irrtum zufolge reden wir dich seit zweieinhalb Jahren mit einem Namen an, der kraft deutscher Gesetzgebung lediglich für Standesbeamte und Sachbearbeiter behördlicher Fragebogen Gültigkeit hat. Mit sofortiger Wirkung wird der Name Barbara aus den Annalen der Redaktion gestrichen und durch den gesetzlich verbrieften Taufnamen Ernestine ersetzt!« Er winkte seinem gummikauenden Kollegen zu: »Gerlach, eine Taufe geht bekanntlich niemals trocken über die Bühne. Rück mal deine Wodkapulle raus, die du in der Ablage versteckt hast!«

Der so Angesprochene sah nicht einmal auf. »Erstens ist das Gin, und zweitens gehört mir die Flasche gar nicht.«

»Woher weißt du dann, was drin ist?«

»Die hat der Uhu dort versteckt!« Sabine zog einen Ordner aus dem Regal.

»L gleich Labsal, wie passend!« bemerkte Florian. »Wenn der Uhu heute noch aufkreuzen sollte, dann sagt ihm, ich hätte sein proletarisches Gesöff für eine rituelle Handlung gebraucht. Im übrigen schuldet er mir schon seit Pfingsten zwanzig Mark. Jetzt sind es bloß noch zehn.«

Edwin Kautz, genannt Uhu, war freier Mitarbeiter und erschien nur gelegentlich in den Redaktionsräumen. Nur im Sommer sah man ihn häufiger, weil er die Sparte ›Unser Kleingarten‹ betreute und berechtigte Zweifel hegte, daß man in der Setzerei seine handgeschriebenen Manuskripte auch richtig entziffern würde. Den empörten Leserbrief eines Gärtnermeisters im Ruhestand, der sich drei Seiten lang darüber aufgeregt hatte, daß die Pulchella Pallida den Herbstblühern zugeordnet worden war, wo es sieh doch einwandfrei um eine Tulpe und somit um eine Frühjahrspflanze handelte, hatte der Uhu wochenlang mit sich herumgetragen und jedem Interessierten oder auch nicht Interessierten als Beweis für die Unfähigkeit der Setzer vorgewiesen. »Jeder normale Mensch kann sich doch denken, daß man im Frühling nichts über Blumen schreibt, die im Herbst blühen«, hatte er sich beim Chefredakteur beschwert und für die Zukunft einen Korrektor gefordert, der Fachkenntnisse besäße oder zumindest Hobbygärtner sei. Leider gab es nur einen, und der züchtete Kakteen. Deshalb zog es Edwin Kautz vor, die Korrekturabzüge seiner Abhandlungen nunmehr eigenhändig zu redigieren.

»Wo sind Gläser?« fragte Florian, während er die Flasche aufschraubte.

»Die beiden letzten sind vorgestern kaputtgegangen, als Gerlach uns die Methoden des Bombenlegers vom Hindenburgplatz demonstrieren wollte«, sagte Sabine, »aber wir haben noch genügend Kaffeetassen!«

»Ich hab' zwar schon mal Cointreau aus Biergläsern getrunken, aber Gin aus Kaffeetassen ist eine neue Variante.« Florian goß großzügig bemessene Portionen in die Keramiktöpfe, die ihm hilfsbereit entgegengehalten wurden. Dann stieg er auf einen Stuhl und tröpfelte direkt aus der Flasche etwas Gin auf Barbaras Kopf.

»Hiermit taufe ich dich auf den Namen Ernestine, genannt Tinchen, jetzt und immerdar!« Auffordernd blickte er in die Runde. »Erhebt eure Gefäße und stoßt mit mir ins Horn: Lange lebe unser Tinchen, der gute Geist der Redaktion! Hoch, hoch, hoch!«

»Du bist ein ganz widerwärtiges Individuum!« heulte Barbara, nunmehr endgültig als Tinchen enttarnt, und warf ihren Topf in Florians Richtung. Der duckte sich, und so segelte das Blümchengeschoß durch die sich öffnende Tür und zerschellte zu Füßen des Chefredakteurs. Entgeistert sah Tinchen ihn an. Dr. Viktor Vogel, hausintern Sperling genannt, ignorierte die Scherben.

»Haben Sie die Abschrift meines Artikels schon fertig, Fräulein Pabst?«

Tinchen schüttelte den Kopf. »Solange die Herren Reporter

ihre Manuskripte hier im Sekretariat schreiben und ihre Meinungsverschiedenheiten ebenfalls hier austragen müssen, ist ein konzentriertes Arbeiten nahezu unmöglich. Könnte man für diese zwar notwendigen, aber äußerst lästigen Mitglieder des Redaktionsteams nicht irgendwo eine Besenkammer frei machen?«

Sichtlich bekümmert nickte Dr. Vogel. »Ich habe die beklagenswerte Raumknappheit schon mehrmals an höherer Stelle zur Sprache gebracht, nur im Augenblick läßt sich offenbar nichts daran ändern. Aber vielleicht könnten die Herren ihren Umtrunk in der Kantine fortsetzen. Übrigens, Herr Bender, ich würde gern einmal Ihren Bericht über die gestrige Theaterpremiere lesen.«

»Der ist schon in der Setzerei«, erwiderte Florian prompt. »Aber ich bringe Ihnen nachher gleich den Fahnenabzug.«

»Ich bitte darum!« Milde lächelnd verschwand Dr. Vogel.

»Das mit der Besenkammer war gemein von dir!« stellte Florian fest, bevor er sich seufzend wieder an seine Maschine setzte. »Was interessiert mich denn jetzt die Minna, wo ich doch ein Tinchen vor mir habe!«

Noch einmal schepperte es, aber diesmal hatte das Feuerzeug sein Ziel erreicht. Florian rieb sich die Stirn, auf der sich eine verdächtige Wölbung zu bilden begann, und Tinchen widmete sich befriedigt den bildungspolitischen Maßnahmen des derzeitigen Kultusministers beziehungsweise den sehr frei interpretierten Erläuterungen des Herrn Dr. Viktor Vogel.

Es war schon nach acht, als sie endlich die Tür zu dem kleinen Reihenhaus aufschloß, in dem sie zusammen mit ihren Eltern und ihrem Bruder wohnte. Oberkassel stand zwar in dem Ruf, zu den besten Wohngegenden Düsseldorfs zu gehören, aber weil man offenbar davon ausging, daß jeder Bewohner dieses Stadtteils über mindestens ein Auto verfügte, wurde das Nobelviertel von den öffentlichen Verkehrsmitteln etwas stiefmütterlich behandelt. Florian hatte sich zwar erboten, wieder einmal Taxi zu spielen und Tinchen nach Hause zu fahren, aber sie hatte ihn nur verachtungsvoll angesehen (zumindest hoffte sie, daß ihr herablassender Blick so gewirkt hatte) und war hinausgestöckelt.

»Tag, Paps!«

Herr Pabst hockte mitten im Wohnzimmer auf einem Standfahrrad, strampelte wie ein Sechstagefahrer beim Zwischenspurt und verfolgte im Fernseher die Tagesschau.

»Tag, Tinchen. Schade, daß du nicht ein bißchen früher gekommen bist. Weißt du, was die Kultusminister der Länder heute beschlossen haben? Sie wollen ...«

»Hör auf, Papa! Man sollte sie alle auf den Mond schießen, die Schulpflicht aufheben und das Analphabetentum wieder einführen. Dann brauchte man auch keine Zeitungen mehr.«

»Ich sehe ohnehin die Zeit kommen, wo wir das Alphabet abschaffen und wieder so etwas wie die ägyptischen Hieroglyphen verwenden, damit wir der nächsten Generation entgegenkommen, die nur noch Bilder versteht.«

Tinchen lachte. »Wo ist Mutsch?«

Herr Pabst wischte sich die Schweißtropfen von der Stirn, kontrollierte den Tachostand und stellte befriedigt fest: »Schon sieben Kilometer! Bis zur Wetterkarte werden es mindestens zehn sein. Mutti ist nebenan bei Frau Freitag, einen neuen Diätplan holen!«

»O nein, nicht schon wieder! Jetzt kriegen wir garantiert wochenlang Variationen in Quark vorgesetzt. Ich habe noch von der Salatkur die Nase voll. Ein paarmal hatte ich sogar Alpträume und bin muhend aufgewacht.«

»Diesmal soll's was mit Eiern sein!«

»Bin ich ein Huhn?« Tinchen schlüpfte aus ihren hochhakkigen Schuhen, klemmte sie unter den Arm und stieg die zwei Treppen zu ihrer Mansarde hinauf. Sie öffnete die Zimmertür, griff automatisch nach dem Lichtschalter, der seit zwei

Wochen kaputt war, tastete sich zur Stehlampe durch, stieß – wie jeden Abend – gegen den Couchtisch, umrundete ihn vorsichtig und landete mit dem Kopf programmgemäß an der abgeschrägten Decke. Direkt daneben stand die Lampe. Das Licht flammte auf, und Tinchen betrachtete zufrieden die zurückgelegte Slalomstrecke. »War heute schon viel besser! Zum ersten Mal bin ich nicht mit dem Schreibtisch zusammengestoßen!«

Sie betrat das neben ihrem Zimmer liegende kleine Bad, wusch sich die Hände und entfernte den schwarzen Tupfer von der Nasenspitze. Der stammte sicherlich vom Farbband. Offenbar würde sie es nie lernen, ein Farbband zu wechseln, ohne hinterher auszusehen, als habe sie zentnerweise Kohlen geschleppt. Überhaupt würde sie niemals lernen, eine perfekte Sekretärin zu werden, die alles wußte, nichts vergaß und sogar ein Kursbuch lesen konnte. Dr. Laritz hatte ihr bis heute nicht verziehen, daß er einmal in Hamburg vier Stunden auf dem Bahnhof festgesessen hatte, weil der vermeintliche Zug nach Bremen das Fährschiff nach Helgoland gewesen war. Und Dr. Mahlmann, der in seiner Eigenschaft als politischer Redakteur einen Minister auf der Durchreise hatte interviewen wollen, hatte vergebens in der VIP-Lounge des Flughafens auf seinen Gesprächspartner gewartet. Der war erst am nächsten Tag gekommen! Und dann die Sache mit dem Nobelpreis-verdächtigen Schriftsteller, der im Breidenbacher Hof einen Whisky nach dem anderen gekippt hatte, während Dr. Laritz im Hilton literweise Eistee getrunken und erst mit Hilfe des Portiers herausgefunden hatte, daß Tinchen mal wieder irgend etwas verwechselt haben mußte.

»Tinchen, aus dir wird nie etwas!« hatte schon Onkel Anton gesagt, als sie in der sechsten Klasse sitzengeblieben war. Onkel Anton war der Bruder des Herrn Pabst und hatte es als Konrektor der Hauptschule Niederaulenheim zu angemessenem Wohlstand gebracht.

»Tinchen, was soll bloß aus dir werden?« hatte Oma Marlowitz geseufzt, als Ernestine ein Jahr nach dem Abitur noch immer nicht gewußt hatte, ob sie nun Innenarchitektin, Tierärztin oder Fotografin werden wollte. Vorsichtshalber hatte sie ein Studium der Kunstgeschichte begonnen.

»Tinchen, wann wird endlich etwas aus dir?« hatte Antonie Pabst geborene Marlowitz mißbilligend ihre Tochter gefragt, als diese nach drei Semestern das Studium hingeworfen und sich beim Tageblatt als Redaktionsvolontärin beworben hatte. Und das auch nur, weil just zu jener Zeit durch die Klatschspalten der Illustrierten diese rührselige Geschichte gegeistert war, in der eine junge amerikanische Reporterin einen Millionär interviewt und vier Wochen später geheiratet hatte.

Tinchen interviewte aber keine Millionäre, nicht einmal einen Filmstar auf Durchreise, sie wurde vielmehr ins Archiv verbannt, wo man weniger an ihrem Studium interessiert war und mehr Wert auf eine schöne Handschrift legte. Sie mußte nur leserlich und orthographisch korrekt die Worte ›Außenminister-Konferenz‹ oder ›Olympisches Komitee‹ auf ein Etikett schreiben, den Rest besorgte Adolar Amreimer. Der verwaltete nämlich das Archiv, und zwar so gründlich, daß er immer erst nach längerem planlosem Suchen das Gewünschte fand.

Vermutlich hätte man Tinchen in den Kellerräumen des Pressehauses genauso verstauben lassen wie die dort gesammelten Zeitungsausschnitte, wenn sie nicht eines Tages in der Kantine ein Buch über Barockbauten vergessen hätte. Es war Dr. Laritz in die Hände gefallen, der daraufhin höchstselbst in den Keller gestiegen und nach einer Unterhaltung mit Tinchen in der Gewißheit wieder ans Tageslicht gekommen war, daß die Personalabteilung mit lauter Idioten besetzt sein müsse. Aber das habe er ja schon immer gewußt!

Tinchen wurde also aus der Unterwelt geholt und gleich bis fast auf den Olymp gehievt; denn über den Redaktionsräumen im 6. Stock residierte nur noch der Herr Verleger persönlich, vorwiegend nachmittags von 15 bis 19 Uhr. Tagsüber vertrat ihn Herr Jerschke, seines Zeichens Verlagsleiter, der mangelnde Körpergröße durch forsches Auftreten zu kompensieren suchte und allgemein Rumpelstilz genannt wurde. Rumpelstilz ignorierte wohlweislich Dr. Laritz' personalpolitische Eigenmächtigkeit, gegen die er doch nicht ankommen würde, hörte sich zähneknirschend Amreimers Klagerufe an, dessen Handschrift mehr Hieroglyphen als lateinischen Buchstaben glich, und der begreiflicherweise seiner Schreibkraft nachtrauerte, und versprach Abhilfe. Er fand sie in Gestalt einer Angehörigen der Leichtlohngruppe, die begeistert Scheuereimer und Bohnerbesen in die Ecke stellte und sich künftig ›Archivarin‹ nannte. Die Lücke im Putzfrauengeschwader konnte mangels geeigneter Bewerberinnen nicht wieder geschlossen werden, und seitdem begoß Frau Fischer von ›Reise und Erholung‹ nicht nur den Gummibaum, sondern auch die Kakteen in der Sportredaktion und den Philodendron im Flur.

Tinchen lernte Kaffee kochen, Korrekturfahnen sortieren, Kugelschreiberminen auswechseln und Briefe schreiben, die größtenteils mit dem Satz begannen: »Zu unserem Bedauern sehen wir uns leider nicht in der Lage ...«

Sie war nicht gerade unglücklich, aber glücklich auch nicht. Und Antonie Pabsts Ermahnungen, doch auch mal an die Zukunft zu denken – worunter sie in erster Linie Mann und Kinder verstand –, waren keineswegs dazu angetan, Tinchens seelisches Gleichgewicht in der Balance zu halten.

Energisch drehte sie den Heißwasserhahn zu, der das kleine Bad inzwischen in eine Sauna verwandelt hatte, suchte ihre Handtasche, fand sie an der Stehlampe hängend und kippte ihren Inhalt kurzentschlossen auf dem Couchtisch aus. Zwischen Lippenstift, Geldbeutel, Monatskarte, abgerissenem Jackenknopf, Kopfschmerztabletten und einer Anleitung zur Aufzucht von Igeln fand sie endlich das Gesuchte: Einen schon reichlich zerknitterten Zeitungsausschnitt, der sich mit den Belangen der Berufsfeuerwehr befaßte. Tinchen interessierte sich allerdings mehr für die Rückseite, und die bestand aus einer Anzeige mit folgendem Text:

TOURISTIK-UNTERNEHMEN
sucht unabhängige Damen und Herren für interessante Reisetätigkeit. 25–35 Jahre, ansprechendes Äußeres, sicheres Auftreten, Organisationstalent. Gute Sprachkenntnisse in Italienisch bzw. Spanisch Bedingung. Zuschriften erbeten unter …

Seit zwei Tagen schon trug Tinchen dieses Inserat mit sich herum, und genausolange überlegte sie, ob sie die verlangten Voraussetzungen erfüllen würde. 25–35 Jahre stimmte, mit 27 lag sie genau richtig, auch wenn sie angeblich jünger aussah. Aber dem konnte man vielleicht mit ein paar hellgrauen Strähnen im dunklen Wuschelkopf abhelfen, die würden sie sicher seriöser machen. Dazu eventuell eine leicht getönte Brille mit Fensterglas? Eine ganz elegante natürlich, so eine, wie die Klinger aus der Moderedaktion sie trug.

Zweiter Punkt: ansprechendes Äußere. Tinchen öffnete die Schranktür und betrachtete sich kritisch im Innenspiegel. Die Figur war ganz ordentlich geraten, ein bißchen klein vielleicht, aber mit hohen Absätzen erreichte sie spielend 167 Zentimeter. Und daß sie schaumstoffgepolsterte Büstenhalter trug, konnte man schließlich nicht sehen. Dafür war sie fein heraus, wenn die Mode mal wieder Twiggy-Figuren vorschrieb.

Das Gesicht? Guter Durchschnitt, fand sie. Vielleicht ein wenig blaß, aber dadurch kamen die dunklen Augen besser zur Geltung. Und außerdem wurde sie regelmäßig schon im Frühling von den ersten Sonnenstrahlen braun. Nach dem Urlaub sah sie dann immer aus wie eines der Eingeborenenmädchen auf den Bildern von Gauguin. »Genau wie 'ne Knackwurst, bloß nicht so saftig«, pflegte ihr Bruder die mühelos erworbene Bräune zu kommentieren, aber daraus sprach natürlich nur der blanke Neid. Karsten wurde lediglich krebsrot und pellte sich nach drei Tagen wie eine Salatkartoffel.

Nein, also an ihrem Äußeren fand Tinchen nichts auszusetzen. Besonders stolz war sie auf ihre langen Beine, die erst in Shorts so richtig zur Geltung kamen. In südlichen Breiten sind diese Kleidungsstücke bei Touristen ja überaus beliebt. Auch Tinchen besaß fünf Stück in verschiedenen Farben.

Sicheres Auftreten? Sie stellte sich auf die Zehenspitzen und versuchte, energisch und zielbewußt auszusehen. Sie sah aber bloß aus wie Mary Poppins – nur der Regenschirm fehlte noch. Quatsch! Imponiergehabe kann man lernen!

Organisationstalent? Und ob sie das hatte! Wer in einer Zeitungsredaktion nicht über Organisationstalent verfügte, hatte bald keinen Stuhl mehr unter dem Hintern und keine Kaffeetasse mehr im Schreibtischfach.

Sprachkenntnisse! Das war der Angelpunkt, um den sich alles drehte. Tinchen bereute bitter, seinerzeit als Au-pair-Mädchen nach London gegangen zu sein und nicht nach Mailand oder Madrid. Was nützte es jetzt, daß sie nahezu fließend englisch sprach, auf spanisch aber nur den Satz »Dónde está el lavabo de señoras?« zusammenbrachte, was so viel bedeutete wie »Wo ist die Damentoilette?«

Mit dem Italienischen ging es ein bißchen besser, denn nicht umsonst hatte Tinchen schon seit Jahren regelmäßig ihren Urlaub in Italien verbracht und die ganze Adria-Küste von Rimini bis Bari abgeklappert. Sie war durchaus in der Lage, sich ein komplettes Mittagessen zu bestellen, aufdringliche Papagalli zu beschimpfen und auf Wochenmärkten wie ein orientalischer Teppichhändler zu feilschen. Ob diese Kenntnisse aber ausreichen würden, eine Herde Touristen durch das Landesinnere zu führen und vor Schaden zu bewahren, bezweifelte sie denn doch. Andererseits kann man Sprachen lernen, und am besten lernt man sie vor Ort. Und überhaupt kommt man mit Englisch überall durch! Weshalb sonst hätte man es als Verkehrssprache bei der UNO, der EG und bei den Fluglotsen eingeführt?

Bliebe nur noch die letzte Bedingung der Anzeige zu erfüllen, nämlich ›unabhängig‹. Paps würde Tinchens Reisepläne großartig finden, denn er war schon immer der Meinung gewesen, daß sich junge Menschen »mal ordentlich den Wind um die Nase wehen« lassen müssen. Mutsch würde entschieden dagegen sein und ein Verlassen des Elternhauses nur akzeptieren, wenn Tinchen ein paar Straßen weiter ein eigenes Heim nebst dazugehörigem Ehemann vorweisen könnte. Was Karsten sagen würde, war uninteressant. Vermutlich würde er sowieso nichts sagen, lediglich Anspruch auf Tinchens Mansarde erheben und bei dieser Gelegenheit endlich den Lichtschalter reparieren.

Sonst gab es niemanden, der etwas sagen würde. Seit jener Affäre mit dem Literaturstudenten Jochen, der in Tinchen abwechselnd das anbetungswürdige Gretchen oder die romantisch-verklärte Julia gesehen hatte und die von ihren Schöpfern nur schamhaft angedeuteten Verführungsszenen in freier Interpretation nachempfinden wollte, bis schließlich eine theaterbegeisterte Kellnerin den von Tinchen abgelehnten weiblichen Part übernommen hatte, war sie auf Studenten im allgemeinen und Literaturstudenten im besonderen nicht sonderlich gut zu sprechen. Eine Zeitlang hatte es noch den Flugzeugkonstrukteur gegeben, aber der wollte immer auf zugigen Bergkuppen das aerodynamische Verhalten zylindrischer Röhren studieren und benötigte Tinchen vorwiegend zum Festhalten verschiedener Drähte. Nach dem dritten Schnupfen innerhalb eines Vierteljahres hatte sie es vorgezogen, sonntags doch lieber mit ihrem Bruder ins Kino zu gehen. Da war es wenigstens warm.

Abgesehen von ihrem Dauerflirt mit Florian Bender gab es weit und breit nichts Männliches, an das Tinchen sich in irgendeiner Weise gebunden fühlte. Rein äußerlich glich Florian durchaus ihrem früheren Leinwandidol Rock Hudson, nur war er weder ähnlich begabt noch ähnlich begütert, und es bestand wenig Aussicht, daß sich dieser Zustand in absehbarer Zeit ändern würde. Mutsch hatte zwar des öfteren angedeutet, daß auch ein kleiner Lokalreporter nicht zu verachten sei und es bei entsprechender Zielstrebigkeit durchaus zu etwas bringen könne, ganz besonders dann, wenn die Frau in den ersten Jahren noch mitarbeiten würde, zumindest so lange, bis die Möbel und das erste Kind da wären. Und weshalb wohl würde der Herr Bender das Tinchen so oft ins Kino einladen und manchmal sogar ins Theater, wenn er nicht ernstere Absichten hätte? Nach Hause gebracht hatte er das Kind auch schon oft genug, sich jedoch leider immer geweigert, hereinzukommen und ein Gläschen zu trinken. Frau Pabst hatte ihn ja auch schon sonntags zum Essen bitten wollen, aber »der ernährt sich doch bloß an der Frittenbude!« hatte Tinchen abgewinkt. Außerdem hatte sie ihrer Mutter verschwiegen, daß Pressekarten immer für zwei Personen gelten und darüber hinaus mit einer entsprechenden Kritik im Tageblatt verbunden waren. Und gestern zur Minna von Barnhelm hatte Flox sie nicht einmal mitgenommen. Statt dessen hatte er die vertrocknete alte Schachtel aus der Buchhaltung eingeladen – lediglich aus Geschäftsgründen, wie er Tinchen versichert hatte. Na ja, wer ewig auf Vorschuß lebt, muß natürlich einen heißen Draht zu maßgeblichen Stellen haben.

Florian war ja ganz nett, hatte Charme (viel zuviel, wie sich auf dem letzten Betriebsfest herausgestellt hatte, als er dauernd um die kleine Blonde vom Vertrieb herumscharwenzelt war!), aber wer mit dreißig Jahren noch immer Lokalreporter ist, der würde wohl nie nach Höherem streben. Und außerdem würde er dafür sorgen, daß in spätestens drei Tagen die gesamte Redaktion wußte, weshalb aus Barbara ein Tinchen geworden war.

Sie schloß die Schranktür, klappte ihre Reiseschreibmaschine auf, spannte einen Bogen ein und begann zu tippen:

Sehr geehrte Herren,

unter Bezugnahme auf Ihr Inserat …

Kapitel 2

Da ist Post für dich!« sagte Herr Pabst, als Tinchen ins Zimmer trat. »Irgend so ein Insektenforscher hat geschrieben. Wird vermutlich Reklame sein oder ein Spendenaufruf zur Rettung der vom Aussterben bedrohten Kakerlaken. Ich wollte den Kram schon in den Papierkorb werfen, aber Karsten ist scharf auf die Marke. Die hat er nämlich noch nicht.«

»Wo ist denn der Brief?«

Herr Pabst sah sich suchend um. »Vorhin hat er noch auf dem Tisch gelegen, aber inzwischen hat deine Mutter aufgeräumt. Sie bezeichnete das geordnete Nebeneinander von zwei Rechnungen, einer Bananenschale und einem Bierglas als Chaos und sorgte mit gewohnter Zielstrebigkeit wieder für den makellosen Zustand des Zimmers. Den Brief wird sie wohl mitgenommen haben.«

Tinchen begab sich in die Küche. Frau Pabst stand vor dem Kühlschrank und pellte Eier ab.

»Guten Abend, Mutsch. Hast du meinen Brief weggelegt?«

»Tag, mein Kind. Du bist heute aber wieder reichlich spät dran. Nun wasch dir schnell die Hände, das Essen ist gleich fertig. Es gibt Eier nach Art der Gärtnerin mit frischer Kresse und Diät-Mayonnaise. Ohne Fett natürlich, aber dafür hat sie auch kaum Kalorien.« Frau Pabst knüllte das Papier mit den Eierschalen zusammen und warf alles in den Mülleimer.

»Für mich bitte nicht, Mutsch, ich habe schon gegessen«, winkte Tinchen ab und dachte schaudernd an den undefinierbaren Kantinenfraß, von dem Sabine behauptet hatte, es müsse sich um etwas Ähnliches wie panierte Bisamratte gehandelt haben. Nach dieser Diagnose hatte Tinchen zwar keinen Bissen mehr heruntergebracht und war entsprechend hungrig, aber schon wieder Eier? Sie hatte ohnehin die Befürchtung, sich bald nur noch gackernd unterhalten zu können.

»Wo ist denn nun dieser Brief?«

»Welcher Brief?« Frau Pabst drapierte mit einigem Kunstverstand die Kresseblättchen auf die Eierscheiben und versah das Ganze mit einem Klacks rosaroter Paste, in der Tinchen mit Recht die erwähnte Diät-Mayonnaise vermutete. »Meinst du etwa das Reklameschreiben? Darauf habe ich eben die Eier abgeschält!«

»Also, Mutsch!« Tinchen öffnete den Mülleimer, fischte mit spitzen Fingern den Umschlag heraus, schüttelte die Eierschalen ab und glättete ihn. Den Absender zierte ein rostrotes Pfauenauge, darunter stand in Wellenlinien ›Schmetterlings-Reisen‹.

»Seit wann machen denn Schmetterlinge Urlaub?« Mit dem Zeigefinger schlitzte sie das Kuvert auf und entfaltete einen leicht angefetteten Briefbogen. In der rechten oberen Ecke tummelten sich gleich zwei Schmetterlinge, diesmal in Kornblumenblau.

›Sehr geehrtes Fräulein Pabst‹, las Tinchen, ›Ihre Bewerbung vom 25.1. d. J. interessiert uns, und wir würden uns freuen, wenn Sie im Laufe der nächsten Tage zu einer persönlichen Rücksprache nach Frankfurt kommen könnten. Für eine vorherige Terminabsprache wären wir Ihnen dankbar. Mit freundlichen Grüßen.‹ Die Unterschrift war, wie üblich, unleserlich und sehr markant.

»War wirklich bloß Reklame.« Tinchen zerriß nachdrücklich den Umschlag, bevor sie ihn wieder in den Mülleimer warf. Den Brief schob sie heimlich unter ihren Pullover.

»Wenn die das ganze Geld, was sie in die Briefmarken stekken, gleich zu den Spenden packen würden, brauchten die Leute vom Naturschutz erst gar keine Bettelbriefe zu schreiben«, bemerkte Frau Pabst mit bezwingender Logik und betrachtete zufrieden ihr Eier-Stilleben.

»Sieht hübsch aus, nicht wahr?«

»Sehr hübsch«, lobte Tinchen. »Genau wie die Nationalflagge von Ungarn. Ich habe aber trotzdem keinen Hunger.«

»Aber Kind, du mußt doch ein bißchen was essen!«

»Warum denn? Nulldiät hat noch weniger Kalorien als deine sogenannte Mayonnaise. Woraus besteht die eigentlich? Aus Fassadenfarbe?«

Die Antwort wartete sie nicht mehr ab. Sie stürmte die 22 Stufen zu ihrem Zimmer hinauf, eckte vor lauter Aufregung nicht nur wieder am Schreibtisch an, sondern auch am Kleiderschrank und fand erst nach längerem Herumtasten den Knopf der Stehlampe. Dann holte sie den Brief aus dem Pullover, breitete ihn auf dem Tisch aus und las noch einmal die inhaltsschweren Zeilen. Am liebsten hätte sie sich sofort ans Telefon gehängt und einen Besprechungstermin mit den Schmetterlingen vereinbart, aber auch der betriebsamste Nachtfalter würde wohl kaum um halb neun Uhr abends in seinem Büro sitzen.

Ob der Oberschmetterling wohl Flügel in Gestalt eines Umhangs hatte? Vielleicht trug er auch nur einen artgemäßen Schwalbenschwanz. Tinchen kicherte leise vor sich hin und studierte noch einmal die energische Unterschrift. Nein, also ›Pfauenauge‹ hieß das bestimmt nicht, eher schon Degenhard oder Degenbach.

In dieser Nacht träumte Tinchen, sie sei ein Schmetterling, der in einem kornblumenblauen Kleid mit rosaroten Mayonnaisetupfern über die Dächer von Marbella flog und verzweifelt rief: »Dónde está el lavabo de señoras?«

»Herr Dr. Vogel, kann ich wohl am Donnerstag einen Tag Urlaub bekommen? Ich muß wegen einer Erbschaftssache nach Frankfurt.« Tinchen schwindelte mit einer Geläufigkeit, die auf längere Übung schließen ließ.

»Erbschaft? So, so!« sagte denn auch der Sperling und strich bedächtig seinen gepflegten Schnauzbart, der ihm mehr das Aussehen eines Seehundes als eines Vogels verlieh. »Wen wollen Sie denn beerben?«

»Meine Großtante«, erwiderte Tinchen prompt. »Sie war schon zweiundachtzig und lebte seit Jahren im Altersheim. Ich glaube also nicht, daß es da viel zu erben gibt. Trotzdem muß ich hin, schon aus Gründen der Pietät.«

»Natürlich, natürlich!« Dr. Vogel zeigte sich durchaus verständnisvoll. »Aber muß es denn gerade am Donnerstag sein? Sie wissen doch, daß wir am Freitag die große Sonderbeilage über Kleintierhaltung bringen, und da fällt am Tag vorher immer noch ein Haufen Schreiberei an. Geht es nicht am Mittwoch?«

»Leider nein. Der Rechtsanwalt kann nur am Donnerstag ein bißchen Zeit erübrigen, an den anderen Tagen hat er dauernd Termine. Eigentlich ist er ja Strafverteidiger. Die Erbschaftssache hat er nur meiner Großtante zuliebe übernommen, weil er sie schon seit seiner Jugend kannte. Die beiden haben zusammen im Sandkasten gespielt.«

»Dann muß der gute Mann ja auch schon ein biblisches Alter erreicht haben«, wunderte sich Dr. Vogel. »Und er übernimmt immer noch Strafprozesse? Einfach unglaublich!«

»Na ja, nur, wenn es um etwas ganz Besonderes geht, Mord und Totschlag oder so was«, stotterte Tinchen und verwünschte ihre Vorliebe zum Detail. Es war doch völlig gleichgültig, mit wieviel Jahren die nicht existente Großtante angeblich gestorben war.

»Wenn Sie regelmäßig Zeitung lesen würden, dann wüßten Sie, daß Mord und Totschlag keineswegs etwas Besonderes ist«, sagte Dr. Vogel. »Erst unlängst ist mir eine Statistik des Bundeskriminalamtes in die Hände gefallen, wonach …«

»Kann ich nun am Donnerstag frei haben?« unterbrach ihn Tinchen.

»Wie bitte? Ach so, ja, wenn es also gar nicht anders geht, dann müssen wir eben ohne Sie auskommen. Hoffentlich ist Fräulein Bollmann wenigstens da.«

»Natürlich, die hat ja keine tote Tante«, versicherte Tinchen und zog sich aus dem Allerheiligsten zurück.

»Hat's geklappt?« fragte Sabine, sah das zustimmende Nikken und wandte sich wieder ihrem Stenogramm zu. »Kannst du entziffern, was das hier heißen könnte?« Sie deutete mit dem Zeigefinger auf eine Anhäufung von Bleistiftkringeln. »Ich kriege das einfach nicht mehr zusammen.«

Tinchen beugte sich über den Block. »Sieht aus wie ›Polygamie‹.«

»Blödsinn, das ist doch ein Beitrag für den Wirtschaftsteil.«

»Ach so! Dann laß das Wort ruhig aus. Der Schmitz ist schon daran gewöhnt, daß außer ihm selbst kein Mensch sein Fachchinesisch versteht. Die Leser übrigens eingeschlossen.«

»Na schön, wenn du meinst, dann lasse ich hier einfach eine Lücke. Sehr viel sinnloser wird der Text dadurch auch nicht. Was ist denn ein Systemanalytiker?«

»Weiß ich nicht. Ist mir auch völlig Wurscht, ich habe gleich Feierabend. Liegt sonst noch etwas vor?« Tinchen kramte Puderdose und Lippenstift aus ihrer Handtasche und begann mit dem, was Karsten so prosaisch als Fassaden-Renovierung zu bezeichnen pflegte.

»Das Feuilleton braucht noch ein paar Füller. Du sollst mal nachsehen, was wir noch an Stehsatz haben. Laritz meint, Buchbesprechungen wären am besten. Hier in diesem Laden ist er bestimmt der einzige, der sogar die Bücher liest, bevor er sie rezensiert. Von den Neuerscheinungen, die im Herbst herausgekommen sind, müßte noch was da sein, behauptet er.«

»Jetzt haben wir Februar. Seit wann berichten wir denn über Antiquitäten?« Tinchen klappte die Puderdose zu, verstaute sie wieder zwischen Monatskarte und Schlüsselbund und machte sich auf den Weg in die Setzerei.

Als sie aus dem Fahrstuhl trat, dröhnte das dumpfe Röhren der großen Rotationsmaschine in ihren Ohren. Obwohl die Druckerei zwei Stockwerke tief unter der Erde lag, spürte Tinchen immer noch das leichte Vibrieren des Fußbodens.

In der Setzerei herrschte die übliche Betriebsamkeit. Niemand hatte Zeit, keiner hörte zu, als sie ihr Anliegen vorbrachte, und nur ein Jüngling mit Nickelbrille, der sechs Bierflaschen auszubalancieren suchte, murmelte etwas von »Da drüben am hintersten Tisch!«

Nachdem nun wenigstens die Richtung festgelegt war, in der sie suchen mußte, schöpfte sie neuen Mut. »Ich brauche fürs Feuilleton einen Abzug vom Stehsatz!« Energisch zupfte sie an einem blauen Overall.

»Und ich brauche eine Unterschrift«, sagte der Mann, der in dem blauen Overall steckte. »Bei mir sind Sie falsch, ich gehöre nicht zu dem Verein hier. Ich liefere bloß Seife aus.«

Tinchen versuchte es andersherum. Zielstrebig stellte sie sich einem Setzer in den Weg. »Herr Dr. Laritz braucht sofort einen Abzug vom Stehsatz!«

»Aber klar, Frollein, soll er kriegen. Wo is denn det Zeuch?«

»Keine Ahnung, ich denke, das wissen *Sie?*«

»Seh ick aus wie'n Archiv? Am besten jehn Se zu Herrn Sauerbier. Als Setzereileiter muß er ja wissen, wo in den Laden hier wat zu finden is.«

Tinchen warf einen Blick auf die große Uhr, die an der Stirnseite des Raumes hing. Schon wieder zwanzig nach sechs. Ob sie wohl jemals pünktlich Schluß machen könnte?

Herr Sauerbier, der im Gegensatz zu seinem Namen ausnehmend freundlich war, hörte sich geduldig Tinchens Gejammer an und versicherte ihr, die Sache selbst in die Hand nehmen zu wollen. Fünf Minuten später war er zurück und drückte ihr zwei Fahnenabzüge in die Hand. Die Überschrift auf dem ersten lautete: Beckenbauer bald Amerikaner?

Tinchen wandte sich zum Gehen. »Wer ist denn das?«

»Haben Sie wirklich noch nie etwas von Kaiser Franz gehört?« Herr Sauerbier konnte diese offensichtliche Unkenntnis nicht begreifen.

»Nee, aber wahrscheinlich ist Franz Kaiser bloß sein Pseudonym. Was für Bücher schreibt er denn?«

»Bücher??? Der spielt Fußball!!«

Tinchen überflog die ersten Zeilen des Fahnenabzugs und ließ die Türklinke wieder los. »Heiliger Himmel! Das hier ist doch Stehsatz vom Sport! Ich brauche den vom Feuilleton!«

»Warum sagen Sie das nicht gleich?«

»Habe ich ja! Dr. Laritz will ...«

»Dr. Laritz fordert alle drei Tage Abzüge an. Inzwischen könnte er schon sein Zimmer damit tapezieren. Was macht er eigentlich mit dem ganzen Kram? Hat er kein eigenes Klopapier?«

Endlich bekam Tinchen das Gewünschte, lieferte es ab und sah mit Erbitterung, wie Dr. Laritz die so mühsam erkämpften Abzüge nach flüchtiger Prüfung in den Papierkorb warf. »Das ist doch alles Schnee von gestern«, murmelte er und wühlte auf seinem Schreibtisch herum. »Ich weiß gar nicht, weshalb man mir immer wieder diese alten Kamellen raufschickt. Wer will denn das jetzt noch lesen?«

Erleichtert fischte er aus dem Papierwust einen stark zerknitterten Zettel heraus. »Na also, auf einem gut geordneten Schreibtisch findet sich nach längerem Suchen alles wieder. Wir nehmen als Füller die Sache mit den Jupiter-Monden. Die Politik will's nicht haben. Außerdem war Jupiter ein Gott, hat also im Feuilleton eine gewisse Existenzberechtigung.«

Dr. Laritz kritzelte ein paar Anweisungen an den Rand des Manuskripts und drückte es Tinchen in die Hand. »Würden Sie das auf dem Nachhauseweg noch in der Setzerei abgeben? Am besten gleich dem Sauerbier, es ist nämlich eilig. In einer halben Stunde habe ich Umbruch.«

»Gern«, sagte Tinchen folgsam und fest entschlossen, Herrn Sauerbier auf keinen Fall mehr unter die Augen zu treten. Zum Glück kreuzte Waldemar ihren Weg. Mit gewohntem Gleichmut nahm er das Manuskript in Empfang und betrachtete weit weniger gleichmütig das Markstück, das Tinchen ihm gab. »Die Kantine hat schon zu!«

»Dann wirf es in dein Sparschwein«, sagte Tinchen und zog so eilig ihren Mantel an, daß Waldemar nicht einmal mehr hilfreich zuspringen konnte. Sie griff nach ihrer Tasche und rannte förmlich zur Tür hinaus.

»Nicht mal auf Wiedersehen hat sie gesagt«, wunderte er sich und steckte das Geldstück in die Hosentasche. »Was hat sie bloß?«

»Vermutlich Schmetterlinge im Kopf«, sagte Sabine, worauf Waldemar erleichtert feststellte, daß seine Zeit als Redaktionsbote in Kürze beendet sein würde – gerade noch früh genug, um von dem in diesem Stockwerk grassierenden Irrsinn nicht mehr angesteckt zu werden.

»Am Donnerstag werde ich wahrscheinlich erst spät nach Hause kommen«, sagte Tinchen beim Abendessen. Es wurde montags immer in der Küche eingenommen, weil Herr Pabst an diesem Tag seinen Kegelabend und Karsten sein Judotraining hatte. Also lohnte es sich nach Frau Pabsts Ansicht gar nicht, im viel zu großen Eßzimmer zu decken.

»Gehst du wieder mit Herrn Bender ins Theater?« erkundigte sie sich, um sogleich mahnend fortzufahren: »Diesmal ziehst du aber das Weinrote an. Es steht dir wirklich gut, und du hast es noch nie getragen. Wenn das Oma wüßte!«

»Oma weiß es aber nicht. Leider! Sonst würde sie vielleicht endlich einsehen, daß ihr Geschmack nicht auch unbedingt meiner ist. Rüschen am Ausschnitt und auf der Schulter ein Paillettenpapagei. Das Kleid sieht aus wie ein Kaffeewärmer. Übrigens gehe ich nicht ins Theater, ich fahre nach Frankfurt.«

»Mußt du da ein Interview machen?« Frau Pabst hatte noch immer nicht die Hoffnung aufgegeben, eines Tages Tinchens Foto in der Zeitung zu finden und darunter die Überschrift: Unsere Chefreporterin berichtet. Auch Frau Freitag, ihre Busenfreundin aus dem Nebenhaus, hatte schon vor längerer Zeit prophezeit, daß das Tinchen noch einmal Karriere machen würde. Die Karten lügen bekanntlich nicht, und der dunkle Herr hatte direkt über der Herzdame gelegen, gleich neben der Geldkarte.

»Nein, Mutsch, ich bin bloß so eine Art Botenjunge. Ich soll in Frankfurt etwas abholen.« Stur blickte Tinchen auf ihren Teller.

Zu Hause schwindelte sie gar nicht gern, aber solange die Angelegenheit mit den Schmetterlingen noch in der Luft hing, wollte sie lieber nichts davon erzählen. Schon gar nicht ihrer Mutter. Dazu war später immer noch Zeit genug.

Frau Pabst sah sich unvermutet wieder in die profane Wirklichkeit versetzt und dachte sofort an das Nächstliegende. »Dann werde ich dir am besten ein paar Eier kochen und ein Schüsselchen Kartoffelsalat fertigmachen. Ein bißchen Obst solltest du auch mitnehmen, aber keine Bananen, die zerdrücken so leicht.«

»Also Mutsch, ich mache doch keine Pilgerreise durchs Sauerland. Ich fahre mit dem D-Zug nach Frankfurt!«

»Und wenn schon. In der Bahn kriegt man doch immer Hunger!«

»Dafür gibt es einen Speisewagen.«

»Warum willst du unnütz Geld ausgeben?« protestierte

Frau Pabst, aber als sie das Gesicht ihrer Tochter sah, zog sie es doch vor, weitere Menüvorschläge für sich zu behalten. »Dann nimm wenigstens eine Thermoskanne Tee mit!« Aber auch diese Anregung wurde mit einem beredten Schweigen quittiert.

Antonie Pabst geborene Marlowitz verstand ihre Tochter nicht. Dankbar sollte das Mädel sein, weil sich jemand um den Reiseproviant kümmerte. Früher war man froh gewesen, wenn man überhaupt etwas Eßbares mitnehmen konnte. Speisewagen! Da konnte sie ja nur lachen!

Vielleicht sollte man erwähnen, daß Frau Antonies Erfahrungen mit der Deutschen Bundesbahn, die damals noch Reichsbahn geheißen hatte, aus der Kriegs- sowie der unmittelbaren Nachkriegszeit stammten und alles andere als erfreulich waren.

Ursprünglich in Posen beheimatet, war sie 1945 zusammen mit ihrer verwitweten Mutter ›ins Reich‹ geflohen. Als Beförderungsmittel hatten überwiegend Güterwagen gedient, und die Verpflegung hatte man sich auf irgendeine Art selbst beschaffen müssen. Rohe Karotten sind zwar gesund, als Hauptnahrung aber nicht eben befriedigend.

Was hätte Antonie damals nicht für ein saftiges Schnitzel gegeben … (Heute dagegen raspelte sie wieder Mohrrüben, weil sie in späteren Jahren entschieden zu viele Schnitzel gegessen hatte.)

Den nicht propagierten Endsieg der Alliierten hatte sie jedenfalls in Berlin erlebt, wo es eine entfernte Kusine zweiten Grades gegeben hatte, die in irgendwelche höheren Kreise eingeheiratet und standesgemäß am Wannsee gewohnt hatte. Den Wannsee hatte Frau Marlowitz gefunden, schließlich auch das Haus, oder besser das, was davon übriggeblieben war. Die Kusine hatte es noch rechtzeitig vorgezogen, das Familiensilber und sich selbst in Sicherheit zu bringen. Sie war ins Allgäu getürmt.

In Ermangelung eines geeigneteren Quartiers bezog Frau Marlowitz den noch halbwegs intakten Keller des ehemals herrschaftlichen Hauses und erlebte hier nun doch den Einmarsch der Russen, vor dem sie ja eigentlich geflohen war. Tochter Antonie, die außer Klavierspielen und französischer Konversation nichts von dem gelernt hatte, was in der gegenwärtigen Situation einigermaßen nützlich gewesen wäre, sah sich trotz ihrer zweiundzwanzig Jahre außerstande, sich und ihre Mutter irgendwie durchzubringen. Normalerweise wäre sie als Kanzleiratswitwentochter ja schon längst mit einem Beamten in gehobenerer Position verheiratet gewesen – nicht umsonst hatte es bereits zwei akzeptable Bewerber gegeben, aber man hatte deren berufliche Karriere rücksichtslos unterbrochen und sie in Uniformen gesteckt. Der Himmel mochte wissen, wo sie abgeblieben waren.

Bevor die letzten Karotten aufgegessen und die beiden noch verbliebenen Abkömmlinge derer von Marlowitz verhungert waren, entsann sich die verwitwete Frau Kanzleirat jener Pensionatsfreundin, die einen in Düsseldorf ansässigen Uhrmacher namens Gfreiner geheiratet hatte. Wieder ein Ziel vor Augen, erwachten in Frau Marlowitz verborgene Kräfte. Sie wagte sich mit den Resten ihres geretteten Schmucks (der größte Teil war während der Flucht auf rätselhafte Weise abhanden gekommen) in die Abgründe des schwarzen Marktes, wo sie zwar gründlich übers Ohr gehauen wurde, aber dennoch genügend Geld erzielte, um Reiseproviant – ebenfalls auf dem schwarzen Markt und ebenfalls mit Verlust – kaufen zu können. Das restliche Geld ging für Fahrkarten und eine Deutschlandkarte im Maßstab 1 : 300 000 drauf.

Solchermaßen gerüstet bestiegen – vielmehr enterten – Frau Marlowitz nebst Tochter einen der wenigen Züge, die in Richtung Westen fuhren. Daß sie den ersten Teil der Reise auf einer zugigen Plattform verbringen mußten, erschien Antonie noch erträglich.

Es war Sommer und darüber hinaus außergewöhnlich warm. Auch der damals obligatorische Fußmarsch über die Zonengrenze – illegal natürlich, der ortskundige Führer hatte sich mit Frau Marlowitz' Armbanduhr als Lohn zufriedengeben müssen – war nicht sonderlich anstrengend gewesen.

Die nächsten zweihundert Kilometer Bahnfahrt, eingepfercht in der ohnedies nicht sehr geräumigen Toilette, hatten Antonie das Eisenbahnfahren nun endgültig verleidet. Zu allem Überfluß war man in der französischen Besatzungszone gelandet, obwohl man eigentlich in die britische gewollt hatte. Vermutlich war die bewußte Landkarte daran schuld gewesen, die den veränderten politischen Verhältnissen in keiner Weise Rechnung getragen hatte und immer noch in den Grenzen des Großdeutschen Reiches markiert gewesen war.

Aber nun hatte Antonie helfend einspringen können. Wenn ihr auch die einschlägigen Vokabeln für ›Besatzungszone‹ und ›grüne Grenze‹ nicht geläufig waren, so reichten ihre französischen Sprachkenntnisse immerhin aus, um bürokratische und militärpolizeiliche Hürden zu nehmen. Ausgerüstet mit den erforderlichen Papieren und einer Notverpflegung vom Roten Kreuz bestiegen die Damen Marlowitz erneut einen Zug. Er war nicht ganz so voll, dafür aber erheblich langsamer. Außerdem fuhr er nicht weit. Ein Armeelastwagen, beladen mit Wollsocken und Thunfischdosen, diente als nächstes Transportmittel. Thunfische sind nahrhaft und dank ihres konservierenden Behältnisses nicht so leicht verderblich. Frau Marlowitz ignorierte das siebente Gebot und forderte ihre Tochter auf, ein Gleiches zu tun. Trotz glühender Hitze wickelten sie sich in Mäntel, deren Taschen sich bald verdächtig nach außen wölbten. Auch der Koffer war viel schwerer geworden, was sich nachteilig bemerkbar machte, als die beiden Reisenden den Lastwagen verlassen hatten und zu Fuß zur nächsten Bahnstation pilgerten. Noch nachteiliger wirkte sich das Fehlen eines Büchsenöffners aus. Aber wenigstens hatte der Bahnhofsvorsteher einen an seinem Taschenmesser. Darüber hinaus war er bereit, ein paar Thunfischdosen anzunehmen und dafür zu sorgen, daß die Damen Marlowitz einen Platz im nächsten Zug bekommen würden. Sie bekamen ihn auch, diesmal auf dem Dach, was den Beförderungsvorschriften zwar widersprach, damals aber notgedrungen geduldet wurde.

Irgendwann war die Odyssee zu Ende. Der Bahnhof von Düsseldorf kam in Sicht, wenn auch kaum noch als solcher zu erkennen. Die Pensionatsfreundin gab es auch noch, ebenfalls kaum zu erkennen, weil ergraut und merklich gealtert. Aber sie nahm die Vertriebenen samt den Thunfischdosen auf und beschaffte dank einiger Beziehungen Unterkunft und Erwerbsmöglichkeit für Tochter Antonie. Letzteres übrigens in ihrer Werkstatt.

Der Uhrmachermeister Gfreiner hatte das Kriegsende nicht überlebt. Der Gerechtigkeit halber muß erwähnt werden, daß sein frühzeitiges Ableben nicht auf Bombenangriffe, Straßenkämpfe oder ähnliche Begleiterscheinungen eines Krieges zurückzuführen war, sondern einzig und allein auf seine Vorliebe für Moselweine. Um seinen reich gefüllten Weinkeller nicht in Feindeshand fallen zu lassen, hatte sich Herr Gfreiner gezwungen gesehen, die vorhandenen Bestände möglichst schnell und möglichst restlos zu verbrauchen. Um dieses Ziel zu erreichen, hatte er sich angewöhnt, schon sein Frühstück in flüssiger Form zu sich zu nehmen und auch im Laufe des Tages auf feste Nahrung weitgehend zu verzichten. Immerhin entging er einem langsamen Hungertod, indem er ziemlich schnell die Kellertreppe hinunterfiel und sich das Genick brach. Die noch übriggebliebenen Weinflaschen leerten später die zahlreichen Trauergäste und erfüllten somit den letzten Wunsch des nunmehr Verblichenen.

Frau Gfreiner, die von Uhren lediglich wußte, daß sie meistens falsch gingen, überließ die Fortführung des Geschäfts dem bisherigen Mitarbeiter ihres Mannes, einem gewissen Ernst Pabst, der bei Herrn Gfreiner selig als Lehrling angefangen hatte. Herr Pabst verstand entschieden mehr von Uhren als seine derzeitige Chefin; vor allen Dingen wußte er, daß man sie zweckmäßigerweise vor den kommenden Siegern in Sicherheit bringen sollte – wer immer das letzten Endes auch sein würde. Also beschaffte er stabile Behälter, darunter auch mehrere leere Munitionskisten, und stopfte sie voll mit Uhren jeglicher Größe, einschließlich einer auseinandergenommenen Standuhr mit Westminsterschlag. Dann versteckte er die Schatztruhen im Keller unter den Resten der letzten Kohlenzuteilung. Das nun leere Schaufenster dekorierte er mit Fieberthermometern sowie einem leicht verbogenen und daher unbrauchbaren Mikroskop.

Fortan reparierte er nur noch Uhren, und als die Ersatzteile alle waren, tat er gar nichts mehr, lebte die letzten paar Wochen vom Ersparten und wartete auf den Endsieg. In Reichweite lagen immer die beiden Krücken, die er zwar nicht brauchte, weil er trotz seines verkürzten Beines ausgezeichnet laufen konnte, die ihn aber davor bewahrten, in letzter Minute noch von den Rollkommandos zum Volkssturm geholt zu werden.

Etwa zwei Monate nach dem Zusammenbruch hielt Ernst Pabst es für angebracht, das Geschäft des Herrn Gfreiner selig wieder zu eröffnen, vorerst allerdings nur als Reparaturwerkstatt. Aber schon wenig später grub er einen Teil der versteckten Schätze aus und verkaufte sie gegen Naturalien. Seine Kunden waren überwiegend Besatzungssoldaten, die bereitwillig in der allgemein üblichen Zigarettenwährung zahlten und immer noch ein gutes Geschäft dabei machten.

Frau Gfreiner, die dank alliierter Hilfe bereits Bohnenkaffee trinken konnte, als die meisten anderen Deutschen nicht mal

Muckefuck hatten, bot ihrem talentierten Geschäftsführer die Teilhaberschaft an und überließ es künftig ihm, für ihr leibliches Wohl zu sorgen. Zum Dank durfte er sich aus dem Kleiderschrank ihres verstorbenen Mannes bedienen. Wenn die Anzüge auch nicht unbedingt dem Geschmack eines Zweiunddreißigjährigen entsprachen, so waren sie doch noch sehr gut erhalten und überdies von erster Qualität. Ernst Pabst kannte einen Schneider, der am liebsten Virginiatabak rauchte, und so war auch die Garderobenfrage fürs erste gelöst.

In dieses sichtbar aufblühende Geschäft platzte nun die verwitwete Frau Kanzleirat Marlowitz nebst Tochter Antonie, letztere durchaus ansehnlich und – wie sich bald herausstellte – auch recht geschickt. Aus den anfänglichen Handlangerdiensten wurde schnell produktive Mitarbeit, und bald konnte Ernst Pabst auf seine ›Gesellin‹ gar nicht mehr verzichten. Außerdem sprach sie besser Englisch als er selber, was die manchmal komplizierten Verkaufsverhandlungen mit den Besatzern wesentlich abkürzte.

Antonie wiederum bewunderte ihren Brötchengeber, der alles das hatte, was ihr selbst fehlte: Unternehmungsgeist, Tatkraft, Humor und eine jungenhafte Unbekümmertheit. Auch die verwitwete Frau Kanzleirat betrachtete den jungen Mann wohlwollend, zumal er ihr nicht nur regelmäßig Bohnenkaffee brachte, sondern hin und wieder auch einen Blumenstrauß. Wer in dieser materialistischen Zeit an solche Artigkeiten dachte, verdiente ein gewisses Entgegenkommen. Und im übrigen war ja nun wirklich nichts dabei, wenn dieser nette Herr Pabst das Fräulein Antonie ins Kino einlud.

Natürlich blieb es nicht beim Kinobesuch. Antonie lernte Boogie-Woogie, bekam von Ernst Nylonstrümpfe und Hershey-Schokolade geschenkt und zum Geburtstag ein Paar Schuhe mit Kreppsohlen – made in USA. Kurz vor der Währungsreform machte Ernst Pabst dem Fräulein Antonie Marlowitz einen Heiratsantrag, und kurz nach der Währungsreform fand die zeitgemäß bescheidene Hochzeit statt. Eine Hochzeitsreise gab es nicht, oder vielmehr doch, nur endete sie schon in den Außenbezirken Düsseldorfs, wo das junge Paar eine nicht übermäßig komfortable, jedoch gründlich renovierte Zweizimmerwohnung mit Küche, Bad und Ofenheizung bezog. Hier wurde im Herbst 1949 auch Tochter Tinchen geboren.

Frau Kanzleirat Marlowitz übersiedelte aus ihrem Untermieterzimmer in die nun freie Kleinstwohnung ihres Schwiegersohnes. Als sie im Zuge des Lastenausgleichs endlich ihre Entschädigung erhielt, kaufte sie sich im Vorort Ratingen eine Eigentumswohnung und bemühte sich seitdem, ihre keineswegs magere Pension angemessen zu verleben. Zwei gleichgesinnte Damen, mit denen sie regelmäßig Canasta spielte, halfen ihr dabei.

Antonie Pabst geborene Marlowitz hatte in den ersten Ehejahren noch im Geschäft mitgeholfen, aber als sie feststellte, daß ihr Ernst das auch allein schaffen würde beziehungsweise im Bedarfsfall festbesoldete Fachkräfte einstellen konnte, zog sie sich aus dem Berufsleben zurück und widmete sich nur noch ihren eigentlichen Neigungen, nämlich dem Haushalt und dem Kochen. Als Tinchen geboren wurde, hatte Antonie den Kampf mit der Waage bereits aufgegeben. Sie war nun mal kein junges Mädchen mehr, sie war eine verheiratete Frau und Mutter. Außerdem aß der Ernst gerne gut, und daß sie eine ausgezeichnete Köchin war, wußte sie selber. Aber wer hatte schon jemals einen dünnen Koch gesehen? Daß Tinchen nicht auch schon im Schulalter zu einer kleinen Tonne herausgefüttert worden war, hatte sie in erster Linie dem unerwarteten und reichlich verspäteten Erscheinen ihres Bruders Karsten zu verdanken. Die mütterliche Fürsorge wandte sich jetzt vorwiegend dem Nachkömmling zu, und niemandem fiel es auf, wenn Tinchen ihren Teller nicht mehr leer aß, sondern die Reste im Abfalleimer verschwinden ließ. Karsten dagegen schien ein Faß ohne Boden zu sein. Gleichgültig, was seine Mutter (und später er selbst) hineinstopfte, er blieb dünn und schlaksig – genau wie sein Vater.

So war Frau Antonie die einzige in der Familie, die ihre Garderobe lediglich nach dem Angebot und nicht nach den persönlichen Wünschen zusammenstellen mußte, weil es die erwählten Modelle selten in den Größen 46 oder 48 gab. War sie wieder einmal mit einer mausgrauen Bluse statt der erträumten roséfarbenen nach Hause gekommen, beschloß sie eine rigorose Änderung des Speisezettels, die jedoch nur bei den übrigen Familienmitgliedern zu dem erwünschten Gewichtsverlust führte. Antonie konnte sich jedenfalls nicht mehr erinnern, wann die Waage bei ihr zum letzten Mal unterhalb der Achtzig-Kilo-Marke stehengeblieben war. Seitdem gab es für sie auch keine aufregendere Beschäftigung mehr als die, andere Frauen zu entdecken, die noch dicker waren.

»Du solltest regelmäßig radfahren!« hatte Herr Pabst empfohlen und seiner Frau zum Hochzeitstag einen Hometrainer gekauft. Jetzt benutzte er ihn selber.

»Du solltest jeden Tag spazierengehen!« hatte Tinchen angeregt und ihrer Mutter zum Geburtstag ein reich bebildertes Pilzbuch geschenkt. »Häufiges Bücken ist die beste Gymnastik!«

Frau Pabst fuhr lieber Straßenbahn.

»Vielleicht solltest du mal eine mehrwöchige Schlafkur in einem Sanatorium machen«, hatte Karsten vorgeschlagen, »so eine, bei der man unter ärztlicher Aufsicht steht und gar nichts ißt. Ich habe dir ein paar Prospekte mitgebracht.«

Frau Pabst wollte nicht. »Soll ich vielleicht einen Haufen Geld ausgeben, nur um zu schlafen und nichts zu essen? Das kann ich auch hier zu Hause haben. Sogar viel billiger. Überhaupt ist es unmoralisch, Geld für gar nichts zu verlangen.«

Mißvergnügt blätterte sie im Prospekt. »Was nützt mir wohl ein Einzelzimmer mit Balkon und Blick in den parkähnlichen Garten, wenn ich immer die Augen zu habe? Außerdem ist es ganz ungesund, so rapide abzunehmen. Frau Freitag sagt das auch.«

Frau Freitag wog noch etwas mehr als Antonie, aber da sie alleinstehend, phlegmatisch und darüber hinaus finanziell unabhängig war. kümmerte sie sich weder um die herrschende Mode noch um irgendwelche sonstigen Schönheitsideale. »Ich versuche zwar ständig, Gewicht zu verlieren, aber es findet mich immer wieder! Nun habe ich es aufgegeben.«

Schließlich hatte Karsten ein Trostwort gefunden, an das sich Frau Pabst im Notfall klammern konnte: »Du hast schon das ideale Gewicht, Mutti! Du bist bloß ein paar Zentimeter zu klein dafür!« – »Mutsch, könntest du wohl morgen mein Jackenkleid aus der Reinigung holen?«

Antonie schreckte auf. Was um Himmels willen hatte sie bloß veranlaßt, plötzlich in weit zurückliegenden Erinnerungen zu kramen?

Ach ja, die Eisenbahn. Tinchens Fahrt nach Frankfurt. Vielleicht hatten sich die Verhältnisse bei der Bundesbahn in der Zwischenzeit wirklich geändert. Die Züge sahen zumindest sehr viel schicker und moderner aus als damals. Allerdings hatte Antonie seit Jahren keinen mehr betreten.

Heutzutage fuhr man ja nur noch Auto. Oder man reiste mit dem Flugzeug, was in der Praxis bedeutete, daß man von immer mehr immer weniger zu sehen bekam.

Antonie gab sich einen Ruck und stand auf. »Ja, natürlich, Kind, ich gehe gleich morgen früh bei der Reinigung vorbei.«

Kapitel 3

Beklommen blickte Tinchen an dem Betonklotz empor und musterte die eintönige Fassade. Der Neubau schien gerade erst fertiggeworden zu sein und wirkte noch irgendwie unbewohnt. Das Messingschild mit dem eingeprägten Schmetterling glänzte auch ganz neu und verlor sich auf der großen Hinweistafel. Schaudernd dachte sie an Schlagzeilen wie ›Überfall im Hochhaus‹ oder ›Mörder kam mit dem Fahrstuhl‹ und sah sich schon als Balkenüberschrift im Tageblatt: ›Sekretärin mit Schal erdrosselt! Wir trauern um unsere Mitarbeiterin!‹ Quatsch! Erstens habe ich gar keinen Schal um, und zweitens ist es elf Uhr vormittags. Hochhausmörder kommen bloß bei Dunkelheit!

Sie betrat den Lift und ließ sich in den achten Stock baggern. Der lange Flur war menschenleer und roch nach Farbe. In einer Ecke lag ein Haufen Sägespäne, in einer anderen welkte ein flüchtig ausgewickelter Alpenveilchentopf vor sich hin. ›Blumenhaus Kusentzer‹ stand auf dem Papier. Grabesstille herrschte – abgesehen natürlich von Tinchens Herzklopfen. Außerdem war es lausig kalt.

Auf Zehenspitzen schlich sie vorwärts, sah geöffnete Türen, dahinter leere Zimmer, mittendrin eine geschlossene Tür mit der Aufschrift ›Personal-Toilette‹. Dann machte der Gang einen Knick, und dann kamen neue Türen. Hinter einer hörte man gedämpftes Husten.

Gott sei Dank, dachte Tinchen, außer dem Blumentopf scheint es hier doch noch etwas Lebendiges zu geben.

An der Tür prangte das nun schon hinlänglich bekannte Pfauenauge. Sie klopfte leise.

»Wir sind keine Beamten, hier hat jeder sofort Zutritt!« klang es von drinnen.

Erleichtert öffnete sie und sah sich einer jungen Dame gegenüber, die selbst unter Berücksichtigung der winterlichen Jahreszeit etwas merkwürdig gekleidet war. Ihre dicke Cordhose hatte sie in Pelzstiefel gestopft, dazu trug sie einen Rollkragenpullover, eine dreiviertellange Strickjacke und einen Schal. Schmetterling im Kokon, schoß es Tinchen durch den Kopf.

»Sehen Sie mich nicht so entgeistert an«, lachte der Schmetterling, »in spätestens zehn Minuten werden Sie bereuen, daß Sie sich so elegant angezogen haben!«

Flüchtig musterte sie Tinchens erdbeerfarbenes Jackenkleid, die dünnbestrumpften Beine und die hochhackigen Pumps. »Irrtum, schon nach *fünf* Minuten!«

Aber auch das stimmte nicht, denn Tinchen fror bereits jetzt ganz erbärmlich.

»Nun setzen Sie sich erst einmal«, sagte die Dame und wies auf ein Möbel aus Plexiglas, das auch in einer etwas wärmeren Umgebung nicht gerade anheimelnd gewirkt hätte. »Ich nehme an, Sie sind Fräulein Pabst. Herr Dennhardt telefoniert gerade, Sie müssen also noch ein paar Minuten warten. Inzwischen bekommen Sie erst einmal etwas Heißes.«

Während sie aus einer Isolierkanne Tee in eine Tasse goß, plauderte sie munter weiter: »Den Architekten dieses Bauwerks sollte man hier lebendig einmauern! Der Kerl muß sein Diplom im Lotto gewonnen haben. Selbst ich als blutiger Laie weiß, daß warme Luft nach oben steigt und nicht nach unten, aber dieser neunmalkluge Mensch hat die Heizung in die Decke einbauen lassen! Zu allem Überfluß funktioniert sie nicht einmal. Seit drei Tagen suchen die Handwerker den Fehler. Wahrscheinlich sind sie schon längst erfroren!«

Dankbar nahm Tinchen die Tasse entgegen.

»Halt! Noch nicht trinken! Da muß erst Rum rein. Der ist in diesem Fall kein Genuß, sondern ein lebensnotwendiges Übel, aber ich habe heute früh bloß Verschnitt auftreiben können. Gestern haben wir uns mit Himbeergeist warmgehalten. Allerdings mußte der Laden schon mittags wegen Volltrunkenheit des Personals geschlossen werden. – Übrigens habe ich ganz vergessen, mich vorzustellen. Ich heiße Sibylle Mair, mit a-i-r.«

»Ernestine Pabst«, sagte Tinchen höflich und hätte sich am liebsten sofort auf die Zunge gebissen. Sie hatte sich doch extra vorgenommen, Barbara zu sagen, und nun war ihr doch wieder diese verflixte Ernestine herausgerutscht. Hastig versuchte sie eine Ablenkung: »Wie lange hausen Sie denn schon in diesem Eiskeller?«

»Seit einer Woche erst, aber mir kommt es vor wie eine Ewigkeit.«

»Sind Sie hier ganz allein?« Eigentlich hatte Tinchen in einem Reisebüro etwas mehr Betriebsamkeit erwartet.

»Im Augenblick ja«, sagte Sibylle, »das heißt, so ganz stimmt das auch wieder nicht. Normalerweise sitzt hier noch eine Kollegin von mir, aber wir haben es vorgezogen, in Raten zu frieren. Eine hält die Stellung, die andere wärmt sich auf. Zum Glück haben wir gleich um die Ecke eine Cafeteria. Scheußlich ungemütlich, aber wenigstens geheizt. Möchten Sie noch einen Tee?« Aufmunternd winkte sie mit der Kanne.

»Ja, gerne, aber diesmal ohne Rum. Immerhin habe ich noch ein wichtiges Gespräch vor mir.«

»Dann bringen Sie es am besten gleich hinter sich.« Sibylle sah flüchtig zum Telefon. »Herr Dennhardt hat gerade aufgelegt. Nehmen Sie die Tasse ruhig mit, etwas Wärmeres werden Sie drüben auch nicht finden.« Sie öffnete die Tür zum Nebenzimmer und schob Tinchen vor sich her. »Herr Dennhardt, hier ist Fräulein Pabst aus Düsseldorf. Ich habe sie schon ein bißchen aufgetaut, aber machen Sie es trotzdem nicht allzu lange, sie ist nämlich absolut nicht winterfest angezogen.«

Die Tür schloß sich hinter Tinchen. Neugierig sah sie zu dem Herrn auf, der hinter seinem Schreibtisch hervortrat. Etwa vierzig Jahre alt, Manchesterhosen, Skipullover, dicke Lederjacke, Stiefel. Er stellte Tinchens Tasse auf einen kleinen runden Tisch und reichte ihr die Hand.

»Guten Tag, Fräulein Pabst. Ich freue mich, daß endlich mal jemand kommt, der wirklich so aussieht wie auf dem Foto. Die meisten Bewerberinnen haben Bilder geschickt, die mindestens zehn Jahre alt sind.«

Mitleidig sah er Tinchen an, die vergeblich das Zähneklappern zu unterdrücken suchte. »Ist Ihnen sehr kalt? Möchten Sie einen Kognak zum Aufwärmen?«

»Nein, danke, mir ist schon der Rum in den Kopf gestiegen.«

»Macht nichts, ich habe mich inzwischen daran gewöhnt, von alkoholisierten Mitarbeitern umgeben zu sein. Wenn die Heizung nicht bald funktioniert, werden wir alle im Delirium tremens enden. Hoffentlich kriegt der Architekt die Beerdigungskosten aufgebrummt.« Er trat wieder hinter seinen Schreibtisch und nickte Tinchen zu.

»Warum setzen Sie sich nicht?«

Diesmal war es ein Ledersessel, in dem sie Platz nahm. Dennhardt schlug einen Aktendeckel auf. »Also, Fräulein Ernestine Pabst, nun verraten Sie mir einmal, was Sie sich unter Ihrer künftigen Tätigkeit vorstellen!«

Ach, du liebe Zeit! Unruhig rutschte Tinchen auf ihrem Sessel hin und her. Auf alle möglichen Fragen war sie vorbereitet, nur auf diese nicht. Sie hatte doch gar keine Ahnung, was von ihr erwartet wurde. »Ja, ich dachte … ich nehme an, daß … in erster Linie …« Dann sagte sie entschlossen: »Eigentlich habe ich mir überhaupt nichts Konkretes gedacht.

Vermutlich suchen Sie Leute, die Omnibusfahren vertragen, Geschichtszahlen herunterbeten und Karten lesen können, damit man abends auch am richtigen Etappenziel ankommt. Diese Bedingungen kann ich erfüllen. Was sonst noch gebraucht wird, weiß ich nicht.«

Dennhardt brach in schallendes Gelächter aus. »Aus welchem Märchenbuch haben Sie denn diese Weisheiten her? Wir sind ein ganz kleines bescheidenes Reiseunternehmen, das noch aus Idealisten besteht und seine Kunden individuell betreuen möchte. Die wollen sich nämlich gar nicht bilden, sondern erholen, und das ohne Bevormundung, aber nach Möglichkeit auch ohne Ärger. Wir haben nicht den Ehrgeiz, sie von einer geschichtsträchtigen Ruine zur anderen zu karren, sondern wir möchten ihnen helfen, ihre spärlichen Urlaubstage so unbeschwert wie möglich zu verbringen. Also keine Auseinandersetzungen mit Hoteliers wegen knarrender Betten, keine Kämpfe um Liegestuhl und Sonnenschirm, keinen Ärger mit geklauten Fotoapparaten und so weiter. Deshalb werden wir in jedem unserer ohnehin noch nicht sehr zahlreichen Ferienorte einen Reiseleiter installieren, der sich um den ganzen Kram kümmert, der auch mal seelischer Mülleimer spielt, und der ein bißchen Eigeninitiative entwickelt, falls sich irgendwo doch mal Begräbnisstimmung ausbreitet. Und weil die meisten unserer Kunden jüngere Leute sind, möchten wir ihnen als Kindermädchen natürlich keine in Ehren ergraute Matronen vorsetzen. Würden Sie sich diesen Job zutrauen?«

»Ja, ohne weiteres!« erwiderte Tinchen prompt. »Eine Redaktion besteht zu sechzig Prozent aus Verrückten, und der Rest ist auch nicht ganz normal, sonst hätte er einen vernünftigen Beruf gewählt. Darüber hinaus habe ich einen Bruder im Teenageralter und eine Mutter, die Diätrezepte sammelt. Bisher bin ich mit allen mühelos fertiggeworden. Was sind dagegen schon Hotelbesitzer oder schlechtgelaunte Touristen?« Dann erkundigte sie sich noch vorsichtig: »Gehört Buchhaltung auch in mein eventuelles Ressort?«.

»Nein, ganz bestimmt nicht«, versicherte Dennhardt, dem es sichtbar schwerfiel, ernst zu bleiben. »Die Abrechnungen werden von hier aus erledigt. Sie bekommen nur jede Woche die Buchungsunterlagen, also wie viele Personen insgesamt wie viele Zimmer brauchen, und die müssen Sie dann in unseren Vertragshotels reservieren. Praktisch ist das reine Routinearbeit, die bloß ein paar Telefongespräche erfordert. Sie haben natürlich ein eigenes Büro, in dem Sie zu bestimmten Zeiten erreichbar sein sollten. Zwei bis drei Stunden pro Tag genügen. Ab und zu müßten Sie sich auch in den einzelnen Hotels sehen lassen, damit Sie eventuelle Beschwerden entgegennehmen und möglichst sofort ausbügeln können. Am besten machen Sie die Besuchsrunden zu den Fütterungszeiten, weil die meisten Gäste dann im Speisesaal zu finden sind. Das hat auch noch einen weiteren Vorteil, denn ein satter Gast ist fast immer auch ein zufriedener Gast – mit leerem Magen meckert es sich viel leichter.«

Tinchen nickte. »Das klingt einleuchtend. Aber nun möchte ich doch noch gern wissen, wo der Pferdefuß bei der ganzen Sache steckt?«

Dennhardt sah sie fragend an. »Welcher Pferdefuß? Was meinen Sie damit?«

»Weil das, was Sie als mein künftiges Aufgabengebiet umrissen haben, höchstens ein paar Stunden täglich in Anspruch nimmt. Was mache ich nachmittags?«

»Sie werden sich wundern, wieviel Zeit Sie mit Kleinkram vertrödeln müssen. Es passiert immer mal etwas Unvorhersehbares, und deshalb brauchen wir ja auch Mitarbeiter, die flexibel genug sind, auch mit außergewöhnlichen Situationen fertig zu werden.«

»Aha«, sagte Tinchen, »also doch ein Pferdefuß. Mit welchen Situationen wäre denn beispielsweise zu rechnen?«

»Du lieber Himmel, was erwarten Sie eigentlich? Wir vermitteln doch keine Callgirls! Was ich meine sind Streiks, Erdbeben, Trauerfall oder weiß der Kuckuck, was sonst noch eintreten kann. Überschwemmung habe ich noch vergessen!«

»Ich habe den Freischwimmer!«

»Im übrigen, liebes, verehrtes Fräulein Ernestine Pabst, möchten wir unseren Mitarbeitern auch ein bißchen Freizeit gönnen, denn überarbeitete Reiseleiter mit blassen Gesichtern sind eine miserable Reklame. Eine geregelte Arbeitszeit mit ausnahmslos freiem Wochenende haben Sie sowieso nicht, das ist bei dieser Art Job nicht drin. Wir sind keine Beamten.«

»Das habe ich heute schon einmal gehört!«

»Um so besser. Dann wissen Sie auch, daß Sie bei uns weder Pensionsansprüche noch turnusmäßige Beförderungen zu erwarten haben. Wir würden Sie zunächst für eine Saison verpflichten, also vom 1. April bis zum 30. September. Bei beiderseitiger Zufriedenheit läßt sich später auch über den Einsatz in einem Wintersportort reden. Können Sie skilaufen?«

»Nein, nur rodeln.«

»Ist auch ungefährlicher. – Also, was ist, Fräulein Pabst, haben Sie Lust, ein Schmetterling zu werden?«

»Wenn ich nicht auch noch Fliegen lernen muß ...« Tinchen sah ihr Gegenüber mit einem fröhlichen Lachen an. Dann gab sie sich einen Ruck. »Eigentlich würde ich noch ganz gern wissen, ob man bei Ihnen auch etwas verdienen kann.«

Scheinbar betrübt schüttelte Dennhardt den Kopf. »Da biete ich Ihnen nun Sonne, Meer, Strand und ein ganz kleines bißchen Arbeit, und Sie reden von Geld.« Ein Blick in Tinchens Gesicht ließ ihn aber schnell fortfahren: »Wir zahlen Ihnen für den Anfang zwölfhundert Mark netto bei freier Verpflegung und Unterkunft in einem unserer besten Hotels. Das ist zwar kein fürstliches Gehalt, aber es dürfte als Taschengeld ausreichen.«

»Einverstanden!« sagte Tinchen. »Nun müßten Sie mir nur noch verraten, wohin Sie mich schicken wollen.«

»In Anbetracht Ihrer offensichtlichen Vorliebe für Italien und nicht zuletzt Ihrer perfekten italienischen Sprachkenntnisse wegen« – er blätterte noch einmal in den Unterlagen – würde ich sagen, wir beordern Sie in die germanische Hochburg.«

Ich habe es ja geahnt, dachte Tinchen, nie ist ein Mensch so vollkommen wie in seinen Bewerbungsschreiben. Wenn der jetzt auf die Idee kommt, meine sogenannten Sprachkenntnisse unter die Lupe zu nehmen …?

Im Augenblick schien das nicht der Fall zu sein. Dennhardt erhob sich vielmehr und meinte abschließend: »Dann wäre ja so weit alles klar zwischen uns. Ich muß Sie jetzt nämlich rauswerfen, weil ich gleich noch eine Aspirantin erwarte, die mir als Foto ein Baby auf dem Eisbärfell geschickt und als Fremdsprache Jodeln angegeben hat. Jetzt möchte ich gern wissen, ob sie inzwischen wenigstens schon zur Schule geht.«

Mit einem kräftigen Händedruck verabschiedete er sich. »Sie gehen jetzt erst einmal mit Fräulein Mair irgendwohin zum Auftauen. Mit ihr können Sie auch die ganzen Formalitäten erledigen, und wenn Sie noch Fragen haben, dann sind Sie bei ihr in den besten Händen.«

Er öffnete die Tür. »Sibylle, bringen Sie diesen Eisklotz möglichst schnell ins Warme und trichtern Sie ihm einen Grog oder Glühwein oder sonst irgend etwas Belebendes ein! Und kümmern Sie sich bitte um den Papierkram! Fräulein Ernestine ist engagiert!«

Tinchen drehte sich noch einmal um. »Weshalb betonen Sie eigentlich fortwährend meinen Vornamen, Herr Dennhardt? Gefällt er Ihnen so gut?«

»Und wie!« versicherte er grinsend. »Wer heißt denn heutzutage noch so? Werden Sie zu Hause wirklich Ernestine genannt? Tinchen würde viel besser zu Ihnen passen.«

»Eigentlich heiße ich doch Barbara!« Sie heulte beinahe, vor Zorn.

»Eine Barbara haben wir schon«, lehnte Dennhardt ab, »das gibt nur Verwechslungen. Und Tinchen ist auch viel hübscher, nicht wahr, Sibylle?«

»Ja, fast so schön wie Gottlieb Maria«, sagte Sibylle und schloß nachdrücklich die Tür. Dann zwinkerte sie Tinchen zu. »Er heißt tatsächlich so, ist aber gegen diese Namen ausgesprochen allergisch. Jedenfalls wissen Sie nun, wie Sie ihm den Wind aus den Segeln nehmen können. Jetzt wollen wir aber machen, daß wir aus diesem Gefrierschrank rauskommen. Soll Gottlieb ruhig mal Stallwache schieben. Der muß unter seinen Vorfahren einen Eisbären gehabt haben, weil ihm die Kälte überhaupt nichts ausmacht.«

Sie griff nach der Pelzjacke, die über einer Stuhllehne hing, und wickelte sich frierend hinein. »Meine Kollegin muß auch jeden Augenblick zurückkommen. Sie ist schon überfällig. Hoffentlich hängt sie nicht wieder im Fahrstuhl fest, der funktioniert nämlich auch nicht immer.«

Entschlossen schob sie Tinchen zur Tür hinaus. »Gehen wir zur Tränke. Dabei weiß ich schon gar nicht mehr, wie ich die ganzen Alkoholika zum Auftauen eigentlich verbuchen soll.«

»Am besten als Streusalz«, schlug Tinchen vor.

Eine Stunde später rührte sie versonnen in ihrem Glühwein – es war bereits der dritte –, fischte mit dem Löffel die Zitronenscheibe heraus und versuchte sich zu erinnern, ob sie in Italien jemals Zitronenbäume gesehen hatte. Auf jeden Fall gab es Palmen. Wuchs an denen auch was? Datteln oder so? Oder gab es die nur in Afrika? Egal, irgend etwas würde es schon geben, was man dort von den Bäumen pflücken und essen konnte. Natürlich nicht so etwas Profanes wie Kirschen oder Pflaumen. Etwas Exotisches mußte es schon sein. Richtig – Olivenbäume gab es ja massenweise. Olio Dante. Leider machte sich Tinchen nichts aus Oliven.

»Stimmt was nicht mit deinem Wein?«

»Meeresrauschen«, flüsterte Tinchen, »Wellenkämme und salzige Brise.«

»Ist das Zeug nicht süß genug?« Sibylle winkte dem Kellner. »Angelo, noch eine Portion Zucker!«

»Sei nicht so entsetzlich prosaisch, ich habe doch nur ein bißchen geträumt.« Langsam kam Tinchen in die Wirklichkeit zurück. Die bestand überwiegend aus rotem Plastikmobiliar und nannte sich ›Café Napoli‹.

»Träumen kannst du heute nacht. Mich interessiert im Augenblick viel mehr, ob du noch irgendwelche Fragen hast.« Sibylle hatte Tinchen schon beim ersten Glühwein das Du angeboten, »weil wir uns in unserem Laden eigentlich alle duzen. Mit Ausnahme des Chefs natürlich. Es klingt entschieden netter, wenn man ›du Idiot‹ sagt statt ›Sie Idiot‹.«

Das hatte Tinchen eingeleuchtet. Im übrigen hatte sie keine Fragen mehr. Sie war von Sibylle über alles informiert worden, was ihr wichtig erschienen und Tinchen ziemlich gleichgültig gewesen war. Mit dem Papierkram würde sie schon fertig werden, und dann sollte ihr ja in den ersten zwei Wochen noch ein Herr Harbrecht zur Seite stehen. Der war ein ganz alter Hase im Touristikgewerbe, hatte aber nach fast zwanzig Jahren Reiseleitertätigkeit im Dienste nahezu aller Branchenriesen nun endgültig die Nase voll und gedachte, sein ferneres Leben im Schwarzwald zu verbringen. Vorher würde er Tinchen aber noch über die Anfangsschwierigkeiten hinweghelfen.

»Hast du dir schon überlegt, an welchem Stiefelteil du dich etablieren möchtest? Riviera oder Adria? Noch kannst du es dir aussuchen.« Tinchen überlegte nicht lange. »Die Adria-küste kenne ich rauf und runter, also sehe ich mir lieber mal die andere Seite an.«

»Wie du willst. Da kämen drei Orte in Frage, nämlich Cardicagno, Verenzi und San Giorgio. Cardicagno würde ich dir nicht empfehlen. Das ist ein ziemlich ödes Kaff in der Nähe von Rapallo. Im übrigen ist dort auch unsere holländische Konkurrenz vertreten und überschwemmt den ganzen Ort mit dicken Frauen in geblümten Sommerkleidern. Das ist nichts für dich!«

Sibylle bestellte zwei Espresso. »Es wird Zeit, daß wir wieder nüchtern werden! Wo waren wir stehengeblieben? Ach ja, Cardicagno. Das haken wir also gleich ab. Bleiben noch Verenzi und San Giorgio. Beide Orte liegen nur sieben Kilometer auseinander und ziemlich genau in der Mitte zwischen Genua und San Remo.«

Tinchen schüttelte den Kopf. »Ich kenne keines von den Nestern. Also ist es mir Wurscht, wohin ich komme. Wozu würdest du mir denn raten?«

Sibylle überlegte nicht lange. »Verenzi. Da gibt es einen erstklassigen Friseur. Außerdem können wir dich im Hotel Lido einquartieren, das ist eine unserer Nobelherbergen. Der Besitzer ist übrigens Deutscher. Mit dem kannst du wenigstens quasseln, wie dir der Schnabel gewachsen ist. Aber bei deinen perfekten Sprachkenntnissen bist du darauf sicher nicht angewiesen.«

Tinchen schluckte. »So furchtbar weit her ist es damit ja gar nicht. Wenn Herr Dennhardt mich auf die Probe gestellt hätte, wäre ich fürchterlich auf die Nase gefallen. Ich habe die ganze Zeit Blut und Wasser geschwitzt.«

»Und das auch noch völlig umsonst. Gottlieb spricht zwar fließend Spanisch, aber auf Italienisch kann er bloß fluchen.« Mißtrauisch beäugte Sibylle ihren Kaffee und äußerte die Befürchtung, man habe die Ingredienzen aus dem Reformhaus bezogen. »Schmeckt wie aufgebrühte Sonnenblumenkerne!«

Tinchen kicherte.

»Mach dir wegen der eventuellen Sprachschwierigkeiten keine Sorgen. Seit fünfundzwanzig Jahren ist die Riviera fest in deutscher Hand. Inzwischen versteht dort beinahe jeder Schuster deutsch.«

»Trotzdem werde ich mich gleich morgen in der Berlitz-School anmelden«, versprach Tinchen.

»Das lohnt sich doch gar nicht mehr! Kümmere dich lieber ein bißchen um das, was da unten wächst, kriecht und krabbelt. Es kann durchaus passieren, daß dir jemand ein halbverwelktes Blatt unter die Nase hält und von dir wissen will, von welchem Gestrüpp es stammt und ob es auch bei ihm in Wuppertal auf dem Balkon anwächst.«

»Auch das noch! In Biologie hatte ich immer eine Vier.«

»Du brauchst ja nicht die ganze südliche Flora zu kennen. Es genügt schon, wenn du eine Pinie von einer Agave unterscheiden kannst. Trichtere dir sicherheitshalber ein paar lateinische Pflanzennamen ein, und dann bete, daß dir nicht gerade ein engagierter Botaniker über den Weg läuft.«

Sibylle stand auf. Dem herbeieilenden Kellner erklärte sie, daß die Rechnung ›wie üblich‹ abzufassen sei und ohnehin erst später bezahlt werden würde. »Vielleicht kann ich dem Knaben doch eines Tages begreiflich machen, daß er diese Wartezimmerstühle rausschmeißen und ein paar anständige Sessel hinstellen muß, wenn er noch ein paar Gäste mehr haben will. Nächste Woche zieht unsere übrige Belegschaft um, und dann könnte diese Pinte durchaus unser Stammlokal werden. Schmetterlinge sind bekanntlich gefräßige Tiere. Aber mach das mal diesem Neapolitaner klar! Der hält sein Plastik-Interieur für das Nonplusultra in der Eisdielenbranche.«

Auf der Straße sah sich Sibylle suchend um. »Wo steht dein Wagen?« Tinchen lachte. »Als treuer Bürger dieses Staates halte ich mich an das Energiesparprogramm und fahre Bundesbahn. Von wegen Auto! Ich hab' nicht mal einen Führerschein!«

»Was hast du nicht?« Sibylle blieb mitten auf dem Fahrdamm stehen und zwang den heranrasenden Mercedesfahrer zu einem waghalsigen Ausweichmanöver, untermalt von Kommentaren, die auf einen bedauerlichen Mangel an Kinderstube schließen ließen. Mit zwei Sprüngen rettete sie sich zurück auf den Gehsteig. »Sag' das noch mal ganz deutlich! Du hast wirklich keinen Führerschein?«

»Ganz bestimmt nicht«, bestätigte Tinchen. »Ist das etwa eine Bildungslücke?«

»Nein, eine Katastrophe! Wir können dir doch nicht auch noch einen Chauffeur stellen.«

»Was soll ich mit einem Chauffeur? Ich habe Beine bis zum Boden und eine gute Kondition.«

»Die wirst du auch brauchen, wenn die Karre mal wieder nicht anspringt. Ansonsten meldest du dich morgen in einer Fahrschule an, paukst keine italienischen Vokabeln mehr, sondern Verkehrsregeln und hast spätestens am 30. März deinen Führerschein.«

»Das klappt nie!« Entsetzt wehrte Tinchen ab. »In acht Wochen ist das überhaupt nicht zu schaffen.«

»Ich habe meine Fahrprüfung sogar nach sechs Wochen gemacht«, sagte Sibylle, »und auf Anhieb bestanden. Allerdings mit privater Nachhilfe. Hast du nicht jemanden, der dir ein paar Privatstunden gibt? Vater, Bruder, Freund oder einen anderen Mitmenschen mit pädagogischen Fähigkeiten und einem schrottreifen Wagen?«

»Nein!« versicherte Tinchen im Brustton der Überzeugung, und damit hatte sie zweifellos recht. Immerhin hatte Florian schon einmal versucht, sie in die Geheimnisse des Autofahrens einzuweihen. Die dabei entstandene Beule im rechten Kotflügel seines Käfers hatte ihn kaltgelassen. »Sie stellt lediglich die optische Symmetrie des Wagens wieder her«, hatte er Tinchen beruhigt, »im linken ist ja auch schon eine.« Auch die verbogene Stoßstange hatte er noch hingenommen. Aber dann hatte Tinchen den falschen Gang erwischt, war in zügigem Tempo rückwärts die Bordsteinkante sowie zwei Treppenstufen raufgefahren und hatte den Auspuff demoliert. »Wenn überhaupt, dann lerne Panzer fahren! Da hast du noch Überlebenschancen!« hatte Florian erklärt und sie auf den Beifahrersitz verbannt.

Sibylle hatte sich milde lächelnd die blumenreiche Schilderung angehört. »Autofahren kann jeder Trottel lernen. Da ich dich nunmehr für einen solchen halte, wirst du es auch lernen. In Verenzi steht ein kleiner Fiat, der zum Inventar gehört und steuerlich absetzbar ist. Du wirst ihn gefälligst benutzen, und sei es auch nur aus dem Grund, daß die Mühle demnächst wieder im Freien parkt. Der Mietvertrag für die Garage läuft im März ab. Wenn der Wagen dann nicht regelmäßig bewegt wird, rosten auch noch die Stellen, die jetzt noch halbwegs intakt sind.«

»Glaubst du wirklich, ich setze mich freiwillig in solch einen Schrotthaufen? Lieber laufe ich!«

»Nur wer das Kopfsteinpflaster von Verenzi kennt, weiß, wie die Füße leiden«, rezitierte Sibylle in freier Interpretation den Geheimen Rat aus Weimar. »Und vergiß nicht, fünfundzwanzig Grad im Schatten gelten als durchaus gemäßigte Temperatur!«

»Dagegen hätte ich jetzt auch nichts einzuwenden.« Tinchen trat von einem Fuß auf den anderen, aber wärmer wurde ihr trotzdem nicht.

»Dann verschwinde, bevor du festfrierst! Alles andere kriegst du schriftlich! Tschüß und gute Heimfahrt!« Ein kurzes Winken, dann war Sibylle hinter der gläsernen Eingangstür verschwunden.

Im Zug ließ Tinchen sich alles noch einmal durch den Kopf gehen. Sie war rundherum glücklich und hätte sich liebend gern mit einem ihrer Mitreisenden unterhalten, aber die anderen Fahrgäste hatten ihre Gesichter in Leerlaufstellung. So zog sie lustlos das umfangreiche Buch aus der Tasche, für das sie vorhin 38 Mark auf den Ladentisch geblättert hatte, und schlug es auf. ›Die Blütezeit italienischen Kunstschaffens begann in der Frührenaissance. Als herausragendster Vertreter der Baukunst gilt bis heute …‹

Und das 531 Seiten lang! dachte Tinchen leicht erschüttert, klappte ihre Neuerwerbung wieder zu und machte sich auf die Suche nach dem Speisewagen.

Kapitel 4

Die Neuigkeit schlug wie eine Bombe ein! Karsten starrte seine Schwester mit weit aufgerissenen Augen an, haute sich auf die Schenkel und wieherte los: »*Was* willst du werden? Reiseleiterin? Heiliger Christophorus, steh den Touristen bei! Stellt euch doch bloß mal unser Tinchen vor, wie sie mit Flüstertüte vorm Schnabel und Spickzettel in der Hand zwischen den Ruinen von Pompeji steht und den Leuten die Badesitten der ollen Römer erklärt. Ich könnte mich totlachen!«

»Blöder Affe!« war alles, was Tinchen dazu zu sagen hatte. Aber auch Herr Pabst meldete Bedenken an. »Glaubst du wirklich, daß du so etwas kannst? Normalerweise benimmst du dich in fremder Umgebung doch immer wie ein herrenloser Hund, und jetzt willst du die Verantwortung für eine ganze Reisegruppe übernehmen?«

»Ihr habt ja gar keine Ahnung«, protestierte Tinchen, »laßt mich doch erst einmal alles erzählen!«

Dann erzählte sie, und je mehr sie erzählte, desto länger wurde Antonie Pabsts Gesicht. Schließlich platzte sie heraus: »Das ist ja alles schön und gut, mein Kind, und ich verstehe auch, daß du gerne mal an die Riviera möchtest, aber dahin kannst du doch im Urlaub fahren. Die andere Sache klingt mir dagegen reichlich unseriös. Für so etwas Unsicheres willst du deinen schönen Posten bei der Zeitung aufgeben? Du mußt doch auch an die Zukunft denken!«

»Das tu ich ja, Mutsch, und deshalb will ich endlich mal

raus! So einen Job wie beim Tageblatt finde ich jederzeit wieder, aber wann bekomme ich noch einmal die Chance, im Ausland zu arbeiten?«

»Da hat Tinchen vollkommen recht.« Herr Pabst lächelte seiner Tochter aufmunternd zu. »Soll sie doch ruhig ein paar Erfahrungen sammeln. Und nebenher lernt sie Italienisch. Fremdsprachen kann man heutzutage immer gebrauchen. Und was du mit unseriös meinst, Toni, das verstehe ich nicht. In der Touristikbranche arbeiten doch Tausende von Menschen. Glaubst du denn, das sind alles verkrachte Existenzen?«

»Na, ich weiß nicht, Ernst, Reisebegleiterin klingt doch wirklich etwas komisch – irgendwie so zweideutig.«

»Mutsch, ich bin Reise*leiterin* und nicht Begleiterin. Das ist ein himmelweiter Unterschied. So, und jetzt gehe ich ins Bett. Der Tag heute war doch ein bißchen anstrengend.«

»Gute Nacht, mein Kind«, sagte Antonie. »Es ist wohl besser, wenn du alles erst noch einmal überschläfst.«

Aber Tinchen hatte nichts zu überschlafen. Sie hoffte lediglich auf eine Erleuchtung, wie sie an diesen verflixten Führerschein herankommen könnte.

»Paps, kennst du einen besonders talentierten Fahrlehrer?« Tinchen ließ Honig auf das Brötchen tropfen, biß hinein und schrie auf. Dann murmelte sie vor sich hin: »Zum Zahnarzt muß ich vorher auch noch.«

Paps faltete seine Zeitung zusammen. »Wozu brauchst du einen Fahrlehrer? Mußt du deine Gäste persönlich nach Italien kutschieren?«

»Natürlich nicht.« In kurzen Worten erzählte sie alles Notwendige, unterließ aber nähere Angäben über den offenbar reichlich desolaten Zustand des Wagens, der in Verenzi auf sie wartete.

Herr Pabst schüttelte den Kopf. »Ich habe meinen Führerschein zwar innerhalb von zehn Tagen gemacht, aber damals haben sich die Leute auf den Straßen auch noch nach jedem Auto umgedreht. Vier Päckchen Chesterfield hat mich der ganze Spaß gekostet, und das Benzin mußte ich selber mitbringen. Dagegen erwartet ja die heutige Generation, daß man ihr diesen Freibrief für Fußgängermord zum achtzehnten Geburtstag auf den Gabentisch legt. – Du nicht, Tinchen, du warst eine rühmliche Ausnahme! Deshalb tut es mir auch leid, daß ich dir nicht helfen kann, aber ich kenne keinen Fahrlehrer, der Wunder vollbringt.«

»Frag' doch mal Herrn Krotoschwil«, schlug Karsten vor.

»Wer ist das?«

»Na, dieser alte Knacker, der bei Oma im Haus wohnt. Du hast den bestimmt schon gesehen! Das ist so ein kleiner Dikker mit Glatze, der immer aussieht, als ob ihm die Petersilie verhagelt wäre. Soviel ich weiß, hat er irgendwo am Graf-Adolf-Platz eine Fahrschule. Am besten meldest du mich gleich mit an, vielleicht kriegen wir Mengenrabatt.«

»Erst machst du dein Abitur, Karsten, und dann können wir meinethalben über den Führerschein reden!« Herr Pabst warf seinem maulenden Sproß einen warnenden Blick zu und wandte sich wieder an Tinchen: »Das wäre wirklich eine Möglichkeit. An Herrn Krotoschwil habe ich gar nicht gedacht. Ruf ihn nachher mal an, fragen kostet ja nichts.«

»Ach, der nimmt dich bestimmt, Tinchen, das ist so ein netter Mann.« Frau Antonie goß sich die dritte Tasse Kaffee ein. »Als ich neulich das ganze Eingemachte zu Oma gebracht habe und mich mit den schweren Taschen abschleppen mußte, da hat er doch tatsächlich mitten auf der Straße umgedreht und mich bis vor die Tür gefahren. Sogar die Taschen hat er mir noch raufgebracht.«

»Ob diese gewiß anerkennenswerte Hilfsbereitschaft Aufschluß über seine Fähigkeiten als Fahrlehrer gibt, bleibt dahingestellt«, sagte Herr Pabst und schob seinen Stuhl zurück. »Seid ihr fertig, Kinder? Wenn ihr mitfahren wollt, müßt ihr euch beeilen!«

»Nicht mal in Ruhe frühstücken kann man!« Karsten stopfte sich zwei Brötchen in die Hosentasche und suchte den Tisch nach weiteren handlichen Nahrungsmitteln ab. »Jeden Morgen die gleiche Hektik! Dabei fangen die in der Schule auch ohne mich an!«

Herr Krotoschwil teilte denn auch in keiner Weise Antonie Pabsts Optimismus. Er erklärte Tinchen rundheraus, daß es erstens völlig unmöglich sei, in derartig kurzer Zeit den Führerschein zu bekommen, daß sie zweitens nahezu jeden Tag eine Fahrstunde brauche und drittens noch am selben Abend zum theoretischen Unterricht zu erscheinen habe.

»Eigentlich mache ich das alles gar nicht mehr selber, bloß noch die Theorie, weil da hat sich ja nu nicht so sehr viel geändert, und mit die Fragebogen ist das auch viel einfacher. Aber bei Ihnen werde ich mich ausnahmsweise noch mal neben Ihnen setzen und Sie das Fahren beibringen. Das mache ich aber bloß, weil Ihre Oma so eine hochfeine Dame ist. Immer, wenn ich in Kur bin, nimmt sie meinen Hansi zu sich und füttert ihn, und denn hat sie mir neulich zum Geburtstag doch richtig so einen schönen Napfkuchen gebacken, ganz so, wie früher meine Frau. Nee, also für die Frau Marlowitz ihre Enkelin muß ich ja nu wohl auch mal was tun.«

Fortan stand Herr Krotoschwil pünktlich zu Beginn der Mittagspause vor dem Pressehaus, und ebenso pünktlich hingen alle abkömmlichen Redaktionsmitglieder aus den Fenstern. Immerhin gelang es Tinchen bereits nach vier Tagen, das Auto beim ersten Versuch zu starten.

Nach weiteren vier Tagen konnte sie schon rechtwinklig in eine Seitenstraße einbiegen und den Wagen bis zwanzig

Meter vor oder hinter dem bezeichneten Ziel zum Halten bringen. Sie fürchtete sich nicht mehr vor jeder Straßenlaterne und wich vor entgegenkommenden Lastwagen immer seltener auf den Gehsteig aus. Sie konnte die Scheinwerfer einschalten, ohne daß das Fenster von der Waschanlage berieselt wurde, und nur noch manchmal blinkte sie links, wenn sie rechts einbiegen wollte.

Unbegreiflicherweise war Herr Krotoschwil noch immer nicht zufrieden. »Wenn Sie nu noch'n bißchen auf die Verkehrsschilder achten tun und etwas schneller fahren wie'n Traktor, denn können wir uns das nächste Mal schon in die Innenstadt wagen.«

Abends hockte Tinchen in ihrem Zimmer und büffelte Vorfahrtsregeln, die nach ihrer Ansicht in einem einzigen Satz zusammengefaßt werden konnten: Vorfahrt ist nichts, was man hat; es ist etwas, das einem jemand läßt. Tut er's nicht, hat man sie nicht.

Bei dem vorsichtigen Versuch, ihrem Fahrlehrer auch einige Kenntnisse über das Innenleben eines Autos zu entlocken, hatte der nur abgewinkt. »Nee, Frollein Pabst, das is nu alles so kompliziert geworden, daß einer, wo selber was reparieren will, bloß noch mehr kaputtmachen tut. Das Wichtigste, wo Sie bei einer Panne brauchen, is Kleingeld und die Telefonnummer von die nächste Werkstatt.«

Von den Schmetterlingen flatterten regelmäßig Briefe ins Haus, die sehr förmlich mit ›Sehr geehrtes Fräulein Pabst‹ begannen und Prospekte, Buchungsformulare und andere komplizierte Unterlagen enthielten. Zum Einarbeiten, wie Herr Dennhardt Tinchen wissen ließ. Manchmal lag auch ein weniger förmlicher Brief bei, und der interessierte sie viel mehr.

›Die Heizung funktioniert wieder‹, schrieb Sibylle. ›Manchmal erreichen wir schon eine Innentemperatur von 17 Grad und kommen uns vor wie im Hochofen. Alkohol darf nicht mehr auf Geschäftskosten gekauft werden, dabei hatten wir uns alle schon sehr daran gewöhnt und eine bemerkenswerte Aufnahmekapazität erreicht.‹

Ein andermal teilte sie Tinchen mit, daß man in Verenzi ein neues Hotel unter Vertrag genommen habe. ›Die Besitzerin soll Haare auf den Zähnen und eine besondere Vorliebe für gutaussehende Männer haben. Vielleicht sollte man zwecks günstigerer Zahlungsbedingungen unseren Gottlieb für ein paar Tage hinschicken.‹

Aber dann kam ein Brief, von dem Tinchen alles andere als begeistert war. ›Gestern nacht ist unser Büro in San Giorgio abgebrannt. (Ich hätte zwar eher damit gerechnet, daß es eines Tages einstürzen würde, aber dem ist ein explodierender Gasbehälter zuvorgekommen.) An malerischen Verlusten beklagen wir lediglich das schon reichlich antike Mobiliar sowie drei Flaschen Grappa, die übrigens nicht im Inventarverzeichnis enthalten gewesen waren. Viel schlimmer ist die Tatsache, daß wir so kurz vor Saisonbeginn keine neuen Büroräume mehr kriegen. Nach Rücksprache mit Herrn Harbrecht hat Gottlieb deshalb beschlossen, daß San Giorgio von Verenzi aus betreut wird. Deine Kollegin wird also nicht sieben Kilometer, sondern höchstens sieben Meter von dir entfernt im selben Raum sitzen. Ich habe dir die netteste aus unserer Damenriege rausgesucht, und ich glaube, ihr werdet ganz gut harmonieren. Jedenfalls könnt ihr gegenseitig auf euch aufpassen (Honi soit qui mal y pense!). PS. Was macht der Führerschein??‹

Daran mochte Tinchen nun überhaupt nicht denken. Herr Krotoschwil bescheinigte ihr zwar eine außergewöhnliche Rücksicht gegenüber Fußgängern, weil sie beim Anblick von Passanten automatisch auf die Bremse trat, meinte aber, daß auch Hunden ein gewisses Entgegenkommen zustehe (den Dackel hatte er sofort zum Tierarzt gefahren). Und wenn sie nicht bald lernen würde, rückwärts einzuparken, ohne sich nach dem Gehör zu orientieren, dann würde es mit dem Führerschein wohl nichts werden.

Tinchen nickte, versuchte es zum fünften Mal und streifte ganz leicht das Halteverbotschild.

Noch zwölf Tage bis zur Prüfung und vierzehn Tage bis zur Abreise! Und übermorgen die Abschiedsfeier im Büro!

In der Redaktion hatte man Tinchens Kündigung mit der gleichen Gelassenheit hingenommen, wie man ein Lawinenunglück oder einen Regierungswechsel hinzunehmen pflegte – bedauerlich, aber nicht zu ändern. Nur Florian war sichtbar erschüttert gewesen.

»Tinchen, du kannst doch nicht so einfach von der Bildfläche verschwinden«, hatte er gejammert. »Wer kühlt denn jetzt mein schweres Haupt, wenn ich mich nach durchwachter Nacht mit letzter Kraft in diese heiligen Hallen schleppe? Ich habe immer geglaubt, Eisbeutel, Kaffee und tröstender Zuspruch seien im Zeilenhonorar enthalten!«

»Eis und Kaffee kriegst du in der Kantine, und den Zuspruch kannst du dir künftig beim Sperling holen. Der ist sowieso schon sauer, weil du dich jeden Vormittag in Laritz' Büro rasierst.«

»Wie kann man bloß so kleinlich sein. Das bißchen Strom …«

Tinchen mußte lachen. Ob aus diesem flapsigen großen Jungen wohl jemals ein richtiger Mann werden würde? »Du solltest heiraten, Flox«, empfahl sie, »keine Frau ist so schlecht, daß sie nicht die bessere Hälfte eines Mannes werden könnte.«

»Bist du wahnsinnig? Oder kennst du nicht den Werdegang einer Familie: Einzimmerwohnung, Häuschen, Haus, Häuschen, Einzimmerwohnung.« Er schüttelte sich. »Die Ehe ist ein Vertrag, bei dem man als Mann auf die eine Hälfte der Lebensmittel verzichtet, damit man ihm die andere Hälfte kocht!«

»Aber willst du denn ewig deine Hemden aus der Wäscherei und deine Verpflegung von der Würstchenbude beziehen?«

»Hast du eine Ahnung, Tinchen! Vorige Woche habe ich mir eine Waschmaschine angeschafft und einen supermodernen Herd mit eingebautem Heißluftgrill. Für Fleisch habe ich jetzt allerdings kein Geld mehr. Warum kann man die Raten eigentlich nicht in Raten zahlen?«

Tinchen nickte verständnisvoll. Sie hätte sich auch ziemlich verausgabt, aber was hätte sie machen sollen? Ihre Garderobe entsprach nun mal nur den hier gängigen sommerlich-arktischen Temperaturen. Was sollte sie wohl am Strand von Verenzi mit einem dunkelblauen Hosenanzug aus reiner Schurwolle anfangen?

Der letzte Arbeitstag. Tinchen betrat etwas wehmütig die große Eingangshalle, stieg in den Lift, der sie programmwidrig erst einmal in das Untergeschoß beförderte, wo eine Putzfrau nebst Bohnerbesen und Scheuereimer zustieg, dann hielt er wieder im Erdgeschoß, um Putzfrau samt Utensilien zu entlassen, und schwebte endlich in den sechsten Stock empor.

Dort herrschte ungewohnte Stille. Nicht mal das Radiogeplärre, mit dem sich die Sportredaktion sonst ständig berieseln ließ, war zu hören. Tinchen sah auf die Uhr. Fünf nach neun, also hatten zumindest die subalternen Mitglieder des Tageblatts anwesend zu sein, auch wenn sie die erste Stunde ihres Arbeitstages in der Regel mit Kaffeekochen, Schönheitspflege und der Verbreitung hausinterner Neuigkeiten zu verbringen pflegten. Von den Herren Redakteuren ließ sich ohnehin keiner vor elf Uhr blicken.

Aber diesmal waren sie alle da! Als Tinchen die Tür zur Redaktion öffnete, sah sie sich einer Phalanx meist würdiger älterer Herren gegenüber, wie sie in dieser Massierung eigentlich nur beim alljährlichen Betriebsfest anzutreffen waren. Herr Dr. Vogel trat einen Schritt vor, korrigierte den Sitz seiner Krawatte, räusperte sich und begann:

»Mein liebes Fräulein Pabst! In dem Bewußtsein, eine traurige Pflicht erfüllen zu müssen, nehmen wir heute von Ihnen Abschied.« Dann schien ihm aufzugehen, daß es sich diesmal nicht um eine Beerdigung handelte, und so ergänzte er schnell: »Abschied nicht für immer, sondern nur von einer Mitarbeiterin, die uns jetzt verlassen will, weil sie uns verlassen muß beziehungsweise möchte ...«

»Nun hat er endgültig den Faden verloren«, flüsterte Sabine. Die war auch schon da, obwohl ihr Dienst erst mittags begann.

Eine hilfreiche Hand schob dem Redner ein eingewickeltes Päckchen zu. Dr. Vogel griff danach wie nach einem rettenden Strohhalm, drückte es an die Brust und fuhr fort: »Damit Sie Ihre bisherige Wirkungsstätte nicht völlig vergessen, haben Ihre Kolleginnen und Kollegen und natürlich auch wir« – damit blickte er gönnerhaft lächelnd zu seinen Redakteuren – »ein kleines Abschiedsgeschenk vorbereitet. Möge es Sie an die arbeitsreichen, manchmal jedoch auch mußevollen Stunden in diesen Räumen erinnern!«

Unter dem höflichen Beifall der Anwesenden überreichte er Tinchen das Päckchen.

»Die Blumen!« soufflierte eine Stimme.

»Ach ja, die Blumen.« Dr. Vogel sah sich irritiert um. »Wo sind die denn überhaupt?«

Sabine griff nach einem voluminösen Nelkenstrauß, der noch im Waschbecken schwamm, und drückte ihn dem Sperling in die Hand. Mit einer gemessenen Verbeugung reichte er ihn an Tinchen weiter.

Sie war so überrascht, daß sie nicht wußte, was sie sagen sollte. Schon die Tatsache, nahezu die gesamte Redaktion vor sich aufgereiht zu sehen, verschlug ihr die Sprache. Sie versteckte ihr feuerrotes Gesicht hinter den Blumen und fing hilflos zu stottern an:

»Es ist … ich meine … ich wollte sagen … ich bin so überwältigt, daß ich nicht weiß, was ich sagen soll. Mir fällt das Weggehen sowieso nicht leicht, und nun auch noch dieser feierliche Abschied – das ist einfach zu viel auf einmal!«

Schluchzend drückte sie Sabine die Nelken in die Hand und lief zur Tür hinaus Richtung Damentoilette. Sabine warf die Blumen auf den Schreibtisch und rannte hinterher.

»Meine Güte, Tinchen, seit wann hast du denn so dicht am Wasser gebaut? Dabei war es doch urkomisch, wie der Sperling mit seiner Leichenrede anfing. Die hat er zum letzten Mal gehalten, als der alte Nickelmann gestorben war.« Hilfreich gab sie Tinchen ein Papiertaschentuch. »Nun beruhige dich wieder, der Auftrieb ist ja jetzt zu Ende. Von elf bis zwölf findet in der Kantine das große Gelage statt: Vogel hat fünf Flaschen Sekt kaltstellen lassen. Wenn alle kommen, kriegt jeder ein halbes Glas voll. Nur gut, daß wir noch etwas Gehaltvolleres in Reserve haben!«

Tinchen hatte sich wieder etwas restauriert und war nunmehr bereit, allem Kommenden gefaßt ins Auge zu sehen. Viel zu sehen gab es allerdings nicht. Das vorhin beinahe überquellende Zimmer war fast leer, nur Florian lümmelte auf einer Schreibtischkante herum und betrachtete versonnen den großen Blumenstrauß. Irgend jemand hatte ihn in einen leeren Farbeimer gestellt.

»Wenn man bedenkt, daß eine Nelke ungefähr einsfuffzig kostet, dann kannst du dir ausrechnen, wieviel du denen wert bist – nämlich genau dreißig Mark. Ich habe mich an der Sammlung für dieses Gemüse übrigens nicht beteiligt.«

»Hier zählt nicht der materielle Wert, sondern der ideelle«, sagte Tinchen. »Außerdem sind Nelken meine Lieblingsblumen. Was ist eigentlich in dem Päckchen?«

»Mach es doch auf! Die Idee zu diesem Angebinde stammt von mir, sonst hättest du doch wieder die übliche Bowlenschüssel oder eine andere Scheußlichkeit bekommen!«

Vorsichtig entfernte sie das Seidenpapier. Zum Vorschein kam ein Fotoalbum aus rotem Leder. Sie schlug es auf und entdeckte auf der ersten Seite den Kopf des Tageblatts. Neugierig blätterte sie weiter. Da waren sie alle, die würdevollen Herren des Hauses und ihre weniger würdevollen, weil noch nicht arrivierten Mitarbeiter.

Auf jeder Seite blickte Tinchen ein anderer Repräsentant der Zeitung an, umgeben von gezeichneten oder eingeklebten Attributen seines Ressorts. Da stapelte sich ein Bücherberg, auf den Dr. Laritz mit ernster Miene herabsah; da gab es Kinoanzeigen, Brieftauben und flüchtig skizzierte Biergläser, womit das Arbeitsgebiet von Herrn Müller-Menkert genügend aufgezeigt wurde. Auf einem riesigen Fußball thronte Herr Dahms, und auf dem Gipfel des Matterhorns stand ein jodelnder Herr Winterfeld, zuständig für ›Reise und Erholung‹. Ihm zu Füßen begoß Frau Fischer einen gemalten Gummibaum. Der Uhu posierte mit einem Blumenkohl in der Hand, und sogar Herr Amreimer war nicht vergessen worden. Er blickte anklagend in die Kamera inmitten eines unbeschreiblichen Durcheinanders von Zeitungen und Papieren, und oben drüber stand: Computer für Archiv gesucht.

Als Tinchen die letzte Seite des Albums aufschlug, sah sie ein Foto ihres eigenen Schreibtisches. Die Maschine war zugedeckt, in der leeren Kaffeetasse welkte eine gelbe Rose, und über ihrem ebenfalls leeren Stuhl prangte ein großes rotes Fragezeichen.

In ihren Augen glitzerte es verdächtig. »Weißt du, Flox, manchmal hast du mich ja bis zur Weißglut gereizt, und ein widerwärtiges Individuum bleibst du trotz allem, aber dieses Geschenk hier vergesse ich dir nicht! Von wem stammen denn die ganzen Aufnahmen?«

»Die sind von Rudi Wallner.« Florian grinste. »Der war direkt selig, daß mal einer Bilder von ihm haben wollte. Seine Fußballfotos ist er doch bei uns noch nie losgeworden!«

Noch einmal blätterte Tinchen die Seiten durch. Jede einzelne Aufnahme war mit dem dazugehörigen Autogramm versehen, besonders Korrekte hatten sogar das Datum an den Rand geschrieben.

»Es ist das originellste Geschenk, das ich jemals bekommen habe. Tausend Dank, Flox!«

»Na ja, ich dachte mir, wenn du von Heimweh zerfressen und fern des tröstenden Zuspruchs auf den Klippen am Meeresrand sitzt, dann hast du doch wenigstens etwas, woran du dich festhalten kannst.«

»Und wenn du dann die dämlichen Visagen aller Zurückgebliebenen siehst, wird dein Heimweh sofort wieder vergehen!« unterbrach Sabine betont burschikos. »Hör mit diesem elegischen Geschwafel auf. Nach meiner Ansicht hat sich Tinchen genau den richtigen Zeitpunkt zum Absprung ausgesucht. Nächsten Monat fangen die doch schon an, uns zu verkabeln, und dann dauert es auch nicht mehr lange, bis aus unserem gemütlich-vergammelten Redaktionszimmer ein steriles Großraumbüro wird, in dem jeder vor seinem Bildschirm klebt und bloß noch Knöpfchen drückt! *Ich* würde jedenfalls liebend gern mit Tinchen tauschen!«

»Ich auch«, sagte Florian, »aber das braucht sie ja nicht zu wissen!«

Aus der Arbeit wurde an diesem Tag nicht mehr viel. Es hatte sich schnell herumgesprochen, daß im Sekretariat ein illegaler Getränkeausschank installiert war, und so fanden auch diejenigen dorthin, die sich normalerweise niemals blicken ließen. Sogar Herr Winterfeld tauchte auf, nahm dankend einen bis zur Unkenntlichkeit verdünnten Whisky an und ermunterte Tinchen, gelegentlich ihre Reiseeindrücke zu Papier zu bringen.

»Die Leute lesen gern mal etwas Natürliches, Unverbildetes. Vielleicht eine kleine Plauderei über die einheimische

Küche, angereichert mit ein paar Rezepten – so was kommt immer an!«

»Nachzulesen in jedem Kochbuch«, ergänzte Sabine, nachdem Herr Winterfeld sich mit vielen guten Wünschen für Tinchens Wohlergehen verabschiedet hatte.

Auch Herr Dahms hatte seine eigenen Vorstellungen von ihrer künftigen Freizeitgestaltung. »Wenn Sie in Italien sind, finden doch dort unten gerade die Europameisterschaften statt. Wie wär's denn mit einem kleinen Stimmungsbericht? Nichts Sportliches natürlich, vom Fußball haben Sie ja doch keine Ahnung. Aber Sie könnten doch mal dem Volk aufs Maul schauen! Meinungsäußerungen und so weiter! Muß natürlich etwas Heiteres sein, für das Gegenteil sorgt schon unsere Nationalmannschaft!«

»Ob die alle glauben, ich fahre zu meinem Privatvergnügen nach Verenzi?« fragte Tinchen, während sie ihren Schreibtisch ausräumte und ihre Habseligkeiten in einem Pappkarton mit der Aufschrift ›20 Dosen Pfalzer Leberwurst‹ verstaute. »Willst du übrigens die Erbsensuppe haben?« Auffordernd hielt sie drei Packungen Fertigsuppen in die Höhe. »Die hat der Gerlach mal in einer Tombola gewonnen und in einem Anflug von Großmut dem Redaktionsfonds gestiftet. Angeblich mag er keine Erbsen.«

Sabine winkte ab. »Gib sie Flox! Der sammelt das Zeug. Ich habe ihn neulich im Supermarkt getroffen, als er das halbe Regal abgeräumt hat.«

»Was habe ich abgeräumt?« Unbemerkt war Florian wieder ins Zimmer getreten.

»Tütensuppen! Du mußt doch schon ein ganzes Lager davon haben!«

»Aber doch nicht zum Essen!« Entsetzt wehrte der so Verdächtigte ab. »Ich klebe die Dinger an die Wand, damit die Küche nicht so kahl aussieht!« Er griff sich den Karton und eilte wieder zur Tür. »Ich warte lieber im Wagen auf dich.

Abschiedsszenen machen mich immer so melancholisch, und wenn ich melancholisch bin, muß ich saufen. Andererseits kann ich nicht schon besoffen bei dieser Vernissage im Kunstverein aufkreuzen. Die Leute sind lediglich daran gewöhnt, daß man besoffen *geht.*«

Die Tür klappte hinter ihm zu.

»Laß es uns kurz machen, Tinchen.« Sabine wischte sich verstohlen eine Träne aus dem Gesicht und schneuzte nachdrücklich in ihr Taschentuch. »Ich weiß gar nicht, was ich eigentlich habe. Schließlich wanderst du ja nicht nach Lappland aus. Schreib' also mal und ruf' an, wenn du wieder im Lande bist!«

»Darauf kannst du dich verlassen!« Noch einmal ließ Tinchen ihren Blick durchs Zimmer schweifen. Dann reichte sie ihrer Kollegin die Hand. »Tschüß, Sabine, halte die Stellung! Wenn ich erst gründlich auf die Nase gefallen bin, kann ich ja wieder zurückkommen!«

»Im Archiv wird wohl immer ein Platz für dich frei sein«, grinste Sabine, »aber so weit kommt es ja doch nicht. Und wenn du einen Millionär an der Angel hast, dann sieh dich mal in seinem Bekanntenkreis um. Ich könnte auch einen gebrauchen.«

Florian warf seine Zigarette weg, als er Tinchen kommen sah, und öffnete zuvorkommend die Wagentür.

»Nanu? So höflich heute? Wenn ein Herr einer Dame die Autotür öffnet, ist entweder der Wagen neu oder die Dame. Beides trifft nicht zu. Du bist doch nicht etwa krank?«

Er brummte Unverständliches und drehte den Zündschlüssel. Schweigend reihte er sich in den Verkehr ein. Schweigend starrte er auf die Autoschlange vor ihm, die nur schrittweise vorankam. Erst als er den Verkehrsschutzmann sah, der auf seinem Podest stand und hilflos mit den Armen ruderte, knurrte er grimmig: »Ich glaube, wir befürchten zu Unrecht, die Automation könnte uns brotlos machen. Bei jeder größeren Verkehrsstauung schalten sie die Ampeln aus und holen einen Polizisten!«

Der Wagen hielt vor dem Reihenhaus. Florian stellte den Motor ab. Dann sah er Tinchen an.

»Eigentlich wollte ich dir noch eine ganze Menge sagen, aber ich schreib's dir lieber bei Gelegenheit. Im Mündlichen war ich nie sehr gut.« Er versuchte ein Lachen, aber es klang reichlich gequält. »Es tut mir wirklich leid, daß du gehst, Tinchen, ich hab' dich nämlich verdammt gern. Und manchmal hatte ich sogar schon gedacht, ob ich …«

Sie verschloß mit der Hand seinen Mund. »Nicht sentimental werden, Flox, das paßt nicht zu dir. Du hast selbst gesagt, daß dich Abschiednehmen immer melancholisch macht.«

Mühsam versuchte sie, den Kloß hinunterzuschlucken, der ihr plötzlich in der Kehle steckte. »Ich werde bei so was auch immer tränenklüterig. Aber wenn es dich beruhigt: Ich mag dich auch ganz gern, du … du … du widerwärtiges Individuum.«

Schnell stieg sie aus dem Wagen. »Jetzt gib mir mein Leberwurstpaket und das Grünzeug, und dann verschwinde endlich!« Sie griff nach dem Blumenstrauß, klemmte sich den Karton unter den Arm und lief zur Haustür. Ohne sich noch einmal umzusehen angelte sie die Schlüssel aus der Manteltasche, schloß auf und verschwand im Haus.

Florian sah ihr lange nach. Bevor er wieder losfuhr, faßte er seine Gefühle in einem einzigen Wort zusammen: »Scheiße!«

Ein nachdrückliches Hupen schreckte Tinchen auf. Sie stellte die Kaffeetasse hin, lief zum Fenster und öffnete es. »Bin gleich soweit, nur noch zwei Minuten!«

»Hat ja keine Eile nich«, beruhigte sie Herr Krotoschwil, zündete eine Zigarette an und schlug die Zeitung auf, bereit, die Wartezeit nutzbringend zu überbrücken. Er kannte seine

Pappenheimer! Je älter die Damen waren, desto länger dauerten ihre zwei Minuten.

Bei Tinchen dauerten sie fünf. Sie öffnete die Wagentür und plumpste hinter das Steuer. »Mir ist ganz flau im Magen, und geschlafen habe ich auch miserabel. Glauben Sie wirklich, ich könnte es schaffen?«

Herr Krotoschwil faltete die Zeitung zusammen. »Mit'm bißchen Glück wird es schon schiefgehen. Immerhin haben Sie doch die theoretische Prüfung prima bestanden, so was sehen die Herren von die Kommission immer gern, da drücken sie beim praktischen Teil schon mal 'n Auge zu. Ich werde dafür sorgen, daß Sie gleich als erste drankommen, weil denn is der Prüfer noch nicht so mit die Nerven runter. Und nu woll'n wir noch mal eine Runde drehn über'n Bahnhof und denn die Graf-Adolf-Straße hoch, weil die Strecke wird fast immer gefahren. Und immer schön in den Rückspiegel gucken, auch wenn Se eigentlich gar nicht müssen!«

Solchermaßen aufgerüstet setzte Tinchen den Wagen in Gang und bewältigte die vorgegebene Route ohne ernsthafte Zwischenfälle. Letzten Endes kann es jedem mal passieren, daß er falsch in eine Einbahnstraße einbiegt, und wenn alle Leute fahren könnten, die einen Führerschein haben, gäbe es nicht so viele Unfälle.

»So was dürfen Se aber nachher nicht machen, Frollein Ernestine, weil das haben die Prüfer nicht so gern.«

Tinchen sah das ein.

Der Ingenieur Papenberg war ein netter älterer Herr mit vielen Fachkenntnissen und schwachen Nerven. Nur so ließ es sich wohl erklären, daß er die Außenbezirke der Stadt bevorzugte, wo es relativ wenig Verkehr und noch weniger Verkehrsschilder gab. Dafür fanden sich Parklücken, die sogar einem Möbelwagen Platz geboten hätten. Er ließ sich auch nicht lange spazierenfahren, sondern dirigierte Tinchen in eine ruhige Seitenstraße, kritzelte seine Unterschrift auf ein graues Stück Papier und händigte es ihr aus.

»Und nun lassen Sie mal lieber den Herrn Krotoschwil zurückfahren«, forderte er die frischgebackene Führerscheinbesitzerin auf, lehnte sich in die Polster zurück und schloß die Augen. »Wenn Sie vielleicht an der nächsten Apotheke kurz anhalten könnten ... mit meinen Magenschmerzen ist es heute wieder besonders schlimm.«

Tinchen schwankte zwischen Mitleid und Verblüffung. Magenschmerzen? Soso. Dann waren also nicht ihre brillanten Fahrkünste, sondern ein respektables Zwölffingerdarmgeschwür der Grund für die bestandene Prüfung?

Später kam Herr Krotoschwil zu dem gleichen Schluß. »Nu glauben Se bloß nicht, daß ich Se gerne auf die Menschheit loslasse, Frollein Ernestine, aber für Italien wird's schon reichen. Die können da ja alle nicht fahren. Fuß auf'm Gas, Finger auf der Hupe, Augen zu und denn los. Jedenfalls wünsche ich Sie viel Glück, weil Sie können's brauchen!«

Mit etwas gedämpftem Optimismus betrat Tinchen ein Papierwarengeschäft und kaufte eine Klarsichthülle. Amtliche Dokumente soll man pfleglich behandeln, ganz besonders solche, die man in Zukunft ständig mit sich führen muß.

Als nächstes suchte sie eine Telefonzelle. Herr Pabst war selbst am Apparat. Er nahm die frohe Botschaft mit unverständlichem Gleichmut entgegen, behauptete, gar nichts anderes erwartet zu haben, und lehnte es ab, sich von seiner Tochter abends nach Hause fahren zu lassen. »Heute wird es später, Tinchen, ich muß mit Herrn Schmeisser noch die Rechnungen durchgehen.«

Herr Schmeisser war Goldschmied und hatte mit Abrechnungen nicht das geringste zu tun.

Tinchen steckte zwei weitere Groschen in den Apparat und wählte die Nummer des Tageblatts. Mit irgend jemandem mußte sie jetzt reden! Sabine beglückwünschte sie zwar, erklärte aber, im Augenblick gar keine Zeit zu haben. »Der Laritz schreit schon seit einer halben Stunde nach mir; wenn er noch länger warten muß, kriegt er eine Herzattacke. Willst du mal mit Florian sprechen? Der kommt gerade zur Tür herein und macht ein Gesicht, als habe er seinen Goldfisch verschluckt. Wiedersehn, Tinchen, mach's gut!«

Im Hintergrund hörte sie Gelächter, Schritte näherten sich, dann wurde der Hörer wieder aufgenommen.

»Tach, Tinchen, treibt dich die Sehnsucht an den Apparat, oder willst du bloß dein Abonnement kündigen? Wieso bist du überhaupt noch hier? Ich denke, du jagst Schmetterlinge?«

»Ja, ab übermorgen. Erst mußte ich doch noch meinen Führerschein machen. Eben habe ich ihn gekriegt.«

»O Gott!« sagte Florian und legte auf.

Enttäuscht verließ Tinchen die Telefonzelle. Er hätte mir wenigstens gratulieren können, aber vermutlich interessiert ihn das alles gar nicht mehr. Sicher scharwenzelt er schon fleißig um die Neue herum. Die kann einem eigentlich leid tun. Bestimmt fällt sie auch auf sein Süßholzgeraspel herein, ohne zu ahnen, daß er bloß Kaffee und Zigaretten schnorren will. So macht er es doch mit allen. Hat er mit mir ja auch gemacht. Aber ich bin nicht auf ihn hereingefallen. *Ich* nicht! Und überhaupt ist es mir völlig egal, wen er jetzt wieder um den Finger wickelt! Wenn ich erst in Verenzi bin, schicke ich ihm eine extra große Ansichtskarte, damit er sich gründlich ärgert! So, und jetzt gehe ich in die nächste Kneipe und trinke einen Doppelten!

Tinchen packte Koffer. Die zwei großen waren schon auf dem Weg nach Italien, die beiden kleinen lagen mit aufgeklappten Deckeln auf der Couch. Frau Antonie saß daneben und nähte einen abgerissenen Knopf an die Wolljacke. »Hast du Nähzeug eingepackt?«

»Natürlich, Mutti, auch Schuhcreme und Aspirintabletten. Im übrigen fahre ich nicht in die Wüste. In Verenzi gibt es ebenfalls Geschäfte, die haben sogar abends auf.«

»Müssen sie wohl. Tagsüber liegen die Italiener doch alle auf der faulen Haut!«

Tinchen seufzte leise. Sie hatte es aufgegeben, ihre Mutter von dem unbestreitbaren Fleiß auch anderer Europäer zu überzeugen. Die ließ allenfalls noch die Österreicher gelten, weil »das ja auch mal Deutsche gewesen sind, und da muß doch noch irgend etwas hängengeblieben sein«.

»Ihr könntet doch in diesem Jahr ausnahmsweise mal nicht ins Zillertal fahren, sondern Urlaub in Verenzi machen«, schlug Tinchen vor. »Ich besorge euch ein hübsches Quartier, und du siehst endlich mal etwas anderes als Berge und Kühe.«

Antonie schüttelte den Kopf. »Das ist ja gut gemeint von dir, aber nach Mayrhofen fahren wir nun schon seit sieben Jahren, da fühlen wir uns beinahe wie zu Hause. Die Frau Janda weiß, wie der Papa seine Kalbshaxe haben will und daß er kein fettes Schweinefleisch verträgt. Und dann kommen ja auch wieder die Ferbers aus Schwäbisch Hall, mit denen ist es jedesmal sehr nett gewesen. Was soll ich in Italien, da müßte ich ja sogar eigene Bettwäsche mitnehmen. Ich habe nun wirklich keine Vorurteile, aber man weiß doch, daß da nicht alles so proper ist wie bei uns.«

Sie biß den Faden ab, faltete die Jacke und legte sie in den Koffer. »Bist du jetzt fertig? Du weißt doch, Oma muß gleich kommen.«

Frau Marlowitz schälte sich mit Karstens Hilfe gerade aus ihrem Persianer, als Tinchen die Treppe herunterkam. Sie wurde von Kopf bis Fuß gemustert, dann nickte Oma beifällig. »Endlich einmal im Rock! Das sieht doch gleich viel damenhafter aus, findest du das nicht selbst?«

»Ich habe meine Hosen schon alle eingepackt«, sagte Tinchen, drückte ihrer Großmutter einen Kuß auf die Wange und nahm etwas mißtrauisch die karierte Tüte in Empfang. Sie trug den Aufdruck eines bekannten Modegeschäftes.

»Ich hoffe, es wird dir gefallen. Du mußt ja auch etwas haben, wenn du abends mal ausgehst.«

Das Mitbringsel entpuppte sich als grüne Organdybluse mit Bubikragen und sehr viel Rüschen vorne.

»Ach, ist die hübsch!« Antonie hielt ihrer Tochter das durchsichtige Etwas unter das Kinn und zupfte daran herum. »Zu deinem schwarzen Samtrock muß das ganz exquisit aussehen. Zieh sie doch schnell mal an!«

»Grün steht mir doch gar nicht«, wagte Tinchen einen schüchternen Protest, aber Frau Marlowitz schnitt ihr das Wort ab. »Das ist ja auch kein einfaches Grün, das ist Meergrün. Nun zieh die Bluse über!«

»Du siehst aus wie eine Wasserleiche!« kommentierte Karsten denn auch den Aufzug seiner Schwester. »Ich dachte immer, so was mit Volants hängt man vors Küchenfenster.« (Ein taktvoller Mensch ist jemand, der ausspricht, was die anderen denken!)

Tinchen schwieg. Folgsam drehte sie sich langsam um und ließ sich begutachten.

»Die Bluse steht dir ganz ausgezeichnet«, sagte Oma, womit sie das Thema als abgeschlossen betrachtete. Tinchen nickte ergeben, bedankte sich lauwarm und machte, daß sie wieder in ihr Zimmer kam. Wütend zerrte sie das Kleidungsstück vom Körper.

»Meergrün! Daß ich nicht lache! Und dann diese Rüschen! Bin ich ein Zirkuspferd? Ich möchte nicht wissen, was dieser Fetzen gekostet hat! Dafür hätte ich glatt den schicken weißen Bademantel gekriegt, aber nein, eine Rüschenbluse mußte es sein. In Meergrün! Am besten schmeiße ich sie da auch rein!«

Karsten steckte den Kopf durch die Tür. »Na, kleine Seejungfrau, haste wieder abgetakelt?« Er hob die verschmähte Bluse vom Boden auf und stopfte sie in einen Koffer. »Nun nimm das Ding schon mit, vielleicht kannst du dein Zimmermädchen damit glücklich machen. Das zahlt sich bestimmt aus. Kleine Geschenke erhalten bekanntlich die Freundschaft!«

Sehnsüchtig betrachtete er die Koffer. »Du hast es gut, Tine. Wir schreiben morgen Mathe, und du fährst in den Süden. Es gibt keine Gerechtigkeit auf der Welt.«

»Du kannst mich ja in den Ferien besuchen«, sagte sie großmütig, wohl wissend, daß ihr Bruder zusammen mit zwei Freunden einen Angelurlaub in Schweden plante.

Sie war froh, als Oma Marlowitz sich gegen zehn Uhr verabschiedete. Deren Kenntnisse vom Mittelmeer beschränkten sich auf die nähere Umgebung von Palma de Mallorca, wo sie im vergangenen Jahr die Wintermonate verbracht hatte. Die Tatsache, daß sie auf eine Wiederholung dieser vorübergehenden Emigration verzichtet hatte, ließ nur einen Schluß zu: Es hatte ihr nicht gefallen! Folglich hatte es auch anderen nicht zu gefallen, und sie gab sich redliche Mühe, Tinchen davon zu überzeugen.

»Und denke daran, mein Kind, immer einen warmen Schlafanzug anziehen! Die Nächte am Meer sind sehr kühl. Wo habe ich denn jetzt wieder meine Handschuhe?« Hastig durchwühlte sie ihre große Tasche. »Ich weiß doch genau, daß ich ... ach, da sind sie ja! Und hier ist noch etwas, das hätte ich beinahe vergessen.« Sie zog ein kleines verschnürtes Päckchen heraus und gab es ihrer Enkelin.

»Das nimmst du auch noch mit! Aber versprich mir, daß du es erst in Italien aufmachst!«

Tinchen gelobte, ihre ohnehin nicht sehr große Neugier zu bezähmen. Wenigstens war das Paket klein. Ein weiteres Kleidungsstück würde es kaum enthalten. Vermutlich Briefpapier, dachte sie, und so versprach sie auch noch bereitwillig, regelmäßig zu schreiben und gelegentlich Fotos zu schicken.

Oma zog ab, gefolgt von Karsten, der den Korb mit Äpfeln trug (Sonderangebot, das Kilo nur einsneunundsiebzig); und von Ernst Pabst, der seine Schwiegermutter nach Hause fahren durfte. An der Tür drehte er sich noch einmal um.

»Wir sehen uns ja noch beim Frühstück, Tinchen, aber zum Bahnhof kann ich dich leider nicht bringen. Um neun Uhr hat sich ein Vertreter angesagt.«

»Macht nichts, Paps, ich nehme mir ein Taxi.«

»Ach, das ist aber auch wirklich zu dumm«, klagte Frau Antonie, »da wirst du ganz allein fahren müssen. Ausgerechnet morgen früh will endlich der Installateur kommen, auf den ich schon seit Tagen warte. Da muß doch jemand zu Hause sein!«

»Dann bringe *ich* sie eben zum Zug.« Karsten war ganz brüderliche Hilfsbereitschaft.

»*Du* schreibst Mathe! Mit den Koffern werde ich alleine fertig.«

Als Tinchen endlich im Bett lag und langsam ins Reich der Träume hinüberglitt, glaubte sie zu hören, wie Meereswellen an den Strand spülten und sich sanft an den Klippen brachen …

Nebenan im Bad tropfte der Wasserhahn.

Der Abschied war kurz, hektisch und tränenreich. Antonie schluchzte abwechselnd ins Taschentuch und in die Kaffeetasse, Herr Pabst suchte verzweifelt seine Autoschlüssel, die er gestern abend irgendwo hingelegt und bis jetzt noch nicht wiedergefunden hatte, und Karsten bemühte sich, seine Aufmerksamkeit zwischen dem Mathebuch und seiner Schwester zu teilen. Schließlich klappte er das Buch zu. »Den Quatsch habe ich bis heute nicht kapiert, also werde ich ihn jetzt auch nicht mehr begreifen. Das gibt sowieso 'ne glatte Fünf, deshalb kann ich dich ruhig zum Bahnhof bringen!«

»Du gehst zur Schule, mein Sohn! Toni, sieh doch mal in der Manteltasche nach, vielleicht sind sie da.« Herr Pabst warf einen Blick zur Uhr. »Verflixt, ich müßte längst weg sein. Karsten, bist du fertig?« Hastig trank er seine Tasse leer. »Tont, hast du die Schlüssel? Nein? Ja, Himmeldonnerwetter, wo soll ich denn noch suchen? Was meinst du? Am Schlüsselbrett? Wer hängt denn da ...«

Er stürzte in den Flur und kam triumphierend zurück. »Da waren sie tatsächlich! Möchte bloß wissen, wer sie dort hingehängt hat!«

»Ich«, sagte Antonie, »ich hatte es bloß vergessen.«

Herr Pabst umarmte seine Tochter. »Mach's gut, Tinchen. Laß dich nicht unterkriegen und lerne aus den Fehlern anderer, denn kein Mensch hat so viel Zeit, sie alle selbst zu machen.«

Aus der Tasche zog er ein zusammengefaltetes Stück Papier. »Hier ist übrigens noch etwas für dich, quasi als erste Hilfe bei Unglücksfällen!«

Es war ein Scheck über fünfhundert Mark.

Tinchen schniefte. »Danke, Paps. Wenn ich ihn nicht brauche, bekommst du ihn zurück.«

»Würde ich nicht tun«, bemerkte Karsten. »Kauf dir lieber Ersatz für Omas meergrüne Wolkengardine!« Dann drückte er seiner Schwester die Hand. »Ciao, Tinchen, bleib brav und denk' mal an mich, wenn du in der Sonne schmorst, während ich mich zu Tode schufte. Gymnasiasten der Oberstufe haben nachweislich einen längeren Arbeitstag als ihre Väter – ohne Martini zur Entspannung!«

Weg war er.

Tinchen öffnete das Fenster und winkte. Karsten winkte zurück. Dann beugte er sich noch einmal aus dem Auto.

»Schreib' mal'n Paket! In Italien gibt es schicke Herrenpullover.«

Der Wagen verschwand um die Ecke.

»Hast du schon ein Taxi bestellt?« Antonie räumte den Frühstückstisch ab, was diesmal erheblich länger dauerte, denn sie mußte sich fortwährend die Tränen aus dem Gesicht wischen. Liebevoll nahm Tinchen ihre Mutter in den Arm.

»Du tust gerade so, als ob ich auswandere. Was sind schon tausend Kilometer?«

»Ach Kind«, schluchzte Antonie, »wenn ich mir so vorstelle, was dir alles passieren kann ... Die Welt wird doch immer schlechter, man liest das ja jeden Tag in der Zeitung.«

»Unsinn, Mutsch, die Welt ist gar nicht schlechter geworden, nur der Nachrichtendienst ist heutzutage besser!«

Frau Pabst eilte in die Küche und kam mit einer Plastiktüte zurück. »Hier, Kind, ich habe dir ein bißchen was für unterwegs eingepackt. Du hast doch kaum was gegessen.«

»Das reicht ja bis Italien! Ich fahre doch jetzt nur nach Frankfurt. Abends geht es erst weiter. Irgendwann dazwischen werde ich bestimmt Zeit zum Mittagessen finden.«

»Spar dir man das Geld, Kind. So guten Geflügelsalat, wie ich ihn dir zurechtgemacht habe, kriegst du in keinem Restaurant.«

Die Tüte verschwand in der Reisetasche, genau wie die Thermosflasche mit Tee und die Pfefferminzbonbons. »Hier hast du auch noch eine Serviette und ein Obstmesser für die Orangen!«

Es klingelte.

»Das wird mein Taxi sein!« Tinchen lief zur Tür. »Nehmen Sie bitte die beiden Kof...«

Es war der Klempner. Seinem lautstarken Tun, das natürlich von Frau Antonie beaufsichtigt werden mußte, war es zu verdanken, daß der endgültige Abschied doch nicht ganz so tränenreich ausfiel. Antonies Aufmerksamkeit wurde zunehmend von dem Handwerker und seiner Rohrzange beansprucht, und als er dann auch noch einen leeren Eimer nebst Scheuerlappen anforderte, war es mit ihrer Ruhe vorbei.

»Nun fahr man los, Tinchen, ich muß schnell wieder ins Haus, sonst setzt mir der Mann noch das ganze Bad unter Wasser.«

So winkte nicht einmal jemand hinterher, als das Taxi endlich abfuhr. Ist ja auch Blödsinn, dachte Tinchen, in sechs Monaten bin ich wieder zu Hause.

Der Zug war schon eingelaufen. Sie fand ein fast leeres Abteil und bat eine mitreisende Dame, einen Moment auf ihre Koffer zu achten.

»Ich hole mir nur schnell etwas zum Lesen.«

Auf dem Bahnsteig lief sie Florian in die Arme. Ganz außer Atem stammelte er: »Ich dachte schon, ich schaff's nicht mehr. Dafür stehe ich aber auch im Halteverbot, und diesmal wird's teuer. Wenn ich heute wieder eine Verwarnung kriege, ist es die sechste, und jedesmal, wenn das halbe Dutzend voll ist, bezahle ich. Das habe ich mir ein für allemal zur Regel gemacht!«

»Woher weißt du denn, wann ich fahre?«

»Ich habe meine angeborene Schüchternheit überwunden und deinen Vater angerufen. War gar nicht so schlimm.« Suchend klopfte er seine Jackentaschen ab und förderte aus einer davon ein kleines Etui zutage. »Hier, Tinchen, für'n ganzes Auto hat es nicht gereicht, aber es ist wenigstens ein Anfang.«

Überrascht blickte Tinchen auf den goldenen Schlüsselanhänger. »Du bist verrückt, Flox, der hat doch ein Vermögen gekostet!«

»Ganz so schlimm war es nun auch wieder nicht, und im Notfall kann ich ja meine Küchendekoration auffressen!« Verlegen wehrte er Tinchens Dank ab. »Nun steig' schon ein, sonst hast du wirklich Grund zum Heulen. Wenn nämlich der Zug ohne dich abfährt!«

Verstohlen wischte sie sich eine Träne aus dem Gesicht, stellte sich auf die Zehenspitzen und gab dem verdutzten Florian einen Kuß. Dann drehte sie sich um und kletterte in den Zug. Langsam setzte er sich in Bewegung.

Florian signalisierte durch Handzeichen, daß er noch etwas mitzuteilen wünschte. Tinchen öffnete das Abteilfenster.

»Hättest du damit nicht früher anfangen können?«

»Womit?«

»Mit dem Küssen! Ich dachte, du kannst das gar nicht!«

»Was weißt denn du schon, du … du widerwärtiges Individuum!« sagte Tinchen, und dann noch ganz leise: »Vergiß mich nicht ganz …«

Aber das hatte Florian bestimmt nicht mehr gehört.

Kapitel 5

Diesmal wimmelte es in dem Hochhaus von Betriebsamkeit. Im achten Stock klebten jetzt an vielen Türen Schmetterlinge, dahinter hörte man Telefongebimmel und Maschinenklappern. Es war angenehm warm, so daß Tinchen schon im Gehen ihren Mantel aufknöpfte. Tee mit Rum würde heute keinesfalls zu erwarten sein.

Weniger zaghaft als beim ersten Mal öffnete sie die Tür, an der neben dem Pfauenauge ein neues Schild prangte: Vorzimmer G. Dennhardt. Sibylle grüßte mit erhobener Kaffeetasse.

»Da bist du ja endlich! Wir hatten schon Angst, du hättest es dir in letzter Minute noch anders überlegt.«

Neben ihrem Schreibtisch stand eine sehr gutaussehende junge Dame, von der Tinchen ungeniert gemustert wurde. »Darf ich dich mit deiner künftigen Leidensgefährtin bekannt machen?«

Sibylle war aufgestanden und hatte Tinchen kameradschaftlich untergehakt. »Das hier ist Lieselotte Küppers, einunddreißig Jahre alt, aufgewachsen in Berlin, wofür sie aber nichts kann, wohnhaft in Hamburg, und in der Branche genauso ein unbeschriebenes Blatt wie du. Italienisch kann sie auch nicht. Ihr werdet euch also prima ergänzen!«

Tinchen warf einen abschätzenden Blick auf ihre neue Kollegin und wunderte sich. Warum war die eigentlich nicht Mannequin geworden oder Fotomodell? Groß, schlank, blond, apartes Gesicht mit hohen Wangenknochen und leicht schräggestellten Augen – also genau der Typ, nach dem sich die Männer umdrehen. Zögernd reichte Tinchen ihr die Hand.

»Ich freue mich«, murmelte sie nicht ganz wahrheitsgemäß und fügte tapfer hinzu: »Wir werden bestimmt gut miteinander auskommen.«

Ein ironisches Lächeln spielte um die Mundwinkel der anderen. »Ich weiß genau, was Sie jetzt denken! Was hat diese Pin-up-Type hier verloren? Die sucht doch bloß einen betuchten Mann, und wenn sie den gefunden hat, verschwindet sie. Stimmt's?

Tinchen wurde flammend rot. »Nein, gar nicht, das heißt, ich habe nur ...« Dann erklärte sie mit entwaffnender Ehrlichkeit: »Sie haben recht! Genau das habe ich gedacht!«

Wie auf Kommando brachen alle drei in lautes Gelächter aus. Das Eis war gebrochen.

»Dank Sibylles Geschwätzigkeit weiß ich von Ihnen schon eine ganze Menge. Es ist also nur fair, wenn ich Ihnen auch ein paar Einzelheiten über mich verrate.« Lieselotte setzte sich aufs Fensterbrett und dozierte: »1945 in einem Berliner Keller geboren, aufgewachsen zwischen Trümmern, später nach Hamburg übersiedelt, zwei Jahre Internat, Abitur erst im zweiten Anlauf geschafft, von Beruf Schmalspurjuristin ohne nennenswerte praktische Erfahrungen, geschieden, aber sonst nicht vorbestraft.«

Sibylle nickte beifällig: »Das hast du sehr schön aufgesagt. Wenn ihr den Rest eurer Lebensbeichte bis nachher verschieben könnt, dann bringe ich euch jetzt zu Gottlieb. Seine Stimmung ist heute nicht die beste. Verströmt also nach Möglichkeit Optimismus und gute Laune, meckern könnt ihr später bei mir.« Sie schob die beiden jungen Damen ins Allerheiligste.

Zwei Stunden später waren sie wieder entlassen, vollgestopft mit Ratschlägen, Verhaltensmaßregeln, Anweisungen, und verabschiedet mit einem nicht gerade sehr aufmunternd klingenden »Nun machen Sie das Beste daraus!«

»Uff!« sagte Tinchen, als sich die Tür endlich hinter ihnen geschlossen hatte. »Ich bin mir vorgekommen wie eine Sechsjährige, die zum ersten Mal allein Straßenbahn fahren soll.«

»Jedenfalls wissen wir jetzt, was uns erwartet, und irgendwie habe ich die fürchterliche Ahnung, als ob der blaue Himmel das einzige ist, was von meinen himmelblauen Träumen übrigbleiben wird.« Lieselotte kramte in ihrer Handtasche. »Hat jemand eine Zigarette für mich?«

Tinchen schob ihr eine angebrochene Packung zu. »Was ich jetzt dringender brauche, ist ein Kognak.«

»Großartige Idee! Gibt es hier in der Nähe eine Kneipe?« Sibylle nickte. »Tinchen weiß Bescheid. Mich müßt ihr leider entschuldigen, ich habe noch eine kleine Nebenbeschäftigung.«

Das Café Napoli strahlte noch immer die Gemütlichkeit eines Bahnhofwartesaals aus, erfreute sich aber trotzdem regen Zuspruchs. Zielsicher steuerte Tinchen den einzigen noch freien Tisch an.

»Due espressi e due cognac, per favore.«

»Nu, Gott sei Dank, daß wenigstens eine von uns richtig palavern kann!« Aufatmend ließ sich Lieselotte in den Stuhl fallen. »Ich spreche nämlich bloß Akzent ohne eine Spur Italienisch.«

Tinchen verschluckte sich beinahe. »Sie auch nicht???«

»Was heißt auch? Ich denke, Sie können ...« Endlich schien Lieselotte zu begreifen. »Heißt das etwa, Sie haben auch keine Ahnung?«

Tinchen nickte.

»Mahlzeit!« Lieselotte hob ihr Glas und prostete ihrem Gegenüber zu.

»Nun gibt es wirklich gar nichts mehr, was jetzt noch schiefgehen könnte.« Sie trank ihren Kognak und schüttelte sich. »Ein widerliches Gebräu, aber es hilft meistens. Und nun mal ganz ehrlich: Sprechen Sie wirklich nicht italienisch?«

»Von Sprechen kann keine Rede sein, allenfalls von Verständigen.«

»Jedenfalls ist das mehr, als ich von mir behaupten kann. Bevor ich zur persönlichen Rücksprache antraben mußte, hatte ich mir am Bahnhofskiosk ein Exemplar des ›Corriere della sera‹ gekauft und schön sichtbar in die Manteltasche gesteckt. Damit wollte ich einer etwas intensiveren Nachprüfung meiner angeblich perfekten Sprachkenntnisse entgehen. War wohl doch keine so gute Idee! Was sollen wir denn jetzt machen?«

»Alles an uns herankommen lassen!« Entschlossen kippte Tinchen den Kognak hinunter. »Ich besitze ein dickes italienisches Lexikon, und zwei Sprachführer habe ich mir noch zusätzlich gekauft.«

»So ein Ding habe ich auch! Da steht alles drin von ›Herr Doktor, mir geht es nicht gut‹ bis ›Schicken Sie die Leiche per Flugzeug heim‹.«

Die beiden sahen sich an und prusteten los. »Kann man auch mit Kaffee Brüderschaft trinken?« fragte Lieselotte. »Ich glaube, es wird höchste Zeit.« Feierlich hob sie ihre Tasse. »Laut Geburtsurkunde heiße ich Lieselotte Angelika Elfriede, aber im Zeitalter der allgemeinen Rationalisierung ist Lilo die passendere Variante.«

»Einverstanden. Ich heiße übrigens ...«

»Ernestine genannt Tinchen. Weiß ich schon längst.« Sie winkte dem Kellner. »Am besten bringen wir jetzt das Abschiedszeremoniell hinter uns, und dann machen wir uns dünne. Soviel ich weiß, fährt unser Zug erst nach einundzwanzig Uhr. Wollen wir nicht vorher noch einen kleinen Stadtbummel machen?«

Tinchen war einverstanden. Wohlversehen mit Spesenvorschuß, Fahrkarten und Sibylles privater Telefonnummer –

»Wenn's mal außerhalb der Bürostunden brennt!« – standen die beiden kurz darauf wieder vor dem Eingang des Hochhauses.

»Bella Italia, wir kommen!« frohlockte Lilo. »Aber vorher brauche ich noch einen schicken Badeanzug!«

»Mir hängt der Magen schon in den Kniekehlen!« Mit einem anklagenden Blick deutete Tinchen auf die große Normaluhr, deren Zeiger beide auf der Sieben standen. »Seit dem Frühstück habe ich nichts mehr gegessen.«

»Ich auch nicht. Deshalb werden wir uns jetzt auch ein ganz opulentes Mahl gönnen!« Lilo steuerte ein Restaurant an, das nicht so aussah, als ob es zur unteren Preisklasse gehörte.

»Müssen wir das selber bezahlen, oder können wir bestellen, was wir wollen?«

»Natürlich geht das auf Spesen. Der Mensch lebt schließlich nicht von Brot allein!«

»Wenn du meinst ...« Bereitwillig marschierte Tinchen im Kielwasser ihrer Begleiterin durch die Tür. Ein Kellner in grüner Smokingjacke nahm ihnen die Mäntel ab, ein Kellner in Weinrot führte sie zu einem Tisch, ein dritter rückte die Stühle zurecht, ein vierter brachte die Speisekarten. Sie waren die einzigen Gäste.

»Ist ja auch noch ein bißchen früh«, beruhigte sich Tinchen und studierte die Karte. »Ich hätte Appetit auf ein riesengroßes Steak.«

»Dann guck mal nach rechts! Bei den Preisen überziehen wir unser Spesenkonto gleich für den nächsten halben Monat. Schade, daß es keine Dinosaurier mehr gibt. Nach den Bildern von den Biestern zu urteilen, würden wir mit ihnen sicher billiger zu unseren Steaks kommen.«

Sie entschieden sich für Zürcher Geschnetzeltes. »Angesichts der Tatsache, daß wir uns in den nächsten sechs Monaten von Reis und Nudeln ernähren müssen, sollten wir unsere letzte kultivierte Mahlzeit ausgiebig genießen.«

»Viel Ahnung scheinst du von der italienischen Küche nicht zu haben«, lachte Tinchen. »Wie oft bist du eigentlich schon in Italien gewesen?«

»Einmal. Das war vor drei Jahren in Canazei. Damals war ich noch verheiratet, und zwar mit einem Wintersport-Enthusiasten, dem die Skihalter auf dem Autodach als Statussymbol galten. Ich bin aber nun mal keine Kaltluftfanatikerin und nehme mein Eis lieber im Whisky. Außerdem kommt eine gute Figur viel besser im Bikini an einem sonnigen Strand zur Geltung als eingemummelt in langen Unterhosen und pelzgefüttertem Anorak. Deshalb zieht es mich ja auch an die Riviera und nicht in die Dolomiten.«

Tinchen wurde aus Lieselotte nicht recht klug. War sie wirklich so naiv, wie sie tat? War die betonte Schnoddrigkeit ein Panzer, hinter dem sie sich versteckte, oder gab sie sich nur so, wie es offenbar ihrem Naturell entsprach: unbekümmert, lässig und ausgestattet mit dem Gemüt eines Kindes, das jemanden hinter sich weiß, der ihm alle Verantwortung abnimmt?

Jedenfalls ist sie ein netter Kerl, und langweilig wird es mit ihr bestimmt nicht werden, dachte Tinchen und sah mit etwas schlechtem Gewissen zu, wie Lilo die Rechnung bezahlte. Zweiundvierzig Mark ohne Trinkgeld! Ob man die wirklich auf die Spesenabrechnung setzen konnte? Florian mußte mit Herrn Schröder von der Buchhaltung um jedes Glas Bier kämpfen, das er hin und wieder mal springen ließ, und einmal hatte er seine monatliche Spesenrechnung sogar mit einem handschriftlichen Vermerk des Sperlings zurückbekommen: ›Die Abrechnung kann ich leider nicht anerkennen, aber ich würde gern das Urheberrecht daran erwerben.‹

»Schläfst du schon?« Lilo war aufgestanden und suchte ihre diversen Einkaufstüten zusammen. »Dazu hast du noch genügend Zeit, vorausgesetzt, daß man in diesen Liegewagen überhaupt schlafen kann. Die hätten uns ruhig ein Schlafwagenabteil spendieren können!«

»Ich glaube eher, wir sollen aus eigener Erfahrung wissen, in welchem Stadium des Zusammenbruchs unsere künftigen Gäste am Ziel ankommen.«

»So ein Quatsch! Ein Arzt läßt sich bestimmt nicht freiwillig den Magen auspumpen, nur um zu wissen, wie man sich hinterher fühlt. Aber Liegewagen ist natürlich billiger.«

Der Zug stand schon abfahrbereit. Bewaffnet mit ihrem Handgepäck machten die beiden sich auf die Suche nach dem Kurswagen Hamburg-Ventimiglia.

»Natürlich der allerletzte Waggon!« stöhnte Lilo.

»Und der Speisewagen ist ganz vorne«, moserte Tinchen.

»Hör bloß auf, mir wird schon schlecht, wenn ich nur an Essen denke!«

»Wenn du immer so viel frißt, könnte es eventuell später mal Schwierigkeiten geben. Laut Vertrag sind die Schmetterlinge nur verpflichtet, für Unterkunft und Verpflegung zu sorgen, nicht aber für einen Zinksarg, um die Rückführung deiner irdischen Reste zu ermöglichen.«

Das Abteil war schon von zwei älteren Damen belegt, die sich allem Anschein nach auf eine mehrtägige Reise vorbereiteten. Sie hantierten mit Kopfkissen, Thermosflaschen und Hausschuhen, suchten Haken für Morgenrock und Handtuch und fühlten sich in ihrer häuslichen Zweisamkeit sichtlich gestört.

»Hier ist besetzt!« erklärte denn auch eine, während die andere sekundierte: »Nebenan ist auch noch was frei!«

Erst dem herbeigerufenen Schaffner gelang es, die streitbaren Amazonen zum Rückzug zu bewegen. Mürrisch räumten sie ihre Toilettensachen zur Seite und machten die beiden reservierten Plätze frei. Dann nahmen sie das unterbrochene Gespräch wieder auf.

»Und was soll ich dir sagen, Elsbeth, als ich nach einer Woche wieder an dem Geschäft vorbeikam, lag das Kleid immer noch im Schaufenster. Da habe ich mir gedacht, wenn es sonst niemand haben will, will ich es auch nicht. *Deshalb* habe ich es nicht gekauft.«

Lilo stellte ihre Koffer ab und warf Tinchen einen beschwörenden Blick zu. Die nickte verstehend. »Machen Sie sich nur in aller Ruhe für die Nacht fertig«, sagte sie zuvorkommend, »wir gehen so lange in den Speisewagen.«

Der Zug hatte schon die Außenbezirke Frankfurts hinter sich gelassen, als Lilo und Tinchen sich endlich zum vordersten Wagen durchgekämpft hatten.

»Es gibt nur zwei Möglichkeiten, diese Nacht zu überstehen«, sagte Lilo, »Schlaftabletten oder Schnaps. Tabletten haben wir nicht, also besaufen wir uns.«

Daraus wurde dann doch nichts. Eine Flasche Gewürztraminer genügte völlig, den beiden zur nötigen Bettschwere zu verhelfen, und kaum hatten sie sich auf den ungewohnt schmalen Liegen ausgestreckt, da waren sie auch schon eingeschlafen. Nicht einmal der Platzregen konnte sie aufwecken.

Als Tinchen erwachte, war es halb acht und ziemlich dunkel. Lilo schlief noch, und die anderen beiden Mitreisenden hatten das Abteil unter Hinterlassung von Butterbrotpapier und Bananenschalen geräumt. Vorsichtig turnte sie aus ihrer Koje abwärts, wechselte ihre Trainingshosen gegen Jeans, zog einen Pullover über und machte sich auf die Suche nach dem Waschraum.

Das Wasser tröpfelte nur noch und reichte gerade zum Zähneputzen. Dann eben nicht, dachte sie, riß eine Packung Erfrischungstücher auf und rieb sich damit Gesicht und Hände ab. »Unter chemischer Reinigung habe ich mir auch immer etwas anderes vorgestellt«, murmelte sie, klemmte ihren Kulturbeutel unter den Arm und schlingerte im Rhythmus des Zuges zurück ins Abteil.

Lilo stand am Fenster und starrte in den feinen Nadelstreifenregen. »Das Wetter im Süden ist auch nicht mehr das, was es mal war! Sind wir eigentlich schon hinter'm Gotthardt?«

»Du hast vielleicht eine Ahnung von Geographie! Wir müssen bald in Mailand sein! Und jetzt beeil dich ein bißchen, ich habe Hunger!«

Die Stunden dehnten sich. Die eintönige Landschaft der Po-Ebene schien kein Ende zu nehmen. Der Regen auch nicht, und erst als sich der Zug der Küste näherte, riß der bleigraue Himmel auf.

Die ersten Sonnenstrahlen brachen durch, Wolken treidelten ihre schweren Schatten über die Hügel, und als sie durch die Vororte von Genua fuhren, war der Himmel blau.

»Na also«, frohlockte Tinchen und steckte den Kopf aus dem Fenster, »die Luft ist wie Seide.«

»Und wo ist das Meer?«

»Das kommt noch!«

Es kam auch wirklich, nur präsentierte es sich nicht gerade von seiner reiseprospektfreundlichsten Seite. In riesigen Öllachen schwammen rostige Konservendosen, verschimmeltes Holz trieb am Ufer entlang, dazwischen tote Fische und ein altes Teerfaß. Schiffe in allen Stadien des Verrottens dümpelten in der trüben Brühe.

»Im Hamburger Hafen sieht es bestimmt auch nicht anders aus, und trotzdem wird in der Nordsee gebadet«, tröstete Tinchen die völlig verstörte Lilo. »Letzten Endes ist Genua eine Großstadt.«

»Aber hier sehen ja sogar die Palmen aus wie zerfledderte Staubwedel. Irgendwie hatte ich von der Riviera eine andere Vorstellung.«

Erst allmählich änderte sich das Landschaftsbild. Die Küste wurde felsiger, kleine Buchten tauchten auf, der erste Sandstrand, ein Pinienwäldchen, und immer wieder das Meer, das sich wie eine riesige Katze an den Felswänden rieb.

»Herrlich!« jubelte Lilo, »beinahe so schön wie im Prospekt! Ob man schon baden kann?«

»Natürlich! Du mußt dich nur warm anziehen.«

Wieder hielt der Zug auf einem der kleinen Bahnhöfe. »Finale Ligure«, las Tinchen. »Ich glaube, wir sind bald da. Allmählich sollten wir unsere Sachen zusammensuchen. Hast du übrigens Appetit auf Geflügelsalat?« Unschlüssig betrachtete sie das Schraubglas. »Wenn ich bedenke, daß ich das Zeug seit gestern mit mir herumschleppe ... Ach was, die Fische wollen auch leben!« Schwungvoll warf sie den mütterlichen Reiseproviant aus dem Fenster.

»Du hättest zweckmäßigerweise vorher den Deckel abschrauben müssen«, bemerkte Lilo, »oder wirfst du jetzt noch einen Büchsenöffner hinterher?«

Der Zug verschwand in einem der zahlreichen Tunnel. Dann verlangsamte er seine Fahrt, kroch ans Tageslicht und blieb stehen.

»Ich hab's ja geahnt«, sagte Tinchen mit einem flüchtigen Blick auf das Stationsschild, »jetzt aber nichts wie raus!«

In Windeseile rafften sie Koffer, Taschen und Mäntel zusammen und stürzten zur Tür. Die wurde bereits von einem Herrn geöffnet, dessen Lächeln sofort einer schmerzverzerrten Miene wich. Er hatte Lilos Koffer ans Schienbein gekriegt.

»Verzeihung, äh ... scusi vielmals«, stotterte sie etwas verwirrt und bemühte sich vergeblich, den zweiten Koffer noch abzubremsen. Nunmehr hatte der Herr den Verlust eines Jackenknopfes zu beklagen.

»Wie viele kommen denn noch?« Vorsichtshalber ging er hinter einem Blumenkübel in Deckung.

»Beschuß eingestellt!« Tinchen hob den letzten Koffer aus dem Wagen und stellte ihn auf den Bahnsteig. Dann drehte sie sich um. »Wieso sprechen Sie eigentlich deutsch?«

»Wieso nicht?« Langsam näherte sich der Herr und lüftete seinen Strohhut. »Mein Name ist Theo Harbrecht, und wenn ich mich nicht irre, habe ich es mit zwei angriffslustigen Exemplaren der Gattung Lepidopteren zu tun.«

»Wie bitte?«

»Ich rede von Schmetterlingen!«

»Ach so!« Erleichtert streckte Tinchen ihm die Hand entgegen. »Ich heiße Ernestine Pabst, und das hier ist Lilo Küppers.«

Die war mit schuldbewußter Miene herangekommen. »Es tut mir wirklich leid, aber …«

»Jedenfalls haben Sie einen bleibenden Eindruck bei mir hinterlassen!« Harbrecht streifte sein Hosenbein etwas hoch und betrachtete die dicke Schramme. »Ein Glück, daß Sie nicht mit Schrankkoffern reisen.«

Aus dem Hintergrund näherte sich ein untersetzter Mann mit Seehundsbart und baute sich vor Lilo auf. »Buon giorno, signora. Dove sono gli scontrini del bagáglio?«

»Si. Grazie«, sagte Lilo, die kein Wort verstanden hatte und wenigstens höflich sein wollte.

Harbrecht schmunzelte. »Sehr weit her scheint es mit Ihrem Italienisch aber nicht zu sein. Luigi möchte Ihre Gepäckscheine haben. Oder ist das hier alles?« Er wies auf die herumstehenden Handkoffer.

»Nein, natürlich nicht.« Bereitwillig zog Lilo einen zusammengefalteten Zettel aus ihrer Tasche. Luigi nahm ihn grinsend in Empfang.

»Makt nix, ich sprechen deutsch.«

Harbrecht bewaffnete sich mit zwei Koffern und marschierte zum Ausgang. »Ich bringe Sie erst einmal in Ihre Hotels. Beim Abendessen werden wir alles Notwendige durchsprechen, und dann müssen Sie sehen, wie Sie klarkommen. Morgen abend muß ich in Sizilien sein.«

Er stellte das Gepäck neben einem Taxi ab und blickte belustigt in die entsetzten Gesichter seiner Begleiterinnen. »Aber ich denke, Sie bleiben noch mindestens eine Woche hier?« Tinchen schnappte hörbar nach Luft.

»Impossibile. Unser Kollege in Taormina ist von irgendeinem Vieh gebissen worden, das es laut Prospekt dort gar nicht geben dürfte. Jedenfalls war es giftig, und nun liegt er im Krankenhaus. Kein Mensch ist da, der den Laden schmeißt. Dabei hat die Saison dort unten schon angefangen.«

»Aber wir können doch nicht ...«

»Ihr könnt schon! Bekanntlich wächst der Mensch mit seinen Aufgaben!«

»Und was ist, wenn jemand Wachstumsstörungen hat?« fragte Lilo.

Luigi tauchte auf, begleitet von einem dienstbaren Geist, der die vorausgeschickten Koffer schleppte. »Gutt, daß ich habe großes Auto. Ist auch deutsch.«

Ein Teil des Gepäcks verschwand im Kofferraum, der Rest auf dem Vordersitz.

»Prima a Hotel Lido, Luigi, e poi a Buona Vista!«

»Si, Signor!« Luigi klemmte sich hinters Steuer und trat das Gaspedal durch. Die Reifen quietschten, zwei Tauben ergriffen panisch die Flucht, ein entgegenkommender Wagen wich in ein Blumenbeet aus, ein zweiter schaffte es nicht mehr, und Luigi trat voll auf die Bremse. Die drei Insassen flogen halb über die vorderen Sitze.

»Makt nix«, sagte Luigi, »Bremsen sind gutt!« Dann setzte er seine Fahrt in etwas gemäßigterem Tempo fort. Trotzdem konnte Tinchen nur einen flüchtigen Blick auf die palmenbestandene Promenade werfen, auf der reger Betrieb herrschte. Spaziergänger schlenderten zwischen Blumenrabatten, Kinder fütterten Tauben, bewacht von strickenden Großmüttern; vor den kleinen Bars saßen Müßiggänger, löffelten Eis und ließen sich von den letzten Strahlen der untergehenden

Sonne bescheinen. Wenn Luigi mal nicht den Finger auf der Hupe hatte, konnte man sogar das Meer rauschen hören.

Die Promenade verjüngte sich zu einer schmalen Straße, die seitlich von einer niedrigen Steinmauer begrenzt wurde. Dahinter lag das Meer. Von Strand war nichts zu sehen. Faustgroße Steine, die bis zum Fuß der Mauer reichten, bedeckten den Boden.

»Ist das hier die Badestelle für Fakire?« erkundigte sich Lilo.

»Die Strandbäder liegen überwiegend hinter der Promenade. Dort gibt es auch Sand. Oder besser gesagt, die Steine sind mit Sand vermischt. Da vorne ist übrigens das Hotel Lido!« Harbrecht wies auf einen quadratischen Kasten, der etwas abseits der Straße stand. »War mal das erste Haus am Platze, aber inzwischen ist es von den modernen Betonburgen etwas in den Hintergrund gedrängt worden. Man wohnt hier sehr ruhig. Die Verpflegung ist erstklassig, und außerdem hat Fritz immer ein anständiges Bier im Kühlschrank. Trinken Sie Bier?«

»Selten.« Tinchen beäugte etwas zweifelnd das Gemäuer, in dem sie während des nächsten halben Jahres zu Hause sein würde. Der ehemals weiße Anstrich war bestenfalls dunkelweiß zu nennen und blätterte an einigen Stellen schon ab. Dagegen waren die steinernen Blumenkästen neben dem Eingang frisch bepflanzt und leuchteten trotz der frühen Jahreszeit in allen Farben. An der Seitenfront rankte ein dekoratives Grüngewächs.

Luigi kurvte schwungvoll in die Einfahrt, preßte den Finger auf die Hupe und den Fuß auf die Bremse. Kieselsteine spritzten zur Seite, aber der Wagen hielt genau vor dem Eingang.

»Dieser verrückte Hund ruiniert mir noch den ganzen Weg!« Aus der Tür trat ein Riese, der in karierten Hosen steckte, ein gestreiftes Hemd trug und dazu eine Fliege mit gelben Punkten. Die fehlenden Kopfhaare wurden durch einen gewaltigen grauen Vollbart kompensiert.

Harbrecht war ausgestiegen und half seinen Begleiterinnen aus dem Wagen.

»Welche kriege ich denn?« Der Riese trat näher und streckte beide Hände aus. »Willkommen in Verenzi! Ich bin Fritz Schumann, und ich freue mich wirklich, daß Herr Dennhardt endlich vernünftig geworden ist. Junge Damen sind ein erfreulicherer Anblick als alte Männer. Oder solltest du anderer Meinung sein, Theo?«

»Guck doch in den Spiegel, Rübezahl!«

Luigi sortierte das Gepäck. »Sind Sie Signora Er-ne-stina?« buchstabierte er vom Kofferschild und sah Tinchen fragend an.

»Signorina«, verbesserte sie.

»Makt nix, ich bin geheiratet.«

Harbrecht hatte es eilig. »Kümmere dich bitte um die Päbstin, Fritz. Ich liefere jetzt Fräulein Küppers ab, mache noch einen Sprung ins Büro und komme so gegen acht mit ihr zum Essen. Wir haben noch eine ganze Menge zu besprechen. Morgen früh bleibt ja kaum Zeit. Bis nachher, Heiligkeit! Und haben Sie keine Angst vor diesem Neandertaler, der ist ganz harmlos.«

Das Taxi fuhr mit einem Kavaliersstart davon. »Wenn man bedenkt, daß Luigi in dreißig Jahren noch nicht einen einzigen Unfall gebaut hat, könnte man direkt an Wunder glauben.« Schumann bemächtigte sich der beiden großen Koffer. »Kommen Sie, Fräulein Pabst, ich bringe Sie erst einmal auf Ihr Zimmer.«

Das Innere des Hauses stach von seinem Äußeren in erfreulicher Weise ab. Zwar sah alles ein bißchen altmodisch aus, und wenn die dunkelgrünen Plüschsessel in der Halle auch leicht verschossen waren, so wirkten sie ausgesprochen gemütlich. Diesen Eindruck machte auch der Speisesaal, in den Tinchen einen Blick werfen konnte, bevor sie in den reichlich antiquierten Aufzug stieg. Es war ein regelrechter

Drahtkäfig, der sich quietschend in Bewegung setzte und im zweiten Stock wieder anhielt.

»Ich habe Sie in Harbrechts Zimmer einquartiert. Der hat sämtliche Räume des Hauses durchprobiert und ist hier hängengeblieben. Diese Nacht schläft er natürlich woanders.« Schumann öffnete die letzte Tür des Ganges und ließ Tinchen eintreten.

»Ach, ist das hübsch!« rief sie spontan und lief sofort zum Fenster. Die gelben Vorhänge ließen den ganzen Raum sonnig erscheinen und gaben den Blick aufs Meer frei. Nur ein schmaler Sandstreifen trennte das Hotel vom Ufer.

»Phantastisch!« Sie drehte sich um und nahm das Zimmer in Augenschein: Doppelbett, zwei Nachttische, Kleiderschrank, Schreibtisch, eine kleine Sesselgarnitur mit rundem Tisch, eine Stehlampe, an den Wänden Farbdrucke französischer Impressionisten, auf dem Tisch ein Nelkenstrauß, ein gefüllter Obstkorb und eine Flasche Chianti.

»Ich lasse Ihnen noch einen kleinen Frisiertisch hineinstellen«, versprach Schumann und wies auf den freien Platz neben dem Fenster. »Theo hatte dort immer seine Bierkisten stehen, aber die brauchen Sie ja wohl nicht.«

»Das ist aber wirklich nicht nötig.«

»Nötig vielleicht nicht, aber nützlich.« Schumann öffnete eine Tapetentür, die Tinchen noch gar nicht bemerkt hatte. »Hier ist das Bad. Für eine Wanne hat der Platz nicht gereicht, aber angeblich ist Duschen ja heutzutage moderner. Außerdem haben wir die Riesenbadewanne direkt vor der Tür. – So, und jetzt lasse ich Sie erst einmal in Ruhe, damit Sie sich ein bißchen erholen können. Nachher schicke ich Ihnen Franca hinauf. Sie kann Ihnen beim Auspacken helfen. Sie hat zwei Jahre in Stuttgart gearbeitet und ist immer froh, wenn sie deutsch sprechen kann. Wenn Sie sonst noch etwas brauchen, klingeln Sie einfach«

Dankbar streckte Tinchen ihm die Hand entgegen. »Ich bin

so froh, Herr Schumann; daß man mich hier bei Ihnen einquartiert hat. Besser hätte ich es bestimmt nicht treffen können.«

Schumann lächelte geschmeichelt. »Wir sehen uns später beim Abendessen. Mögen Sie übrigens calamaio?«

»Natürlich«, versicherte Tinchen und nahm sich vor, ihre Wissenslücke via Lexikon zu füllen. Ohnedies würde es etwas mit Nudeln sein.

Das erste, was ihr beim Auspacken in die Hände fiel, war das Päckchen von Oma Marlowitz. Zum Vorschein kam ein Tagebuch mit Ledereinband und vergoldetem Schloß. Auf das Deckblatt hatte Oma geschrieben:

›Liebes Tinchen, gerade in der Fremde braucht man manchmal einen Freund, dem man alles anvertrauen kann. Dieser hier hat noch den Vorteil, verschwiegen zu sein.‹

Klingt ja ein bißchen sehr nach Mädchenpensionat! Tinchen stopfte den verschwiegenen Freund erst einmal in die Schreibtischlade, wo schon Florians Schlüsselanhänger lag.

Dank Francas Hilfe, einem quecksilbrigen Irrwisch mit deutlich sichtbarem Hang zur heimischen Teigwarenproduktion, waren die Koffer bald leer und alle verfügbaren Abstellplätze voll. Zuletzt stellte Tinchen das gerahmte Foto ihrer Eltern – vergrößerter Schnappschuß aus dem Zillertal – und das Paßbild von Karsten auf den Nachttisch. Franca begutachtete das Arrangement. »Deine Eltern?«

Tinchen nickte.

»Dein … mi scusi, *Ihr* Freund?«

Tinchen schüttelte den Kopf. »Das ist mein Bruder – mio fratello.«

»Che bello ragazzo! Wie alt ist ihm?«

»Er ist achtzehn. Diciotto.«

»Sehr schade. Ist zu jung für mir.«

Es klopfte. Lilo steckte vorsichtig den Kopf durch die Tür, dann trat sie ein. »Diesmal ist es Gott sei Dank richtig. Ich habe bereits einen betagten Herrn in Unterhosen und eine Dame in Lockenwicklern besichtigt. Weitere Einblicke in die Intimsphäre meiner Mitmenschen hätte ich vor dem Essen auch nicht mehr verkraftet.« Anerkennend sah sie sich um. »Hübsch hast du es hier. Und sogar den obligatorischen Blick zum Meer. Den habe *ich* nur in Form eines goldgerahmten Ölschinkens an der Wand. Sag' mal, bedeutet buona vista nicht so etwas Ähnliches wie ›Schöne Aussicht‹? Mein Hotel heißt nämlich so, aber der schöne Blick beschränkt sich auf die Ansicht einer Unkrautplantage, veredelt durch ein rostiges Autowrack und diverse Blecheimer. Mitten drin steht ein ausgetrockneter Brunnen. Wenn das nicht eine Brutstätte für Mücken ist, dann weiß ich nicht, wo die Viecher sonst noch gedeihen sollen. Ob man hier Moskitonetze kriegt?«

»Mucken wir nicht haben viele hier«, korrigierte Franca, »nur tàfani. Ich weiß nicht, wie heißen in Deutsch.«

»Ich auch nicht«, sagte Tinchen.

Während des Abendessens lernten sie die übrigen Hotelbewohner kennen, sowohl die zahlenden als auch die bezahlten. Letztere waren noch in der Überzahl.

»Noch ist Schonzeit, der Betrieb geht erst zu Ostern richtig los«, erläuterte Harbrecht. »Aber die ersten siebzehn Schmetterlinge rollen am Mittwoch an. Alle Unterlagen sind im Büro, die gebe ich Ihnen morgen. Soviel ich weiß, beherrschen Sie den ganzen Papierkrieg ja schon in der Theorie. Die Praxis ist viel unkomplizierter. Im Verhältnis zu den Giganten der Branche sind wir nur ein ganz kleines Unternehmen, das gesteigerten Wert legt auf Individualität, was immer man darunter auch verstehen will. Als Reiseleiter ist man jedenfalls Mädchen für alles. Ich habe schon mal beim deutschen Konsulat in Genua eine Hochzeit organisiert, habe für einen Kölner Kegelclub zwanzig Dosen Sauerkraut aufgetrieben und für einen der deutschen Sprache nur mangelhaft Mächtigen Liebesbriefe übersetzt. Ich habe mich als Fremdenführer betätigt und als Quizmaster, als Babysitter vierjähriger Zwillinge und als Aufpasser einer Nymphomanin. Bloß Hebamme bin ich noch nicht gewesen. Aber da hat Luigi Erfahrung. Der hatte seine Patientin nämlich nicht mehr rechtzeitig nach Savona in die Klinik bringen können. Die Behörden waren sich lange nicht einig, was denn nun als Geburtsort einzutragen wäre. Kilometerstein 119 erschien ihnen zu ungenau.«

Harbrecht köpfte eine weitere Bierflasche. »Prost, ihr beiden, auf daß unsere Kinder lange Hälse kriegen!«

»Haben Sie denn welche?« erkundigte sich Lilo neugierig.

»Meines Wissens nicht. Ich bin seit neunundfünfzig Jahren überzeugter Junggeselle.«

Tinchen gähnte. »Eigentlich wollte ich ja noch einen kleinen Spaziergang machen, aber den werde ich wohl auf morgen verschieben. Wann müssen Sie denn weg?«

»Mit dem Zehn-Uhr-Zug nach Mailand. Um siebzehn Uhr startet meine Maschine. Können Sie um sieben zum Frühstück unten sein? Bevor wir ins Büro fahren, holen wir Fräulein Küppers ab und machen eine Rundfahrt durch Verenzi. Dann kann ich Ihnen auch gleich unsere Vertragshotels zeigen.«

»Einverstanden. Und wie kommt Lilo jetzt nach Hause?«

»Ich fahre sie schnell hoch.« Er trank sein Bier aus und stand auf.

»Kommen Sie, Lilo, jetzt lernen Sie auch gleich den feurigen Elias kennen.«

»Wer ist denn das nun schon wieder?«

»Das betriebseigene Automobil. Wenn's bergab geht, hat es sogar südländisches Temperament.«

»Und bergauf?«

»Es empfiehlt sich, derartige Strecken zu meiden.«

Als Tinchen ihr Zimmer betrat, fiel ihr sofort die kleine

Frisierkommode ins Auge, ein zierliches Schleiflackmöbel mit winzigen Schubkästen und einem ebenso winzigen Stühlchen. Auf der Glasplatte lag das Wörterbuch.

Daß calamaio Tintenfisch heißt, war ihr inzwischen wieder eingefallen, aber sie hatte doch noch etwas anderes nachschlagen wollen? Ach ja, tàfani sollten die Viecher heißen, von denen Franca gesprochen hatte.

Tinchen blätterte. »Taccone, tàcito … hier ist es: Tàfano heißt Pferdebremse!«

Kapitel 6

Als Tinchen die Augen aufschlug, blinzelte sie genau in die Sonnenstrahlen, die durch das weit geöffnete Fenster fielen. Vorschriftsmäßig rauschte das Meer, ein leichter Wind blähte die Vorhänge, streifte über den Frisiertisch und raschelte mit den Seiten des aufgeschlagenen Wörterbuchs.

Pferdebremsen! dachte sie erschrocken, sprang aus dem Bett und schloß das Fenster. Wer weiß, ob die Viecher nicht schon im Anmarsch waren! Sie warf einen Blick auf den Reisewecker: Kurz nach halb sieben, also höchste Eisenbahn, wenn sie pünktlich sein wollte.

Die Dusche röhrte und gluckerte, spendete aber nach unangemessen langer Zeit doch noch lauwarme Tröpfchen. Wenn es hier unten erst mal richtig warm ist, braucht man sowieso kein heißes Wasser, tröstete sich Tinchen, und überhaupt soll man am besten kalt duschen, das ist viel gesünder. Zähneklappernd trocknete sie sich ab, schlüpfte in den Bademantel und öffnete den Kleiderschrank. Was sollte sie an ihrem ersten Arbeitstag bloß anziehen? Gäste wurden noch nicht erwartet, also mußte es nicht unbedingt etwas Seriöses sein. Den Hosenanzug? Entschieden zu elegant für die geplante Runde bei den einzelnen Hoteliers. Waren Hosen überhaupt angebracht? Später vielleicht, nicht gleich beim ersten Mal! Sie entschied sich für ein hellblaues Sommerkleid, auch wenn sie darin ein bißchen fröstelte. Quatsch, Ernestine, du bist im Süden, und hier fängt der Sommer schon im Frühling an. Du mußt bloß daran glauben!

Im Speisesaal hockten drei Frühaufsteher wie eingerollte

Farnwedel über ihren Kaffeetassen. Harbrecht war noch nicht da. Tinchen wählte einen Tisch neben einem der drei großen Fenster und setzte sich. Nach fünf Minuten wurde sie ungeduldig. Kam denn hier niemand? Die anderen Gäste hatten doch auch schon gefrühstückt. Oder war etwa Selbstbedienung üblich, und wenn ja, wo denn nur? Ein entsprechend bestücktes Buffet war jedenfalls nirgends aufgebaut. Ob sie mal den Herrn am Nebentisch fragen sollte? Lieber nicht, der las in einer italienischen Zeitung und sah nicht so aus, als ob er so früh am Morgen an einer vermutlich sehr anstrengenden, zweisprachigen Konversation interessiert wäre. Mehr denn je zweifelte Tinchen an ihren Sprachkenntnissen; hatte sie doch noch gestern abend einen Wortwechsel zwischen Franca und einem anderen Zimmermädchen mitgehört, ohne auch nur den Grund dieser temperamentvollen Auseinandersetzung zu erraten.

Endlich kam Harbrecht, offensichtlich schon im Reiseanzug, denn er trug Strümpfe und eine Krawatte, Dinge also, die er noch vor zwölf Stunden als entbehrlich bezeichnet hatte.

»Guten Morgen, Tina. Hat Sie der Arbeitseifer aus dem Bett getrieben oder das gräßliche Weib, das seit dem Morgengrauen im zweiten Stock herumräsoniert?«

»Ich habe nichts gehört.«

»Dann seien Sie froh. Das ist eine von denen, die die Redefreiheit nicht als Recht ansehen, sondern als ständige Verpflichtung!« Er ließ sich in einen Stuhl fallen und warf einen erstaunten Blick auf den leeren Tisch. »Haben Sie bereits gefrühstückt?«

»Schön wär's!«

»Ja, um Himmels willen, wie lange sitzen Sie denn schon hier?«

»Seit zehn Minuten.«

»Verdammte Schlamperei! Jedesmal, wenn Giovanna Frühdienst hat, gibt's Ärger! Am besten kommen Sie gleich mal mit!«

Er stand auf und zog Tinchen an der Hand hinter sich her. Sie durchquerten den Speisesaal und betraten die dahinterliegende Küche. Bis auf ein paar Fliegen, die um einen Marmeladeneimer kreisten, war sie leer. Auf dem Herd stand ein großer Aluminiumtopf, in dem eine undefinierbare dunkle Flüssigkeit brodelte.

»Was ist denn *das?*«

»Ihr Kaffee!« sagte Harbrecht trocken.

»Meinen Sie das im Ernst?«

»Selbstverständlich! Der ausgelaugte Extrakt von der Espressomaschine wird gesammelt, mit entsprechend viel Wasser aufgefüllt und am nächsten Morgen gründlich durchgekocht. Anschließend gießt man das Zeug durchs Sieb und serviert es. Das ist eben die italienische Variante von deutschem Kaffee. Nennenswerte Beschwerden hat es noch nicht gegeben, aber manche Gäste lassen sich zusätzlich heißes Wasser bringen, weil ihnen das Gebräu angeblich zu stark ist.«

Tinchen schüttelte sich. »Ihr Glück, sonst hätten Sie doch laufend Todesfälle wegen akuter Coffeinvergiftung! Was sagt denn Herr Schumann dazu? Ich denke, er ist Deutscher?«

»Ist er ja auch, aber er trinkt keinen Kaffee.«

»Durchaus begreiflich. Muß ich diese Brühe auch nehmen, oder kann ich Tee haben?«

»Da er auf ähnliche Weise hergestellt wird wie der sogenannte Kaffee, rate ich Ihnen davon ab. Machen Sie es wie ich: Kaufen Sie sich Pulverkaffee und lassen sich heißes Wasser bringen, das ist noch am ungefährlichsten. Oder trinken Sie Cappuccino?«

Durch eine Tür im Hintergrund, die auf einen kleinen Hof führte, kam ein auffallend hübsches Mädchen gehuscht und hielt erschrocken inne, als es die beiden Besucher entdeckte. »Buon giorno, Signor Theo.«

»Buon giorno, Giovanna. Hast wohl wieder mit Amadeo geflirtet, was? Und in der Zwischenzeit verhungern deine Gäste!«

»Ich kommen subito, Signor Theo.« Dann nickte sie Tinchen schüchtern zu. »Buon giorno, Signora.«

»Das ist Signorina Pabst, Giovanna. Sie wird ab heute die Schmetterlinge betreuen, und ich kann nur hoffen, daß sie hier ein bißchen energischer durchgreift als ich! Sie wird sich wohl kaum von deinen schönen schwarzen Augen beeindrucken lassen. Ich bin eben doch bloß ein Mann!« In seinem Seufzer lag ein ganzer Roman. Leise flüsterte er Tinchen zu: »So was wie Giovanna würde ich mir gern für meine alten Tage aufheben!«

Lachend ging Tinchen auf das junge Mädchen zu. »Vor mir brauchen Sie bestimmt keine Angst zu haben. Wer im Urlaub so früh aufsteht, ist selber schuld, wenn er auf sein Frühstück warten muß.«

Giovanna lächelte verlegen. »Ich nix schuld. Ich gebracht Colazione in Zimmer 29 zu dickes Frau England.«

»Wenn die im Bett frühstücken will, dann soll sie bis acht Uhr warten! Für den Zimmerservice ist Fernando zuständig«, sagte Harbrecht entschieden. »Und jetzt bring' uns endlich was zu essen, wir müssen gleich weg! Aber wehe, du wagst es, uns diese Tinte anzubieten!«

Er warf einen beziehungsreichen Blick auf den Aluminiumtopf, in dem es immer noch blubberte.

»No, Signor Theo, ich machen Cappuccino, va bene?«

Eine Viertelstunde später schob Harbrecht seine Reisetasche in das winzig kleine Auto und klemmte sich hinters Lenkrad. »Nun steigen Sie schon ein, es wächst doch nicht mehr!« ermunterte er Tinchen, die noch immer in den Anblick dieses Vehikels versunken war. Es hatte einen himmelblauen Anstrich, war über und über mit bunten Schmetterlingen bemalt und zeigte ober- und unterhalb der Scheinwerfer aufgepinselte schwarze Wimpern.

»Wer hat denn *das* verbrochen?«

»Meinen Sie die Dekoration? Die stammt von Sergio, den werden Sie auch noch kennenlernen. Ist unser Mädchen für alles. Germanistikstudent aus Turin. Verdient sich sein Studium während der Semesterferien. Netter Kerl, aber ein fürchterlicher Schürzenjäger. Ich kann's ihm nicht mal übelnehmen, schließlich sitzt er hier ja an der Quelle. Nun kommen Sie aber endlich, sonst schaffen wir unser Pensum nicht!«

Lachend quetschte sich Tinchen in den kleinen Fiat. »Hat der Bambino einen Namen?«

»Und ob! Ich nenne ihn ›Sole mio‹, weil er nur bei schönem Wetter anspringt. Wenn er im Regen eine Nacht draußen gestanden hat, kriegen Sie den Karren weder durch Zureden noch mit Gewalt in Gang. Heute nacht war's trokken, also wird er wohl keine Mätzchen machen!«

›Sole mio‹ zeigte sich von seiner besten Seite und tuckerte los. Geschickt fädelte sich Harbrecht in den schon sehr lebhaften Verkehr ein und kurvte in halsbrecherischem Tempo durch die engen Straßen. Tinchen hielt sich krampfhaft am Türgriff fest.

»Haben Sie den Film ›Ben Hur‹ gesehen?«

Sie nickte. Sprechen konnte sie nicht.

»Dann sollten Sie doch wissen, wie man in Italien Auto fährt!« Endlich trat er auf die Bremse. Sie standen vor einem jener Betonkästen, die sich weniger durch Schönheit als durch Zweckmäßigkeit auszeichnen und in den Reisekatalogen in der Regel als Hotels der ersten Kategorie angepriesen werden. Lilo wartete schon. Schick sieht sie aus, dachte Tinchen ein bißchen neidisch, aber mit ihrer Figur kann sie sich die knallengen Hosen ja leisten. Ich könnte auch ruhig ein paar Pfund abnehmen, das würde gar nichts schaden. Vati hat schon immer behauptet, daß die meisten Diätkuren ihren Ursprung bei der Schneiderin haben und nicht beim Arzt.

»Guten Morgen, ihr Langschläfer! Seit zwanzig Minuten stehe ich mir die Beine in den Bauch. Ich hab' schon da drüben in der Kaffeebar gewartet, aber in so einer Umgebung ist es für eine Frau schwierig, nicht so auszusehen, als ob sie Angst hätte, versetzt zu werden.«

Sie zwängte sich auf den Rücksitz. »Von mir aus kann's losgehen.«

Harbrecht sah auf seine Armbanduhr. »Es tut mir leid, Kinder, aber die Hotels können wir nicht mehr abklappern. Dazu reicht die Zeit einfach nicht. Dann geht ihr eben nachher allein auf Besuchstour! Sehen wir lieber zu, daß wir ins Büro kommen, damit ich euch wenigstens noch das Nötigste erklären kann.«

Das Schmetterlingsnest lag in der Parallelstraße zur Strandpromenade und nahm das Parterre eines schmalbrüstigen Hauses ein. Harbrecht schloß die Tür auf und überreichte Tinchen feierlich den Schlüssel. »Nicht verlieren, es ist der letzte!«

»Kriege ich denn keinen?« fragte Lilo.

»Selbst ist die Frau! Für Schlüssel, Wasserrohrbrüche, kaputte Autos, amerikanische Zigaretten und erstklassigen Landwein ist Bobo zuständig, der meccanico von der Tankstelle an der Ecke. Er sieht zwar aus wie ein schlafender Säugling, hat es aber faustdick hinter den Ohren. Es gibt so gut wie nichts, was der nicht irgendwo auf Lager hat. Und wenn er's wirklich nicht hat, kann er's besorgen. – So, nun kommt mal rein in die gute Stube!«

Das Büro war ein langer schmaler Schlauch und ziemlich dunkel. Licht fiel nur durch das verhältnismäßig kleine Fenster, das auch noch von einem müde vor sich hinstaubenden Geranientopf halb verdeckt wurde, und durch das verglaste obere Drittel der Eingangstür.

»Vielleicht wird es heller, wenn wir mal die Patina von den Scheiben schrubben!« hoffte Tinchen und malte ein Herz auf das schmutzige Fenster.

»Wo geht es denn hier hin?« Lilo hatte sich an den beiden nebeneinanderstehenden Schreibtischen vorbeigeschlängelt, ein paar Stühle aus dem Weg geräumt und zeigte nun auf die dem Eingang gegenüberliegende Tür. Gelbes Riffelglas verwehrte den Blick nach draußen.

»Machen Sie doch auf! Der Schlüssel steckt!«

Neugierig öffnete Lilo die Tür und prallte zurück. Direkt vor ihrer Nase fuhr laut hupend ein Lastwagen vorbei. Nur ein handtuchbreiter Gehsteig trennte sie von der Straße. Erschrocken knallte sie die Tür wieder zu. »Ich komme mir vor wie auf einem Güterbahnhof!«

»Halb so schlimm!« beruhigte sie Harbrecht. »Der Krach hält sich in Grenzen und hat manchmal sogar seine Vorteile, wenn sich Gäste beschweren wollen. Hinterher kann man immer behaupten, man habe sie nicht richtig verstanden.«

»Wie ich das sehe, kann man dieses Büro also von zwei Seiten betreten, und wen man vorne rausschmeißt, der kommt hinten wieder rein!« stellte das praktische Tinchen fest.

»Sie müssen das anders interpretieren!« lachte Harbrecht. »Die hintere Tür ist immer abgeschlossen, dient aber als Fluchtmöglichkeit. Vorausgesetzt, Sie sind spurtschnell. Von Ihrem Schreibtisch – das ist hier der vordere – sind es genau neuneinhalb Meter bis zur Tür. Wenn Sie bei den ersten Anzeichen einer bevorstehenden Invasion lossprinten, schaffen Sie es noch!«

»Verstehe ich nicht!«

»Ist aber ganz einfach! Leute, die meckern wollen, kommen selten allein, weil sie moralische Unterstützung brauchen. Unverkennbare Warnsignale sind lautes, meist empörtes Reden, kurzes Anhalten vor der Tür zwecks Überprüfung der Garderobe, sodann energisches Klopfen … aber wenn Sie Glück haben, hören Sie das schon nicht mehr!«

»Mal angenommen, die Flucht ist geglückt! Was mache ich dann?«

»Dann trinken Sie nebenan in der Bar einen café, rauchen eine Zigarette und kommen durch den vorderen Eingang wieder zurück. Jeder Mensch hat das Recht, gewisse Örtlichkeiten aufzusuchen, und eine eigene Toilette haben wir hier nämlich nicht. In der Zwischenzeit sind Ihre Besucher entweder verschwunden, was oft der Fall ist, oder das Warten hat sie ein bißchen abgekühlt. Manchmal geschieht natürlich das Gegenteil, und für diese akuten Notfälle steht eine Spesenflasche im Schreibtisch!«

»Haben denn alle Häuser zwei Eingänge?«

»Nicht alle, aber die meisten. In diesen engen Gassen ist das sowohl für die Geschäftsleute als auch für die Kunden äußerst praktisch. Lange Wege zum Einkaufen gibt es hier nicht!«

Harbrecht knipste die Deckenlampe an. Eine getönte Neonröhre tauchte das Büro in ein süßliches rosa Licht.

»Scheußlich!« sagte Tinchen.

»Weiß ich selber, ist aber noch ein Überbleibsel von dem Juwelierladen, der früher mal hier drin gewesen ist. Wahrscheinlich haben die falschen Brillanten dann nicht ganz so falsch ausgesehen. – Jetzt kommt mal her, ihr beiden Hübschen! Ich hab' noch genau fünfundfünfzig Minuten Zeit, euch das Wichtigste zu erklären!«

Die drei vertieften sich in Ordner, die säuberlich aufgereiht in mehreren Regalen standen, verglichen die Zimmerreservierungen mit der Liste jener Gäste, die in vier Tagen ankommen sollten, und während Lilo den an der Wand hängenden Stadtplan studierte und alle Vertragshotels einzeichnete, notierte Tinchen in Stichworten alles das, was Harbrecht noch so ganz nebenbei erwähnte.

»Die Fahrten nach Nizza und Portofino teilt ihr euch am besten. Einer fährt nach Osten, der andere nach Westen. Dann braucht jeder nur einmal den ganzen Quatsch zu lernen. Auf die Dauer wird das zwar ziemlich langweilig, aber es ist bequemer.«

»Welche Fahrten?«

»Die Busausflüge natürlich! Einmal pro Woche werden die Vergnügungssüchtigen eingesammelt und durch die Landschaft gekarrt. Nach längstens fünf Tagen kennen sie in Verenzi jede Palme und wollen auch mal etwas anderes sehen. Also tun wir ihnen den Gefallen. San Remo, Ventimiglia, Monte Carlo mit Abstecher ins Spielkasino, dann Nizza, wo sich alle auf den Blumenmarkt stürzen und den Bus in ein rollendes Treibhaus verwandeln ... es ist jedesmal das gleiche.«

»Aber davon hat uns kein Mensch etwas gesagt!« Im Geiste sah sich Tinchen schon mit einem Bus voll schimpfender Touristen auf einer verlassenen Landstraße stehen, vom rechten Wege abgekommen und ohne die geringste Hoffnung, ihn jemals wiederzufinden.

Harbrecht schien ihre Gedanken zu erraten. »Sie brauchen keine Angst zu haben! Luigi fährt die Strecke schon seit Jahren, kennt jeden Kilometerstein und natürlich auch den ganzen Sermon, den ich jedesmal herunterbeten mußte. Notfalls könnte er die Touren sogar allein machen. Eigentlich müssen Sie bei diesen Fahrten nur zwei Grundregeln beachten: Erstens: Sehen Sie zu, daß mindestens ein ungebildeter Mensch dabei ist, der all die dummen Fragen stellt, die die anderen auch gern stellen würden, es aber nicht tun, weil man sie sonst für ungebildet halten könnte. Und zweitens: Auf Exkursionen müssen Sie der Herde immer ein Stück voraus sein, damit Sie alle Pflanzen zertreten können, die Sie nicht kennen!«

»Das ist ein schwacher Trost«, stöhnte Tinchen. »Ich kann doch nicht die ganze Botanik ausrotten! Außerdem bin ich noch niemals in Frankreich gewesen, habe keine Ahnung, wie man da hinkommt und weiß nicht das geringste über etwaige Sehenswürdigkeiten.«

»Die Fahrerei überlassen Sie ruhig Luigi, und alles andere können Sie sich zusammenlesen! Hier muß noch ein ganzer

Haufen liegen« – Harbrecht kramte in der untersten Schreibtischschublade und förderte einen Schwung Prospekte zutage –, »das reicht für den Anfang. Und was Sie nicht wissen, erfinden Sie. Kirchen werden meistens nach irgendwelchen Heiligen benannt, die sich sowieso kein Mensch merken kann, was Sie an Bergen sehen, gehört grundsätzlich zum italienischen Apennin und jenseits der Grenze zum französischen, und wenn in Monaco die obligatorische Frage kommt – und die kommt immer! –, ob denn wohl die Jacht von Arndt Krupp oder Christina Onassis im Hafen liegt, dann suchen Sie sich den größten Kahn heraus und behaupten, das sei sie. Kein Mensch kontrolliert das nach, aber alle freuen sich, daß sie einen Blick auf das Ambiente der internationalen Prominenz werfen konnten!«

»Ist das alles nicht ein bißchen unfair?« fragte Lilo zögernd.

»Der Himmel erhalte euch euer Gewissen! Spätestens nach der sechsten Tour seid ihr so abgestumpft, daß euch alles Wurscht ist. Mich hat mal jemand vor ein paar zusammengefallenen Mauersteinen gefragt, was das gewesen sei. Darauf hab' ich ihm gesagt, da habe eine der ersten christlichen Kirchen gestanden, die Nero erbaut habe. Der Kerl hat andächtig die Trümmer beguckt und gemeint: ›Dann liegen die ja schon seit unvordenklichen Zeiten hier, und ich hatte geglaubt, die sind noch viel älter!‹«

Tinchen prustete los. »Ihr Glück, daß das kein Historiker gewesen ist.«

»Die buchen keine Schmetterlings-Reise, die nehmen Neckermanns Studienfahrten!« Harbrecht sah auf die Uhr. »Kinder, es wird Zeit. Bringt ihr mich noch zum Bahnhof?«

»Das ist doch Ehrensache!« versicherte Lilo. »Nachdem Sie uns auch noch das letzte bißchen Selbstbewußtsein geraubt haben, können Sie uns ja ruhig unserem Schicksal überlassen.«

»Wer fährt?« Fragend hielt er den Autoschlüssel hoch.

»Sie!« kam es unisono zurück.

Wieder ging es in mörderischem Tempo und unter Mißachtung einschlägiger Verkehrsregeln durch die Straßen.

»Können Sie denn nicht mal auf *einer* Seite bleiben?« jammerte Tinchen, als Harbrecht ein paar gewagte Überholmanöver beendet hatte.

»In manchen Ländern fährt man rechts, in anderen links«, erklärte er nachsichtig. »Hier fährt man eben im Schatten!« Wie zum Beweis drehte er das Steuer ein wenig und brauste mitten auf der Straße geradeaus, ohne sich um das empörte Hupen entgegenkommender Fahrzeuge zu kümmern.

»Die meisten Unfälle passieren, weil der Fahrer im vierten Gang fährt, während sein Geist auf Leerlauf geschaltet ist!« murmelte Tinchen.

Harbrecht grinste nur, nahm aber doch den Fuß vom Gas. Trotzdem war sie froh, als er endlich auf dem Bahnhofsvorplatz anhielt. Er stieg aus und zerrte seine Tasche vom Rücksitz.

»Ist das Ihr ganzes Gepäck?« wunderte sich Lilo.

»Nein, meine Dame. Selbst Junggesellen brauchen gelegentlich eine Hose zum Wechseln. Die Koffer sind schon weg und werden hoffentlich vor Ablauf dieses Monats in Taormina eintreffen. Wenn nicht, kommen sie im nächsten. Hier dauert alles ein bißchen länger als woanders.«

Dann gab er sich einen Ruck: »Bringen wir's hinter uns, ich hasse Abschiedsszenen.« Er gab beiden die Hand. »Kopf hoch, Mädchen, ihr schafft das schon!« Und als er die zweifelnden Gesichter sah, fügte er tröstend hinzu: »Ihr braucht bloß zu beten, daß jeden Donnerstag die Sonne scheint!«

»Wozu soll das gut sein?«

»Mittwochs kommen die Gäste an und sind nach der langen Fahrt froh, wenn sie endlich ihr Hotel und ein Bett sehen. Zum Meckern sind sie viel zu müde. Das heben sie sich für den nächsten Tag auf. Wenn dann aber die Sonne scheint, wollen sie an den Strand und kümmern sich einen Schmarrn um den quietschenden Fahrstuhl oder den klappernden Fensterladen, über den sie sich noch am Abend vorher so maßlos aufgeregt haben. Am dritten Tag haben sie sich sowieso daran gewöhnt. Nur wenn es regnet, wird es fürchterlich! Also betet um ein Azorenhoch, das vom Mai bis zum September anhält! Und immer optimistisch bleiben, selbst wenn es Strippen gießt. Hier ändert sich das Wetter schnell. Das ist sogar die Wahrheit!«

Er nahm seine Tasche, winkte den beiden noch einmal zu und verschwand im Bahnhof. Kurz darauf sahen sie den Zug davonfahren.

»Und nun?« fragte Tinchen zaghaft.

»Trinken wir uns erst mal Mut an!« bestimmte Lilo und klapperte unternehmungslustig mit den Autoschlüsseln.

AUS TINCHENS TAGEBUCH

6. April

Habe eben die Tomatenflecken aus der Bluse geschrubbt und muß warten, bis sie trocken ist. Alle anderen sind in der Wäscherei. Werde vorläufig keine pasta asciutta mehr essen, machen sowieso zu dick.

Heute die ersten Schmetterlinge in Empfang genommen. Sahen alle aus wie Trauermäntel. Muß das nächste Mal die Namensliste mitnehmen zum Bahnhof. Waren zwei Meiers dabei. Sahen beide gleich alt aus. Waren empört, als ich sie nach ihrem Geburtsdatum fragte. Älterer Herr wollte wissen, wo man hier etwas erleben kann. Habe ihn in die Splendid-Bar geschickt; da trinkt der Pfarrer jeden Abend seinen Apéritif.

›Sole mio‹ hat einen heimtückischen Charakter. Bleibt am liebsten auf Kreuzungen stehen. Weiß inzwischen, daß man vor dem Anschieben die Handbremse lösen muß. Habe mir bequeme Schuhe gekauft, weil die bei längeren Fußmärschen praktischer sind.

8. April

Keine Reklamationen. Mußte die künstliche Blondine aus Bottrop enttäuschen. Verenzi hat keinen FKK-Strand. Älterem Herrn hat es in der Splendid-Bar nicht gefallen. Wollte mich zum Essen einladen. Behauptete, er sei in den besten Jahren. Kann sein, aber seine guten sind vorbei.

Heute Bekanntschaft mit Bobo gemacht. Wirklich ein heller Junge! Hat mir erklärt, daß ein Auto auch Öl braucht. Hofft, daß er die Reparatur in drei Tagen schafft. Habe mir noch ein Paar Schuhe mit flachen Absätzen gekauft.

11. April

Habe Schwierigkeiten mit dem hiesigen Dialekt. Schwer verständlich. Leute alle nett und freundlich, behaupten, ich spräche sehr gut italienisch. Wo ich es gelernt hätte? Vermuten in Kalabrien. Rat von Fritz Schumann befolgt und deutsch geredet. Klappte großartig. Carabinieri sehr zuvorkommend. Helfen sogar schieben. Haben mir empfohlen, Reservekanister zu kaufen.

13. April

Bin seit heute wieder abergläubisch. Mit dem Dreizehnten muß es *doch* was auf sich haben! Mittags angefangen zu regnen. Zug hatte Verspätung, Gäste deshalb sehr ungemütlich. Hatten außerdem Regenschirme zu Hause gelassen. Transport mit Bus in die einzelnen Hotels verzögerte sich. Luigi hatte Nagel im Fuß. Will den Schuster verklagen. Hatte Gäste endlich abgeliefert und kam zurück, um Gepäck zu holen. Kofferschilder nicht mehr zu entziffern, weil Schrift vom Regen zerlaufen. Haben zusammen alle Hotels abgeklappert und Gäste aufgefordert, Kollektion im Bus zu besichtigen und

Eigentum herauszusuchen. Hat beinahe bis Mitternacht gedauert.

Ein Koffer ist übriggeblieben, steht jetzt im Büro. Hoffe, Besitzer ist verständnisvoller junger Mann und nicht alte Dame, die Flanellnachthemd braucht.

Wolken reißen auf. Schumann sagt, morgen scheint wieder die Sonne.

14. April

Koffer ist abgeholt worden, rothaarige Besitzerin hatte ihn gestern noch gar nicht vermißt. Sie nächtigte angeblich im Zimmer ihrer Nachbarin, die auf der Herfahrt eine Gallenkolik gehabt haben soll.

Anhand der Ankunftsliste festgestellt, daß nur noch zwei *Herren* für die Pension Bellevue gebucht haben.

17. April

Große Aufregung! Dame von Strandhotel vermißte wertvollen Ring. Beschuldigte Zimmermädchen. Zimmermädchen beschuldigte Putzfrau. Putzfrau beschuldigte Etagenkellner. Ich mußte Risotto und interessanten Mann stehenlassen und zum Tatort fahren. Ring immer noch weg. Alle Verdächtigten hochgradig empört. Übersetzte ihr »stupido cretino« mit »Wir sind unschuldig«. Dame zum Glück der italienischen Sprache nicht mächtig. Sonntags Carabinieri nicht erreichbar. Habe Opfer zu einem Grappa auf Spesen eingeladen. Will Ring trotzdem wiederhaben. Muß mich morgen drum kümmern.

Interessanter Mann in der Zwischenzeit natürlich verschwunden.

18. April

Ring ist wieder aufgetaucht. Dame hatte ihn bei abendlicher Schönheitspflege im Cremetopf entdeckt, wo sie ihn aus Angst vor Dieben eingegraben hatte. Beklagte ihr mangelndes Erinnerungsvermögen. Verdächtigte Angestellte weniger an Entschuldigung interessiert als an Trinkgeld. Bekamen beides.

Interessanten Mann wiedergesehen. Saß mit Lilo im Strandsafe. Und mir hatte sie erzählt, daß sie nach San Giorgio fährt!

20. April

Heute erstes Sonnenbad genommen. Wasser zum Baden noch zu kalt. Leider. Muß dringend abnehmen, damit ich in den neuen Badeanzug passe. Wasser zehrt! Andererseits: Wenn Schwimmen so gut für die schlanke Linie ist, wie soll man sich dann den Wal erklären? Diesmal schon 32 Schmetterlinge angekommen. Habe einigen erklären müssen, daß Hotels Vorder- und Rückseiten haben und nicht alle Zimmer Ausblick zum Meer bieten. Besonders Verdrossenen empfohlen, den nächsten Urlaub auf einer kleinen Insel zu verbringen.

22. April

Vorhin heftiges Gewitter. Nach dem dritten Donnerschlag gingen überall die Lichter aus. Schumann sagt, das sei hier unten üblich. Warum, weiß er nicht. Habe festgestellt, daß es nur dann romantisch ist, bei Kerzenlicht zu essen, wenn man es nicht muß.

Will morgen mit Lilo die Route nach Nizza abfahren. Müssen ja wissen, was da auf uns zukommt. Habe schon fleißig Schularbeiten gemacht. In San Remo gibt es eine romanische Kirche aus dem 13. Jahrhundert, in Nizza ein Chagall-Matisse-Museum sowie eine ganze Menge Trümmer aus der Römerzeit. Hoffe sehr, daß die Schmetterlinge, wie es sich letztlich gehört, mehr Interesse für den Blumenmarkt zeigen. Hätte im Geschichtsunterricht eben doch besser aufpassen müssen!

Kapitel 7

Tinchen saß in ihrer ›Röhre‹, wie sie das schmale Büro insgeheim nannte, und blätterte in den Prospekten. In jedem Nest, das sie gestern auf ihrer Fahrt entlang der Küste durchquert hatten, war als erstes die Kurverwaltung angesteuert und alles eingesammelt worden, was an Gedrucktem herumgelegen hatte – einschließlich des Eisenbahnfahrplans und der Impfvorschriften für reisende Haustiere.

Auf dem Fußboden hatte sie eine große Straßenkarte ausgebreitet, anhand derer sie nun ihre Unterlagen sortierte. »Albenga kommt vor Alássio, Laiguéglia liegt dahinter, dann kommt San Remo ... nee, dazwischen liegt noch Diano Marina, das war doch der Ort mit dem künstlich aufgeworfenen Sandstrand ... dann San Remo, Bordighera ... zum Donnerwetter noch mal, wer soll sich denn das alles merken?«

Wütend feuerte sie die Prospekte in die Ecke und griff nach einer Zigarette. Warum hatte ausgerechnet *sie* die Frankreich-Tour übernehmen wollen? Zur anderen Seite hin nach Genua und Portofino gab es bestimmt nicht so viele Badeorte, und die Sehenswürdigkeiten hielten sich auch in Grenzen. Aber nein, sie mußte sich ja Frankreich aussuchen! Das hatte sie jetzt davon! Allein in ihrem Reiseführer wurde San Remo auf fünf Seiten abgehandelt! Welche Kaiser und Könige wann in welchen Hotels residiert hatten, wo der Fürst XY und der Erbprinz von Sowieso abgestiegen waren ... Ob das die Touristen von heute wirklich noch interessierte? Schumann sagt ja. Blödsinn, ich kann doch nicht den ganzen Gotha auswendig lernen! Überhaupt war es eine Schnapsidee, am Sonntag ins Büro zu kommen und arbeiten zu wollen. Lilo hatte sich ja auch nicht blicken lassen. Angeblich wollte sie nach San Giorgio, weil es irgendwelche Beschwerden gegeben hatte. War sicher bloß eine Ausrede!

Tinchen stopfte die Prospekte wieder in den Schreibtisch. Die konnten warten! Vor Mitte Mai würden sowieso noch nicht genug Gäste da sein, um einen ganzen Ausflugsbus zu füllen, denn es gab ja auch genügend Individualisten, die auf organisierte Freizeitgestaltung verzichteten und lieber auf eigene Faust loszogen.

Sorgfältig drehte sie den Schlüssel zweimal herum, obwohl ein fester Schlag mit dem Handballen genügt hätte, das altersschwache Schloß der Bürotür zu sprengen, und machte sich auf den Weg zu Signora Ravanelli – zu deutsch: Radieschen. Diese nicht eben schlank zu nennende Dame unbestimmbaren Alters war Inhaberin eines kleinen Obst- und Gemüseladens, in dem Tinchen ihren täglichen Vitaminbedarf zu decken pflegte. Die Konversation verlief in der Regel sehr einseitig und wurde überwiegend von Frau Radieschen bestritten.

Sie grinste erfreut, als Tinchen den etwas schmuddeligen Laden betrat, und begrüßte sie mit einem Wortschwall, der ihr jede Hoffnung nahm, jemals die Landessprache zu erlernen. Sie begriff kein Wort.

»Vorrei, per favore, due arangio«, verlangte sie schüchtern.

»Si, Signorina!« Frau Radieschen grub unter einem Berg von Petersilie zwei Orangen aus und reichte sie über den Ladentisch. »Fa un tempo splendido!« setzte sie die Unterhaltung fort.

»Si«, nickie Tinchen glücklich, denn diesmal hatte sie verstanden, und daß das Wetter herrlich war, ließ sich nicht bestreiten.

»Ma ieri sera à piovuto!«

»Si«, erwiderte Tinchen; gestern abend hatte es wirklich geregnet.

Nun kam wieder eine Frage, deren Sinn im dunkeln blieb. »Si, si«, antwortete Tinchen bereitwillig, was sie aber Sekunden später bereute, denn es schien sich um ein Verkaufsangebot gehandelt zu haben. Signora Ravanelli drückte ihr ein Bund Zwiebeln in die Hand und fing an, Tomaten in eine Tüte zu füllen.

»No, grazie, Signora, e Arrivederci«, stammelte Tinchen entsetzt, legte ein paar Münzen auf den Tisch und ergriff die Flucht, bevor Frau Radieschen das nahrhafte Stilleben durch Lauchstengel oder Blumenkohl ergänzen würde. Immerhin war es schon ein paarmal vorgekommen, daß sie einen Armvoll Gemüse in der Hotelküche abliefern mußte. Offenbar war Signora Ravanelli davon überzeugt, daß Tinchen zu jener Gruppe jugendlicher Camper gehörte, die vor Verenzis Toren ihre Zelte aufgeschlagen hatten und sich überwiegend von mitgebrachten Konserven und Chianti ernährten. Es war ihr noch nicht gelungen, Signora Radieschen von ihrem durchaus seriösen Beruf zu überzeugen, was natürlich in erster Linie daran lag, daß die gute Frau vermutlich aus den unteren Schichten der Bevölkerung stammte, nur den einheimischen Dialekt beherrschte und von dem klassischen Italienisch, wie Tinchen es sprach, wenig oder gar nichts verstand.

Langsam schlenderte sie die Strandpromenade hinauf, als neben ihr ein wohlbekanntes Auto bremste. »Steig ein!« rief Lilo, während sie mit einem wohlgezielten Fußtritt von innen die Beifahrertür öffnete. »Die klemmt mal wieder!«

Tinchen quetschte sich in den Fiat und zog die Tür heran. Prompt sprang sie wieder auf. »Jetzt mußt du sie schon zuhalten!« Lilo trat aufs Gas. »Vorhin habe ich fünf Minuten gebraucht, um sie mit zwei Papiertüchern festzustopfen.«

»Was war denn drüben los? Oder bist du gar nicht in San Giorgio gewesen?«

»Natürlich, ich komme ja gerade zurück. Nach dem Geschrei, das diese Frau Malinowski am Telefon angestimmt hatte, glaubte ich schon, es handele sich um einen mittelschweren Wasserrohrbruch. Dabei war's bloß das übliche: Die Dusche tropfte, und deshalb konnte die gute Frau nachts nicht schlafen. Inzwischen hatte der Hausknecht längst Abhilfe geschaffen.«

»Dann war doch alles in Ordnung!«

»Eben nicht! Die Dame legte Wert auf deutsche Gründlichkeit und nicht auf landesübliche Improvisation. Weißt du, welche geniale Idee der Kerl gehabt hat? Anstatt den Duschkopf auszuwechseln, hat er bloß einen langen Bindfaden rangebunden. An dem sind die Wassertropfen lautlos in den Abfluß gelaufen.«

»Das gibt's doch nicht!«

»Doch, das gibt es! Und es funktioniert prima! Ich werde mir diese Methode für künftige Notfälle merken!«

Sie hatten das Lido erreicht. »Hast du heute etwas Besonderes vor?«

»Nein, warum?« Erleichtert ließ Tinchen die Wagentür los und schälte sich aus dem Auto.

»Wir könnten doch nach Portofino fahren! Schließlich muß ich meine Busroute auch mal kennenlernen!«

»Bist du wahnsinnig? Ich habe noch von der gestrigen Tour die Nase voll und Blasen an den Füßen. Außerdem ist es viel zu spät! Und dann glaubst du doch wohl nicht, daß ich stundenlang die Tür festhalte?

»Da ist bloß eine Schraube locker. Wenn ich einen Schraubenzieher gehabt hätte, dann hätte ich die Kleinigkeit schon selbst repariert.«

Tinchen wunderte sich. »Irgendwo muß doch Bordwerkzeug sein?«

»Ist ja auch! Eine verbogene Schere, drei Rollen Isolierband, eine Maurerkelle und Fahrradflickzeug.«

»Ist wenigstens ein Reservereifen da?«

»Ja, aber der ist platt!«

»Dann können wir sowieso nicht fahren!«

»Warum nicht? Oder kannst du im Notfall den Reifen wechseln?«

»Natürlich nicht!«

»Na also! Weshalb brauchen wir dann einen?« stellte Lilo mit bezwingender Logik fest. »Mach dich fertig, in einer halben Stunde hole ich dich ab!«

Es dauerte zwar ein bißchen länger, aber dafür war die Autotür in Ordnung und der Reservereifen aufgepumpt.

»Bobo hat gesagt, wir sollen auf keinen Fall über achtzig fahren«, lachte Lilo. »Der hat vielleicht Humor! Fünfundsechzig ist das Äußerste, was die Karre noch bringt, sonst fällt sie auseinander.«

»Nehmen wir die Autostrada?« Mißtrauisch überprüfte Tinchen die Tür.

»Vielleicht sollten wir sie doch lieber festbinden!«

Routiniert fädelte sich Lilo in den sonntäglichen Ausflugsverkehr ein. »Den langweiligen Teil heben wir uns für den Rückweg auf. Jetzt fahren wir die Via Aurelia entlang. Das dauert zwar länger, ist aber landschaftlich viel schöner.«

»Und gefährlicher!« ergänzte Tinchen. Trotzdem genoß sie die Fahrt entlang der Küste, hauptsächlich deshalb, weil sie nicht selbst hinter dem Steuer saß. In stillschweigender Übereinkunft übernahm Lilo die Rolle des Chauffeurs, wenn sie beide zusammen im Wagen saßen, denn Tinchens Fahrkünste hatten ihr nur ein Kopfschütteln entlockt.

»Wenn du so vorsichtig herumgurkst, wirst du zum Verkehrshindernis. Hast du denn die italienische Mentalität noch immer nicht begriffen? Für die bedeutet Rot an der

Ampel nicht Stopp, sondern bloß eine Art Hinweis, der nichts anderes heißt als: Es ist Rot, also mach, was du willst. Wenn du durchfahren möchtest, bitte sehr, es sagt sowieso keiner was. Aber wenn du aufs Pedal trittst, dann paß wenigstens auf. Willst du lieber anhalten, dann tu es, aber sei in diesem Fall besonders vorsichtig, weil die hinter dir nicht damit rechnen, daß du stoppst, und womöglich auf dich draufbrettern. Na ja, und Grün heißt nichts anderes, als daß du jetzt Vorfahrt hast, aber darauf kannst du dich nicht verlassen, denn die Querstraße hat Rot, und du weißt ja, was sich dann tut. Am besten fährst du bis zur Mitte, guckst nach links und rechts, und wenn du niemanden siehst, gib Gas!«

»Und wenn Gelb ist?«

»Gar nicht drum kümmern! Das gelbe Licht wird nur beibehalten, weil die Ampeln alle importiert sind!«

Nach diesem Schnellkurs in italienischer Fahrpraxis hatte Tinchen es vorgezogen, überwiegend zu Fuß zu gehen, obwohl auch das keine hundertprozentige Überlebenschance bot. Die einzig sichere Methode, hierorts eine Straße zu überqueren, ist, eine Kuh mitzunehmen. Dieser relativ seltene Anblick veranlaßt offenbar jeden Autofahrer, abrupt auf die Bremse zu treten. Tinchen hatte das staunend beobachtet.

Anhand ihres Reiseführers kommentierte sie jeden Ort, durch den sie fuhren. »Varazze weist Reste der römischen Stadtmauern auf und die Stiftskirche Sant' Ambrogio. Pegli bietet als Sehenswürdigkeiten die Villa Doria sowie die Parkanlagen von ...«

»Hör auf mit dem Quatsch! Du bist jetzt nicht im Dienst! Oder glaubst du, daß ich diesen Quark jedesmal herunterbete? Die meisten hören ja doch nicht zu. Harbrecht hat recht! Einfach warten, bis die Leute fragen, und dann kann ich mir immer noch etwas einfallen lassen. Hinter der nächsten Kurve haben sie sowieso alles wieder vergessen!«

Ein bißchen bezweifelte Tinchen ja doch die Kurzlebigkeit

gespeicherter Informationen in teutonischen Gehirnen, aber wenn sie an ihr eigenes dachte, in dem sich nicht einmal drei Telefonnummern speichern ließen, dann könnte Lilo mit ihrer Ansicht vielleicht doch richtig liegen.

»Such lieber mal den Stadtplan von Genua heraus, der muß in der Seitentasche stecken. Wir sind nämlich gleich da.«

Die Häuser wurden zahlreicher, die Autos ebenfalls, und bevor Tinchen die ohnehin nur spärlich vorhandenen Straßennamen auf der Karte gefunden hatte, war Lilo längst wieder irgendwo abgebogen, und die Suche begann von neuem.

»So hat das keinen Zweck! Halt mal da drüben an der Piazza!« Tinchen kurbelte das Fenster herunter und schrie in eine Gruppe feierlich gekleideter Spaziergänger: »In quale direzione si trova il Campo Santo?«

Mehrstimmig tönte es zurück: »Al sinistra la secondo strada traversale!«

»Was ist los?« fragte Lilo verblüfft.

»Ich habe gefragt, wo es zum Friedhof geht, und die haben gesagt, zweite Querstraße links.«

Respektvoll murmelte sie: »Mensch, du kannst ja wirklich Italienisch!« Und nach einem Weilchen: »Was sollen wir denn auf dem Friedhof?«

»Der Campo Santo von Genua ist berühmt und folglich sehenswert.«

»Warum?«

»Keine Ahnung. Laß uns erst mal hinfahren. Vielleicht finden wir es heraus.«

Wenig später kurvte Lilo völlig entnervt zum dritten M
durch dasselbe Gäßchen, das sich von den anderen
dadurch unterschied, daß es noch ein bißchen schmale
»Ich finde hier nicht mehr raus!« jammerte sie. Sc
öffnete sie das Fenster und fragte einen heruml
Müßiggänger: »Ist das hier die zweite Querstra

»Non capisto!«

»Du mich auch!« knurrte sie und zuckelte weiter.

Mehr dem Zufall als der verzweifelten Suche war es zu verdanken, daß ›Sole mio‹ doch noch vor dem großen Tor des Campo Santo ausrollte und genau neben einem unübersehbaren Schild zum Stehen kam. »Parken nur für Anlieger gestattet!« buchstabierte Tinchen mit Hilfe des Wörterbuchs. »Klingt ein bißchen sehr makaber, nicht wahr?«

Der Friedhof erwies sich als eine Ansammlung monumentaler Scheußlichkeiten in Gips, Stuck und Marmor. »Hier scheinen die himmlischen Heerscharen komplett versammelt zu sein«, sagte Lilo kopfschüttelnd und zeigte auf eine Gruppe riesiger Marmorengel, die am Kopfende eines verwilderten Grabes standen. »Die müssen ja ein Vermögen gekostet haben!«

»Angeblich gibt es Leute, die ihr ganzes Leben lang sparen, um später einen würdigen Grabstein zu bekommen. Da drüben die Brezelfrau soll es auch so gemacht haben.« Tinchen zeigte auf eine große Bronzefigur, zu deren Füßen ein Korb mit ehernen Brezeln stand. »Sie hat Lira auf Lira gelegt, damit sie nach ihrem Tod genauso ein schönes Denkmal kriegen konnte wie die reichen Leute.«

»Schön blöd! Was hat sie denn jetzt davon?« Lilo betrachtete die Statue und warf einen beziehungsreichen Blick auf die Brezeln.

»Langsam bekomme ich Hunger! Oder müssen wir vorher noch ein paar andere Sehenswürdigkeiten abhaken?«

»Die würden wir ja doch nicht finden. Oder weißt du vielleicht, wo das Geburtshaus von Columbus steht?«

»Ich hatte gar keine Ahnung, daß der hier geboren ist.«

»Ignorantin!« tadelte Tinchen. »Du solltest dich wirklich ein bißchen mehr um italienische Geschichte kümmern und weniger um italienische Männer!«

»Wenn du den von gestern abend meinst, dann irrst du dich. Der war aus Österreich. Und über Columbus haben wir ar nicht gesprochen.«

In der Nähe des Hafens entdeckten sie eine kleine Trattoria, die als Spezialität des Hauses ›Frutti di mare‹ verhieß. Lilo war mißtrauisch. »Wer weiß, was die darunter verstehen. Am Ende setzen sie uns Entengrütze vor, garniert mit Seetang.«

»Blödsinn! Früchte des Meeres sind Fische, Krabben, Muscheln – eben alles, was im Meer lebt.«

»Wächst Seetang vielleicht nicht im Meer?«

Das Innere des Restaurants schien Lilos Befürchtungen zu bestätigen. Zwar waren die Fliegen weniger zahlreich als die Flecken auf den Tischtüchern, aber bekanntlich soll man sich von solchen Äußerlichkeiten nicht abschrecken lassen. Das Etablissement war gut besucht, und daraus folgerte Tinchen, daß zumindest die Küche mehr hielt, als der Speisesaal versprach.

»Bestell du!« forderte Lilo, als sie endlich einen leeren Tisch gefunden hatten, »ich kann das doch nicht übersetzen.«

Tinchen vertiefte sich in die Speisekarte. »Wie mögen hier die Schnecken sein?«

»Die sind als Kellner verkleidet!« klang es entmutigt vom Nebentisch. »Sollten Sie heute noch etwas anderes vorhaben, dann wechseln Sie lieber das Lokal! Ich will auch gerade wieder gehen.«

Ein junger Mann erhob sich und trat zu ihnen. »Das Essen soll gut sein, aber bis ich das ausprobieren kann, bin ich verhungert. Seit einer geschlagenen halben Stunde warte ich, und als ich mich beschweren wollte, wurde dieser cameriere auch noch patzig. Weshalb schimpfen Sie über die schlechte Bedienung, hat er geraunzt, Sie haben doch noch gar keine gehabt!«

Lachend erkundigte sich Tinchen: »Kennen Sie denn hier in der Nähe ein anderes Restaurant?«

»Nö, aber wir werden schon eins finden!«

Gemeinsam verließen sie das Lokal, und wie selbstverständlich hakte sich der junge Mann bei den Mädchen unter, während er munter drauflos schwatzte. »Das nenne ich Glück haben! Um diese Jahreszeit findet man relativ selten Landsleute, und zwei so hübsche schon gar nicht!«

»Sparen Sie sich Ihr Süßholzgeraspel für den Strand auf!« Tinchen schüttelte den Arm ihres Begleiters ab. »Manche Menschen nehmen alles mögliche mit in den Urlaub, nur ihre Manieren nicht!«

»Touché!« parierte er lächelnd. »Holen wir also die Formalitäten nach!«

Er hieß Klaus Brandt, war 32 Jahre alt, stammte aus Hannover und lebte schon seit zwei Monaten bei seiner Tante in Loano, eine Behauptung, die Tinchen sofort anzweifelte. »Früher nannte man diese Damen ›Kusinen‹, heute bezeichnet man sie als Tanten. Warum hat bloß jeder Mann Hemmungen, ›meine Freundin‹ zu sagen?«

»Weil Tante Josi vierundsiebzig und wirklich meine liebe Tante ist!«

»Wir sind auch nicht zum Vergnügen hier!« Lilo hielt es für angebracht, den gutaussehenden jungen Mann dezent darauf hinzuweisen, daß er es hier nicht mit Urlauberinnen zu tun hatte, die nach drei Wochen wieder abreisten.

»Reiseleiterinnen?« fragte er denn auch verdutzt, »die hatte ich mir eigentlich immer als spätes Mittelalter mit Dutt und Brille vorgestellt, vollgestopft mit Geschichtszahlen und einem Grundkurs in Erster Hilfe. Anscheinend habe ich mich geirrt! Übrigens nicht zum ersten Mal! Das Dumme an euren Ferienparadiesen ist nämlich die Tatsache, daß man die bildschönen Mädchen aus den Katalogen am Strand meist vergeblich sucht.«

»Demnach ist Ihr Urlaubsideal ein paar sonnige Tage im Schatten einer hübschen Blondine?« konterte Tinchen.

»Sind Sie immer so bissig?«

»Nur, wenn ich Hunger habe!«

»Dann müssen wir schleunigst etwas dagegen tun!«

Bald saßen sie in einem gemütlichen kleinen Restaurant, das sich sowohl durch internationale Küche als auch durch ebensolche Preise auszeichnete. Brandt bestellte für alle Risotto con carciofi. »Früher habe ich mir nie etwas aus Artischocken gemacht, bis ich anfing, in den Blattschuppen Unterröcke zu sehen!«

Während des Essens beteiligte sich Tinchen kaum an der Unterhaltung, gab nur einsilbige Antworten und verwünschte ihr Schicksal, das sie ausgerechnet an eine so blendend aussehende Erscheinung wie Lilo gefesselt hatte. Neben der hatte sie ja nie eine Chance! Dabei gefiel ihr dieser Klaus Brandt wirklich ausnehmend gut. Leider hatte sie auch von Computern nicht die geringste Ahnung, ein Gebiet, auf dem sich Brandt bestens auskannte. Beiläufig hatte er erwähnt, daß er Informatik studiert habe und jetzt über seiner Dissertation brüte.

»Verstehen Sie etwas von Computern?«

»Nein!« erwiderte Tinchen knapp, »aber ich finde sie trotzdem sympathisch. Sie sind wenigstens unbestechlich, und man erreicht gar nichts bei ihnen, wenn man sie mit ›Liebling‹ anredet oder ihnen erzählt, daß man ihre Großeltern gut gekannt hat! – So, und jetzt müssen wir gehen, sonst kommen wir heute bestimmt nicht mehr nach Portofino.«

Brandt erbot sich, seine ›charmanten Begleiterinnen‹ selbst an ihr Ziel zu bringen, denn er habe zweifellos die bessere Ortskenntnis und ohnehin nichts anderes vor.

»Herrlich! Ein Kabrio!« schrie Lilo begeistert, als sie seinen Wagen sah, und beschlagnahmte sofort den Beifahrersitz. »Ich kann den Wind nicht besonders gut vertragen. Dir macht es doch nichts aus, hinten zu sitzen, nicht wahr, Tinchen?«

Die knirschte nur mit den Zähnen. »Und was wird mit dem Fiat?«

»Den lassen wir hier stehen und holen ihn auf dem Rückweg wieder ab«, sagte Brandt, öffnete ihr höflich die Tür und legte ihr eine Decke über die Beine.

»Danke!« Er muß mich für ausgesprochen gebrechlich halten! Ist ja auch kein Wunder, wenn ich immer im Schatten von diesem Glamourgirl stehe! Bloß Fassade mit nichts dahinter! Wütend nahm Tinchen sich vor, Lilo ab sofort ihrem Schicksal zu überlassen. Sollte die sich doch künftig mal selbst mit den Hoteliers auseinandersetzen. Jedesmal, wenn irgend etwas schiefgelaufen war, mußte Tinchen einspringen, weil Lilo ihre mangelnden Sprachkenntnisse vorschob. Dabei war sie nur zu faul, ihre Nase auch mal in ein Lehrbuch zu stecken statt nur ins Campariglas! Und überhaupt wimmelte sie die meiste Arbeit auf Tinchen ab und fuhr lieber mit ›Sole mio‹ durch die Gegend. Gästebetreuung nannte sie das! Was gab es da schon zu betreuen? Die Beschwerden halste sie Tinchen auf, während sie selbst den meist gutaussehenden Männern und notgedrungen auch deren Begleitung die Sehenswürdigkeiten der Umgebung zeigte.

»Du bist doch den Bürokram gewöhnt«, pflegte sie zu sagen. »Ich übernehme lieber den Außendienst. Dazu braucht man Fingerspitzengefühl und Menschenkenntnis! Beides hast du nicht!«

Aber das würde sich jetzt ändern! schwor Tinchen. Sie würde nicht mehr stundenlang in der ›Röhre‹ sitzen und Zimmerreservierungen zählen, während Lilo als Dolmetscherin (haha!) und Sachverständige mit souvenirwütigen Gästen herumzog und sich dabei gründlich übers Ohr hauen ließ!

Von dem Gespräch auf den Vordersitzen bekam sie nichts mit, aber es schien eine recht lustige Unterhaltung zu sein. Lilo kicherte in einer Tour, und Brandt bemühte sich redlich, seine Aufmerksamkeit zwischen der Straße und seiner Nachbarin zu teilen. Tinchen schwante Fürchterliches. »Unfälle entstehen häufig nur deshalb, weil die Leute ihr Auto mit ebensoviel Selbstbewußtsein wie Benzin fahren!« bemerkte sie sarkastisch, als Brandt haarscharf an einem entgegenkommenden Bus vorbeimanövriert war.

»Wollen wir die Plätze tauschen?« fragte er hinterhältig.

Sie gab keine Antwort. Es fehlte gerade noch, daß sie sich mit ihren jämmerlichen Fahrkünsten blamierte. Außerdem war der Lancia fast doppelt so lang wie ›Sole mio‹, und wenn es sich auch nicht gerade um das allerletzte Modell handelte, so war der Wagen sehr gepflegt, und eine Beule hätte sein gediegenes Aussehen doch erheblich beeinträchtigt.

»Ist das eigentlich Ihr Auto?« wollte Lilo wissen.

»Nein, es gehört meiner Tante, aber sie fährt nicht mehr selbst, und deshalb kann ich es benutzen. Auch dann, wenn ich nicht gerade Chauffeur für sie spiele.«

Aha, so war das also! kombinierte Tinchen. Die Tante hatte ihrem Untermieter sogar einen offiziellen Status gegeben. Wie alt mochte sie tatsächlich sein? An die 74 Jahre glaubte sie natürlich nicht, schließlich war man hier ja nicht in Florida, wo sich bekanntlich reiche ältere Damen jugendliche Liebhaber hielten, aber vielleicht um die Vierzig herum? Oder noch älter? Ist auch völlig egal, jedenfalls war dieser Klaus Brandt ein Hallodri, ein Windhund, ein Gigolo, und, wenn sie's recht bedachte, auch gar nicht ihr Typ. Sie hatte doch noch nie für blonde Männer geschwärmt.

Das Ortsschild von Rapallo tauchte auf, und wenig später parkte Brandt auf einer großen, von riesigen Blumenrabatten umsäumten Piazza. Ganze Regimenter strammstehender Tulpen leuchteten in allen Farben, während das dahinterliegende Meer schamlos in der Sonne blinzelte. Tinchen war so in diesen Anblick versunken, daß sie Lilos Entsetzensschrei überhörte und erst aufmerksam wurde, als die sie energisch am Arm zog. »Gib mir mal schnell meine Wolljacke her!«

Suchend sah sich Tinchen um. »Hier ist keine! Die wirst du wohl im Fiat gelassen haben.«

»Dann gib mir deine! Ich muß mir irgend etwas über den Po hängen, mir ist eben meine Hose geplatzt!«

»Das schadet dir gar nichts!« Schadenfroh inspizierte sie die aufgerissene Naht, zog ihre Jacke von den Schultern und reichte sie aus dem Wagen. »Weshalb kaufst du dir ewig diese engen Dinger? Für dich scheint es nur drei Größen zu geben: Klein, mittel und nicht bücken!«

»Quatsch! Die müssen in der Reinigung eingegangen sein.« Lilo knotete die Jackenärmel in Taillenhöhe zusammen und drapierte den Rest so geschickt, daß der fragliche Bereich notdürftig bedeckt war. »Was mache ich denn jetzt bloß? Ich kann doch nicht den ganzen Tag mit diesem rosa Fetzen um den Bauch herumlaufen?«

Brandt nahm die Hiobsbotschaft mit einem Melonenscheibengrinsen entgegen und empfahl den Ankauf einer neuen Hose, schließlich sei man in einem Seebad, und da gebe es genügend Geschäfte, die auch sonntags geöffnet hätten. Man müsse nur eins finden.

In einer kleinen Gasse fanden sie eine Art Boutique, in der es neben neckischen Kopfbedeckungen, venezianischen Plastikgondeln und stapelweise Ansichtskarten nahezu alles zu kaufen gab, was ein Touristenherz begehrt. Lilo verschwand hinter der Tür, war aber gleich wieder da.

»Tinchen, wieviel Geld hast du dabei? Meins reicht nicht!«

»Knapp 5000 Lire.« Sie zog ein paar Scheine aus ihrer Handtasche und zählte nach. »Sind bloß 4700, dafür kriegst du nicht mal Bermuda-Shorts!«

»Wenn ich vielleicht aushelfen dürfte ...« Brandt zückte schon die Brieftasche.

»Sie dürfen nicht!« bestimmte Tinchen. »Notfalls kann sie sich ja einen Rock kaufen, der ist billiger. Und ihre Beine sehen endlich mal die Sonne!«

Maulend zog Lilo ab.

»Wie ich Ihre Freundin einschätze, wird dieses Unternehmen einige Zeit dauern. Wollen wir so lange in der Cafeteria warten?« Brandt deutete auf eine Gruppe spinnenbeiniger Tische und Stühle, die an der gegenüberliegenden Straßenecke aufgereiht standen. »Mich gelüstet es nach etwas Trinkbarem.«

Tinchen hätte nichts dagegen. Sie wollte der Tante auf den Grund gehen, und jetzt war die Gelegenheit günstig. Allerdings blockte Brandt ihre Fangfragen geschickt ab, versteckte sich hinter nichtssagenden Erklärungen und wurde erst ein bißchen gesprächiger, als Tinchen auf seinen Beruf zu sprechen kam.

»Nach meinem Studium habe ich ein paar Jahre bei IBM gearbeitet, und nun will ich endlich meine Doktorarbeit zu Ende bringen. Tante Josi meinte, in Hannover käme ich ja doch nicht dazu, und deshalb hat sie mich eingeladen, nach Loano zu kommen und das Angenehme mit dem Nützlichen zu verbinden.«

»Also Beruf mit Blondinen! Arbeiten Sie eigentlich am Strand oder unter der Höhensonne?«

»Wieso?«

»Doktoranden pflegen in der Regel eine durchgeistigte Blässe aufzuweisen. Sie unterscheiden sich aber in keiner Weise von den männlichen Strandhyänen.«

»Das ist bestimmt nur äußerlich«, entschuldigte er sich lachend, »und lediglich der Tatsache zu verdanken, daß ich meistens auf der Terrasse sitze. Sie können mich gern einmal besuchen und sich von meinem Arbeitseifer überzeugen.«

»Das werde ich bestimmt nicht tun!« versprach Tinchen. »Zu Tanten habe ich seit jeher ein gestörtes Verhältnis.« Mißtrauisch rührte sie in ihrer Tasse, die ein offenbar fußkranker Kellner mit vorwurfsvoller Miene vor sie hingestellt hatte. »Warum bekommt man nirgends einen trinkbaren Kaffee? Das Zeug hier schmeckt nach gar nichts!«

»Am Kaffee sollten Sie niemals Kritik üben! Auch Sie werden mal alt und schwach!« Brandt sah auf seine Uhr. »Weshalb könnt ihr Frauen euch eigentlich nie etwas schneller entscheiden? Ich möchte zu gerne wissen, wie viele Feigenblätter Eva anprobiert hat, bis sie sagte: ›Ich nehme dieses!‹«

»Wahrscheinlich hat Adam danebengestanden und auf die Preise geschielt.«

Endlich öffnete sich die Ladentür und entließ eine strahlende Lilo, eingewickelt in kanariengelbe Hosen, die sie bis zur Wade aufgekrempelt hatte. »Die waren zu lang«, behauptete sie. Vorsichtig setzte sie sich. »Aber so geht's doch zur Not, nicht wahr?«

»Bist du da ohne Schuhanzieher überhaupt reingekommen?«

»Natürlich! Bei *meiner* Figur!«

»Können wir jetzt gehen?« Brandt legte einen Geldschein auf den Tisch und stand auf. Langsam schlenderten sie zurück zum Wagen, vorbei an Spitzenklöpplerinnen, die vor ihren Türen saßen und ungeachtet der neugierigen Passanten die hölzernen Klöppel durcheinanderwarfen, vorbei an parkenden Ausflugsbussen, die wie riesige Staubsauger Touristen in sich hineinsaugten, vorbei an dem bunten Gewimmel herumschlendernder Spaziergänger und gestikulierender Straßenhändler. Tinchen hätte noch stundenlang so weiterbummeln können, aber Lilo klagte über schmerzende Füße – kein Wunder, bei diesem Nichts von Riemchen und Absatz, dachte Tinchen erbittert – und steuerte auf kürzestem Weg den Parkplatz an.

Brandt öffnete Lilo zuvorkommend die Wagentür, und zwar die hintere, wie Tinchen belustigt feststellte. Dann setzte er sich auf den Beifahrerplatz, streckte die Beine von sich und reichte Tinchen den Schlüssel. »Links ist die Kupplung, in der Mitte die Bremse, und das lange Pedal rechts ist fürs Gas.

Fahren Sie vorläufig immer geradeaus, ich sage Ihnen früh genug, wo Sie abbiegen müssen!«

Noch Tage später dachte Tinchen mit Schrecken an diese Fahrt zurück, obwohl sie das Auto überhaupt nicht beschädigt und sich auch nur zweimal verfahren hatte. Was konnte sie denn dafür, daß der Wegweiser von einer riesigen Reklametafel verdeckt gewesen war? Brandt hätte ja auch aufpassen können, statt pausenlos mit Lilo zu flirten! Natürlich war es für ihn unangenehm gewesen, mit nassen Hosenbeinen im Bach zu stehen und den Wagen aus dem glitschigen Schlamm schieben zu müssen, aber es war ja nichts Ernsthaftes passiert. Und welcher einigermaßen mitdenkende Mensch legt seine Jacke so dicht ans Ufer, daß sie schon von einer kleinen Welle weggespült wird? Die Tante konnte ihm ja eine neue kaufen!

Zugegeben, nach Portofino waren sie nicht mehr gekommen, aber sie hatten es aus der Ferne bewundert. Hübsch hatte es ausgesehen mit den an die Berge geklebten Lichtern, die im Wasser widerspiegelten, und deren Schein sich mit den bunten Lampen des Jachthafens vermischte. Zwischen dahinjagenden Wolken hatten Sterne bläuliche Morsezeichen geblinkt, und die von der leichten Brandung genoppte Felsenküste hatte in der Dunkelheit sogar ein bißchen bedrohlich gewirkt.

»Am Tage sieht es richtig malerisch aus«, hatte Brandt behauptet, und Tinchen hatte das ohne weiteres geglaubt. Irgendwann würde sie bestimmt noch mal nach Portofino kommen. Heute hätte die ganze romantische Kulisse sowieso nichts genützt. Bei dreien ist eben immer einer zuviel!

Kapitel 8

Einzelzimmer mit Bad, Einzelzimmer mit Bad, Balkon und Seeblick, Einzelzimmer mit Bad … wo um Himmels willen soll ich die denn bloß alle herkriegen?« Ratlos blickte Tinchen auf den großen Papierstapel zu ihrer Linken, während rechts neben ihr lediglich ein kleines Häufchen lag, das sie nun schon zum dritten Mal durchzählte. »Nur sieben Doppelzimmer, dafür dreiundzwanzig Einzelzimmer, zwei Drittel davon mit Blick aufs Meer! Sind die in Frankfurt wahnsinnig geworden? Die kennen unser Bettenkontingent doch bis zur letzten Badewanne und sollten langsam wissen, daß sie nicht mehr Einzelzimmer verkaufen können als tatsächlich vorhanden sind. Was soll ich denn jetzt machen?«

»Laß deinen Charme spielen!« empfahl Lilo. »Dieser Signor Sowieso vom Hotel Garibaldi hat's doch schon lange auf dich abgesehen! Wenn du ihm ein bißchen um den Bart gehst, tritt er dir vielleicht noch zwei Einzelzimmer ab.«

»Denkste! Der zeigt mir höchstens ein Doppelzimmer und erwartet, daß ich es zusammen mit ihm benutze. So weit geht mein Engagement für unsere Gäste nun doch nicht!«

»Die Zeiten haben sich geändert! Als ich mit meinem damaligen Verlobten in so einem friesischen Kaff ein Doppelzimmer haben wollte, kriegten wir keins, weil wir nicht verheiratet waren. Jetzt bietet man den Pärchen welche an, und sie wollen sie nicht! Verstehst du das?«

»Nein! Ich hab' hier sogar ein Ehepaar, das getrennte Zimmer wünscht!« Tinchen wühlte in den Papieren. »Hier. Wolfgang Schmitz, neunundzwanzig, wohnhaft in Köln-Ehrenfeld, und Undine Schmitz, ebenfalls Köln-Ehrenfeld. Beide haben je ein Einzelzimmer im Paradiso gebucht.«

»Heißt die wirklich Undine?«

»Vielleicht ist ihr Vater Opernsänger und ihre Mutter ein Goldfisch, aber das interessiert mich herzlich wenig. Viel schlimmer ist ihr Drang zur Einsamkeit!« Sie krauste die Stirn und nuckelte grübelnd am Kugelschreiber. »Ob ich die beiden einfach in ein Doppelzimmer stecke? Kann ja sein, daß sie sich verkracht haben, also muß man ihnen die Möglichkeit geben, sich wieder zu versöhnen.«

»Und wenn der Mann bloß schnarcht?«

»Daran wird sie sich im Laufe der Ehe gewöhnt haben!« Entschlossen packte Tinchen die Anmeldungen auf die rechte Seite. »Die kommen in ein Zimmer, ob es ihnen nun paßt oder nicht! Trotzdem fehlen mir immer noch neun Einzelzimmer. Ich muß mich also wieder auf den wöchentlichen Rundgang machen und zusehen, wie viele Doppelzimmer ich diesen Hyänen als Einzelzimmer aus dem Kreuz leiern kann. Dabei würden die Hoteliers aus lauter Raffgier am liebsten in jede Besenkammer noch ein Bett schieben und vermieten!«

»Viel Spaß!« wünschte Lilo schadenfroh.

Das anfangs gute Verhältnis zwischen den beiden hatte sich seit jener Fahrt nach Portofino merklich abgekühlt. Ihre Drohung hatte Tinchen wahrgemacht und sich strikt geweigert, ihrer Kollegin auch weiterhin einen Teil der Arbeit abzunehmen. »Inzwischen hast du genügend Zeit gehabt, dich in den ganzen Kram reinzufinden, also kümmere dich gefälligst selbst um alles.«

Lilo hatte mit beleidigtem Achselzucken reagiert, und ein paar Tage lang hatten sich die beiden mit giftigen Blicken angeschwiegen, aber auf die Dauer hatten sich ihre pantomimischen Fähigkeiten erschöpft, und sie waren zu einem normalen Umgangston zurückgekehrt.

Bevor Tinchen die ›Röhre‹ verließ, erkundigte sie sich maliziös:

»Hast du heute abend etwas Besonderes vor?«

»Nein, wieso?«

»Dann besteht ja wohl Hoffnung, daß du mal pünktlich im Büro sein kannst! Ich bin es leid, ständig Stallwache zu schieben, während du noch im Bett liegst. Schade, daß der Kater immer erst dann kommt, wenn der Rausch längst verflogen ist, nicht wahr?«

Sie knallte die Tür hinter sich zu und bemerkte erst draußen, daß sie die Autoschlüssel auf dem Schreibtisch liegengelassen hatte. Noch mal zurück? Nein, auf keinen Fall! Nach diesem eindrucksvollen Abgang konnte sie unmöglich umkehren. Damit hätte sie die ganze Wirkung verdorben! Andererseits bedeutete ihr Entschluß mindestens vier Kilometer Fußmarsch quer durch Verenzi, und das auf hohen Absätzen! Warum mußten die einzelnen Vertragshotels auch alle so weit auseinanderliegen?

Nach dem fünften vergeblichen Bittgang – »Mi dispiace tanto, Signorina, aber wir haben keine zusätzlichen Einzelzimmer mehr frei!« – resignierte Tinchen. Sie brauchte jetzt entweder eine Pause oder andere Schuhe. Die Cafeteria ist billiger, entschied sie, suchte sich eine leere Hollywoodschaukel vor einem der zahlreichen Promenadencafés, bestellte einen doppelten Espresso und streifte erleichtert ihre Sandaletten ab. Die Dinger waren sowieso zu eng, aber sie hatten Tinchen so gut gefallen, und eine Nummer größer waren sie nicht mehr im Lager gewesen. Ich bin eben noch nicht alt genug, um mehr auf die Paßform von Schuhen zu achten als auf ihre Eleganz, dachte sie und rieb die schmerzenden Füße. Und wenn ich nicht die blöden Schlüssel vergessen hätte …

»Ich habe mir entschieden den falschen Beruf ausgesucht«, klang eine fröhliche Stimme neben ihr. »Reiseleiter hätte ich werden sollen! Welcher andere Arbeitnehmer kann es sich schon leisten, am hellen Vormittag tatenlos in der Sonne zu sitzen?«

Empört sah Tinchen hoch. Was bildete sich dieser Klaus Brandt eigentlich ein? Ausgerechnet der hatte nun wirklich keinen Grund, sich über sie lustig zu machen. Tut gar nichts, wird von einer Pseudo-Tante ausgehalten und spielt in seiner Freizeit den Papagallo! Was kann man von so einem schon erwarten? Wenn er jedem hübschen Mädchen nachstarrt, liegt es bloß daran, daß sein Auge besser entwickelt ist als sein Verstand. Zweimal hatte er schon mit Lilo telefoniert, und wer weiß, wie oft er sie angerufen hatte, wenn sie, Tinchen, nicht im Büro gewesen war? Soll er sich doch weiterhin mit dem Blondchen die Zeit vertreiben!

»Schweigen Sie immer in Fortsetzungen?«

»Sollte ich Selbstgespräche führen?«

»Wie wäre es, wenn Sie sich mit mir unterhielten?« Ungeniert setzte er sich in die Schaukel und strahlte Tinchen an. »Ich bin sehr vielseitig interessiert, müssen Sie wissen! Wir können übers Wetter reden, über Kaninchenzucht oder gemeinsam überlegen, wie wir den heutigen Abend verbringen werden.«

»Im Bett!« sagte Tinchen sofort. Erst als sie Brandts ironisches Lächeln sah, verbesserte sie sich hastig: »Ich meine natürlich, daß ich früh schlafen gehen werde.«

»Sehr vernünftig«, lobte er. »Leider bin ich nicht solch ein Arbeitstier wie Sie, das um acht Uhr vor Erschöpfung in die Federn fällt. Als anpassungsfähiger Mensch habe ich mich sehr schnell an die südländischen Sitten gewöhnt. Oder sollte Ihnen entgangen sein, daß man hier erst am Abend anfängt zu leben?«

»Wie schön für Sie! Dann brauchen Sie ja Ihre Tante nicht zu fürchten. Oder ist sie trotz ihres fortgeschrittenen Alters noch sehr vergnügungssüchtig?«

Der belustigte Blick, mit dem Brandt sie musterte, entging

Tinchen. Sie kramte in ihrer Handtasche nach Kleingeld. Als sie wieder aufsah, hatte er schon eine gleichgültige Miene aufgesetzt.

»Tante Josephine geht nicht mehr so häufig aus, zwei- oder dreimal die Woche. Montags allerdings nie, da spielt sie Bridge. Deshalb habe ich heute ja auch meinen freien Tag! Also, wie ist es nun mit uns beiden? Gehen wir nachher ein bißchen bummeln?«

Ihre schlanke Gestalt erstarrte zu einem mißbilligenden Fragezeichen. »Wir?«

»Wenn Sie natürlich zu müde sind, können wir es auf ein anderes Mal verschieben. Vielleicht hat Ihre Freundin Lust? Wissen Sie, wo ich sie erreichen kann? Am Telefon meldet sie sich nämlich nicht.«

»Wahrscheinlich in irgendeiner Hotelbar!« sagte Tinchen patzig. »Sie wird von Ihrem Vorschlag sicher begeistert sein! – Cameriere, il conto per favore!«

»Wenn man lediglich einen Kaffee getrunken hat, sagt man besser: Ouanto ho da pagare? Eine Rechnung verlangt man nur im Restaurant!« korrigierte Brandt.

»Ich verzichte auf Ihre Belehrung!« Wütend knallte Tinchen ein 500-Lire-Stück auf den Tisch und rannte los.

»Wollen Sie Ihre Schuhe nicht mitnehmen?«

Sie drehte wieder um, riß dem spöttisch grinsenden Brandt die Sandaletten aus der Hand und nickte hoheitsvoll. »Danke. Ich wünsche Ihnen viel Vergnügen heute abend. Und empfehlen Sie mich Ihrer Frau Tante!«

Wie sie in ihr Hotelzimmer gekommen war, konnte sie später nicht mehr sagen. Sie wußte nur noch, daß sie blindlings drauflosgestapft war, nicht auf den Weg geachtet hatte und prompt mit dem Absatz in einem Gully hängengeblieben war. Jetzt waren die teuren Schuhe hinüber, außerdem tat ihr Knöchel weh, und die helle Hose war nach dem Sturz auch reif für die Reinigung. Alles bloß wegen dieses eingebildeten, arroganten Gigolos, der doch tatsächlich glaubte, daß jede Frau auf ihn fliegt! Sie aber nicht! Sie hatte ja schon immer gewußt, daß richtig unangenehm nur die Halbstarken zwischen Dreißig und Vierzig sind! Sollte er doch mit Lilo herumziehen! Die paßte großartig zu ihm! Bei der war der geistige Horizont auch bloß der Abstand zwischen Gehirn und Brett!

Tinchen suchte ein Taschentuch. Warum heulte sie überhaupt? Na ja, der Knöchel tat wirklich scheußlich weh. Ob sie es mal mit einem kalten Umschlag versuchte? Schniefend humpelte sie ins Bad. Während sie das nasse Handtuch um ihren Fuß klatschte, entdeckte sie den Brief. Schon hundertmal hatte sie Franca gesagt, daß sie die Post unten im Schlüsselfach liegenlassen sollte.

Warum mußte Mutsch bloß jeden Briefumschlag zusätzlich mit Tesafilm verkleben? Hatte sie Angst, die italienischen Postbeamten würden ihre seitenlangen Episteln mitlesen? Tinchen kramte nach der Schere, fand sie nicht und versuchte, das Kuvert mit dem Finger aufzuschlitzen. »Autsch!« So, jetzt war wenigstens der Nagel auch hin! Heute ging wirklich alles schief!

Sie ließ sich auf das Bett fallen und begann, Antonie Pabsts gestochen scharfe Sütterlinschrift zu entziffern:

10. Mai 1976

Mein liebes Tinchen,

nun bist Du schon über sechs Wochen weg und hast Dich erst zweimal gemeldet. Natürlich begreife ich, daß Du viel zu tun hast, das sage ich ja auch immer zu Oma, die ebenfalls auf Post von Dir wartet, aber ein bißchen Zeit solltest Du doch für Deine Lieben daheim erübrigen können.

Wie schön, daß Du Dich mit Deiner Kollegin so gut verstehst,

(meinen Brief nach Hause muß ich wirklich schon vor einer ganzen Weile geschrieben haben, dachte Tinchen)

denn auch schwierigste Aufgaben lassen sich leichter bewältigen, wenn man sich aufeinander verlassen kann.

(Haha, lachte Tinchen erbittert, wer verläßt sich denn hier auf wen?)

Bei euch wird es sicher schon viel wärmer sein als hier, wo es überhaupt nicht Frühling werden will. Die Tulpen im Garten fangen gerade erst an zu blühen, und das Mandelbäumchen will auch nicht so richtig kommen. Gestern habe ich Petersilie gesät und die Salatpflanzen in die Erde gebracht. Hoffentlich gibt es keinen Nachtfrost mehr.
Ziehst Du Dich auch immer schön warm an? Frau Beinholz von vis-à-vis, die über Ostern in Spanien gewesen ist, hat mir erzählt, daß es nur in der Sonne richtig warm ist, während man im Schatten leicht zu frösteln anfängt. Ich schicke Dir mit gleicher Post ein paar Mako-Schlüpfer. Du hast bestimmt keine mitgenommen, und da unten im Süden wirst Du wohl keine bekommen. Du weißt ja, wie lange Du vor drei Jahren mit Deiner Nierenbeckenentzündung herumgedoktert hast!
Oma läßt schön grüßen. Sie hat bei einem ihrer Canasta-Abende den Bruder von Frau Sanitätsrat Kreipel kennengelernt – das ist die mit dem Pekinesen –, und vorigen Donnerstag waren sie zusammen

in der Oper. Am Wochenende wollen sie gemeinsam eine Dampferfahrt auf dem Rhein machen. Ich weiß nicht, ob man da einfach tatenlos zusehen kann. Wir kennen diesen Mann doch gar nicht! Vielleicht ist er ein Heiratsschwindler? Man liest jetzt so viel darüber. Papa lacht nur und meint, ich soll Oma doch ruhig das bißchen Abwechslung gönnen. Das Krampfadern-Geschwader, mit dem sie sonst ihre Freizeit verbringt, sei ohnehin schon restlos verkalkt. (Er hat wirklich ›Krampfadern-Geschwader‹ gesagt, dabei können sich die Damen durchaus noch sehen lassen.) Vielen Dank für die beiden Fotos. Auf dem einen bist Du ja recht gut getroffen, aber das andere gefällt mir ganz und gar nicht! Findest Du nicht auch, daß der Mann neben Dir ein bißchen zu alt für Dich ist? Außerdem sieht er sehr bohemienhaft aus, irgendwie unsolide und gar nicht nach einer akzeptablen Herkunft. Bestimmt verdient er auch nicht viel. Frau Freitag hat nämlich die Karten für Dich gelegt und prophezeit, daß Du dort unten Dein Glück machen wirst. Der Herzbube hat direkt neben Dir gelegen, auch die Geldkarte. Aber darauf solltest Du nicht so sehr achten, ein ordentlicher Charakter und eine solide Grundlage reichen aus. Auf dieser Basis läßt sich viel aufbauen!

Tinchen kugelte sich vor Lachen. Das war mal wieder typisch Mutsch! Da hatte Luigi seine neue Sofortbildkamera ausprobiert, ein paar Schnappschüsse gemacht, und gleich zog Mutti tiefsinnige Schlüsse! Nein, solide sah Fritz Schumann auf dem Foto wirklich nicht aus, aber er hatte gerade eigenhändig ein Spalier an die Hauswand genagelt und nur höchst widerwillig als Modell posiert. Sein Overall war drei Nummern zu groß, und ein Hemd hatte er auch nicht angehabt. Tinchen konnte also Frau Antonies Entsetzen nachfühlen. Der Jammer war nur, daß sie in jedem männlichen Wesen einen potentiellen Schwiegersohn sah.

Amüsiert las Tinchen weiter:

Da fällt mir noch etwas ein: In der vorigen Woche hat der nette Herr Bender bei Papa im Geschäft angerufen. Er wollte Deine Adresse haben, aber Papa wußte sie natürlich nicht. Jetzt habe ich sie ihm mitgegeben für den Fall, daß sich Herr B. noch einmal meldet. Du könntest ihm ruhig einen kurzen Gruß schicken, damit vergibst Du Dir nichts.
So, mein liebes Kind, für heute lassen wir es gut sein. Wenn ich gleich die Schlüpfer zur Post bringe, nehme ich diesen Brief hier mit.
Er wird bestimmt eher da sein als das Päckchen. Viele herzliche Grüße, auch von Papa und Karsten,
Deine Mutti Antonie Pabst

Ihr Bruder hatte selbst noch ein paar Zeilen daruntergekritzelt:

Liebe Tine,
ich hätte Dich doch lieber zum Bahnhof bringen sollen! Die Mathe-Arbeit habe ich restlos in den Sand gesetzt, und von der verhauenen Latein-Klausur ahnt Paps noch gar nichts. Du fehlst mir sehr, weil Du seine Unterschrift viel besser nachmachen kannst als ich.
Die Fotos sind prima. Der Waldschrat neben Dir sieht aus wie Bud Spencer, und das andere Bild, auf dem Du so elegisch in die räudige Palme stierst, benutze ich immer zum Eierabschrecken!
Gruß, Karsten

Sieh mal an, dachte Tinchen, während sie den Brief zusammenfaltete und in das Kuvert zurücksteckte, der Florian erinnert sich also doch noch an mich! Ich werde ihm nachher eine Karte schicken, eine ganz große mit viel Meer und vielen Palmen drauf. Den Absender werde ich natürlich vergessen. Wenn er mir antworten will, dann weiß er ja, wo er meine Adresse erfahren kann. Man soll es den Männern nicht zu leicht machen!

Natürlich war Lilo am nächsten Tag doch wieder nicht pünktlich im Büro, und natürlich war gerade der erste Besucher ein Gast aus San Giorgio, der sich über das Essen beschwerte.

»Jeden Tag Nudeln vorweg, Pastaschuta heißt das Zeug, danach ...«

»Sie brauchen die Vorspeise ja nicht zu nehmen«, unterbrach ihn Tinchen.

»Wovon soll ich denn sonst satt werden?«

»Vom Hauptgericht!«

»Da kann ich ja nur lachen!« Sein Bauch zitterte mit dem empörten Mann um die Wette. »Ein mageres Schnitzel, nicht mal paniert, keine Kartoffeln und Gemüse nach Wahl. Als ich den Kellner fragte, was denn zur Wahl stehe, sagte er Blumenkohl. Was anderes sei nicht da. Da hab' ich ihn gefragt, wieso ich denn die Wahl hätte, und da sagte er, ich könnte wählen, ob ich den Blumenkohl will oder nicht. Das ist doch eine glatte Unverschämtheit! Ich bin zum ersten Mal im Ausland, weil ich mal was anderes sehen wollte, man kann im Verein ja schon gar nicht mehr mitreden, wenn man immer nur in Deutschland Urlaub macht, unser Kassenwart war sogar schon in Kanada, aber das nächste Mal fahre ich wieder in den Bayerischen Wald. Da gibt es ein anständiges Kotelett, richtiges Bier und nicht so eine abgestandene Plärre wie hier, und die Betten sind auch besser. Kann man denn nicht ein richtiges Federbett kriegen statt dieser Decken? Bezüge kennen die hier ja auch nicht! Entweder rutscht die Decke runter, dann wacht man nachts auf, weil man unter dem dünnen Laken friert, oder man strampelt sich den Lappen ab, und dann kratzt die Decke. So was bin ich nicht gewöhnt! Können Sie da nicht mal Abhilfe schaffen, Fräulein?«

Mühsam verbiß sich Tinchen das Lachen. »Erstens betreut meine Kollegin die Gäste in San Giorgio, aber die ist im Augenblick nicht hier, und zweitens sind Sie doch ins Ausland gefahren, um Dinge zu sehen, die anders sind als bei Ihnen daheim. Weshalb beklagen Sie sich dann, wenn es hier nicht genauso ist wie zu Hause?«

»Weil ich dafür bezahle, daß ich mich erhole. Aber wenn ich mich den ganzen Tag ärgern muß, erhole ich mich ja nicht.«

»Das ist ein Argument!« Tinchen notierte Namen und Hotel des ungehaltenen Gastes, versprach Abhilfe (Wie denn?) und komplimentierte ihren Besucher zur Tür hinaus.

Solche notorischen Meckerer erbitterten sie immer wieder. Das Essen taugt nichts, weil es keine Salzkartoffeln und keinen Sauerbraten gibt, auch keine Konditorei mit Schwarzwälder Kirschtorte und Mohrenköpfen! Das Bier schmeckt nicht, das Brot ist zu hell und der Kaffee zu dunkel! Sollen sie doch allesamt zu Hause bleiben, sich mit Eisbein vollstopfen und denen die Einzelzimmer überlassen, die weniger Wert aufs Essen legen und mehr an anderen Dingen interessiert sind! Frisches Weißbrot, ein Stück Gorgonzola und ein Glas Landwein ersetzen jede Mahlzeit. Aber dazu muß man wohl verliebt sein! Sehnsüchtig dachte sie an den Urlaub vor zwei Jahren. Mark hatte er geheißen, der braungebrannte Soziologe aus Bremen, den sie am Strand kennengelernt hatte. Vier Tage lang waren sie gemeinsam herumgezogen, dann hatte er abreisen müssen. Viel zu wenig, um sich näherzukommen. Seine Adresse hatte Tinchen verbummelt, und er hatte sich nie wieder gemeldet. Eigentlich schade, es hätte sich ja etwas mehr daraus entwickeln können …

Um die Mittagszeit erschien Lilo. »Entschuldige, Tinchen, aber mein Wecker hat nicht geklingelt. Ich hatte gestern abend Kopfschmerzen und habe eine Schlaftablette genommen. Wahrscheinlich war sie zu stark, jedenfalls bin ich erst vor einer halben Stunde aufgewacht.«

»Allein?«

»Dumme Frage, selbstverständlich allein!«

»Erstens ist das nicht selbstverständlich, und zweitens bist du im Kielwasser von Klaus Brandt durch alle einschlägigen Vergnügungsschuppen gezogen!«

Tinchen hatte diesen Pfeil aufs Geratewohl abgeschossen, aber er traf!

»Ich wußte nicht, daß du mir nachspionierst!«

»Als ob ich nichts Besseres zu tun hätte! Aber der Brandt hat dich ja erst aufgelesen, nachdem ich ihm einen Korb gegeben hatte. Für so einen Hallodri bin ich mir zu schade!«

»Ich weiß gar nicht, was du gegen ihn hast.« Lilo trat vor den kleinen Spiegel und überprüfte ihr makelloses Make-up. »Hat er dich schon mit seiner Tante bekannt gemacht?«

»Nein, zum Glück nicht. Alten Damen gegenüber habe ich immer Hemmungen.«

»Keine Angst, du wirst sie auch nicht kennenlernen. Die alte Dame dürfte vermutlich ein bißchen zu jung für ihren angeblichen Status sein.«

»Ich glaube, du bist ganz einfach eifersüchtig! Dir gefällt er nämlich auch!« trumpfte Lilo auf.

»Phhh!« machte Tinchen und wurde rot.

»Übrigens waren wir gar nicht zum Tanzen, sondern im Kino.«

»Ach nee! Zeigen die hier denn noch Stummfilme?«

»Du brauchst gar nicht ironisch zu werden! Verstanden habe ich natürlich kaum ein Wort, aber gesehen habe ich leider auch nichts. Im Kino brauche ich eine Brille, und die habe ich nicht über die künstlichen Wimpern gekriegt.« Schallendes Gelächter kam aus Tinchens Ecke. »Was ich an dir rückhaltlos bewundere, ist deine Ehrlichkeit. Wieso habe ich dich noch nie mit Brille gesehen?«

»Wenn man die Dreißig überschritten hat, verlangt die Selbstachtung den Verzicht auf eine solche! Aber den Zettel hier kann ich noch entziffern. Wer ist Herr Plümmlich, und was will er?«

»Das übliche! Meckert übers Essen, braucht aber Hosenträger, weil kein Gürtel um seinen Bauch paßt. Als er sich endlich aus dem Stahlrohrsessel befreit hatte, mußte ich hinterher die Lehnen geradebiegen.«

Lilo betrachtete das lädierte Möbelstück. »Jetzt sieht er aus wie ein Produkt der modern art.« Sie kam zurück und setzte sich auf Tinchens Schreibtisch. »Aber nun mal was anderes: Hast du die fehlenden Zimmer noch bekommen?«

»Den halben Vormittag habe ich herumtelefoniert, aber es sind immer noch zwei zu wenig.«

»Im Mirabell hätte ich noch zwei. Vielleicht sind deine Gäste bereit, statt nach Verenzi lieber nach San Giorgio zu gehen?«

»Was heißt da vielleicht?« atmete Tinchen auf, »die müssen! Entweder Einzelzimmer in San Giorgio oder halbes Doppelzimmer hier. Kann ja auch sein, daß wir wieder mal Glück haben und ein Paar dabei ist, das sich schon während der Reise entschlossen hat, den Urlaub gemeinsam zu verbringen. So eine Nachtfahrt scheint den Drang zur Zweisamkeit erfreulicherweise zu fördern.«

»Ist mir unbegreiflich. Nach diesen Ölsardinenbüchsen, die sich Liegewagen nennen, müßte *ich* Bewegungsfreiheit haben. Einen möglichen Zimmergenossen würde ich vermutlich bei der ersten Gelegenheit erdrosseln.«

Tinchen staunte. »Hast du den Brandt etwa umgebracht?«

»Fängst du schon wieder an?«

»Nein, aber das wäre eine Erklärung für dein Zuspätkommen. Eine Leiche im Zimmer ist auf die Dauer reichlich unbequem. Wohin hast du sie denn gebracht?«

»Ich lache nachher darüber, ja? Jetzt gehe ich erst mal einen Kaffee trinken.« Lilo fuhr sich mit der Puderquaste übers Gesicht, schüttelte die blonde Mähne in Form und stöckelte zur Tür. »Kommst du mit?« Sie sah auf ihre Uhr. »Den Laden können wir ruhig dichtmachen, jetzt sitzen alle vor der Futterkrippe.«

Tinchen raffte ebenfalls ihre Utensilien zusammen. »Keine Zeit, ich will mir bei Lorenzo noch schnell die Bluse holen, die ich mir habe zurücklegen lassen. Gestern hatte ich nicht genug Geld dabei.«

»Wie du willst! Sehen wir uns heute noch?«

»Ich glaube nicht«, sagte Tinchen schnell, »heute bin ich verabredet.«

»Also deshalb der neue Fummel! Mein geschiedener Mann ist Werbefachmann. Er sagte auch immer, daß die Verpakkung wichtiger sei als der Inhalt! Tschüß!« Weg war sie.

Vor Zorn hätte Tinchen heulen mögen! Immer war ihr Lilo einen Schritt voraus! Immer hatte sie eine bissige Bemerkung parat, während ihr, Tinchen, im passenden Augenblick nie etwas Gescheites einfiel. Mit einer treffenden Antwort ist es eben wie mit einer Fliegenklatsche. Wenn man sie endlich hat, ist der richtige Moment schon weg! Außerdem stimmte ja gar nicht, was sie Lilo erzählt hatte. Natürlich hatte sie keine Verabredung – mit wem wohl? –, aber sie wollte nicht zugeben, daß sie jeden Abend in ihrem Hotelzimmer saß, Kreuzworträtsel löste oder Strumpfhosen wusch und bestenfalls in der Küche mal mit Fritz Schumann klönte.

Sie schloß die Tür ab und machte sich auf den Weg zu Lorenzo. Dessen Boutique lag in einem schmalen Seitengäßchen und war nur Eingeweihten bekannt. Touristen verirrten sich selten in diesen abgeschiedenen Winkel, weil es hier nichts zu fotografieren gab. Aber heute hatten doch zwei Urlauber von dem Lädchen Besitz ergriffen. Ein beleibter Mann wühlte in einem Stapel phantasievoll gemusterter Hemden, während seine nicht minder beleibte Frau Hosen probierte.

»Haben Sie die hier nicht eine Nummer größer – äh, una numero molto grande?«

Hilflos zuckte die Verkäuferin mit den Schultern. »Non capisco niente, nix spreken deutsch. Do you speak English?«

»Will *ich* was verkaufen oder Sie?« moserte die Dame im geblümten Strandanzug. »Ich dachte, hier sprechen inzwischen alle deutsch.«

Höflich fragte Tinchen: »Kann ich Ihnen helfen?«

»Ach, Fräulein, Sie schickt der Himmel! Können Sie italienisch?«

Sie nickte selbstbewußt.

»Sind Sie von Neckermann?«

»Nein, ich bin Reiseleiterin bei Schmetterlings-Reisen.«

»Siehste, Paul, ich hab' ja gleich gesagt, wir sollten ruhig mal mit einer anderen Firma fahren!«

»Was hat denn das mit deiner Hose zu tun?« knurrte der so Angesprochene und hielt sich ein mit Palmen bemaltes Hemd vor seine Brust. »Steht mir das?«

»Dafür bist du zwanzig Jahre zu alt!« stellte seine Gattin gnadenlos fest. »Dieses nette Fräulein wird mir jetzt sicher helfen, das Richtige zu finden.«

»Wird auch langsam Zeit! Ich verstehe nicht, Trudi, daß ihr Frauen heute genausolange zum Anziehen braucht wie früher, als ihr wirklich noch was anhattet!«

Inzwischen hatte Tinchen der hilflosen Verkäuferin ein paar Anweisungen gegeben, und nun verschwand sie mit ihrer geblümten Kundin sowie einem Stapel Hosen in der Kabine.

Nunmehr versuchte sich Paul in Konversation: »Machen Sie diesen Job schon lange?«

»Wie man's nimmt«, entgegnete Tinchen vage. Auf keinen

Fall wollte sie ihre Kompetenz in Frage gestellt sehen, andererseits fühlte sie sich noch nicht sattelfest genug, um sich auf längere Diskussionen über den Beruf eines Reiseleiters einzulassen. Angestrengt suchte sie nach einem unverfänglicheren Gesprächsthema. »Wie gefällt es Ihnen denn in Verenzi?«

»Och, soweit ganz gut«, meinte Paul, »is bloß zuviel Wasser da und zuwenig Gegend. Letztes Jahr waren wir in Venedig. War sehr schön, bloß von den Gondolieri war ich enttäuscht. Bei denen is endgültig der Gesang ausgestorben. Jeder hatte ein Transistorradio dabei. Aber wir haben viel gesehen. Sogar in Florenz waren wir, weil man ja auch mal was für die Bildung tun muß. Hier gibt's wohl nichts zum Besichtigen? Ich muß noch was für meinen Dia-Abend zu Hause haben. Wenn da nicht ein paar Bilder mit Kultur darunter sind, hält man uns ja für richtige Banausen!«

Tinchen überlegte. »Waren Sie schon im Karmeliter-Kloster? Das liegt bei Loano. Auch die Grotte von Toirano ist sehenswert.«

»Nee, Fräulein, Tropfsteinfotos habe ich schon. Mit dem Kegelklub waren wir dieses Jahr auf der Schwäbischen Alb in der Bärenhöhle. Is aber nicht viel bei rausgekommen, weil es zum Fotografieren zu dunkel war.«

»Paul, zieh mir mal den Reißverschluß zu, ich komm hinten so schlecht ran!« Die Kabinentür hatte sich geöffnet, und Tinchen fielen fast die Augen aus dem Kopf. Ungefähr 170 Pfund Lebendgewicht steckten in hautengen Slacks, die mindestens zwei Nummern zu klein waren.

»Die Konfektionsgrößen sind auch nicht mehr das, was sie mal waren«, behauptete Trudi und betrachtete zweifelnd ihr Spiegelbild, »vierundvierzig hat mir immer gepaßt!«

Taktvoll bemerkte Tinchen: »Die italienischen Maße stimmen mit den deutschen nicht überein. Hier muß man immer zwei Nummern größer nehmen.«

»Dann bin ich ja beruhigt«, strahlte Trudi.

Ihr Mann sah die Sache anders. »Zieh diese albernen Dinger aus! Capri-Hosen sind nichts für dich, Trudi. Capri ist eine Insel, kein Erdteil!«

»Scusi, Signora, aber Sie müssen wählen andere Farbe! Diese Rot paßt nicht zu Ihre schöne blonde Haar!« Lorenzo war mit Tinchens Bluse aus einem der hinteren Räume gekommen und überblickte sofort die Situation. Er griff zu einer dunkelblauen Popelinehose, die abseits auf einem Bügel vor sich hinstaubte und ganz offensichtlich ein Ladenhüter war. »Probieren diese, Signora! Werden sehen, sitzt exzellent!«

Das tat sie nun ganz und gar nicht, aber Trudi verließ sich mehr auf Lorenzos Urteil als auf den Spiegel, und als Lorenzo nach längerem Feilschen einen Preisnachlaß gewährte, war auch der Dicke ausgesöhnt. Schließlich schied man in der gegenseitigen Überzeugung, ein gutes Geschäft gemacht zu haben.

»Den Rabatt verjubeln wir«, bestimmte Paul. »Darf ich Sie einladen, Fräulein ... wie heißen Sie eigentlich?

»Tina Pabst«, sagte Tinchen, inzwischen daran gewöhnt, von allen Italienern mit ›Signorina Tina‹ angesprochen zu werden.

»Angenehm. Ich bin Paul Stresewitz aus Pirmasens, und das ist meine Gattin Gertrud. Und nu sagen Sie uns mal, wo man anständig Kaffee trinken kann! Wir haben nämlich bloß Halbpension und essen immer erst abends.«

Dafür aber die dreifache Menge, dachte Tinchen mit einem Blick auf die beiden rundlichen Gestalten, die sie jetzt in die Mitte genommen hatten und darauf warteten, welche Richtung Tinchen einschlagen würde. Sie entschied sich für Anselmos Café-Bar. »Dort gibt es die größte Auswahl an Kuchen.«

Trudi winkte ab. »Da waren wir schon. Der Kuchen schmeckt nicht. Wir nehmen uns von unterwegs welchen mit.«

Bevor Tinchen protestieren konnte, war Trudi in der nächsten Pasticceria verschwunden und kam kurz darauf mit einem umfangreichen Paket wieder heraus. »Halten Sie mal! Was heißt Schlagsahne auf italienisch?«

»Panna montata.«

»Das kann ich mir wenigstens merken.« Wieder trabte sie in die Konditorei. Paul sah ihr kopfschüttelnd nach. »Können Sie ihr nicht mal klarmachen, Fräulein Tina, daß sie zu fett ist? Mir glaubt sie es nämlich nicht.«

»Seien Sie nicht so ungalant. Von einem bestimmten Alter an darf man ruhig etwas mollig sein. Ihrer Frau steht das sogar sehr gut«, schwindelte Tinchen. Immer höflich zu den Gästen sein, auch wenn Sie sich deshalb auf die Zunge beißen müssen, hatte Dennhardt ihr seinerzeit als Grundregel eingebleut.

»Neben Ihnen sieht sie aus wie eine trächtige Kuh!«

Die Kuh gesellte sich wieder zu ihnen, in einer Hand einen Pappbecher mit Sahne, in der anderen eine Schachtel Pralinen. »Die sind für abends im Bett«, erklärte sie. »Wenn mein Mann seine Zeitung liest, braucht er immer was zum Knabbern.«

»Und wieso ist die Packung jedesmal leer, wenn ich wirklich mal ein Stück essen will?«

»Schokolade besteht zum größten Teil aus Fett, und Fett wird in dieser Hitze hier unten schnell ranzig«, behauptete Trudi.

Mit einem beziehungsreichen Blick auf das Paket, dessen Reklameaufdruck keinen Zweifel über seinen Inhalt zuließ, nahm der Kellner Pauls Bestellung entgegen: »Due Kaffee tedesco mit Latte, und was die Signorina will, soll sie Ihnen selbst sagen!«

Die Signorina bestellte einen Eiskaffee, lehnte den angebotenen Kuchen dankend ab und fragte sich im stillen, ob diese beiden verfressenen Germanen nun die Regel oder bloß die Ausnahme waren. Sie hatte schon längst bemerkt, daß deutsche Touristen in Italien nicht sonderlich beliebt waren – ausgenommen ihre Freude am Geldausgeben –, hatte diese heimliche Aversion aber auf die gelegentlichen Taktlosigkeiten geschoben, die ihren Landsleuten so gerne unterliefen. Keine Italienerin würde den Kölner Dom in Shorts betreten, während es ihren deutschen Geschlechtsgenossinnen gar nichts ausmachte, die hiesige Kirche im Bikini zu besichtigen. Kein italienischer Mann würde sich mittags im Speisesaal nur mit einer Badehose bekleidet zeigen; deutsche Männer finden das völlig natürlich, und wenn sie dazu noch ein Handtuch um den Hals geknotet haben, fühlen sie sich ausreichend angezogen. Kein Italiener käme auf die Idee, während einer Moselfahrt sein bella napoli zu besingen, aber die ohnehin als sehr sangesfreudig gefürchteten Deutschen scheuen sich nicht, in einer Trattoria vom Münchner Hofbräuhaus zu johlen und dann beim Kellner »Noch 'ne Pulle von dem labbrigen Zeug da, dem Schianti« zu bestellen. Manchmal schämte sich Tinchen direkt, auch eine Deutsche zu sein! So wie jetzt, als Trudi ungeniert das Kuchenpaket auswickelte, die Kaffeetasse kurzerhand auf den Tisch stellte und die Untertasse als Kuchenteller benutzte.

»Gucken Sie nicht so entsetzt, Fräulein Tina, das machen wir immer so!«

»Auch in Deutschland?«

Trudi stutzte einen Moment, dann lachte sie. »Natürlich nicht. Da würde uns der Ober sofort an die frische Luft setzen.«

»Das würde er hier sicher auch am liebsten tun, nur ist er zu höflich dazu.«

»Recht haben Sie, Fräulein Tina!« bestätigte Paul. »Dafür kriegt er nachher auch ein extra großes Trinkgeld!«

Als ob man sich mit Geld die Achtung seiner Mitmenschen

kaufen könnte! Tinchen gab ihre Bekehrungsversuche auf. Bei Herrn Stresewitz waren sie verschwendet. Er mochte ja ein herzensguter Mensch sein, aber er hatte das Feingefühl eines Nilpferds.

»Wenn Sie hier reiseleiten, Fräulein Tina, dann müßten Sie doch am besten wissen, wo ein bißchen was los ist. Keine Bumslokale oder so, aber gibt's denn hier keine Ausflüge, Safaris – na, Sie wissen schon, was ich meine.«

Das wußte Tinchen eben nicht. »Es gibt doch regelmäßig Busfahrten nach Genua und nach Frankreich ...«

»Haben wir ja schon hinter uns«, winkte Stresewitz ab. »Meiner Frau ist schlecht geworden, und ich hab' mich in Cannes verlaufen und hätte beinahe die Rückfahrt verpaßt. Nee, ich denke da an so etwas Ähnliches wie die Kamelritte zu den ollen Pyramiden. Ein Freund von mir war nämlich in Ägypten und hat dolle Fotos mitgebracht.«

»Kamele gibt es hier aber nicht«, wandte Tinchen ein.

»Pyramiden ja ooch nich!« witzelte Stresewitz. »Müssen ja keine Kamele sein, Esel sind doch auch zum Reiten da. Und die Viecher rennen hier rum wie anderswo die Hunde. Also auf so'n Muli 'ne Tour ins Hinterland, dafür würde ich schon was springen lassen, nicht wahr, Trudi?«

Trudi vertilgte das dritte Stück Kuchen. »Ich hätte Mitleid mit dem Tier«, sagte sie kauend, »unter deinem Gewicht würde es zusammenbrechen!«

»Sitzt im Glashaus und schmeißt mit Steinen!« räsonierte Paul. »Aber mal im Ernst, Fräulein Tina, kennen Sie nicht einen Mulitreiber, der sich ein paar Mark nebenbei verdienen will?«

Tinchen kannte keinen, versprach aber, sich umzuhören und gegebenenfalls Bescheid zu sagen. Dann stand sie auf.

»Stresewitz, Villa Flora, unten am Porto. Nicht vergessen!« Mit einem Nußknackerhändedruck verabschiedete er sich von Tinchen. »War nett, Sie kennengelernt zu haben. Und wenn wir wieder mal 'n Dolmetscher brauchen, kommen wir zu Ihnen!«

Bloß nicht! Sie murmelte ein paar Dankesworte, griff nach ihrer Einkaufstüte und machte, daß sie wegkam. Was jetzt? Die Uhr an der Ecke zeigte Viertel vor eins. Zurück ins Büro? Um diese Zeit kam eigentlich nie jemand. Wer seine Siesta nicht im Bett hielt, der brutzelte am Strand. Weshalb sollte sie also in der muffigen ›Röhre‹ hocken? Lilo war ja auch noch da! Sollte die ruhig mal Blitzableiter spielen.

Außerdem hatte sie, Tinchen, ohnehin behauptet, eine Verabredung zu haben, also würde Lilo gar nicht mit ihr rechnen.

Tinchen beschloß, aus der Notlüge Wahrheit zu machen. Sie war einfach mit dem Fahrer verabredet, der sie mit dem Linienbus nach Loano bringen würde. Man kann als Reiseleiter keine Sehenswürdigkeiten empfehlen, die man selber gar nicht kennt! Und das Karmeliterkloster kannte sie noch nicht.

Kapitel 9

Loano gefiel Tinchen auf Anhieb. Zwar war sie schon des öfteren durchgefahren und hatte sich jedesmal über die Wohnsilos geärgert, die auf der Piazza gleich neben dem Bahnhof in die Höhe ragten und wohl die Bestrebungen der Stadtväter dokumentieren sollten, daß man keineswegs hinter dem Mond lebe und auch etwas von moderner Architektur verstünde – aber nun schlenderte sie staunend durch die malerischen Gassen mit ihren jahrhundertealten Torbögen und war ganz enttäuscht, wenn sie dahinter statt einer Kesselschmiede oder eines Spezereienhändlers nur eine ganz prosaische chemische Reinigung entdeckte. Auch der Doria-Palast – in jedem Reiseführer an erster Stelle abgehandelt – diente nicht mehr als Residenz des alten genuesischen Fürstengeschlechts. Waren die stolzen Herrscher in früheren Zeiten hoch zu Roß die breite Treppe hinaufgesprengt (mit viel Phantasie lassen sich sogar noch Hufabdrücke ausmachen), so müssen sich die heutigen Bewohner des Palazzo zu Fuß in ihre Büros bemühen. Es war zum Rathaus degradiert worden.

In einem Schaufenster auf der Palmenpromenade entdeckte Tinchen eine Korallenkette. Sie wollte schon lange eine haben, aber die jeweiligen Preise hatten immer in krassem Gegensatz zu ihrem Budget gestanden. Die hier war aber gar nicht so entsetzlich teuer! Dafür war sie vermutlich auch nicht echt. Mit Schaudern dachte Tinchen an die kleine Elfenbein-Eule, die sie unlängst auf dem Markt für Mutsch gekauft hatte. Die sammelte ja diese Viecher und hatte mindestens drei Dutzend zu Hause in der Vitrine stehen, aus Holz, aus Porzellan, aus Keramik, aus Bast – nur ein elfenbeinerner Uhu war noch nicht darunter.

Als sie Fritz Schumann ihre Neuerwerbung gezeigt hatte, hatte der nur gegrinst. »Das ist billiger Plastikkram mit einem Eisenkern in der Mitte, damit das Ding schwerer wird. So etwas dürfen Sie nie auf dem Markt kaufen, Tina! Diese fliegenden Händler bleiben immer nur ein paar Stunden am selben Ort, damit man nicht mehr reklamieren kann. Wenn sie die ganze Küste abgegrast haben, fangen sie wieder von vorne an. Alle Gäste, die sie übers Ohr gehauen haben, sind in der Zwischenzeit abgereist, und die neuen haben meistens keine Ahnung!«

Jetzt stand die elfenbeinerne Plastikeule auf Tinchens Nachttisch als tägliche Warnung vor preisgünstigen Gelegenheitskäufen. ›Occasione‹, hatte der Vogelhändler gesagt! Was ist überhaupt eine Okkasion? Alles, was nicht ganz so sündhaft teuer ist, wie man befürchtet hat!

Immer noch liebäugelte Tinchen mit der Kette. Das Geschäft machte eigentlich einen ganz soliden Eindruck. Soweit sie sehen konnte, gab es hier nicht den üblichen Andenkenkitsch; und die Seidentücher, die neben der Tür an einem Haken flatterten, waren nicht nur wirklich aus Seide, sondern darüber hinaus sogar recht geschmackvoll. Fragen kostet nichts! Entschlossen betrat Tinchen den Laden.

Er war leer. Dafür gab es Korallenketten in jeder Länge. Sie lagen in einem Kästchen offen auf dem Ladentisch. Ein bißchen mißtrauisch nahm sie eine davon in die Hand. Sie fühlte sich echt an, aber das hatte die Eule auch getan. »Kann ich Ihnen helfen?«

Hinter ihr betrat eine schlanke Dame mit einem markanten Ahnengesicht den kleinen Verkaufsraum.

»Sie sprechen deutsch?« fragte Tinchen verblüfft.

»Ich bin Deutsche.«

»Da bin ich aber froh!« Ihr fiel ein Stein vom Herzen. Um die landesübliche Feilscherei, bei der sie schon rein rhetorisch noch immer den kürzeren zog, wurde sie diesmal wohl herumkommen. Und schon sprudelte sie die Eulengeschichte heraus.

»Sie können zufrieden sein, daß Sie nicht mehr Lehrgeld bezahlt haben! Was glauben Sie, wie viele Touristen hier schon goldene Uhren gekauft und erst zu Hause festgestellt haben, daß es bloß Doublé war? Aber Sie können ganz unbesorgt sein, meine Korallen sind wirklich echt. Wieviel möchten Sie denn ausgeben?«

Vergeblich schielte Tinchen auf die Preisschilder. Sie konnte keins entziffern. Als Frau von Welt hatte man zu wissen, was so etwas kostet, als Tinchen Pabst hatte sie aber herzlich wenig Ahnung. »Ich weiß nicht recht, vielleicht fünfzig Mark ...?«

»Viel zu teuer!« tönte eine Stimme aus dem Hintergrund. »Dafür kriegen Sie ja schon fast einen Trauring!«

»Sollte ich wirklich mal einen brauchen, dann werde ich ihn hoffentlich geschenkt bekommen! Oder müssen sich Ihre Bräute die Ringe immer selbst kaufen?« Tinchen war empört! Wo kam dieser Klaus Brandt schon wieder her? Spionierte der ihr nach? Sein impertinentes Lächeln machte sie noch zorniger. »Haben Sie heute schon wieder Ausgang?«

»Habe ich Ausgang, Tante Josi?«

Die Verkäuferin blickte ratlos zwischen den beiden hin und her.

»Ich verstehe überhaupt nichts. Kennst du die junge Dame, Klaus?«

»Kennen ist maßlos übertrieben! Wir sind uns erst zweimal begegnet, nur scheine ich keinen so nachhaltigen Eindruck hinterlassen zu haben wie umgekehrt. Aber wenigstens kann ich Sie bei dieser Gelegenheit mit meiner Tante Josephine bekannt machen! Tante Josi, das ist Tina Pabst, zur Zeit Leithammel bei Neckermann-Reisen oder einem ähnlichen Touristenbagger. Was sie macht, wenn sie richtig arbeitet, weiß ich noch nicht! Würdest du ihr bitte bestätigen, daß wir Blutsverwandte ersten Grades sind? Sie glaubt mir das nämlich nicht.«

Die Verkäuferin schmunzelte. »Seit wann legst du so großen Wert auf unsere verwandtschaftlichen Beziehungen? Im allgemeinen pflegt man mit alten Tanten nicht zu renommieren.«

»Erstens bist du nicht alt, Tante Josi, was ist schon ein Dreivierteljahrhundert in der Menschheitsgeschichte, und zweitens hält mich Tina für einen Playboy, der sich auf betuchte Frauen der gehobeneren Jahrgänge spezialisiert hat. Du wirst verstehen, daß dieser Verdacht meinem Image sehr unzuträglich ist!«

»Welchem Image?«

»Dem eines fleißigen Doktoranden, der Tag und Nacht schuftet, um mit seiner Dissertation der staunenden Fachwelt völlig neue Erkenntnisse auf dem Gebiet der Computertechnik vermitteln zu können.«

»Vorausgesetzt, die Fachwelt kann noch ein paar Jahre darauf warten!« konterte Tinchen. Plötzlich hatte sie glänzende Laune, fand alte Tanten reizend, dachte nicht mehr an Korallenketten und Karmeliterkloster, wartete.

»Wir gehen schwimmen!« beschloß Brandt. »Ich hole nur schnell meine Sachen. Paß auf, Tante Josi, daß sie in der Zwischenzeit nicht türmt! Am besten schließt du die Tür ab!«

»Ich hab' doch gar nichts dabei!« protestierte Tinchen, aber Brandt hörte sie nicht mehr.

»Wir werden schon etwas Passendes finden!« Tante Josi ging zu einem gut bestückten Ständer, auf dem Badeanzüge und Bikinis in allen Farbschattierungen hingen. »Größe vierzig, stimmt's?«

Tinchen nickte. Ein Glück, daß sie die Kette noch nicht gekauft hatte! Hoffentlich würde noch genug Geld für ein Stück

Pizza übrigbleiben. Seit dem Frühstück hatte sie nichts mehr gegessen, und ihr Magen knurrte wie ein Hofhund.

Gerade als sie sich für einen weißen Bikini entschieden hatte, kam Brandt zurück. »Nicht den, Tina, dafür sind Sie noch nicht braun genug! So was können Sie in zwei Monaten anziehen!« Fachmännisch prüfte er die Auswahl und zog schließlich ein winziges blaues Etwas mit Lurexfäden heraus. »Das ist er!«

»Sieht aus wie Geschenkpapier!« Tinchen verschwand in der Umkleidekabine. Geschmack hat er ja, dachte sie, während sie sich vor dem Spiegel drehte, aber er hat auch den kleinsten Bikini erwischt, der da war. Direkt unanständig! Ein Glück, daß Mutsch sie so nicht sehen konnte. Die hatte sich ihren letzten Badeanzug kurz nach der Währungsreform gekauft und ihn nur drei- oder viermal getragen, weil er keine angeschnittenen Beine gehabt hatte. »Der ist mir einfach zu genierlich«, hatte sie behauptet und darauf bestanden, daß man die Ferien künftig nur noch im Gebirge verbrachte, wo ein Badeanzug nicht unbedingt zum Urlaubsgepäck gehörte. Die Bergseen waren zum Baden ohnehin zu kalt, außerdem konnte Frau Antonie nicht schwimmen. »Wenn der liebe Herrgott das gewollt hätte, dann hätte er mir Flossen gegeben!« pflegte sie zu sagen.

»Soll ich helfen?«

»Das könnte Ihnen so passen!« Erschrocken streifte Tinchen das Kleid über den Bikini, stopfte Slip und BH in ihre Umhängetasche, die sich daraufhin nicht mehr schließen ließ, und öffnete die Tür. »Ich hab' ihn gleich anbehalten! Was kostet er?«

Ratlos sah sie auf die Tasche. Wie sollte sie jetzt bloß das Portemonnaie herauskriegen? »Ach, hätten Sie vielleicht doch eine Tüte?« Tante Josi holte eine durchsichtige Cellophanhülle unter dem Ladentisch hervor. Tinchen wurde rot. »Ich hatte eigentlich mehr an etwas Solideres gedacht ...« Verstohlen hielt sie Tante Josi die halbgeöffnete Tasche entgegen. Die nickte verstehend und reichte eine rote Plastiktüte herüber.

»Was bin ich Ihnen schuldig?«

»Gar nichts«, versicherte Brandt. »Tante Josi zieht mir den Betrag vom Taschengeld ab!«

Warum muß er alles gleich wieder kaputtmachen, dachte Tinchen enttäuscht.

»Ich berechne Ihnen nur den Einkaufspreis, einverstanden?« Sie nickte dankbar. Offenbar arbeitete Tante Josi gar nicht als Verkäuferin, vielmehr schien ihr das Geschäft zu gehören. Ob sie wirklich Brandts Tante war? Aber hätte sie sonst anstandslos geduldet, daß er mit ihr schwimmen ging? Sei nicht immer so mißtrauisch, Ernestine, glaube an das Gute im Menschen! Sie *ist* seine Tante! Nimm es als Tatsache hin und geh ihr nicht weiter auf den Grund!

Brandt übernahm die Führung. Er steuerte Tinchen schräg über die Promenade, vorbei an den vor Anker liegenden Fischerbooten, die in dem leicht bewegten Wasser einander freundschaftlich zunickten, vorbei an den überfüllten Stränden, wo schon ein verirrter Wasserball bei den Sonnenanbetern eine Kettenreaktion auslöste, vorbei an Musikboxen und schwitzenden Kellnern, die mit Tabletts voller Eisbecher durch das Menschengewimmel pflügten, bis er endlich auf eine ins Meer ragende Klippe deutete. »Mein Stammplatz! Nicht gerade komfortabel, dafür kostet er keinen Eintritt, und deshalb kommt auch selten jemand hin.«

Wenig später turnte Tinchen über die Klippen. Die hilfreich ausgestreckte Hand ihres Cicerone übersah sie geflissentlich. Sie war nicht Tante Josi!

»Seien Sie nicht albern, Tina, die Steine sind glatt, und wenn ...«

»Au!« Die Warnung kam zu spät! Tinchen war von einem algenbewachsenen Stein abgerutscht und hielt sich jetzt mit schmerzverzerrtem Gesicht den rechten Fuß. »Ich kann nicht mehr weiter! Der ist mindestens gebrochen!«

»Nicht bewegen! Ich hole Sie!« Brandt balancierte zurück. »Stützen Sie sich fest auf mich, und dann treten Sie mal ganz vorsichtig auf!« Tinchen tat es. »Ist wohl noch mal gutgegangen, aber es tut höllisch weh!«

»Soll ich Sie tragen?«

»Bloß nicht!« Seinen stützenden Arm nahm sie aber gerne. Mit zusammengebissenen Zähnen humpelte sie die restlichen Meter bis zu einer großen Felsplatte, die fast waagerecht über dem Wasser hing. »Bricht die auch nicht ab?« Dann verfolgte sie schweigend, wie Brandt die mitgebrachten Luftmatratzen aufblies. Kräftige Lungen hatte er! Sicherlich Nichtraucher! Sie wollte sich auch schon längst die Qualmerei abgewöhnen, aber es hieß ja immer, dann würde man sofort zunehmen, und das wiederum bedeutete den Verzicht auf kleine Bikinis mit Silberfäden.

Sie hatte ihr Kleid ausgezogen und sah zufrieden an sich herab. Brandt hatte recht gehabt, für einen weißen Badeanzug war sie wirklich noch zu blaß, aber der blaue hob sich schon wunderbar von ihrer leicht gebräunten Haut ab. Brandt trug natürlich Weiß. Konnte der sich ja auch leisten! Angeber!

Der Angeber hatte sein atemraubendes Werk beendet. Er legte die Luftmatratzen dicht nebeneinander, deckte zwei Frotteehandtücher darüber und machte eine einladende Handbewegung: »Weiter auseinander geht's nicht, sonst fallen Sie ins Meer!«

»Wieso ich? Sie liegen doch an der Außenkante!« Sie plumpste auf die Matratze und streckte sich wohlig aus.

»Erst einschmieren!« Er förderte eine Flasche Sonnenöl zutage und begann, Tinchens Arme einzureiben. Einen Augenblick lang ließ sie es sich gefallen, dann nahm sie ihm die Flasche aus der Hand. »Das kann ich selber!«

»Auch auf dem Rücken?«

Widerwillig drehte sie sich um. Dabei empfand sie seine kräftigen Hände doch als so angenehm! Dumme Gans! Man verliebt sich nicht in jemanden, den man erst zweimal gesehen hat! Dazu ist es viel zu früh! Auch wenn man jetzt in Italien lebt, wo die Sonne scheint und die Wellen glucksen und überhaupt alles ganz anders und viel, viel schöner ist.

Brandt schraubte die Flasche zu. »Es wird ja immer behauptet, daß die Liebe vom Wandel der Zeit unberührt bleibt. Ich stelle mir aber gerade vor, wie Hero und Leander am Strand sitzen und sich gegenseitig mit Lichtschutzfaktor sechs einreiben!«

»Hatten die ja noch gar nicht«, murmelte Tinchen und war auch schon eingeschlafen.

Eiskalte Wasserspritzer weckten sie wieder auf. Neben ihr stand ein triefender Brandt und schüttelte sich wie ein nasser Hund. »Los, Tina, kommen Sie mit! Das Wasser ist ganz warm!«

»Will nicht. Wenn die Sonne wirklich so viel Energie abstrahlt, weshalb macht dann ein Sonnenbad so faul?« Sie blinzelte zu ihm hoch.

»Außerdem bin ich keine Sardine!«

»Was soll das heißen?«

»Sehen Sie sich doch mal an!« Sie deutete auf die klebrigen schwarzen Flecken, mit denen Brandts Beine bedeckt waren. Abfallprodukte der Zivilisation. »Das ist doch Teer, oder?«

»Wahrscheinlich. Dagegen hilft nur Petroleum.« Er wühlte in seiner Tasche und brachte ein kleines Fläschchen zum Vorschein. »Der kluge Mann baut vor! Angeblich soll ja das Meer die große Energiequelle der Zukunft sein. Mir wäre fürs erste schon damit gedient, wenn wir das hineingelaufene Öl wieder herausholen könnten!«

Die Teerflecken waren notdürftig beseitigt. »Wie wäre es mit einer kleinen Erfrischung? Nicht der Durst macht uns zu schaffen, sondern daß man nichts zu trinken kriegt!« Bäuchlings robbte er zum Rand der Klippe und zog an einer dort befestigten Schnur. »Ich weiß, daß Rotwein Zimmertemperatur haben soll, aber der hier stand schon kurz vor dem Siedepunkt!«

Er entkorkte die tropfende Flasche und reichte sie Tinchen. »Sie können ihn ruhig trinken! Ist ein ganz leichter Landwein. Gläser müssen auch irgendwo sein.« Wieder kramte er in seiner unergründlichen Tasche.

»Geht auch Pappe?«

Der zerbeulte Becher war offenbar schon häufiger benutzt worden. Tinchen winkte dankbar ab. »Sie verwöhnen mich zu sehr!« Sie setzte die Flasche an, nahm einen kräftigen Schluck und hustete los. »Was ist denn das?« keuchte sie, »Rostschutzfarbe?« An ihrer Hand zeigten sich rötliche Spuren.

»Um Himmels willen, jetzt habe ich den Metaxa erwischt!« Brandt riß ihr die Flasche: aus der Hand. »Den hat mir mal ein Freund aus Griechenland mitgebracht, und neulich habe ich das Zeug in eine Korbflasche umgefüllt, weil ich die Originalpulle als Blumenvase brauchte. Sie hat einen so schönen langen Hals.«

»Den habe ich auch!« kicherte Tinchen. Der scharfe Schnaps war ihr zu Kopf gestiegen und hatte dort einiges Unheil angerichtet. Das kommt davon, wenn man mit nichts im Magen griechisch trinkt! Wieso überhaupt griechisch? War sie nicht in bella Italia? Und wieso hatte der Adonis da drüben einen Bruder bekommen? Zwei Adonisse? Oder war einer davon Apoll? Römischer Liebesgott mit vier Buchstaben, kam in jedem Kreuzworträtsel vor. Quatsch, der heißt doch Eros! Alles, was mit -os oder -is endet, ist griechisch! Bloß, wie kam der griechische Eros hierher? Sie gab es auf, die Geheimnisse des Olymps zu enträtseln, rollte sich zusammen und schlief kurzerhand wieder ein.

Laute Stimmen schreckten sie auf. »Kiek mal, Bruno, 'ne Robinsine!«

»Laß ma mit deine ewije Fische in Ruhe, ick hab' ja doch keene Ahnung, wie die Biester alle heeßen!«

Auf dem Wasser schaukelte ein Tretboot, besetzt mit zwei Männern, von denen der eine die Küste mit einem Feldstecher abgraste.

»Ick rede nich von Fische, ick meene den weiblichen Robinson da oben uff'n Felsen. Oder sollte ick besser Loreley sagen?«

»Jib ma die Kieke!«

Das Glas wechselte den Besitzer. »Nee, Loreley is det nich, die war blond.«

»Woher weeßte det?«

»Weil Joethe von det joldene Haar jeschwärmt hat.«

»Dez war aba nich Joethe, det waren andrer!«

»Na, denn war et Schiller, eener von beeden isset ja imma!« Er schwenkte seinen Strohhut. »Soll'n wa ruffkommen, Kleene?«

»Nein, ich will gerade gehen!« Eilends zog Tinchen ihr Kleid über den Kopf und rollte das Handtuch zusammen. Zwischendurch warf sie einen vorsichtigen Blick zum Boot hinunter. Aber das hatte sich schon wieder in Bewegung gesetzt. »Na, vielleicht een andret Mal!« winkte Bruno.

Erleichtert setzte sich Tinchen wieder hin. Das hätte ihr gerade noch gefehlt! Ein Glück, daß sie rechtzeitig aufgewacht war. Nicht auszudenken, wenn diese unternehmungslustigen Berliner tatsächlich gelandet wären und sie im Schlaf überrascht hätten. Weit und breit kein Mensch! Und sie selbst gehbehindert und schutzlos den lüsternen Knaben ausgeliefert! Das hatte man nun davon, wenn man sich dazu überreden ließ, mit einem wildfremden Mann in die Einöde zu ziehen! Erst macht er einen betrunken, und dann verschwindet er einfach! Seine Sachen waren zwar alle noch da, aber die könnte er später immer noch holen! Er wußte ja, daß sie mit ihrem lädierten Fuß kaum selbst die Klippen hochkäme und nicht imstande wäre, auch noch eine Tasche mitzunehmen. Tasche? Du liebe Zeit, er hatte doch wohl nicht ihr Handtäschchen geklaut? Viel Geld war ja nicht mehr drin, und dem Busfahrer würde sie notfalls ihren Ring als Pfand dalassen, aber Ausweis, Führerschein … Tinchen suchte hektisch. Nichts! Sie kippte Brandts Badetasche aus, durchwühlte ihren Inhalt, fand aber außer schon Bekanntem nur das leicht zerknitterte Foto einer langmähnigen Schönheit. Wahrscheinlich ein früheres Opfer dieses hinterhältigen Handtaschenräubers! Sie zerriß das Bild und warf die Schnipsel ins Meer. Alles andere sollte man auch reinschmeißen! Der würde ziemlich dumm dastehen, wenn er bei seiner Rückkehr nichts mehr fände! Wütend gab sie der Luftmatratze einen Tritt. Und was lag darunter?

»Na schön, ein Dieb ist er nicht, aber ein verantwortungsloser und gemeiner Abenteurer bleibt er trotzdem! Und auf so was muß ausgerechnet ich reinfallen!« Schniefend kramte sie nach einem Taschentuch. Wie üblich fand sie keins. Dieser geschniegelte Angeber hatte bestimmt eins dabei! Man durchsucht zwar keine fremden Hosentaschen, aber das war Tinchen egal. Erleichtert schnaubte sie in das hellblaue Tuch. Lackaffe, blöder! Wählt seine Taschentücher passend zum T-Shirt! Und dann diese messerscharfen Bügelfalten! Warum trug er nicht Jeans wie andere Studenten auch? Paßte wohl Tantchen nicht? Na, die würde sich wundern!

Einen Augenblick zögerte Tinchen noch, dann warf sie kurzentschlossen die Hosen über die Klippen und spähte hinterher. Schade, ganz würden sie wohl nicht versinken, der Gürtel war an einer Felsspitze hängengeblieben, aber die Hosenbeine klatschten im Rhythmus der Wellen auf die glibbrigen Steine, und die Bügelfalten waren draußen!

So, das wäre geschafft! Und jetzt der Rückmarsch! Leicht

würde er nicht werden, denn mit dem rechten Fuß konnte sie nur ganz vorsichtig auftreten, und selbst dann tat er scheußlich weh. Zu allem Überfluß hatte sie sich auch noch einen Sonnenbrand geholt. Jedesmal, wenn das Kleid ihre Oberschenkel berührte, brannte es wie Feuer. »Nicht in der Sonne einschlafen!« pflegte sie regelmäßig ihren Gästen zu predigen, und was tat sie? Egal, heute war sowieso alles schiefgegangen, und der Sonnenbrand war bloß das I-Tüpfelchen.

Sie hängte sich die Tasche um den Hals und begann den Aufstieg. Die ersten paar Meter gingen ganz gut, aber dann kam ein hoher abgeschliffener Stein, auf dem sie mit ihren glatten Sohlen keinen Halt fand. Dann eben barfuß! Eine kleine Pause konnte sie ohnehin gebrauchen.

Sie schlüpfte aus den Schuhen und stand vor einem neuen Problem: Wohin damit? Die Hände brauchte sie zum Festhalten, die Tasche war zu klein – was machte man bloß in solchen Fällen? Tinchen rekapitulierte sämtliche Bergsteigerfilme, die sie im Fernsehen über sich hatte ergehen lassen, fand aber keine Situation, die ihrer jetzigen entsprochen hätte. Die jeweiligen Alpinistinnen waren entweder per Hubschrauber oder von wettergegerbten Naturburschen gerettet worden, die ihnen erst in einer einsamen Schutzhütte mit Schnee die halberfrorenen Füße abgerieben und sie anschließend auf ihren Armen ins Tal getragen hatten. Tinchen wollte nicht ins Tal, sie wollte die Klippen hoch, und ein Retter war auch nicht in Sicht. Weit draußen tauchte ab und zu der Kopf eines einsamen Schwimmers aus den Wellen, aber ihr Rufen und Winken bemerkte er nicht.

Ratlos schlenkerte sie die Schuhe hin und her. Natürlich hätte sie sie zwischen den Steinen verstecken und an einem der nächsten Tage holen können, aber barfuß durch den halben Ort und dann noch in den Bus? Schließlich knotete sie die Riemchen zusammen, hängte sich die Sandalen über den Arm und machte sich wieder an die Kletterei. Na also, ohne

Schuhe ging es viel besser! Die Hälfte hatte sie schon geschafft.

»Halt!! Nein!!« schrie sie plötzlich, griff nach den Sandalen und kriegte noch eine zu fassen. Die andere schoß in Purzelbäumen abwärts und blieb auf der Felsplatte liegen direkt neben Brandts Badetasche.

Tinchen heulte hemmungslos. Jetzt war sie beinahe oben gewesen, und nun das! Wenn sie sich nicht beeilte, schaffte sie es überhaupt nicht mehr. Die Dämmerung brach herein, und die dauerte hier unten nie sehr lange. Vorsichtig kletterte Tinchen wieder zurück. Es ging besser, als sie erwartet hatte. Bis auf den Riß im Saum, aber das Kleid war ja sowieso zu lang gewesen. Man soll doch zeigen, was man hat! Endlich hatte sie wieder die Plattform erreicht, hinkte zu ihrem Schuh und bekam Kulleraugen. Er war in der Mitte durchgebrochen und nur noch als Fischfutter zu gebrauchen, vorausgesetzt, die Viecher fraßen Schlangenleder. In hohem Bogen warf sie den Schuh ins Meer. Dafür nun die ganze halsbrecherische Kraxelei! Die hätte sie sich weiß Gott sparen können! Im Bus könnte sie jetzt schon sitzen, in einem schönen weichen Lederpolster ... statt dessen hockte sie auf diesem dämlichen Felsen und hatte die ganze Ochsentour noch einmal vor sich! Sie tastete nach einem Handtuch und wischte sich über das tränenverschmierte Gesicht. Und alles bloß wegen dieses geschniegelten Affen, dieses Gigolos, dieses gewissenlosen ... ihr fiel nichts Passendes mehr ein, mit dem sich die negativen Charakterzüge des betreffenden Herrn ausreichend definieren ließen, und so heulte sie erst mal wieder ein bißchen vor sich hin.

»Das Tinchen saß auf einem Stein, einem Stein ...«, klang es mehr laut als melodisch, aber Tinchen erschien es wie eine Opernarie.

»Entschuldigen Sie, daß es so lange gedauert hat, aber da draußen hatte sich jemand zuviel zugemutet und schlappgemacht. Den mußte ich erst an Land bringen!« Brandt zog sich über die Klippe und griff nach seinem Handtuch.

»Wie heroisch! Und wie passend, daß gerade heute ein geeignetes Objekt für Ihre humanitären Anwandlungen in greifbarer Nähe war! Kriegen Sie jetzt die Rettungsmedaille?«

»Wofür denn? Ich war doch bloß so eine Art moralische Unterstützung. Als der Mann merkte, daß er nicht mehr allein war, konnte er wieder schwimmen. Ich bin lediglich neben ihm hergepaddelt, bis er Boden unter den Füßen hatte. Für eine Medaille reicht das nicht.«

»Ihr Pech!«

»Nö, gar nicht. So ein Ding muß man bloß regelmäßig putzen und auf Verlangen vorzeigen, wobei dann immer eine ausführliche Schilderung der Heldentat erwartet wird.«.

»Diese Aussicht müßte Ihrem Hang zur Selbstdarstellung doch sehr entgegenkommen!«

»Warum sind Sie plötzlich so kratzbürstig, Tina? Ich gebe ja zu, daß ich Sie eine ganze Weile alleingelassen habe, aber Sie haben fest geschlafen, zusammengerollt wie ein Embryo. Ich bin kein Maler, der stundenlang ein schönes Gesicht anstarren kann, und einseitige Unterhaltungen sind auf die Dauer so unergiebig. Also bin ich schwimmen gegangen. Sind Sie mir deshalb böse?« Prüfend sah er sie an. »Haben Sie etwa geweint?«

»Weshalb sollte ich?« Tinchen war gar nicht wohl in ihrer Haut. Das alles hörte sich so logisch an, aber sie hatte gleich wieder das Schlimmste vermutet. »Mir ist vorhin eine Mücke ins Auge geflogen, die ging so schwer raus.«

»Wahrscheinlich ist sie ertrunken! Sie müssen ja wahre Tränenbäche vergossen haben!« Er fing an, den herumliegenden Inhalt seiner Tasche zusammenzusuchen. »Wir sollten uns ein bißchen beeilen, es wird langsam kühl.« Suchend sah er sich um. »Wo ist eigentlich meine Hose?«

»Im Wasser!« sagte Tinchen.

»Verflixt!« Jetzt war es mit seinem Gleichmut vorbei. »Wie ist sie denn da hingekommen?«

»Runtergefallen!«

»Einfach so?«

»Wie denn sonst?«

»Das frage ich *Sie* ja!« Brandt beugte sich über die Klippe. »Nichts zu sehen.«

»Vorhin war sie aber noch da!« Auf allen vieren kroch Tinchen über das Plateau und kniete sich neben ihn. »Verstehe ich nicht! Ich hatte nicht weit genug geworfen, und da war sie mit dem Gürtel an dem Stein da vorne hängenge...« Erschrocken hielt sie sich den Mund zu.

Brandt stand auf und blickte finster auf sie herab. »Tina, beichte!«

Das Du überhörte sie erst einmal. Jetzt sah sie sich in die Defensive gedrängt, und es wäre albern gewesen, auf Förmlichkeiten herumzureiten. »Als ich aufwachte, saß ich hier ganz allein, meine Handtasche war weg, und dann kamen auch noch die beiden Männer ...«

»Welche Männer?«

»Die mit der Loreley. Sie ist auch gar nicht von Goethe oder Schiller, sondern von Heinrich Heine. Dann hab' ich ein Taschentuch gesucht, und weil Sie überhaupt nicht mehr wiederkamen, habe ich die Hose ins Wasser geworfen!«

»Du hättest lieber den Metaxa nehmen sollen! Den hast du offenbar nicht vertragen!«

»Der hatte keine so schönen Bügelfalten!«

Er half ihr wieder auf die Beine und sah sie besorgt an. »Mädchen, du hast einen Sonnenstich bekommen! Laß mal sehen, ob du Fieber hast!«

Schön kühl war seine Hand und sehr zärtlich. »Ich hab' keinen Sonnenstich! Mir ist nur reichlich flau im Magen, weil ich seit heute früh nichts gegessen habe. Als dann noch diese beiden Freizeitkapitäne auftauchten und die Klippen entern wollten, muß wohl bei mir irgendwas ausgehakt haben. Dabei waren sie eigentlich ganz ulkig!«

Während Brandt den Felsen entrümpelte, erzählte Tinchen – diesmal jedoch etwas zusammenhängender – ihre ganze Leidensgeschichte.

Allerdings unterschlug sie den Taschendieb und das zerrissene Foto. Vielleicht würde er es gar nicht vermissen. Sicher war es nur eins von vielen. »Meine Schuhe sind auch hin!« beendete sie ihr Klagelied, »oder wenigstens einer davon. Der andere hängt oben zwischen den Steinen.«

»Armes Aschenbrödel! Wie gut, daß es gleich vorn an der Promenade einen Prinzen gibt, der calzolaio heißt und wunderhübsche Schuhe hat.«

»Aschenbrödel hat aber kein Geld mehr, Es hat schon alles für ein Ballkleid mit Lurexfäden ausgegeben.«

Sie wehrte sich nicht, als er sie in seine Arme nahm. Seine Lippen waren weich und zärtlich, aber »er sollte sich lieber zweimal am Tag rasieren!« dachte sie; bevor sie glücklich die Augen schloß.

Langsam schraubte sich der Wagen über die Serpentinen aufwärts. Seine Scheinwerfer piekten Lücken in die Dunkelheit und beleuchteten abwechselnd Olivenbäume, Kakteen und Petersilienbeete. Nach Tinchens Ansicht eine viel zu prosaische Kulisse; zu diesem märchenhaften Abend hätten Orchideen oder wenigstens Rosen gehört, die man pflücken und an sein klopfendes Herz drücken könnte. Jedenfalls taten das die Damen in den einschlägigen Romanen aus Schumanns Hotelbibliothek, die überwiegend aus den zurückgelassenen Taschenbüchern abgereister Gäste bestand.

Tinchen hatte wirklich Herzklopfen und weiche Knie bis zu den Augen. Vergessen war der verkorkste Nachmittag, vergessen die peinliche Situation im Schuhgeschäft, als Tinchen nur noch zwei zerfranste Tausend-Lire-Lappen im Portemonnaie gefunden hatte und warten mußte, bis Brandt sie auslöste. Den Schuldschein hatte er abgelehnt, aber sie würde ihm das Geld gleich heute noch zurückgeben! Oder morgen! Der Abend hatte ja noch gar nicht richtig angefangen …

»Wohin bringen Sie mich eigentlich? Auf Ihr Schloß?«

»Abwarten!«

Immer weiter ging es aufwärts, immer schmaler wurde die Straße. Weit unten verschmolz Loano zu einem Mosaik bunter Lichter, und dicht über dem Meer stand der Mond, dünn wie eine Oblate und in einem so leuchtenden Orange, wie Tinchen ihn nie gesehen hatte. Glühwürmchen hatten ihre Heckleuchten eingeschaltet und geisterten durch die Abendluft wie Flitter.

Plötzlich hörte die Straße auf, Straße zu sein, und verwandelte sich in eine Art Maultierpfad. Brandt lenkte den Wagen auf eine notdürftig mit Schotter befestigte Wiese und zog den Zündschlüssel ab.

»Den Rest müssen wir zu Fuß gehen!«

Mit leisem Bedauern stieg Tinchen aus. Sie hätte noch stundenlang so weiterfahren können, aber allem Anschein nach war hier die Welt zu Ende. Oder vielleicht doch nicht? Erstaunt bemerkte sie erst jetzt die vielen Autos, die auf diesem Parkplatz standen. Mindestens ein Dutzend waren es, und alles Exemplare der oberen Preisklasse.

»Komm, Aschenbrödel, jetzt zeige ich dir mein Schloß!« Brandt ergriff ihren Arm und steuerte sie vorsichtig durch die Dunkelheit. Gehorsam hinkte Tinchen nebenher und fragte sich, wo dieser Ausflug wohl enden würde.

»Achtung, hier wird's eng!« Ein halbverfallener Torbogen tauchte auf, von einer müden Laterne nur spärlich beleuchtet, dahinter machte der Weg eine scharfe Kurve, und plötzlich war alles in strahlende Helligkeit getaucht. Ein Kastell mußte das sein. Oder wenigstens etwas Ähnliches. Schmiedeeiserne Ampeln flankierten ein wahrhaft königliches Portal und warfen ihren Schein auf die riesigen Agaven, die sich neben der Treppe ausbreiteten.

»Das ist ja wirklich ein Schloß!« flüsterte Tinchen andächtig. Brandt lächelte spöttisch. »Märchengläubige kleine Mädchen soll man nicht enttäuschen!« Er öffnete die Tür und ließ sie eintreten.

»Du solltest aber vorsichtshalber keine livrierten Diener erwarten, die dich zu einem baldachingekrönten Prunkbett führen! Der Torre vecchio ist ein ganz simples Speiserestaurant, allerdings ein sehr gutes!«

Von einer Halle führten Türen in mehrere kleine Speisesäle. Fast jeder Tisch war besetzt, und zwar überwiegend von Italienern, wie Tinchen mit einem kurzen Blick feststellte.

»Eisbein mit Sauerkraut gibt's hier genausowenig wie fish and chips!« erklärte Brandt die fehlende Invasion hungriger Touristen.

»Setzen wir uns auf die Terrasse?«

Am dienernden Maître vorbei führte er sie ins Freie. Eine halbhohe Mauer aus uralten Steinen begrenzte einen kleinen Platz, auf dem nur vier Tische Platz gefunden hatten. Einer war noch frei. Brandt rückte Tinchen den Stuhl zurecht und vertiefte sich zusammen mit dem herbeigeeilten Kellner in die Speisekarte, deren Lektüre längere Zeit in Anspruch nahm. Von der in schnellem Italienisch geführten Unterhaltung verstand Tinchen kaum die Hälfte, aber es schien sich um das schwerwiegende Problem zu handeln, ob der prosciutto di parma auch wirklich von dort stammte und wann man die piccioni hereinbekommen habe.

»Mögen Sie Langusten?«

Nein, wollte Tinchen sagen, die diese nur aus Fühlern und Beinen bestehenden Schalentiere lediglich im Aquarium gesehen hatte und sich nicht vorstellen konnte, daß so etwas überhaupt eßbar sei, aber sie wußte natürlich, daß sie als Delikatesse galten und bei Feinschmeckern sehr beliebt waren.

»Die esse ich sogar leidenschaftlich gern!« versicherte sie im Brustton der Überzeugung, nicht gewillt, sich mit ihrem eher der soliden Hausmannskost zugeneigten Geschmack zu blamieren. Und was, um alles in der Welt, waren piccioni? Klang irgendwie nach Gemüse! Na, sie würde sich einfach überraschen lassen! Vorsichtshalber angelte sie eine Scheibe Weißbrot aus dem bereitgestellten Körbchen, bestrich sie dick mit Butter und biß hinein. Wer weiß, ob sie von dem, was sie erwartete, überhaupt satt werden würde.

Der Kellner zog ab und kehrte gleich darauf zurück. In seinen Armen trug er ein Bastkörbchen, das er wie ein Baby an die Brust gedrückt hielt und dann andachtsvoll präsentierte.

»Va bene«, sagte Brandt, nachdem er probiert hatte, und nickte. In einem leuchtenden Rot floß der Wein in die Gläser.

»Die Farbe suche ich schon lange«, murmelte Tinchen.

»Wofür denn?«

»Für meinen Nagellack!«

Einen Augenblick lang hatte es Brandt die Sprache verschlagen, dann lachte er schallend los. »Dein Hang zum Prosaischen ist wirklich entsetzlich, Tina! Da führe ich dich in eins der besten Restaurants an der ganzen Küste, lasse dir einen Port zelebrieren, nach dem sich alle rotnasigen Weinkenner die Finger lecken würden, und du denkst an Nagellack!« Er hob sein Glas. »Prosit, Aschenbrödel, trinken wir auf den verlorenen Schuh, dem ich diesen Abend zu verdanken habe.«

Das stimmte sogar. Ursprünglich hatte sich Tinchen nur nach Verenzi zurückbringen lassen wollen, vor allem deshalb, weil sie Brandt das verauslagte Geld wiedergeben wollte. Aber dann war ihr in dem Schuhgeschäft regelrecht schlecht geworden, und Brandt hatte angeordnet, daß sie erst einmal etwas essen müsse. Richtig diktatorisch war er geworden! Nun saß sie hier in diesem Luxusschuppen mit 325 Lire in der Tasche und dem Gefühl, wirklich ein Aschenbrödel zu sein, zu dem ein leibhaftiger Prinz herabgestiegen war und sie in eine ganz andere Welt geführt hatte. Bei Florian hatte es immer nur zu McDonald's gereicht!

Tinchen gab sich einen Ruck. Wie kam sie nur ausgerechnet jetzt auf Florian?

»Wo sind wir hier eigentlich?« fragte sie um einiges zu munter, denn Brandt machte keinerlei Anstalten, die versikkerte Unterhaltung wieder in Gang zu bringen.

»In Corsenna. Es wird behauptet, vor Jahrhunderten sei es ein Schlupfwinkel von Seeräubern gewesen. Daran muß was Wahres sein. Ihre Nachkommen haben ein Restaurant daraus gemacht und plündern ahnungslose Besucher genauso schamlos aus wie ihre Altvorderen. Nicht umsonst gelten die Italiener als sehr traditionsbewußt.«

Eine Prozession von Kellnern nahte, beladen mit Beistelltischen und furchterregenden Gerätschaften. Vor Tinchen wurde ein Arsenal von Bestecken aufgebaut, deren Zweck ihr völlig unklar war. Eine große Platte kam auf den Tisch, die Kupferhaube wurde abgenommen, und da lagen sie, die gräßlichen Viecher mit den großen schwarzen Knopfaugen und den endlos langen Fühlern. Schön sahen sie nicht aus in ihrem Bett aus Dekorationsgemüse, aber wenigstens friedlich! Wie rückte man den Biestern jetzt zu Leibe?

Ihr Gegenüber beobachtete sie schmunzelnd und wartete. Tinchen wartete ebenfalls. Desgleichen die Langusten. »Nun fang doch endlich an! Ich denke, du ißt sie so gern!« Tinchen wurde kleinlaut. »Aber bloß in entkleidetem Zustand. Ich dachte immer, das Ausziehen sei euch Männern vorbehalten!«

»Aschenbrödel, du wirst frivol!« Geschickt zerteilte er eine Languste und legte die eßbaren Teile auf Tinchens Teller.

»Im Schweiße deines Angesichts sollst du dein Brot essen!« rezitierte sie und hantierte noch etwas unbeholfen mit der zweizinkigen Gabel. »Ich wußte gar nicht, daß das so wörtlich gemeint war!«

Die Teller wurden abgeräumt, neue kamen, und Tinchen futterte sich zufrieden durch das Menü. Der Parmaschinken war exzellent, die piccioni entpuppten sich als ganz ordinäre Tauben, schmeckten aber trotzdem, das Kalbsschnitzel war zart und der Käse unbekannt und rosarot, worauf Tinchen beschloß, endlich satt zu sein.

Belustigt hatte Brandt verfolgt, wie seine Begleiterin eine Platte nach der anderen leerte. »Allmählich begreife ich, weshalb Pauschalreisen immer teurer werden!«

»Sie vergessen meinen Nachholbedarf!«

»Willst du nicht endlich mit diesem albernen Sie aufhören, Aschenbrödel? Oder kennst du ein Märchen, in dem der Prinz seine Prinzessin siezt?«

Bisher hatte Tinchen eine direkte Anrede nach Möglichkeit vermieden, aber nun war ihr das Sie doch wieder herausgerutscht. Weshalb nur konnte sie nicht zu dem burschikos-kameradschaftlichen Umgangston finden; der ihr doch in der Redaktion nie schwergefallen war?

Gleich am ersten Tag hatte sie Florian geduzt, und zwar nicht nur, weil »das hier so üblich« ist, wie er ihr versichert hatte. Schon wieder Florian!

Brandt goß neuen Wein in die Gläser und stieß mit ihr an. »Ich heiße Klaus und bei den Eingeborenen Claudio. Du kannst dir also das Passende heraussuchen.«

Tinchen schwieg und wartete auf den obligatorischen Kuß. Sie wurde enttäuscht. Brandt rückte lediglich seinen Stuhl neben den ihren und legte seinen Arm um ihre Schultern. »Siehst du, Aschenbrödel, ich habe dir die ganze Welt zu Füßen gelegt.« Er deutete auf die Lichterpünktchen, die aus der Tiefe heraufschimmerten. In der Ferne jammerte der Neun-Uhr-Zug durch das Tal, verschwand in einem der zahllosen Tunnel, tauchte leuchtend wie eine Bernsteinkette auf und wurde vom nächsten Tunnel wieder verschluckt.

Wie zufällig lehnte sie den Kopf an seine Schulter. »Danke.«

Er rührte sich nicht, und sie wagte kaum zu atmen aus Angst, die schweigende Vertrautheit zu stören.

Plötzlich stand er auf. »Entschuldige mich bitte einen Moment, bin gleich wieder da.«

Wie lange ist gleich? Nach zehn Minuten wurde Tinchen unruhig. Ein Mann, der bekanntlich weder frischen Lidschatten auftragen noch sich die Nase pudern muß, kann doch keine Ewigkeit auf der Toilette verbringen! Selbst wenn er, hm, an Verdauungsbeschwerden leiden sollte! Was, wenn er nun doch einen zweifelhaften Charakter hatte und sie einfach hier sitzenließ? Mit der unbezahlten Rechnung und 325 Lire. Damit wäre in diesem feudalen Kasten ja nicht einmal die Klofrau zufrieden! Nervös schielte sie zur Tür. Der dort postierte Kellner guckte schon reichlich komisch. Na also, nun kam er auch noch geradewegs auf sie zu. So etwas Ähnliches hatte sie erwartet.

»Posso versar Le ancora un bicchiere?«

»Wie bitte? Ach so, ja, si, grazie.« Nun war schon alles egal! Wenn sie sowieso als Zechprellerin verhaftet werden würde, konnte sie wenigstens den Wein austrinken. In einem Zug leerte sie das Glas. Hoppla, warum schaukelte der Mond jetzt wie eine Papierlaterne? Sie kniff die Augen zusammen und machte sie ganz langsam wieder auf. Na bitte, nun stand er wieder still. Statt dessen bewegte sich das Windlicht auf dem Tisch. Immer näher kam es, und hinter ihm ragte ein bedrohlicher Schatten auf …

»Wir müssen gehen, Tina, da hinten zieht ein Gewitter auf. Vorsichtshalber habe ich schön den Wagen zugemacht. Mit offenem Verdeck dürfte es gleich sehr ungemütlich werden!«

Wolken, dick wie Klöße, ballten sich über den Bergen zusammen. Tinchen ließ sich fröstelnd in Tante Josis Wolljacke wickeln, die der vorausschauende Brandt mitgebracht hatte. »Hat es im Paradies eigentlich auch geregnet? Oder fliegen wir jetzt bloß gewaltsam da raus?«

»Keine Ahnung! Aber eins weiß ich sicher: Wenn wir nicht gleich verschwinden, kommen wir heute nicht mehr nach Hause. Ein Gewitterregen verwandelt diese jämmerliche Zufahrtsstraße in eine Schlammwüste.«

Die ersten Regentropfen klatschten auf die Steine, als sie den Wagen erreicht hatten. Es war der letzte, die anderen Autos waren schon alle weg.

»Statt nach unten hätten wir lieber mal nach oben sehen sollen!« schimpfte Brandt und deutete auf den pechschwarzen Himmel, aus dem jetzt eine wahre Sturzflut herunterkam. »Mein Steuermannspatent kriege ich nämlich erst im nächsten Jahr.«

Später hätte Tinchen nicht sagen können, wie sie den Berg heruntergekommen waren. Sie hatte die Augen fest geschlossen gehalten und sich krampfhaft am Sitz festgeklammert, während Brandt im Schneckentempo die Serpentinen heruntergerollt war. Zweimal hatte er hörbar die Luft eingesogen, weil der Wagen seitlich wegrutschte, und Tinchen hatte sich überlegt, daß ihr Leben zwar kurz und nicht besonders ereignisreich, aber zumindest in den letzten Stunden doch sehr schön gewesen war.

Unten an der Küste tobte sich das Gewitter erst richtig aus. Peitschenknallende Blitze schossen durch die Luft, unmittelbar darauf krachten Donnerschläge, und der Wagen wischte sich unermüdlich den Regen aus den Augen. Die Straßen waren menschenleer. Auf der Promenade trieften ein paar vergessene Sonnenschirme; auf einem hing sogar ein hinaufgewehtes Tischtuch. Das Meer war beinahe schwarz. Schwere Brecher wälzten sich gischtsprühend über den Strand und klatschten an die Mauer.

Wie es jetzt wohl auf unserer Klippe aussieht? Die Hosen dürften endgültig weg sein, selbst wenn sie sich vorher doch noch irgendwo verklemmt hatten. »Aber das Taschentuch habe ich noch!« sagte Tinchen laut, zog ein zerknülltes Stück

Stoff aus der Tasche und hielt es Brandt entgegen. Dann steckte sie es doch schnell wieder ein. »Ich werde es wohl besser erst waschen.«

»Du kannst es ruhig behalten«, sagte er gleichgültig.

Im Lido brannte kein Licht. Paolo, der Nachtportier, steckte den Kopf aus der Tür, beäugte im Schein eines Kerzenstummels die Ankömmlinge und murmelte ein unwilliges »Buona sera«, als er Tinchen erkannte. Anschließend verkroch er sich wieder. Genau wie eine Schildkröte, ging es Tinchen durch den Kopf.

»Willst du nicht aussteigen?«

Sie zuckte zusammen. »Doch, natürlich.« Zögernd angelte sie ihre Tüte vom Rücksitz. War das nun alles? Kein zärtliches »Auf Wiedersehen, Aschenbrödel«, kein Abschiedskuß, kein »Es war schön mit dir«? Sie war maßlos enttäuscht. Er hatte ja nicht einmal so viel Anstand, auszusteigen und ihr aus dem Wagen zu helfen. Allerdings mußte ihr Gerechtigkeitssinn zugeben, daß Höflichkeit auch ihre Grenzen haben konnte – zumindest bei einem Platzregen.

»Das Geld! Ich habe ja das Geld vergessen!« Ein Glück, daß ihr das noch rechtzeitig genug eingefallen war! Immerhin eine kleine Galgenfrist. »Warte einen Moment, ich hole es schnell. Oder möchtest du nicht lieber für einen Augenblick hereinkommen?«

»Weder noch! Das eilt nun wirklich nicht so! Ich rufe dich an, Tina. Und jetzt mach, daß du ins Haus kommst, sonst holst du dir noch nasse Füße!«

Er zog die Wagentür ins Schloß und brauste ab.

Dumme Tine, was hast du dir eigentlich eingebildet? Liebe auf den ersten, oder nein, auf den dritten Blick? Das hast du nun davon! Der Prinz ist weg, das Märchen aus! Vorzeitig beendet von einem simplen Gewitterregen. Hatschi!

Langsam schlurfte sie zur Tür. Sie hätte doch lieber das Karmeliterkloster besichtigen sollen!

Kapitel 10

Auch der Bahnhof von Verenzi wies jene architektonische Absonderlichkeit auf, die fast allen Bahnhöfen vorbehalten ist: Wo immer man sich außerhalb des Stationsgebäudes aufhielt, zog es! Ob vor oder neben dem Eingang, ob auf den beiden Bänken oder im Windschatten des Kaugummiautomaten, ob hinter den Blumenkübeln oder an der Telefonzelle, war egal – es zog! Selbst im Hochsommer, wenn kaum ein Lüftchen wehte und man jeden Windhauch als willkommene Kühlung begrüßte, rieb jeder fröstelnd die Arme und wickelte sich in eine Jacke, sobald er den Bahnsteig betrat. Den besten Schutz boten noch die beiden Briefkästen, die etwas schief an der Mauer hingen. Ein Schild in vier Sprachen besagte, daß der linke Kasten für Post Richtung Genua bestimmt war, während der rechte seinen Inhalt auf die entgegengesetzte Route schicken würde. Bemerkenswert war nur die Tatsache, daß beide Briefkästen zur selben Zeit in denselben Sack geleert wurden. Der Postmensch hatte Tinchen allerdings versichert, man würde die Briefe später wieder auseinandersortieren. Eine längere Diskussion über die Sinnlosigkeit der Briefkasten-Zwillinge war an der Sprachbarriere gescheitert. In ihrem systematischen Vokabelstudium (»Italienisch in 30 Tagen«) war sie erst bis zum Buchstaben M gekommen, also Margarine, Meineid, Mondfinsternis; alles, was mit dem Postversand zu tun hatte und über den Kauf von Briefmarken hinausging, stellte Tinchen noch vor sprachliche Schwierigkeiten.

Bibbernd stand sie zwischen den beiden Kästen und verfolgte die Zeiger der Bahnhofsuhr. Die ging zwar nie ganz genau, aber darauf kam es auch nicht an. Der Sonderzug war noch niemals pünktlich angekommen, und heute bestand sogar die Aussicht, daß er noch später eintrudeln würde als sonst. »Mi dispiace molto, signorina«, hatte Signor Poltano, seines Zeichens Stationsvorsteher, mit tiefbekümmerter Miene versichert, »aber Zug steht noch in Savona. Muß erst Rapido durchlassen, und Rapido hat Verspätung.«

Tinchen nickte ergeben. Wieso auch nicht? Deshalb heißt er ja Eilzug.

Sie trat von einem Bein aufs andere, aber wärmer wurde ihr nicht. Das Wetter hatte umgeschlagen, es war empfindlich kalt geworden, und die dicken Wolkenbänke hatten den ganzen Tag keinen Sonnenstrahl durchgelassen. Schumann hatte zwar behauptet, spätestens morgen früh sei der azurblaue Reiseprospekt-Himmel wieder da, aber vorsichtshalber hatte er doch das Barometer in der Halle ein bißchen manipuliert. »Wenigstens die Hoffnung muß den Gästen bleiben«, hatte er gesagt und den Zeiger mit Tesafilm auf ›Schönwetter‹ fixiert.

»Und wenn's nun weiterregnet?«

»Dann ist das Ding eben keine deutsche Wertarbeit und folglich kaputt! So was hebt das germanische Selbstwertgefühl!«

Schon vierzig Minuten Verspätung! Tinchen fluchte leise vor sich hin. Der ganze Zeitplan würde wieder durcheinanderkommen! Koffer nicht im Hotel, lauwarmes Essen für die Gäste, schlecht gelaunte Kellner und dazu dieses Mistwetter! Das würde morgen Beschwerden hageln!

Als der Zug endlich aus dem Tunnel tauchte, stöckelte Lilo auf den Bahnsteig. Die mußte entweder einen sechsten Sinn haben oder ein Verhältnis mit dem Stationsvorsteher. »Ciao, Tinchen!«

»Du kannst wohl nie ein bißchen früher da sein?«

»Wozu denn? Wenn ich hier rumstehe, kommt der Zug auch nicht eher!«

Weil sie dieser unwiderlegbaren Logik nichts entgegensetzen konnte, trabte Tinchen wütend zur Lautsprecheranlage. Heute war sie an der Reihe. Sie griff nach dem Mikrofon, räusperte sich kurz und versuchte, das Zischen der Lokomotive und den Lärm der schlagenden Türen zu übertönen:

»Herzlich willkommen in Verenzi! Alle Schmetterlinge, die nun endlich am Ziel sind, wollen bitte aussteigen und ihr Gepäck nicht vergessen. Die Koffer bleiben auf dem Bahnsteig stehen und werden Ihnen später in Ihre Quartiere gebracht. Vor dem Bahnhofsgebäude wartet ein Bus, der Sie sofort in Ihre Hotels fährt. Schmetterlings-Reisen wünscht Ihnen allen einen schönen, erholsamen Urlaub!«

Dämliches Geschwafel! Tinchen hängte das Mikrofon in die Halterung zurück. Gleich fallt ihr wie die Heuschrecken über mich her, weil keiner zugehört hat oder jeder alles noch einmal ganz genau wissen will. Individuelle Betreuung! Von wegen!

»Ach, Fräulein, hat mein Zimmer denn nun wirklich einen Balkon nach Süden?«

»Selbstverständlich!« Sie nickte der betulichen alten Dame freundlich zu und betete insgeheim, es möge sich nicht um jene Amelie von Sowieso handeln, die kategorisch ein sehr ruhiges Eckzimmer, Südlage, mit Blick zum Meer verlangt hatte. Vorsichtshalber hatte Tinchen sie in die. weit entfernt liegende Pension Margarita einquartiert, wo es zwar garantiert keinen Straßenlärm, aber ebenso garantiert keinen Meeresblick gab.

»Sind Sie die Reiseleiterin? Wir möchten nämlich die Zimmer tauschen!«

Zwei Jünglinge, einer davon mit Nickelbrille auf der pickeligen Nase, bauten sich vor Tinchen auf. »Mein Freund und ich … nein, meine Freundin und ich … also die Gudrun und die Heike wohnen in einem anderen Hotel, und da haben wir gedacht …«.

»Heute abend läßt sich das nicht mehr arrangieren, aber kommen Sie morgen ins Büro, ich werde sehen, was sich machen läßt.« Vielleicht wurden dadurch Einzelzimmer frei.

»Fräulein, mein Handkoffer ist nicht da. Können Sie nicht mal …«

»Sagen Sie, verehrte Dame, ist die blonde Sängerin vom letzten Jahr immer noch in der Splendid-Bar?«

»Frau Reiseleiterin, wie weit muß ich von der Villa Flora bis zum Strand gehen? Sind das auch wirklich nur hundert Meter?«

Eingekeilt zwischen aufgeregten, mürrischen und jovialen Gästen blickte Tinchen hilfesuchend zu Lilo hinüber, die ihren Trupp schon zusammengesammelt hatte und zum Ausgang dirigierte. Wie machte die das bloß?

»Wie geht's denn nu weiter, Fräulein Schmetterling?« Ein Herr in grauen Nadelstreifen drängte sich zu Tinchen durch. »Laut Fahrplan sitzen wir schon längst im Hotel beim Abendessen.«

Endlich kam Bewegung in die Menge, und bald saß Tinchen vorn im Bus auf ihrem Klappsitz und spulte den sich allwöchentlich wiederholenden Text herunter. »Wir fahren zuerst zum Hotel Miramare, dann zum Bellavista, danach …« Es war jedesmal die gleiche Route, die gleiche Prozedur: Klappsitz hoch, Tür auf, aussteigen, Gäste abzählen, »Auf Wiedersehen und viel Vergnügen!«, einsteigen, Tür zu, Klappsitz runter, weiterfahren …

Um sieben hatte sie endlich alle Schäfchen abgeladen und ließ sich zum Lido bringen. Den Koffertransport erledigte Luigi immer allein, weil das nach seiner Ansicht schneller ging, als wenn Tinchen seine nie zu ergründende Methode des Einsortierens störte.

Sie fand Schumann in der Küche, wo er, umgeben von

dem sichtbar verzweifelten Küchenpersonal, in einer großen Schüssel rührte.

»Was hat mich bloß auf den Gedanken gebracht, diesen Nudelfetischisten die Herstellung von Kartoffelsalat beibringen zu wollen? Probieren Sie mal, Tina!«

Gehorsam griff sie nach dem Löffel. »Warum sieht der denn so grün aus?«

»Weil diese Idioten die ganze Petersilie, die als Dekoration bestimmt war, durch den Fleischwolf gedreht und druntergemischt haben!«

Vorsichtig kostete sie. »Schmeckt irgendwie ein bißchen nach Butterkrem!«

»Kein Wunder! Piero hat statt Mayonnaise einen ganzen Liter süße Sahne reingekippt. Auf diese Weise hat er zwar ein völlig neues Gericht kreiert; aber eigentlich wollte ich bloß simplen Kartoffelsalat haben!«

»Nennen Sie ihn Insalata italiano und setzen ihn als Spezialität des Hauses auf die Speisekarte!«

»Geht nicht! Am Ende macht der noch Furore. Ich rühre aber schon seit einer Stunde in dem Zeug herum und versuche, Geschmack reinzubringen. Was da jetzt alles drin ist, weiß ich nicht mehr, auf keinen Fall würde ich ihn wieder so hinkriegen!«

Angewidert schob er die Schüssel zur Seite und ordnete für morgen als Vorspeise die doppelte Portion Ravioli an. »Von irgendwas müssen die Leute ja satt werden!«

Verlegen druckste Tinchen herum. »Hat – hat vielleicht jemand für mich angerufen?«

Schumann schlug sich mit der Hand vor die Stirn. »Natürlich! Dreimal schon! Sie sollen gleich zurückrufen!«

»Mach ich sofort!« versicherte sie eifrig. »Haben Sie zufällig die Nummer notiert?« Sie hatte keine Ahnung, wie Tante Josi mit Nachnamen hieß, und ein Klaus Brandt würde wohl kaum im Telefonbuch zu finden sein.

»Hotel Marittimo, die Nummer liegt irgendwo im Büro! Mit Rotstift auf'm Zeitungsrand!«

Enttäuscht drehte Tinchen um. Ihre Hochstimmung war verflogen. Sie hatte fest mit einem Anruf von Brandt gerechnet, nachdem er sich den ganzen Tag über nicht gemeldet hatte. Sogar mittags war sie im Büro geblieben, und als das Telefon sich nicht ein einziges Mal gerührt hatte, war sie davon überzeugt gewesen, daß im Hotel eine Nachricht von ihm liegen würde. Warum schwieg er sich aus? Er hatte doch gestern beim Abschied gesagt, daß er anrufen werde!

Im Hotel Marittimo hatte bereits der Nachtportier seinen Dienst angetreten, der kaum Deutsch und ein sehr sizilianisch gefärbtes Italienisch sprach, von dem Tinchen nur die Worte camera und autorimessa verstand. Allerdings konnte sie sich keinen Reim darauf machen, was das Zimmer mit einer Garage zu tun haben sollte, denn das Marittimo war erst vor zwei Jahren erbaut worden und relativ großzügig ausgestattet.

»Fritz!« schrie sie entnervt, als der italienische Wortschwall kein Ende nehmen wollte, »können Sie nicht mal kommen?«

Schumann trabte an, nahm grinsend den Hörer entgegen und flüsterte mit zugehaltener Sprechmuschel: »Was hat Sie bloß bewogen, ausgerechnet in Italien Reiseleiterin spielen zu wollen?«

»Das Meer, was denn sonst? Wenn man untergeht, zieht einen vielleicht ein hübscher junger Mann aus dem Wasser, aber wer rettet mich in den Schweizer Bergen aus der Lawine? Ein Bernhardiner!«

Noch immer lachend ließ Schumann geduldig das Palaver seines unsichtbaren Gesprächspartners über sich ergehen und legte schließlich auf. Dann prustete er erst richtig los. »Ich glaube, Sie haben sich heute Ihr Meisterstück geleistet! Offenbar haben Sie zwei Leute gleichen Namens, die sich überhaupt nicht kennen, in ein Doppelzimmer verfrachtet!«

»Die Schmitzens!« stöhnte Tinchen. »Ich hab' ja gleich geahnt, daß das schiefgeht! Aber ich hatte damit gerechnet, daß die beiden wenigstens verheiratet sind!«

»Was nicht ist, kann ja noch werden«, tröstete Schumann, »nur im Augenblick droht der weibliche Teil lieber in der Garage oder im Bügelzimmer zu schlafen, als noch eine Minute länger mit diesem rheinischen Flegel unter demselben Dach zu verbringen.«

Tinchen griff nach ihrer Handtasche. »Da bleibt mir wohl nichts anderes übrig, als die Sache sofort in Ordnung zu bringen! Ich weiß bloß nicht, wie! Wo kriege ich heute noch ein Einzelzimmer her? Wenn alle Stricke reißen, muß der weibliche Schmitz diese Nacht bei mir schlafen. Notfalls gehe ich zu Lilo. Oder haben Sie zufällig eine leere Badewanne?«

»Die auch, aber für zwei Nächte kann ich Ihnen sogar ein Zimmer geben. Die Schwedin aus dem dritten Stock ist heute früh überraschend abgereist. Hatte wohl was Passendes gefunden! Jedenfalls wurde sie von einem Franzosen mit Silberlocke und Sportwagen abgeholt und hat als Nachsendeadresse ein Hotel in Saint-Tropez angegeben.«

»Bei der hatte ich schon immer den Eindruck, daß sie sehr tierlieb ist. Es gibt bestimmt nichts, was die nicht für einen Nerz täte!« Tinchen drückte Schumann einen Kuß auf die Wange. »Vielen Dank, was würde ich bloß ohne Sie anfangen?«

»Ein Heiratsbüro eröffnen!«

Im Marittimo hatten sich die Gemüter schon wieder beruhigt. Das unfreiwillige Ehepaar hockte an der Hotelbar, trank Sekt – selbstverständlich auf Kosten der Schmetterlinge, wie Direktor Corti Tinchen erklärte – und erging sich in Vermutungen über die Komplikationen beim Standesamt, wenn ein Fräulein Schmitz aus Köln-Ehrenfeld einen Herrn Schmitz, ebenfalls Köln-Ehrenfeld, zu ehelichen gedächte.

»Schmitz mol Schmitz jitt Schmitz hoch zwei, dat is en mathematisch Problemsche un kein familljerechtlichet«, stellte

Fräulein Schmitz fest und kämpfte mit dem Gleichgewicht, das ihr auf dem hohen Stühlchen immer mehr verlorenging.

»Dat is doch ejal!« Der männliche Schmitz orderte eine neue Flasche.

»De Schmitzens sin joode rheinische Adel, und dä bliev am beste unger sich!« Er rutschte vom Hocker und schwankte auf Tinchen zu.

»Schad, dat et he keen lecker Bierche jit. De Schlabberbröh do kann me net suffe, de jeht su in dr Fös!« Mit verpliertem Blick musterte er Tinchen. »Ich han Üch äver och ens jesinn. Sin Se ouch us Kölle?«

Tinchen dankte dem Himmel, daß sie als gebürtige Düsseldorferin an die rheinische Mundart gewöhnt war; Lilo hätte diesen munteren Knaben bestimmt nicht verstanden. »Nein, ich bin nicht aus Köln, und gesehen haben Sie mich vorhin auf dem Bahnhof. Ich bin Ihre Reiseleiterin.«

»Dann han *Sie* us verkuppelt? Dat wor en joode Idee von Üch! Könne me dat Doppelzimmer behale, uch wenn me nit verhierot sin?«

»Wenn Fräulein Schmitz damit einverstanden ist ...«

»Dat is se bestimmt! Die kritt jetzt noch e Piccolöche, und dann jeht dat schon in Ordnung, nit wohr, Undinsche?«

Undine nickte bestätigend. »Mer han uns jefunne! Un de Wolfgang is ene nette Kääl, mit dem kann me uskomme. Ich glöv, dat wit ene schöne Urlaub. Wenn bloß en ander Wedder wär. Is dat imme so feucht he?«

»Nur wenn's regnet«, versicherte Tinchen ernsthaft und versprach für den nächsten Tag blauen Himmel sowie angemessene Badetemperaturen.

Und was, wenn das nicht stimmt? dachte sie auf dem Heimweg. Dann bin ich morgen eben krank oder tot, bleibe im Bett und überlasse es Lilo, mit den aufgebrachten Schmetterlingen fertig zu werden.

Als ob die mit ihrer Buchung auch gleich die Garantie für

Sonnenschein und fünfundzwanzig Grad über Null eingekauft hätten! Und überhaupt sollten sie sich nicht ständig über das Wetter beklagen. Würde es sich nicht immer wieder ändern, könnten die meisten von ihnen gar kein Gespräch anknüpfen!

AUS TINCHENS TAGEBUCH

23. Mai

Pfingstmontag. Kennt man hier nicht. Es wird geschuftet wie an einem ganz normalen Wochentag. Bin trotzdem zum Baden gegangen. War aber langweilig, so ganz allein. Von Klaus keine Spur. Wahrscheinlich hat die Tante was gegen mich!

26. Mai

Horror-Trip nach Nizza. Keine Ahnung, was den Gottlieb Maria in Frankfurt auf die Idee gebracht hat, bei den Schmetterlingen würden überwiegend jüngere Leute buchen. Heute war die Jüngste 43 und magenkrank. Ausgerechnet in Monte Carlo! Hätte sie ihre Gastritis nicht vor der Grenze kriegen können? Zum Glück sprach Apotheker leidlich gut italienisch. Meinte, die Tabletten würden zwar nicht viel helfen, aber sie hätten wenigstens keine Nebenwirkungen. Bin mir da nicht so sicher. Erstaunlich schnell regenerierte Patientin verspielte fast 300 Mark im Kasino.

28. Mai

Bin heute nach Loano gefahren. Wollte endlich meine Schulden bei Klaus bezahlen. Tante und Neffen nicht gesichtet, aufreizend attraktive Verkäuferin bewachte Laden nebst Inhalt. Vermutlich Kusine von Klaus. Ist zwar Italienerin, aber seine Verwandtschaft bewegt sich ja ohnehin auf internationaler Ebene. Habe Geld mit ein paar Dankesworten im Umschlag hinterlegt. Gegen Quittung. Telefonnummer vom Büro dann doch wieder durchgestrichen. Kann man aber immer noch lesen.

29. Mai

Lilo ist krank. Behauptet sie wenigstens. Wollte Autoschlüssel holen und fand ein viktorianisches Ritual, bestehend aus Chaiselongue, darauf bleiche Gestalt in bodenlangem Rüschengewand, drumherum nach Lavendel duftende Spitzentücher sowie unberührte Speisen. Morgen ist sie auch noch krank, hat sie gesagt. Was ihr fehlt, weiß sie nicht. Vielleicht kann sie das Alleinsein nicht ertragen. Ihr letzter ständiger Begleiter ist am Donnerstag wieder abgereist. Trug plötzlich Ehering am Finger und eine Zelluloidente unterm Arm – zu groß für die heimische Badewanne. Wird wohl Mitbringsel für den Nachwuchs gewesen sein!

Bin heute nachmittag mit ›Sole mio‹ nach Loano gefahren. Wollte endlich Karmeliterkloster besichtigen. Statt dessen auf dem Golfplatz gelandet. Anschließend über Promenade gebummelt und drei Martinis getrunken. Erst nach einer Stunde Auto wiedergefunden, hatte immer in der falschen Richtung gesucht. Zufällig an Tante Josis Laden vorbeigekommen. War geschlossen.

30. Mai

Der Mai ist ein so schöner Monat, verstehe nicht, daß er auch Montage hat. Miserable Nacht verbracht. Konnte nicht einschlafen. Rauchte zwei Zigaretten und nahm schließlich Tablette. Umsonst. Die Brandung rauschte so laut, der Wind jaulte ums Haus, nebenan kläffte ein Köter – hatte mir immer eingebildet, am Meer herrsche das große Schweigen! Versuchte es mit Schäfchenzählen. Kam bis 634.

3. Juni

Habe Sammelbrief vom Klassentreffen bekommen. Große Jubiläumsfeier. Sind wirklich schon zehn Jahre seit dem Abitur vergangen? Die meisten sind verheiratet und ein paar wieder geschieden. Die haben wenigstens schon was von ihrem Leben gehabt!

7. Juni

Muß mir unbedingt etwas einfallen lassen, um gelangweilte Gäste aufzumöbeln. Heute erschien Abordnung aus dem Paradiso – da wohnen zur Zeit 37 Schmetterlinge – und beschwerte sich über mangelnde Freizeitgestaltung. Neckermann macht Bingo-Abende, Touropa veranstaltet Folklorefeste, bei Scharnow wird um die Wette geangelt – bloß wir hätten nichts Gleichwertiges zu bieten. Also ein Fall für Eigeninitiative! Ob man den Italienern Schuhplattln beibringen kann? Oder vielleicht sollte ich es doch mal mit den Eseln versuchen?

»Buon giorno, ich bin Sergio!«

Etwas irritiert sah Tinchen hoch. Vor ihrem Schreibtisch stand ein hochgewachsener Italiener mit dunklen Haaren, dunklen Augen, einem ebenmäßig geschnittenen Gesicht und garantiert echten schneeweißen Zähnen. Seine hellen Hosen paßten farblich genau zu dem dunkelblauen Hemd, und die weiße Jacke, die er lässig über die Schulter geworfen hatte, diente bestimmt nur als Dekoration. Draußen war es brüllend heiß.

»Ich bin Sergio Perelli«, wiederholte dieses personifizierte Fotomodell noch einmal nachdrücklich.

»Ein schöner Name«, sagte Tinchen bereitwillig, »und so melodisch. Sind Sie Schauspieler?«

»Nein, Signora. Aber darf ich fragen, was Sie hier tun?«

Das wurde ja immer besser! »Ich warte auf die Straßenbahn!« knurrte Tinchen bissig. »Im übrigen war ich zuerst hier. Wenn also jemand Fragen stellt, dann ich! Was wollen Sie?«

»Ich möchte zu Herrn Harbrecht!« Er sprach ein nahezu akzentfreies Deutsch.

»Wenn Sie sich beeilen, können Sie noch die 17-Uhr-Maschine nach Catania erreichen. Wie lange Sie dann bis Taormina brauchen, weiß ich allerdings nicht. Sonst noch was?« Sie beugte sich wieder über ihre Listen.

Jetzt kam Bewegung in den Kleiderständer. Er klappte zusammen und ließ sich auf einen Stuhl fallen. »Herr Harbrecht ist nicht mehr hier?«

»Das sagte ich doch gerade!«

»Maledetta porcheria!«

»Meinethalben können Sie ruhig auf deutsch fluchen!«

»Entschuldigung, Signora, aber das ist wirklich zu ärgerlich. Jetzt komme ich extra aus Turin herunter, nur um zu erfahren, daß ich nicht gebraucht werde.« Er deutete auf Lilos Schreibtisch. »Wie ich sehe, haben Sie schon eine Hilfe.«

Plötzlich klickerte es bei Tinchen. Hatte Harbrecht nicht beiläufig einen Germanistikstudenten erwähnt, der während seiner Semesterferien als Mädchen für alles zur Verfügung stehen würde? Wenn das stimmte und dieser gutaussehende Mensch da wirklich jener Sergio war, dann hatte sie sich mal wieder gründlich in die Nesseln gesetzt! Falls überhaupt, so hatte sie mehr an ein bebrilltes unterernährtes Knäblein gedacht, das Geschichtszahlen herunterleiern und alle heimischen Gewächse mit den botanischen Namen belegen konnte und bestenfalls als wissenschaftliche Autorität auf den Sightseeing-Touren zu verwenden sein würde. Aber dieser Reiseprospekt-Adonis sah nicht so aus, als ob ihm viel an der Betreuung wissensdurstiger älterer Damen gelegen sei. Wenigstens sprach er fließend Italienisch und war somit prädestiniert, die Verhandlungen mit hartnäckigen Hoteliers zu führen. Je weiter die Saison voranschritt, desto mehr Zimmer schienen plötzlich renovierungsbedürftig zu sein. Auch eine unerklärliche Epidemie hatte offenbar den Ort befallen, weil erstaunlich viele Gäste krank geworden waren und nun gezwungenermaßen ihre Abreise verschieben mußten. Allerdings war noch kein Schmetterling von dieser rätselhaften Krankheit heimgesucht worden; vielmehr handelte es sich bei den Bedauernswerten ausschließlich um jene Touristen, die auf eigene Faust angereist waren, in der Regel erheblich mehr zahlten und sich natürlich bei ihren Gastgebern größerer Sympathie erfreuten. Tinchen hatte schon erbitterte Kämpfe ausgefochten und sich auf das vereinbarte Zimmerkontingent berufen, war aber gerade in den letzten Tagen mehrmals mit einem Schulterzucken abgefertigt worden. Man kann doch einen Fiebernden nicht einfach aus dem Hotel werfen, nicht wahr? Dafür mußte die Signorina doch Verständnis haben! Selbstverständlich war es unangenehm, daß gerade dieses Zimmer ab morgen für zwei Schmetterlinge reserviert gewesen war, aber Krankheit sei schließlich höhere Gewalt; und bei höherer Gewalt sei man nicht mehr zuständig, das stehe im Vertrag!

»Scusi, Signora, aber könnten Sie mir wohl die genaue Anschrift von Herrn Harbrecht geben?«

Tinchen schreckte hoch. Wo, zum Kuckuck, war sie bloß wieder mit ihren Gedanken gewesen? Vor ihr saß dieser rettende Engel, der sich in dem Laden hier auskannte, viel mehr Charme und bestimmt auch mehr Durchsetzungsvermögen hatte als sie, der italienisch sprach, Auto fahren konnte und wahrscheinlich auch ein Patentrezept für berufsmäßige Querulanten wußte, und sie, Tinchen, fertigte ihn ab wie einen Reisenden in Hosenträgern.

Sie stand auf, umrundete den Schreibtisch und streckte mit zerknirschter Miene ihrem Besucher die Hand entgegen. »Seien Sie bitte nicht böse, weil ich Sie nicht gleich richtig eingeordnet habe. Natürlich weiß ich, wer Sie sind! Herr Harbrecht hatte Sie ja angekündigt. Und ich bin heilfroh, daß Sie da sind! Uns wächst der Kram hier langsam über den Kopf. Ich kriege einfach die notwendigen Zimmer nicht zusammen!«

»Die alljährliche Grippe-Epidemie, nicht wahr?«

»Woher wissen Sie …?« fragte sie verblüfft.

»Sie machen diesen Job wohl zum ersten Mal?«

Sie nickte.

»Herr Harbrecht hätte Ihnen wirklich die branchenüblichen Rettungsmaßnahmen für Notfälle erklären müssen! Im Falle strikter Verweigerung droht man den renitenten Hoteliers zunächst mit dem Direktor des Fremdenverkehrsamtes, dann mit der Steuer, und wenn das immer noch nichts nützt, kündigt man erst einmal – natürlich nur mündlich! – ab sofort den laufenden Vertrag, was in der Praxis ganz oder halb leere Häuser in der Nachsaison bedeutet. Spätestens bei dieser Aussicht werden die armen Kranken über Nacht gesund und die belegten Zimmer wieder frei!«

So also lief die Sache ab! Tinchen bezweifelte zwar, daß ihre Vorstöße bei den maßgeblichen Institutionen erfolgreicher sein würden als die Bittgänge zu den einzelnen Hotelbesitzern, aber jetzt hatte sie ja einen Fachmann zur Seite, der offenbar mit allen Wassern gewaschen war.

»Können Sie morgen schon anfangen?« fragte sie hoffnungsvoll. Er konnte! Nein, er wohne nicht in einem Hotel, er habe ein Zimmer in der Casa blanca, einer kleinen Familienpension am Ortsende, schon beinahe in den Bergen gelegen, mit italienischer Küche und selbstgekeltertem Wein. Dort wohne er schon seit Jahren, und ob man sein monatliches Gehalt nicht etwas aufstocken könne, schließlich sei alles teurer geworden, sogar die Musikbox und die Sonnenschirme am Strand.

Tinchen sicherte zu. Mit Frankfurt würde sie schon klarkommen, und notfalls war immer noch die Spesenkasse da.

Sie diente zwar in erster Linie der Finanzierung von Bestechungsgeldern, ohne die hier unten so gut wie gar nichts lief, aber dann würde man in Zukunft eben etwas sparsamer sein müssen.

»Also dann bis morgen früh, Signora ... Wie heißen Sie eigentlich?«

»Pabst, Tina Pabst, aber verheiratet bin ich noch nicht!«

»Die deutschen Männer müssen nicht nur blind, sondern auch dumm sein!« behauptete Sergio, schenkte Tinchen ein strahlendes Lächeln und wandte sich zur Tür.

»Halt! Einen Moment noch! Können Sie Esel besorgen???«

Sergio erwies sich als Glückstreffer. Innerhalb weniger Tage hatte er nicht nur die fehlenden Zimmer requiriert, er hatte es sogar geschafft, der völlig unzugänglichen Signora Gonzarello vom Hotel Palm Beach zwei zusätzliche Einzelzimmer abzuschwatzen. »Keine Frau kann widerstehen, wenn man sie als Juwel der Schöpfung bezeichnet«, hatte Sergio gegrinst und Tinchen eine Quittung über eine Flasche Asti spumante präsentiert. »Ich hab' sie dann ja auch eine Stunde lang mit Fassung ertragen.«

Sergio wußte, wo man rheinisches Schwarzbrot kaufen konnte und die silberne Girlande für ein Jubelpaar, das seinen 25. Hochzeitstag feierte. Sergio verbreitete Optimismus auch an Regentagen, stellte Wanderrouten für Sportfanatiker zusammen, organisierte Taxifahrten ins Spielkasino nach San Remo, kümmerte sich um verlorengegangene Handschuhe, Koffer und Kinder – kurz, er arbeitete mit vollem Einsatz. Am liebsten abends, wenn er mit jungen und meist blonden Schmetterlingen über die Promenade zog bis hinten zur Mole, wo es einsam, dunkel und offenbar sehr romantisch war. In seiner Brieftasche vermehrten sich zusehends die Fotos weiblicher Schönheiten, versehen mit herzerweichenden

Aufschriften und Heimatadresse, aber Tinchen hatte den Eindruck, als ob es sich hierbei mehr um eine Trophäensammlung handelte als um eine Dokumentation investierter Gefühle.

Hatte Sergio seine jeweilige Favoritin am Vormittag zum Zug gebracht und den meist tränenreichen Abschiedsschmerz mit dem üblichen Nelkenstrauß gemildert, so peilte er am Nachmittag unter den Neuankömmlingen bereits sein nächstes Opfer an und hatte oftmals Mühe, sich seine Konkurrenten vom Leibe zu halten. Mit schöner Regelmäßigkeit fanden sich alle stadtbekannten Strandcasanovas ein, sobald der Sonderzug in den Bahnhof rollte. Allerdings hatte Sergio den unübersehbaren Vorteil, quasi dienstlich seine Hilfe anbieten zu können, während die übrigen Belagerer erheblich mehr Phantasie aufbringen mußten, um einen Anknüpfungspunkt zu finden.

Anfangs hatte Tinchen sich noch verpflichtet gefühlt, ihre Schutzbefohlenen vor diesen Papagalli zu warnen, aber dann hatte sie kapituliert. In den seltensten Fällen konnten ihre theoretischen Beispiele der braungebrannten Realität mit den dunklen Samtaugen standhalten.

Sogar Lilo hatte es aufgegeben, das spezielle Prachtexemplar personifizierter Männlichkeit für sich zu interessieren. »Sergio ist einfach zu jung für mich!« hatte sie Tinchen erklärt. »Außerdem widerstrebt es mir, mit einem Mann auszugehen, der besser frisiert ist als ich!«

Als Tinchen eines Abends mit Schumann in der Hotelhalle saß und ihn davon zu überzeugen suchte, daß der von ihr als Raubtierkäfig bezeichnete Fahrstuhl dringend überholungsbedürftig sei – »Vorige Woche bin ich mit dieser Antiquität schon wieder steckengeblieben!« –, kam Sergio durch die Tür gestürmt.

»Tina, wie viele Esel brauchst du?«

»In der Öffentlichkeit solltest du etwas respektvoller von den Gästen reden!« mahnte Schumann.

»Dich meine ich ja gar nicht! Aber Tina will Esel haben, und die kann sie kriegen!«

»Wo?«

Sergio ließ sich in einen Plüschsessel fallen und orderte Bier.

»Deinen Wein kann man leider nicht trinken!«

»Banause! Meine Weine kommen fast alle aus Frankreich!« verteidigte sich Schumann empört.

»Ich will sie ja zum Trinken haben und nicht zur Unterhaltung!« konterte Sergio. Dann wandte er sich an Tinchen: »Der Besitzer von meiner Pension hat einen Bruder, der irgendwo oben in den Bergen lebt und so eine Art Altersheim für Esel betreibt. Warum, weiß ich nicht, muß wohl ein Hobby von ihm sein. Manchmal verleiht er sie, hauptsächlich zur Obst- und Olivenernte, aber viel springt dabei nicht heraus. Gegen einen regelmäßigen Nebenverdienst hätte er sicher nichts einzuwenden.«

»Klingt ja ganz vielversprechend. Aber wie kriegen wir Roß und Reiter zusammen? Wir können die Gäste doch nicht kilometerweit durch die Wildnis karren!«

»Und warum nicht? Wir nennen das ganze Unternehmen Safari, verlangen einen Haufen Geld dafür, denn bloß was teuer ist, ist exklusiv, und dann fahren wir die Leute zu dieser Mulifarm. Sie bekommt einen schönen Namen, Hazienda Asino oder so ähnlich, und du wirst sehen, das wird *die* Sensation der Saison!«

Kopfschüttelnd hatte Schumann zugehört. »Bist du überhaupt schon mal auf einem Esel geritten?« Und als Sergio verneinte, »dann versuch's erst gar nicht!«

»Wer redet denn von mir? Ich bin ja nicht so vergnügungssüchtig!«

Jetzt schaltete sich Tinchen ein: »Mich hat mal einer auf

den Drachenfels geschleppt, deshalb spreche ich aus Erfahrung! Das Tier ist ganz friedlich gewesen und hat aufs Wort pariert.«

»Dann muß es sich um eine degenerierte Abart gehandelt haben. Italienische Esel sind störrisch, verfressen und launenhaft.«

»Also ähneln sie in wesentlichen Charakterzügen ihren künftigen Reitern«, lachte Sergio und stand auf. »Morgen früh werde ich mal diesem Mulitreiber auf die Bude rücken und mir die ganze Sache ansehen. Willst du mitkommen?«

Sie schüttelte den Kopf. »Morgen ist Donnerstag, und ich habe einundfünfzig Anmeldungen für Nizza. Es werden jetzt so viele Ausflügler, daß sie sich an den üblichen Aussichtspunkten gegenseitig in die Schnappschüsse geraten!«

In dieser Nacht träumte Tinchen von einer Maultierkarawane, die sich auf den Weg nach Nizza machte, beladen mit Säcken voller Roulettekugeln und angeführt von einem zerlumpten Treiber, der genauso aussah wie Klaus Brandt.

Eine Woche später hielt sie den Probeabzug des Plakates in der Hand, das künftig im Büro, am Bahnhof und selbstverständlich in jedem Hotel hängen würde. Auf gelbem Grund prangte ein melancholisch dreinblickender Esel mit viel zu langen Beinen, und darunter stand in dicker schwarzer Schrift:

Jeden Freitag
ESEL-SAFARI ZUR LODGE ASINO
Ein Abenteuer-Ausflug in die Ursprünglichkeit der Berge
Preis pro Person: 10 000 Lire
Grillparty und Landwein inklusive

»Wie sich die Grillparty mit der Ursprünglichkeit der Berge vereinbaren läßt, weiß ich zwar nicht, aber Sergio meinte,

Essen zieht immer!« sagte Tinchen und reichte das Plakat an Lilo weiter.

»Womit er vollkommen recht hat. Noch dazu, wenn es nichts zusätzlich kostet.« Sie fing an zu lachen. »Weißt du übrigens, daß bei mir im Hotel seit ein paar Tagen keine Obstkörbe mehr auf die Tische kommen?«

»Warum denn nicht? Zur Zeit ist doch Obst preiswerter als jedes andere Dessert.«

»Aber nicht, wenn die Gäste jedesmal alles ratzekahl abräumen. Was sie nicht schaffen, wickeln sie in Servietten und nehmen es mit aufs Zimmer, nach der Devise: Wir haben das bezahlt, also gehört es uns! Jetzt kriegen sie bloß noch kleine Tellerchen mit abgezählten Früchten, also vier Erdbeeren und einen Pfirsich oder so.«

»Wir sind eben ein Volk von Gourmands und nicht von Gourmets«, stellte Tinchen gleichmütig fest. »Die meisten Deutschen sind ohnehin mehr an Ernährung als an Essen interessiert!«

»Wer soll diesen wöchentlichen Mulitrip eigentlich anführen? Wenn du glaubst, daß ich ...«

»Sergio natürlich!« sagte Tinchen schnell. »Aber beim ersten Mal werden wir wohl oder übel mitmachen müssen.«

»Ich nicht!« erklärte Lilo kategorisch.

»Du auch! Und wehe dir, wenn du am Freitag wieder irgendwelche undefinierbare Leiden hast. Du bist ein typischer Hypochonder! Dir geht's bloß gut, wenn's dir schlecht geht!«

»Quatsch! Was kann ich denn dafür, daß ich so wetterfühlig bin und dauernd Kopfschmerzen habe?«

»Versuch's doch mal mit Akupunktur!« empfahl Tinchen, »irgendwas wird da wohl dran sein. Oder hast du schon mal einen Igel mit Migräne gesehen?«

Pünktlich um halb neun stand Tinchen auf der Piazza direkt neben dem Bahnhof. Vereinzelte Sonnenanbeter, beladen mit

Gummiflößen, Strohhüten und den unvermeidlichen Transistorradios, pilgerten zum Strand. Der weitaus größere Teil aller Touristen wanderte allerdings in die entgegengesetzte Richtung; dorthin nämlich, wo der allwöchentliche Markt stattfand. Wir hätten doch lieber einen anderen Tag wählen sollen, überlegte Tinchen. Kaum anzunehmen, daß unsere Esel mit dem Kitsch, Kram und Krempel konkurrieren können. Nur elf Abenteuerlustige hatten sich für die Safari angemeldet, entschlossen, den Gefahren der Wildnis zu trotzen.

Der erste trudelte gerade ein. Er trug Kniebundhosen, rote Wollstrümpfe; eine Schirmmütze und einen Rucksack. Nach Tinchens Ansicht hätte er besser zu einem oberbayerischen Wanderverein gepaßt.

»Zwei Esel sind ja schon da!« witzelte er, nachdem er sie begrüßt hatte. »Und wo bleiben die anderen?«

»Die haben noch zwanzig Minuten Zeit.«

So lange dauerte es auch, bis der Trupp vollzählig versammelt war. Als letzte erschien Lilo, frisch onduliert, mit hellrosa Shorts, einem gleichfarbigen Blüschen und – Tinchen wollte es beinahe nicht glauben – hochhackigen Sandaletten.

»Wir wandern ja nicht, wir reiten!« meinte sie schnippisch, als sie Tinchens beziehungsreichen Blick sah.

»Aber doch nicht auf einem Schaukelpferd!«

Eine auf jugendlich getrimmte Dame ganz in Rot kam auf Tinchen zugeschossen. »Ach, Fräulein Pabst, mein Mann konnte leider nicht mitkommen, er hat einen entzündeten Fußnagel. Dafür ist Herr Lerse, unser Tischnachbar, für ihn eingesprungen. Das macht doch nichts, oder?«

Tinchen beteuerte, daß das gar nichts mache, wünschte dem Fußkranken gute Besserung und dirigierte ihre Herde zu dem Stiefmütterchenbeet hinüber, neben dem gerade ein sehr abenteuerliches Gefährt geparkt hatte. Genaugenommen handelte es sich um einen Pritschenwagen unbekannter Herkunft. Die offene Ladefläche war mit alten, aber doch noch verhältnismäßig sauberen Säcken gepolstert, und an den Seitenwänden hingen aufgeblasene Autoschläuche. Auf der Kühlerhaube prangte ein zähnefletschender Tigerkopf, während die Seitenflächen mit dunkelgrauen Schäferhunden bemalt waren.

»Schmetterlinge lassen sich leichter zeichnen!« Grinsend kletterte Sergio aus dem Vehikel. »Aber mit ein bißchen gutem Willen kann man doch erkennen, daß das Esel sein sollen, nicht wahr?«

»Der größte bist du!« fauchte Tinchen wütend. »Ich denke, wir bringen die Gäste mit Taxis zum Startplatz? Du kannst doch niemandem zumuten, in diesen Viehtransporter einzusteigen!«

»Tina, du verstehst das nicht! Die haben alle schon den Grzimek gesehen und die Serengeti und den Kilimandscharo – im Fernsehen natürlich –, und die wissen auch, daß man zu einer Safari nicht im Cadillac fährt. Das muß alles ein bißchen primitiv sein, ein bißchen unbequem – na, eben abenteuerlich!«

»Ich weiß nicht, wieso blaue Flecken auf dem Rücken und dreckige Hosen abenteuerlich sein sollen«, maulte Lilo, »kann ich auf den Beifahrersitz?«

»Nein!« winkte Sergio ab, »der ist für Tina. Die wird so schnell seekrank!«

Inzwischen hatten die Safari-Teilnehmer mit Hallo das Fahrzeug geentert und machten es sich auf den Kartoffelsäkken bequem.

»Ist ja richtig gemütlich!« stellte der Dicke mit den Kniebundhosen fest, »und die Rettungsringe hier sind eine prima Idee. Mein Stuhl zu Hause im Finanzamt ist nicht so gut gepolstert.«

»Sind alle drin?« Sergio sicherte die Ladeklappe; klemmte sich hinter das Steuer, legte den Gang ein und trat aufs Gas. »Akuna matata!«

»Seit wann stotterst du?«

»Das ist Kisuaheli und heißt ›Alles okay‹.«

Die Fahrt durch Verenzi glich einem Spießrutenlaufen. Erstaunte Blicke, Gelächter sowie unmißverständliche Handbewegungen begleiteten den Wagen, und Tinchen atmete auf, als sie die letzten Häuser und damit leider auch die asphaltierte Straße hinter sich ließen.

»Die werden sich alle schon an unseren Landrover gewöhnen«, versicherte Sergio, »paß mal auf, bald brauchen wir einen zweiten.«

»Wo hast du diese Karre bloß aufgetrieben?«

»Bei Bobo, wo denn sonst? Der braucht sie vorläufig nicht, hat er gesagt. Für 5000 Lire pro Fahrt können wir sie jeden Freitag kriegen. Taxi ist viel teurer und längst nicht so schön! Immerhin habe ich mir zwei halbe Nächte um die Ohren geschlagen, damit ich den Wagen bemalen konnte.«

»Aber weshalb denn bloß mit einem Tiger? Wir gehen doch nicht auf Großwildjagd!«

»Die graue Farbe war alle, ich hatte bloß noch Orange.«

Die Straße schlängelte sich aufwärts, war steinig und staubig, und Tinchen klammerte sich an der Sonnenblende fest, um nicht dauernd gegen die Tür geworfen zu werden.

»Laß los, die bricht sonst … hab' ich's nicht gesagt?« Sergio nahm ihr die schwarze Plastikklappe aus der Hand und warf sie unter seinen Sitz. »Die ist sowieso immer runtergefallen.«

»Wie weit ist es denn noch?« Stöhnend rieb sich Tinchen den Arm, mit dem sie an den Türgriff geknallt war. »Die da hinten müssen sich doch vorkommen wie im Vorwaschgang.«

»Wir sind gleich da.« Schwungvoll bog er in einen kaum sichtbaren Feldweg ein. Auf der Ladefläche quietschte und polterte es, ein Beweis dafür, daß der Richtungswechsel die zweibeinige Fracht etwas unverhofft getroffen hatte, ihre gute Laune aber nicht zu beeinträchtigen vermochte. Jemand klopfte an die Scheibe. »Det nächstemal aba mit Vorwarnung! Ick hab' ma in die falsche Richtung orientiert und an die Hosenträjer von mein' Nachbarn festjehalten. Dabei hab' ick uff der andern Seite wat janz Schnuckelijet sitzen!«

»Da vorne ist es!« Sergio deutete auf einen Ziehbrunnen, um den mehrere weißgekalkte Gebäude gruppiert waren, teilweise überschattet von Pinien und dekoriert mit Heiligenfiguren jeglicher Form und Farbe.

»Da hat wohl jeder Esel seinen eigenen?« vermutete Tinchen.

»Ich glaube, für Viecher ist der heilige Franziskus zuständig, das ist der mit dem Schaf auf dem Arm. Die anderen schützen vor Blitz, Donner, Krankheit, Wassermangel, Säuferwahn und wahrscheinlich Touristen!«

Sergio bremste, sprang aus dem Wagen und öffnete die Ladeklappe. Leicht derangiert kletterten die Gäste von der Pritsche. Der Dicke mit den Kniebundhosen wischte sich mit einem Taschentuch über das bemehlte Gesicht. »Ist der Staub hier wenigstens sauber? Ich habe mindestens einen halben Kubikmeter geschluckt.«

»Gleich gibt es etwas zu trinken«, tröstete Sergio, während er einer schmächtigen Blondine vom Wagen half, die sich dann auch bereitwillig in seine Arme fallen ließ. »Auf dem Rückweg kommen Sie zu mir nach vorn.«

»Ach ja«, hauchte sie.

Lilo schimpfte wie ein Rohrspatz. »Dieser Kerl fährt wie ein Müllkutscher! Ich spüre jeden Knochen im Leib! Warum haben wir denn keine Taxis genommen, das war doch abgesprochen? Keine zehn Pferde kriegen mich mehr in diesen Schrotthaufen!«

»Aba Frollein, nu ham Se sich nich so! Mit so 'ne Autos bin ick fast bis nach Moskau jefahrn! Hätt ick ooch janz jern für'n Rückweg benutzt, aba da mußten wa loofen. War doch janz ulkig, die Tour. Jetzt könn' ma wenigstens ooch die Esel nich mehr erschüttern.«

»Bon giorno, Signore e Signori!« Aus dem größeren der vier Gebäude, offensichtlich dem Wohnhaus, trat ein hochgewachsener Italiener. Tinchen schätzte ihn auf etwa fünfzig Jahre. Er umarmte Sergio, schüttelte allen die Hand und deutete mit einer einladenden Geste an, daß man ihm folgen solle. Gehorsam setzte sich der Trupp in Bewegung.

»Ach, ist das hübsch!« entfuhr es Tinchen, als sie um die Hausecke gebogen war. Unter einem großen Dach aus Bambusstäben, das offensichtlich ganz neu war und noch glänzte, standen Tische und grob zusammengezimmerte Bänke; auf jedem Tisch prangte ein Feldblumenstrauß, drumherum stapelten sich Gläser, und die aufgereihten Weinkrüge ließen sie das Schlimmste ahnen. Der aus soliden Backsteinen errichtete Grill hatte die Aufnahmekapazität eines mittelgroßen Ochsen und berechtigte zu den schönsten Erwartungen. ›Alles inklusive‹ wurde hier anscheinend sehr großzügig ausgelegt.

Sergio übernahm die Rolle des Cicerone. »Unser Gastgeber heißt Ercole. Leider spricht er kein Deutsch – die Esel übrigens auch nicht! –, aber er freut sich, Sie alle begrüßen zu können, und hofft, daß Sie einen schönen Tag verleben werden. Nach unserer kleinen Rast hier werden wir gegen zehn Uhr aufbrechen, um halb eins machen wir eine Pause, damit Sie Ihre Lunchpakete leerfuttern können, und dann geht es wieder hierher zurück. Etwa um vier Uhr werden wir da sein, und dann wird gegrillt! Begleiten werden uns Renato, der mit den Eseln bestens vertraut ist, sowie Tonio. Der ist zwölf Jahre alt und Juniorchef. Und jetzt schlage ich vor, daß Sie den wirklich hervorragenden Wein probieren! Ercole keltert ihn selbst und, was noch viel wichtiger ist, trinkt ihn auch selber!«

Sergios Ansprache wurde mit Beifall quittiert. Dann erhob sich der dünne Berliner und klopfte mit einem Kieselstein ans

Glas. »Wo wa doch nu wenigstens für heute eene jroße Famillje sind, schlage ick vor, det wa uns duzen. Is doch ville einfacher, oda nich? Ick heeße Erwin.«

Bloß nicht, dachte Tinchen entsetzt, aber Erwin umrundete bereits mit seinem Weinglas den Tisch und stieß mit jedem an. »Erwin, anjenehm, und wie heißen Jnädigste?«

»Roswitha«, sagte die Dame in Rot, »und der neben mir ist Wolf-Dieter.«

Genauso sieht er aus! Tinchen betrachtete Herrn Lerse von den leicht staubgepuderten Wildlederslippern bis zum tadellos gebundenen Seidenschal. Der stellte ja sogar noch Brandt in den Schatten!

Das fade blonde Wesen hieß Corinna, der kniebundbehoste Dicke hörte auf den schönen Namen Konrad, und die ältere Dame, deren graue Löckchen ihr Gesicht wie eine Geschenkverpackung umhüllten, hatte sich als Annemarie vorgestellt. Sie war, wie sie Tinchen verraten hatte, Studienrätin für Englisch und Biologie und hatte diese Safari lediglich aus fachlichen Gründen gebucht, weil sie Esel bisher nur im Zoo gesehen hatte und sich eine Erweiterung ihrer rein theoretischen Kenntnisse versprach.

Die übrigen vier Teilnehmer bestanden aus zwei Pärchen in den Zwanzigern, von denen Frank und Sabine zusammengehörten und Monika mit Heiko. Letztere erwogen sogar, gemeinsam einen Esel zu benutzen, denn sie seien ja beide nicht so schwer, darüber hinaus im Reiten völlig ungeübt und auf gegenseitige Hilfe angewiesen.

»Wo sind denn die Viecher überhaupt?« Konrad schenkte sich bereits das dritte Glas Wein ein.

»Ich glaube, wir sollten uns langsam auf den Weg machen!« Entschlossen stand Tinchen auf. Wenn die hier noch länger herumhockten, würden manche bald nicht mehr in der Lage sein, ihre Esel zu besteigen, geschweige denn, stundenlang darauf zu reiten.

»Muß ick überhaupt mit? Det is hier so jemütlich, heiß isset ooch, ick kann ja warten, bis ihr wiedakommt.« Erwin peilte sehnsüchtig die noch halbvollen Krüge an. »Wäre ooch schade um den schönen Wein. Der wird ja janz schal.«

Sergio hievte den Unentschlossenen von der Bank hoch. »Nachher schmeckt er noch viel besser!« Er winkte den unschlüssig Herumstehenden. »Der Corral ist dort drüben hinter dem letzten Stallgebäude. Gehen Sie bitte schon hinüber, ich komme gleich nach.«

In einem umzäunten Geviert standen vierzehn Esel und blickten ergeben auf die Ankömmlinge. Auf ihren Rücken trugen sie mit Seegras ausgestopfte, vorn und hinten nach oben gebogene Säcke, die so gar keine Ähnlichkeit mit den glänzenden Ledersätteln hatten, wie Tinchen sie kannte. Allerdings hatte sie diese Prachtstücke bisher nur auf Pferden gesehen, aber sie hatte geglaubt, eine etwas kleinere Ausführung würde man auch für Esel verwenden.

»Ich fürchte, dafür habe ich die falsche Anatomie!« flüsterte sie Lilo zu.

»Dafür gibt es überhaupt keine!« Nach kurzer Prüfung ging sie auf das kleinste Tier zu. »Den nehme ich! Da fällt man wenigstens nicht allzu tief.«

»Ich will den da drüben haben, der guckt so traurig.« Tinchen deutete auf ein fast schwarzes, struppiges Tier, das gelangweilt auf dem Seil herumkaute, mit dem es festgebunden war.

»Wie kommt man denn auf diese Viecher rauf?« Roswitha stand mit einem Bein auf dem Zaun, mit dem anderen versuchte sie, in den Sattel zu kommen, was aber etwas erschwert wurde, weil ihr das Tier unter Mißachtung aller Höflichkeitsformen permanent sein Hinterteil entgegenstreckte.

»Warten Sie einen Moment, Renato hilft Ihnen!« Sergio hatte seinen Esel bereits erklommen und verbiß sich mühsam das Lachen, als er Roswithas vergeblichen Kampf beobachtete. Nun schritt Wolf-Dieter ein. Heroisch packte er den Esel an der Wäscheleine, die ihm als Zügel diente, und drehte ihn in die entgegengesetzte Richtung. Das Tier schnaubte kurz und drehte sich nochmals. Roswithas Knie landete in der Schwanzgegend. »Der kann mich nicht leiden!«

»Ich kann's ihm nachfühlen«, murmelte Tinchen.

»Uno momento, Signora!« Auf kleinen krummen Beinen schoß ein bärtiges Individuum quer durch den Corral, bot der hilflos auf dem Zaun hängenden Roswitha seine verschränkten Hände als Steigbügel und hob sie mit Schwung in den Sattel. Prompt rutschte sie auf der anderen Seite wieder herunter. Erst nachdem Wolf-Dieter Position bezogen hatte und seiner fülligen Amazone stützend zur Seite stehen konnte, wurde die Prozedur wiederholt. Endlich saß Roswitha fest im Sattel.

Mit Renatos Hilfe hatten bald auch die anderen mehr oder weniger graziös ihre vierbeinigen Transportmittel bestiegen, und die Karawane setzte sich in Bewegung. Vorneweg Tonio, ein munteres Bürschlein mit pfiffigem Gesicht, das barfuß durch den dunklen Staub trottete, dann die Esel, einer hinter dem anderen, und zum Schluß Renato, der auf einer kurzen Stummelpfeife herumkaute und mit dem Knaster, der darin qualmte, sowohl die Fliegen weg- als auch die Esel vorantrieb. Auch er ging zu Fuß, und schon nach einer halben Stunde wußte Tinchen, warum.

Hatten ihr anfangs der gemächliche Zockeltrab und das sanfte Gerüttel noch Spaß gemacht, so rutschte sie bereits nach kurzer Zeit auf ihrem Seegrassattel hin und her, krampfhaft bemüht, eine halbwegs bequeme Sitzposition zu finden. Außer der zerfransten Wäscheleine gab es auch nichts zum Festhalten, und als sie sich versuchsweise an die langen Eselsohren klammerte, nahm der das übel. Unwillig schüttelte er den Kopf und preschte los. In flottem

Eselsgalopp stockerte er an der Karawane vorbei, während Tinchen haltsuchend seinen Hals umklammerte und immer mehr zur Seite rutschte, begleitet von dem brüllenden Gelächter der anderen Reiter. Sogar Tonio bog sich vor Lachen, bevor er schließlich in die Zügel griff und den rasanten Ritt beendete.

»Maledetto cretino!« schimpfte Tinchen, eingedenk der Mahnung, daß Esel keine Fremdsprachen beherrschten.

»Du mußt det Vieh bestechen, Tina«, empfahl Erwin und reichte ihr zwei Stück Würfelzucker hinüber, »ick hab meins vorhin erst mal jefüttert, und nu isset janz friedlich.«

»Wie komme ich denn da vorne ran?«

»Jib mal her, ick mach det schon!« Erwin manövrierte seinen Esel an Tinchens Seite und hielt dem kleinen Schwarzen den Zucker vors Maul. Der mümmelte genußvoll vor sich hin und machte keine Anstalten mehr, auch nur noch einen Schritt vom Weg abzuweichen.

»Na siehste, ick hab's doch jesagt. Hier sind sojar die Viecher korrupt!« Er hielt seinen Esel zurück, um sich wieder in die Schlange einzureihen. Prompt blieb auch Tinchens Esel stehen.

»Nun los, weiter! Avanti! Marsch!«

Das Tier rührte sich nicht von der Stelle. »Wie setzt man den wieder in Gang? Sergio, hilf doch mal!«

Der hörte nicht. Er war vollauf damit beschäftigt, seiner blonden Begleitung die Schönheit der Olivenbäume zu erklären. Die sahen zwar auch nicht anders aus als unten im Tal, aber sie waren außer dem staubigen Trampelpfad und den Steinen rechts und links des Weges das einzig Abwechslungsreiche in dieser Gegend.

Plötzlich trabte der Esel wieder los, aber nur, um neben Erwin erneut stehenzubleiben.

»Mistvieh, elendes!«

Endlich nahte Hilfe. Renato hatte sich aus einem Olivenzweig eine Gerte geschnitten und zog dem renitenten Grautier eins über. Erschrocken keilte es nach hinten aus, und Tinchen landete sehr unsanft auf der Erde.

»Keine zehn Pferde bringen mich da noch einmal rauf!« Sie heulte vor Wut und Selbstmitleid, verwünschte ihre Idee, den Gästen unbedingt etwas ganz Originelles bieten zu wollen, noch dazu, wenn sie selbst die Ursache der allgemeinen Belustigung war, und überhaupt würde sie das ganze Unternehmen wieder abblasen, vorausgesetzt, sie bekäme noch einmal die Gelegenheit dazu.

Inzwischen hatte die ganze Karawane angehalten. Die gutgemeinten Ratschläge reichten von »Am besten obendrauf anbinden!« bis zu »Mal andersrum raufsetzen und dann am Schwanz festhalten!«, aber sie war so stocksauer, daß ihr nicht einmal eine schlagfertige Antwort einfiel.

Dann gehe ich eben auch zu Fuß! Was dieser alte Tattergreis mit seiner stinkenden Pfeife da hinten kann, kann ich schon lange! Ist auch viel gesünder! Ich habe in letzter Zeit sowieso viel zuwenig Bewegung gehabt, und für die Bandscheibe ist so ein Eselrücken bestimmt ganz verkehrt, man hört doch überall so viel von Frühinvalidität, alles wegen der Bandscheibe … Wenn ich mir bloß heute früh Söckchen angezogen hätte, der rechte Schuh fängt an zu scheuern, aber barfuß traue ich mich nicht, die vielen Steine …

»Das kann man ja nicht mit ansehen!« Rote Kniestrümpfe tauchten vor ihr auf, dann eine Lederhose, und dann hatte sich Konrad endlich von seinem Esel befreit und reckte stöhnend sein Kreuz. »Komm, Tina, nimm meinen! Bequem ist er nicht, aber er hat einen sanftmütigen Charakter.«

Ehe sie richtig begriffen hatte, hatte Konrad sie auf den Esel gesetzt und sich mit Renatos Unterstützung auf Tinchens widerborstiges Vieh geschwungen.

Weiter ging es. Querfeldein durch Geröll, Disteln, Hitze, Staub und Fliegen. Allmählich verstummten die Gespräche, wurden von unterdrückten Schmerzenslauten und verhaltenem Stöhnen abgelöst. Irgendwo knatterte ein Motorroller – unsichtbares Zeichen ferner Zivilisation.

»Eine knappe Viertelstunde noch, dann rasten wir!« rief Sergio, der die Karawane anführte, aber nicht einmal diese erfreuliche Aussicht konnte die lethargischen Gestalten etwas aufmuntern. Sie erwachten erst zu neuem Leben, als Roswitha warnend schrie: »Achtung, Fotograf an Steuerbord!«

Tinchen schreckte hoch und blickte genau in die Linse von Marios Kamera. Er gehörte zu jenen Strandhyänen, die mit schußbereiten Fotoapparaten über die Promenade oder direkt am Meer herumliefen und in jedem Touristen ein potentielles Opfer sahen. Zwei Tage später präsentierten sie die fertigen Bilder, und dann gab es kaum eine »Bellissima Bionda«, die nicht ihr Portemonnaie zog und den überhöhten Preis für einen Abzug in Postkartengröße zahlte. Aber wie, um alles in der Welt, kam denn Mario hier in diese Einöde? Irgend jemand mußte ihm doch etwas gesteckt haben!

»Sergio, hast du etwa ...?«

»Bestimmt nicht! Das kann nur Bobo gewesen sein. Der Kerl wittert doch überall ein Geschäft. Wetten, daß er von jedem Foto seine Prozente kriegt?«

Nachdem Mario gewissenhaft jeden einzelnen Esel nebst dem dazugehörigen Reiter abgelichtet hatte, packte er seine Kamera wieder ein und versprach: »Bilder Montag fertig! Können gesehen werden in Geschäft von Via Garibaldi. Schönes Souvenir an Esel. Ganz billig!« Dann bestieg er seine Vespa und tuckerte fröhlich winkend davon. Neidisch sah Tinchen hinterher. Was hätte sie nicht dafür gegeben, wenn sie ihren Esel gegen den Roller hätte tauschen können. Sämtliche Knochen taten ihr weh, sitzen konnte sie nicht mehr, Kopfschmerzen hatte sie auch und überhaupt und für alle Zeiten die Nase voll!

Wie lange zottelten sie eigentlich schon durch diese Pampa? Zwei Stunden, drei – oder noch länger? Die Orientierung hatte sie längst verloren, kein Wunder bei diesem ewigen Richtungswechsel, wahrscheinlich waren sie ständig im Kreis gelaufen, in der Wüste kommt so etwas ja auch dauernd vor, vermutlich wußte nicht einmal mehr Tonio, wo sie waren, Renato schon gar nicht, der schlief ja bereits im Stehen …

»Na endlich! Det is Labsal für meine jeplagten Oogen!« dröhnte Erwin, der von allen noch am muntersten war und deshalb die Spitzenposition übernommen hatte. »Ick hab jarnich jewußt, det Jrün so 'ne schöne Farbe is.«

Vor ihnen lag eine große Wiese, gesprenkelt mit Feldblumen, und mitten drin gluckerte ein Bächlein.

»Det is also die unberührte Natur! Nischt jejen Quellwasser, aba so'n schönet kühlet Bier war ma jetzt lieba!«

Wie aufs Stichwort schob sich ein Jeep auf die Wiese. Während Ercole Bier- und Sprudelflaschen auslud, hinkten die leidgeprüften Reiter zum Bach.

»Wenn ich mir vorstelle, daß ich jetzt gemütlich in meinem Liegestuhl am Strand sitzen könnte …« Roswitha tauchte ihre nackten Füße ins Wasser und ließ sich von Wolf-Dieter den Rücken massieren.

»Sie hätten mich vorher warnen müssen, Fräulein Tina«, bemerkte die Frau Studienrätin spitz, »für eine ältere Dame ist diese Art Ausflug nun wirklich nichts.« Sie war aber sofort wieder versöhnt, als Sergio ihr freundlich zunickte: »Natürlich haben Sie recht, gnädige Frau, aber wo ist denn hier die ältere Dame?«

An den Rückweg dachte Tinchen mit Grausen. Lustlos kaute sie auf dem Hühnerbein herum, das offenbar so unerläßlich zu jedem Lunchpaket gehörte wie das pappige Brötchen und der halbzermatschte Pfirsich, tupfte zwischendurch Spucke auf die Mückenstiche und beobachtete ihre Leidensgenossen, die in sämtlichen Stadien der Erschöpfung im Gras hockten.

»Wie kriegen wir die bloß wieder nach Hause?«

»Notfalls zu Fuß, aber eine halbe Stunde lang werden sie schon noch durchhalten!« Mit einem spitzbübischen Lachen beugte sich Sergio über Tinchens Ohr. »Jetzt nehmen wir besser den direkten Weg!«

»Soll das heißen ...«

»Was hast du denn gedacht? Wir sind keine zwanzig Minuten von der Lodge entfernt.« Als er Tinchens entgeistertes Gesicht sah, fügte er entschuldigend hinzu: »Natürlich haben wir einen kleinen Umweg gemacht, aber schließlich mußten wir den Leuten doch etwas bieten für ihr Geld!«

»Das ist dir auch großartig gelungen! Wenn du dir die traurigen Gestalten ansiehst, wirst du feststellen, daß ihre Begeisterung schon gar keine Grenzen mehr kennt!«

»Das ist nur äußerlich! Paß mal auf, wie schnell ich die wieder auf die Beine stelle!«

Es gelang ihm hervorragend. Das anfangs ungläubige Staunen wechselte zu befreiendem Gelächter und endete in einem Bombardement von Hühnerknochen, Kronenkorken und überreifem Obst. Sergio konnte nur mit Mühe den zahlreichen Geschossen ausweichen und rettete sich zwischen die Esel.

Wenig später befand sich die Kavalkade auf dem Rückweg. Ob es nun an der berechtigten Aussicht lag, die Tortur bald hinter sich zu haben, oder an dem lauwarmen Bier, das Ercole verteilt hatte, ließ sich später nicht mehr ergründen – jedenfalls zuckelte die Karawane lauthals singend durchs Gelände und war gerade beim schönen Westerwald angekommen, als hinter einer Wegbiegung die ersehnten weißen Häuser auftauchten. Die Esel setzten zum Endspurt an, und in einer undurchdringlichen Staubwolke kam der Troß schließlich zum Stehen.

»Endstation! Allet aussteigen!« Schwerfällig plumpste Erwin auf den Boden. »Also wenn ick so bedenke, wat ick für mein Jeld allet jekriegt habe, denn kann ick mir wirklich nich beklagen: Schwielen am Hintern, 'n lahmet Kreuz, Reibeisen an die Oberschenkel, und loofen kann ick noch nich mehr!«

An den »gemütlichen Ausklang« dieser Safari dachte Tinchen später nur noch ungern zurück, obwohl die meisten anderen Beteiligten ihn als Höhepunkt bezeichnet hatten. Die Schweinesteaks, von Ercole mit mehr Enthusiasmus als Sachkenntnis gegrillt, waren zwar ein bißchen zäh gewesen, hatten sich aber mit dem reichlich ausgeschenkten Wein ohne weiteres hinunterspülen lassen. Nach dem dritten Glas war die Frau Studienrätin sanft entschlummert, nach dem fünften war Corinna von der Bank gefallen, nach dem sechsten hatte Roswitha schluchzend ihren armen kranken Mann bedauert, nach dem achten hatte Erwin unter dem Tisch gelegen, und dann hatte Tinchen zum Aufbruch gemahnt.

»Wenn ich die bloß schon auf dem Wagen hätte!« Sergio hatte sich ratlos am Kopf gekratzt und festgestellt, daß man bei den künftigen Safaris wohl doch noch einiges werde ändern müssen. »Nicht mehr als drei Gläser Wein pro Person, statt der Steaks lieber Würste, und von dem eingesparten Geld heuern wir einen Folkloresänger an, so mit Gitarre und möglichst deutschem Repertoire.« Dank Ercoles Hilfe war es ihm dann doch gelungen, die mehr oder weniger alkoholisierten, zum Teil singenden Eselbändiger auf die Pritsche zu verfrachten, aber er hatte sich geweigert, mit dieser nicht gerade repräsentablen Ladung durch Verenzi zu fahren. Vielmehr hatte er von der ersten Telefonzelle aus Luigi angerufen, der auch sofort mit seinem Taxi gekommen war und die restliche Beförderung übernommen hatte. In drei Etappen hatte er die weinseligen Eselritter in ihre Hotels gebracht und war anschließend noch einmal zum Kassieren erschienen. Daß man Lilo vergessen oder verloren hatte, war bis dahin auch noch niemandem aufgefallen. Später war sie von Ercole schlafend im Heuschober gefunden und zu mitternächtlicher Stunde von ihm nach Hause gebracht worden.

»Heute war's vermutlich noch ein Verlustgeschäft, aber schon beim nächsten Mal wird Ercole ein Plus machen!« hatte Sergio prophezeit, eine Behauptung, der Tinchen energisch widersprochen hatte. »Ein nächstes Mal wird es erst gar nicht geben!«

Drei Tage später, als sie endlich wieder halbwegs aufrecht auf einem Stuhl sitzen konnte, waren die nächsten beiden Safaris ausgebucht!

Kapitel 11

Während Tinchen in ihrem Bett herumrollte und schließlich auf dem Bauch einschlief, weil sie dort noch die wenigsten blauen Flecke hatte, machte rund tausend Kilometer weiter nördlich ein junger Mann sein Auto reisefertig. Er hatte es vollgetankt, Öl und Reifendruck geprüft, mit einem roten Filzstift die Stelle markiert, auf die man drücken mußte, damit die Hupe noch funktionierte, hatte die Waschanlage kontrolliert und sicherheitshalber ein Abschleppseil gekauft. Einem Käfer wurde zwar eine hohe Lebenserwartung nachgesagt, aber auf eine genauere Angabe hatte sich der Verkäufer dann doch nicht einlassen wollen; er hatte jedoch behauptet, mit 80 000 auf dem Tacho sei der Wagen gerade erst aus dem Säuglingsalter heraus. Bedauerlicherweise hatte sich auch das genaue Herstellungsjahr nicht mehr feststellen lassen, aber Peter Gerlach hatte gemeint, es müsse Baujahr 1958–61 gewesen sein. Die Hinterachse sei nämlich älter als die vordere, der Reservereifen stamme noch aus der Gründerzeit, und lediglich das Lenkrad sei höchstens vier Jahre alt. Er hatte allerdings zugeben müssen, daß zumindest die Lackierung ganz neu war. »Die haben bestimmt zweimal gespritzt! Beim ersten Mal haben sie die Rostlöcher ja gar nicht zugekriegt!«

Trotzdem hatte sich Florian seine Neuerwerbung nicht vermiesen lassen. Der Gerlach war ja bloß neidisch! Niemand sonst aus der Redaktion fuhr ein Kabriolett, er, Florian, war der einzige! Die vier Fahrradflicken, mit denen er die kleinen

Löcher im Verdeck provisorisch zugeklebt hatte, hätten vielleicht auch noch von einem Fachmann ausgewechselt werden müssen, andererseits hätte das wieder einen Tag Verzögerung bedeutet, und überhaupt ging die Reise ja in den Süden, wo es im Juli bekanntlich sehr warm ist.

Fröhlich pfeifend trug Florian sein Gepäck zum Wagen und sah sich vor eine Schwierigkeit gestellt, die er vorher gar nicht einkalkuliert hatte: Wie bringt man einen großen Koffer, einen kleinen Koffer, ein Schlauchboot nebst Paddel, eine Reiseschreibmaschine und eine Tasche mit neun Einmachgläsern und zwei selbstgebackenen Kuchen unter? Der Dachträger, einziges Überbleibsel von Kabrios inzwischen verschrottetem Vorgänger, fristete jetzt im Keller ein nutzloses Dasein, hatte aber früher vom Einmannzelt bis zur kompletten Küchenspüle alle Transportprobleme mühelos bewältigt. Ein Auto oben ohne hat eben auch einige Nachteile!

Im Schein der Straßenlaterne skizzierte Florian einen Lageplan. Wenn er den Reservekanister zu Hause lassen und die Weckgläser einzeln verstauen würde, brauchte er die Reisetasche nicht und könnte den kleinen Koffer unter die Haube legen. Den großen Koffer hochkant auf die Rückbank, das zusammengefaltete Schlauchboot daneben, Schreibmaschine und Paddel auf den Boden – also *doch* kein Problem!

Kurz vor Mitternacht stand er noch immer inmitten seiner Gepäckstücke, die sich inzwischen um eine halbgeleerte Flasche Wodka und den vergessenen Schlafsack vermehrt hatten. Der kleine Koffer war vier Zentimeter zu breit oder sechs Zentimeter zu lang, jedenfalls paßte er nicht unter die Haube, der große Koffer ging hinten nicht rein, die Paddel waren auch zu sperrig, weil die Gewinde in der Mitte verrostet waren und sich nicht mehr auseinanderschrauben ließen …

»Hat Ihre Frau Sie an die frische Luft gesetzt?« Ein Passant, der seinen Pudel von Platane zu Platane führte, schenkte Florian einen mitleidigen Blick und empfahl ihm seinen Anwalt.

»Das is nich so einer, bei dem die Frauen immer Recht kriegen! Ganz billig is er aber nich!«

Florian knurrte Unverständliches und stopfte seine Habseligkeiten schnell in den Wagen. Nur mit Mühe ließ sich die Tür zudrücken.

»Ja, und wie wollen Sie jetzt fahren?«

»Gar nicht. Ich schiebe!«

Nach einem Moment sprachlosen Erstaunens pfiff der Mann seinem Hund und entfernte sich eilig. Mit einem Verrückten so ganz allein auf nächtlicher Straße wollte er nichts zu tun haben.

Auch Florian trat den Rückzug an. Er würde sich morgen früh noch einmal mit dem Gepäck befassen. Eigentlich hatte er ja schon im Morgengrauen starten wollen oder wenigstens zwischen sechs und sieben, spätestens um halb acht, aber daraus würde wohl nichts werden! War auch besser so, der Berufsverkehr und der Wodka … und überhaupt würde er an seinem ersten Urlaubstag zunächst mal richtig ausschlafen! Gestern war es ja auch wieder spät geworden! Als Herr Pabst die zweite Flasche Wein aufgemacht und Frau Antonie den Muschelsalat auf den Tisch gestellt hatte, wäre es unhöflich gewesen, sich zu verabschieden. Also war Florian geblieben. Und gar nicht mal so ungern. Nur als Antonie mit dem Eingemachten erschienen war, hatte Florians gute Laune einen Dämpfer bekommen.

»Tinchen ißt doch die Birnen so gerne«, hatte sie gesagt und ihm die Tasche in die Hand gedrückt. »Einen Streuselkuchen habe ich auch noch gebacken und einen Frankfurter Kranz. Seien Sie bitte ein bißchen vorsichtig, er zerdrückt so leicht.«

Dabei hatte Florian sich nur mit Tinchens Eltern in Verbindung gesetzt, weil er nicht gewußt hatte, in welchem Hotel sie wohnte. Auf der Ansichtskarte hatte natürlich nichts draufgestanden: Als Antonie dann erfahren hatte, daß der nette Herr

Bender seinen Urlaub in Verenzi verbringen würde, hatte sie sofort eine Möglichkeit gesehen, ihrer Tochter ein paar Produkte der heimischen Küche mitzuschicken. Das arme Kind ernährte sich seit Monaten sicher bloß von Nudeln. Man kannte das ja!

Die Hotelreservierung hatte zum Glück reibungslos geklappt. Na ja, wann wurde in so einem italienischen Provinznest schon mal ein Zimmer per Fernschreiber bestellt? Überhaupt ein Wunder, daß die Kurverwaltung technisch so auf der Höhe war. Die Bestätigung von einem Herrn Schumann, offenbar dem Besitzer des Lido, war dann auch postwendend gekommen. Also hatte sich die Theaterkarte für die kleine Kesse aus der Fernschreibzentrale doch ausgezahlt! –

Bevor er ins Bad ging, schaltete Florian den Fernseher ein. Vielleicht würde er noch den Wetterbericht von den Spätnachrichten mitbekommen. Herr Köpcke berichtete über Benzinpreiserhöhungen. Florian gurgelte. Er hatte die Brieftasche voller Gutscheine und fühlte sich nicht unmittelbar betroffen. Herr Köpcke sprach von Wassermangel in spanischen Ferienorten. Florian freute sich, daß Tinchen in Italien reiseleitete. Herr Köpcke redete vom Wetter. Florian rannte zurück ins Zimmer. Bewölkt sollte es morgen sein, im Norden eventuell einzelne Schauer, Temperaturen um 18 Grad.

Na also! Ideales Reisewetter! Befriedigt kroch Florian ins Bett und hatte ganz vergessen, daß sich der große Koffer nur dann transportieren ließ, wenn man ihn hochkant auf den Rücksitz stellte. Was wiederum voraussetzte, daß das Verdeck nicht geschlossen werden mußte.

Das widerlichste Geräusch ist ein Staubsauger am frühen Morgen! Florian stülpte sich ein Kissen über den Kopf, dann ein zweites, dann räumte er sie wieder weg und plierte zum Weckerradio. Die Mühlbauer mußte verrückt sein, schon morgens um neun anzutanzen und solch einen infernalischen Lärm zu machen! Wieso war die überhaupt da? Samstags kam sie doch nie?

Er richtete sich stöhnend auf, angelte nach seinen Hausschuhen und schlurfte zur Tür. »Was um alles in der Welt machen Sie denn hier?«

»Sie sind noch da? Ich denke, um diese Zeit wollten Sie schon in Frankfurt sein?« Witwe Mühlbauer, Florians Putzfrau und gelegentlich auch seelischer Mülleimer, schaltete den Staubsauger aus. »Nu machen Sie bloß, daß Sie verschwinden, ich will endlich mal gründlich saubermachen! Nächste Woche kommt meine Schwester zu Besuch, die aus der Zone, Sie wissen ja, und dann habe ich keine Zeit.«

»Das heißt DDR, und Zeit haben Sie noch genug, ich bleibe ja vier Wochen weg!« Er schlappte ins Bad. »Können Sie mir einen Kaffee machen mit zwei Aspirintabletten? Ich hab' scheußliche Kopfschmerzen.«

»Bei Kater is Kaffee mit Zitrone aber besser!«

»Bleiben Sie mir mit Ihren selbstkomponierten Rezepten vom Leib! Damit haben Sie bestimmt auch Ihren Mann umgebracht. Was haben wir eigentlich für Wetter?«

»Sonne, blauen Himmel und einundzwanzig Grad.«

»Dann kann ich ja doch offen fahren! Diese Fernsehmeteorologen sollten nicht dauernd in die Kameras gucken, sondern zwischendurch auch mal aus dem Fenster!« Er verschwand endgültig im Bad.

Ob es nun Frau Mühlbauers Katerelixier zu verdanken war oder den Tabletten, die er vorsichtshalber auch noch geschluckt hatte, war ihm egal, jedenfalls saß er eine halbe Stunde später schmerzfrei, frisch gewaschen und von Kopf bis Fuß in ladenneuer Freizeitkleidung am Frühstückstisch und studierte die Reiseroute.

Autobahn bis Stuttgart, dann Richtung Bodensee, Konstanz, Rheinfall von Schaffhausen, den mußte man ja auch mal gesehen haben, irgendwo da in der Gegend übernachten, am nächsten Morgen durch die Schweiz, Mittagessen in Como, dann Mailand, Genua und gegen Abend in Verenzi. Gar nicht so schlimm!

Florian goß sich noch einen Kaffee ein und versuchte, die Karte wieder zusammenzulegen. Unbegreiflicherweise ging das nicht. Nach dem fünften Versuch gab er auf. »Straßenkarten sagen einem alles, was man wissen will, bloß nicht, wie man sie wieder zusammenfaltet.«

»Mein Mann hat immer gesagt, die einfachste Art, eine Straßenkarte wieder zusammenzufalten, ist die, sie anders zusammenzufalten«, sagte Frau Mühlbauer, was Florian dann auch tat. Nun war sie doppelt so groß wie vorher und paßte nicht mehr ins Handschuhfach.

Wenigstens die Transportfrage ließ sich jetzt spielend lösen. Verdeck auf, die Koffer auf die Rückbank, Schlauchboot unter die Haube, Tasche auf den Beifahrersitz, Paddel senkrecht aufgestellt, Radiorecorder auf volle Lautstärke: »Wenn bei Capri die rote Sonne ...« Florian war auf dem Weg nach Italien.

Bereits am Frankfurter Kreuz verfranzte er sich zum ersten Mal. Das gleiche passierte ihm in Höhe Karlsruhe, als er sich plötzlich auf dem Weg nach Saarbrücken befand: In Stuttgart-Vaihingen war das Benzin alle und der Stau etliche Kilometer lang, bis Florian seinen Wagen endlich aus dem Verkehr gezogen hatte. Die Schweizer Grenze passierte er gegen Mitternacht, der Rheinfall wurde auch einer, weil in der Dunkelheit genausowenig zu sehen wie eidgenössische Gasthäuser, die ausnahmslos ihre Lichter gelöscht und ihre Türen verschlossen hatten. Notgedrungen entrümpelte Florian sein Auto und nächtigte auf den Rücksitzen.

Während Tinchen im Speisesaal des Lido nichtsahnend an einem aufgebackenen Brötchen herumkaute, frühstückte Florian Frankfurter Kranz. Er hatte sich morgens am Rand einer Wiese wiedergefunden und berechtigte Zweifel, ob er sich in seinem zerknautschten Zustand dem bestimmt sonntäglich aufgeräumten Dorf nähern könnte, dessen Kirchturmspitze über einen kleinen Hügel ragte. Dann zog er es aber doch vor, sein Gepäck wieder zu verladen und eine Straße zu suchen, die etwas breiter war als der Feldweg, auf dem er parkte, und die ihn in etwas belebtere Gegenden führen würde.

Mehr dem Zufall war es zu verdanken als der detaillierten Beschreibung eines Spaziergängers, von dessen in flüssigem Schwyzerdütsch vorgebrachten Erklärungen Florian ohnehin kaum etwas verstanden hatte, daß er schließlich den Luganer See erreichte. Am Abend war er in Mailand, hundemüde, aber trotzdem wild entschlossen, auch noch die restliche Strecke herunterzuspulen. Er hatte bereits sein gesamtes Repertoire an Volks- und Wanderliedern heruntergesungen, alle Wirtinnenverse und siebenundzwanzig Strophen von Herrn Pastor sin Kau, als seine Marathonfahrt ein abruptes Ende fand. Pfffhhh machte es, erst ganz leise, dann lauter, und dann war der linke Vorderreifen platt. Florian ließ den Wagen ausrollen und wunderte sich nicht einmal, daß er genau vor dem Eingang eines Motels zum Stehen kam. Er ahnte nur ein Bett, eine Dusche und vielleicht sogar noch etwas Eßbares, das nicht nach Frankfurter Kranz schmeckte.

Ein Motel kann noch so viele Zimmer haben – der Mann, der um fünf Uhr früh losfährt, parkt garantiert unter Ihrem Fenster! Diese Erfahrung machte auch Florian, als er von einem nagelnden Dieselmotor geweckt wurde. Er stand auf und schloß nachdrücklich die Fensterflügel. Nun dieselte es zwar etwas leiser, dafür setzte auf der Straße der Fernverkehr ein. Das Schicksal war eindeutig gegen ihn!

Er beschloß, daß fünf Stunden Nachtruhe ausreichten und ein handfestes Frühstück jetzt genau das Richtige sei. In dieser Hoffnung sah er sich allerdings getäuscht. Ein verschlafenes Individuum, das ein Mittelding zwischen Nachtportier und Putzfrau zu sein schien, schüttelte bedauernd den Kopf und wies auf die gegenüberliegende Tankstelle. Dabei redete er unermüdlich auf seinen Gast ein.

»Langsam, Mann! Io parlo italiano bloß per Schallplatte!« Endlich hatte Florian begriffen. Frühstück gab es erst ab sieben Uhr, weil die Köchin dieser Herberge gleichzeitig die Frau des Nachtportiers war, der wiederum als Patron dem ganzen Unternehmen vorstand, und als Gattin hatte sie zuerst ihre Mutterpflichten zu erfüllen. Eilige Gäste wurden in die Imbißstube der Tankstelle geschickt.

Florian entschied sich, das Angenehme mit dem Nützlichen zu verbinden. Der Reifen mußte gewechselt werden, und wenn er das nicht selbst zu tun brauchte, sollte es ihm nur recht sein.

Die Zapfsäule war auf Selbstbedienung eingestellt und außerdem kaputt. Im Innern einer Wellblechbaracke, die gleichzeitig Büro und Cafeteria darstellte, spülte eine zahnlose alte Frau Kaffeetassen. Florian vermutete verwandtschaftliche Beziehungen zum Motelbesitzer und tippte auf Großmutter. Im übrigen sah sie nicht danach aus, als ob sie einen Autoreifen von einem Rettungsring unterscheiden konnte. Sie schob ihm einen Cappuccino hin. »Con zucchero o senza questo?«

Er winkte ab. Zucker wollte er nicht.

»Allora non rimescolare!« (Dann nicht umrühren!) befahl sie und wies auf den Teller, der mitten auf der Theke stand. Unter einem Glassturz lagen altbackene Törtchen, die alle ein bißchen nach Frankfurter Kranz aussahen.

»Nie wieder werde ich mich über das deutsche Hotelfrühstück aufregen!« Florian trank seinen Milchkaffee aus, legte eine Münze auf den Tresen und verließ den gastlichen Raum. Es half nichts, er mußte sich allein mit dem Reifen herumschlagen. Je früher, desto besser, irgendwo in dieser lausigen

Gegend würde es doch wohl ein Restaurant geben, das etwas mehr zu bieten hatte als lauwarmen Kaffee und drei Tage alte Cremetörtchen.

Als er die Reisetasche vom Rücksitz holte, weil irgendwo dahinter der Wagenheber liegen mußte, tropfte es. Die Birnen! Eine oberflächliche Prüfung ergab, daß ein Glas zerbrochen war und ein anderes einen Sprung hatte. Lange würde es bestimmt nicht mehr halten, und Birnen zum Frühstück sind allemal besser als gar nichts.

Solchermaßen gestärkt, machte er sich an die Arbeit. Der Reifen war schnell gewechselt und hätte von Rechts wegen sofort geflickt werden müssen, aber Florian vertraute auf sein fast neues Reserverad, das die restlichen 250 Kilometer bestimmt durchhalten würde. Wie war bloß dieser riesige Nagel in den Schlauch gekommen?

Als er eine halbe Stunde später auf der kleinen Mauer hockte und dem plötzlich von irgendwoher aufgetauchten Mechaniker zusah, wie der schnell und geschickt die Reifen flickte, wunderte er sich gar nicht mehr. Achtzehn Nägel hatte er im Umkreis von Motel und Tankstelle gefunden, und einer davon war dann auch prompt seinem Hinterrad zum Verhängnis geworden. Es sah ja beinahe so aus, als ob die jemand mit Absicht ... Florian konnte diesem Jemand die unorthodoxe Art der Arbeitsbeschaffung nicht einmal verdenken. Dieses Provinznest, sofern man die paar Häuser überhaupt als Ort bezeichnen konnte, lag nur wenige Kilometer von Mailand entfernt, und freiwillig würde hier bestimmt niemand übernachten. Weshalb sollte man da nicht ein bißchen nachhelfen? Die steckten sicher alle unter einer Decke!

»Na, du Winzling? Seit wann frißt ein Hund denn Birnen? Gehörst du auch zu den Alternativen, die sich bloß noch von Kuhfutter und Körnern ernähren?« Florian schlenderte zu dem kleinen Dackel hinüber, der sich gierig auf Frau Antonies Eingemachtes gestürzt hatte. »Nun warte doch mal, du kannst doch nicht auch noch die Scherben fressen!«

Vorsichtig fischte er die Birnenhälften aus dem Straßengraben und hielt sie dem Tier vor die Schnauze. »Du hast wohl noch länger nichts Vernünftiges zu fressen bekommen als ich? Magst du Frankfurter Kranz?«

Er mochte, und Florian sah mit Entsetzen, daß für Tinchen bestenfalls noch eine Kostprobe übrigbleiben würde. »Na, wenn schon, dann ist das eben ihr Beitrag zur Entwicklungshilfe! Du mußt dich ja erst zu einem Hund entwickeln! Fragt sich nur, zu was für einem!«

Nach eingehender Prüfung stellte Florian fest, daß es sich bei diesem gefräßigen Gast vorwiegend um einen Dackel handeln mußte, dessen Ohren von einem Cockerspaniel stammten, während der Schwanz möglicherweise zu einem Pudel gehörte, jedenfalls baumelte an seinem Ende eine kleine Quaste. Das Tier war sicher kaum älter als drei Monate.

»Wo gehörst du überhaupt hin?« Eine Frage, die ebenso dämlich wie zwecklos war, denn der Hund verstand natürlich kein Deutsch. Es gelang Florian nicht, die Besitzverhältnisse zu klären. Der Meccanico zuckte nur mit den Schultern, und der Moteldirektor, nunmehr als Gärtner tätig und damit beschäftigt, drei total verstaubte Sonnenblumen zu bewässern, knurrte etwas von ›Vagabondo‹, was Florian mit Hilfe des Wörterbuchs als Streuner übersetzte.

»Was soll ich denn jetzt mit dir machen? Ich kann dich doch nicht mitnehmen!«

Der Hund war allerdings anderer Meinung. Sobald Florians Käfer wieder auf seinen vier Beinen stand, hüpfte er in das Auto, rollte sich auf dem Schlafsack zusammen und enthob seinen adoptierten Herrn damit aller gegenteiligen Entscheidungen.

»Moment mal, Bürschchen, ich nehme grundsätzlich nie Anhalter mit!« Der Dackel-Pudel-Cocker kläffte zustimmend, sprang auf den Beifahrersitz und deponierte seinen Kopf auf Florians Knie.

»Das ist glatte Erpressung!« Florian legte den Gang ein. Dann sah er lachend in die bittenden Hundeaugen: »Weißt du, was? Wir kaufen dir unterwegs eine hübsche große Schleife, und dann bringe ich dich Tinchen als Geschenk mit!«

»Lilo hat mir ja gar nicht gesagt, daß sie heute hier ißt.« Tinchen setzte sich auf ihren Platz und zeigte fragend auf das zweite Gedeck.

»Ein Gast hatte gebeten, ausnahmsweise mit Ihnen essen zu dürfen.«

»Sie wissen doch genau, Fritz, daß diese Tour bei mir nicht zieht! Sagen Sie dem Herrn, daß ich nicht gekommen bin. Ich esse in der Küche!«

»Zu spät! Da ist er schon!«

Tinchen fielen fast die Augen aus dem Kopf. In der Tür stand Florian, und neben ihm dackelte ein kleines braunes Etwas, das vor rosa Taft kaum zu sehen war. Es hatte einen Zipfel der Schleife zu fassen gekriegt und zerrte unwillig daran herum.

»Man packt keine fremden Geschenke aus!« Florian hob den Hund hoch und legte ihn Tinchen in den Arm. »Das ist deiner! Habe ich dir mitgebracht, statt Blumen!«

»Das sieht dir ähnlich!« war alles, was sie herausbrachte. Dann leuchteten ihre Augen auf, sie fiel Florian um den Hals und jubelte: »Ich freue mich so, Flox!«

Der Hund hatte für Tinchens Gefühlsausbruch nichts übrig. Er jaulte los und verlangte zappelnd, wieder Boden unter die Dackelbeine zu bekommen.

»Ich glaube, der hat in seinem ganzen Hundeleben noch gar nicht erfahren, was Liebe ist«, sagte Florian.

»Armer Kerl.« Sie drückte ihn sanft an sich und kraulte seinen kleinen Kopf.

»Warum bin ich kein Hund?«

Vorsichtshalber überhörte sie die Frage und setzte sich wieder hin. Der Hund rollte sich auf ihrem Schoß zusammen. »Kommst du direkt von zu Hause, Flox?«

»Ja, und ich habe dir auch noch sieben Gläser eingemachte Birnen mitgebracht und einen Streuselkuchen. Den Frankfurter Kranz hat Helene gefressen.«

»Wer ist Helene?«

»Das Vieh da! Aber ich glaube, ich erzähle besser von Anfang an.«

Während Florian sich mit größtem Appetit über die Lasagne hermachte, berichtete er. »Na ja, und weil unsere Bekanntschaft letzten Endes den Birnen zu verdanken ist und ich Birnen immer mit ›Birne Helene‹ in Verbindung bringe, seitdem ich mir daran mal den Magen verdorben habe, habe ich das Tier eben Helene getauft.« Er schob seinen Dessertteller zur Seite und zündete eine Zigarette an. »Irgendwie mußte ich das Viech doch anreden.«

»Aber nicht Helene«, protestierte Tinchen, »das ist nämlich ein ER!«

»Für so was hast du eben einen besseren Blick!«

Tinchen wurde rot und wechselte schnell das Thema: »Wie lange bleibst du denn, und wo wohnst du überhaupt?«

»Na, hier! Wo denn sonst? Und ich gedenke, den mir gesetzlich zustehenden Jahresurlaub in deiner Nähe zu verbringen.«

»Die ganzen vier Wochen hintereinander? Ist das nicht ein bißchen zu riskant? Nach meiner Erfahrung ist Urlaub die Freizeit, die man den Mitarbeitern gewährt, um sie daran zu erinnern, daß der Betrieb auch ohne sie auskommt.«

»Quatsch! Man darf niemals unersetzlich sein! Wer unersetzlich ist, kann nicht befördert werden!« behauptete Florian überzeugt.

»Erzähl' mal ein bißchen von der Redaktion!« bat Tinchen.

»Wie geht es Sabine? Und wie macht sich meine Nachfolgerin?«

»Großartig! Sie sieht aus wie Marilyn Monroe, tippt verheerend, kann kaum Stenographie, aber sie ist ein unerschöpfliches Gesprächsthema. Wenn man berücksichtigt, daß sie auch mit der Orthographie auf dem Kriegsfuß steht, ist es eigentlich ein Segen, daß sie nicht maschineschreiben kann. Kopfschmerztabletten hat sie auch nie dabei.«

Schumann trat an ihren Tisch. »Wie ich sehe, Tina, haben Sie gegen Ihren Tischgast ja doch nichts einzuwenden.«

Sie funkelte ihn an. »Weshalb haben Sie mir denn nicht gesagt, daß Flox ... daß Herr Bender kommt?«

»Seit wann interessieren Sie sich für meine Privatgäste? Ich konnte doch nicht wissen, daß Sie sich kennen. Herr Bender hat schriftlich ein Zimmer bei mir reserviert und logischerweise gar nichts mit Ihrem Verein zu tun. Aber daß er einen Hund mitbringt, hat er vorher nicht geschrieben.«

»Da habe ich auch noch nichts von ihm gewußt«, verteidigte sich Florian. »Das ist ein heimatloser Asylant. Ich bezahle natürlich für ihn.«

Schumann winkte ab. »Geschenkt! Was der frißt, fällt sowieso in der Küche ab. Außerdem sind mir vierbeinige Gäste manchmal lieber als die anderen. Sie wischen sich nämlich ihre Schuhe nie an der Gardine ab, brennen keine Zigarettenlöcher in die Teppiche und kommen selten betrunken nach Hause.«

Florian schob seinen Stuhl zurück und stand auf. »Ich werde jetzt erst mal auspacken, und dann muß ich dringend eine Hundeleine kaufen. Schließlich kann ich Helene nicht dauernd mit dem Abschleppseil Gassi führen.«

»Bist du verrückt? Damit erwürgst du ihn ja!« Tinchen zerrte den Gürtel aus ihrer Hose. »Hier, nimm den so lange!«

»Hellblau mit weißen Punkten! Helene, du wirst vornehm!«

Ungeschickt fummelte Florian dem Tier das improvisierte Halsband über den Kopf.

»Wie kann man bloß so dämlich sein?« Mit zwei Handgriffen hatte Tinchen Hund und Halsband zusammengebracht. »Und sag' nicht immer Helene zu ihm! So heißt meine Großmutter, und mit der hat er nun wirklich keine Ähnlichkeit! Er ist viel hübscher!«

»Aber irgendeinen Namen muß er doch haben!«

»Laß mich überlegen!« Sie streichelte sein struppiges Fell und spielte gedankenverloren mit der kleinen Schwanzquaste. Plötzlich lachte sie auf. »Ich hab's! Wir nennen ihn Bommel!«

Bommel erklärte sein Einverständnis, indem er seiner Taufpatin auf die Schuhe pinkelte.

»Wo geht's hier eigentlich zum Strand?«

»Der liegt direkt vorm Meer, gar nicht zu verfehlen!« Auf eine dumme Frage gehörte auch eine dumme Antwort! Außerdem war sie überflüssig, denn Tinchen hatte gestern zusammen mit Florian und Bommel noch einen langen Spaziergang gemacht und den beiden alles gezeigt, was ihr wichtig erschienen war, einschließlich der Palme, die von den meisten einheimischen Hunden bevorzugt wurde und Bommels uneingeschränktes Interesse gefunden hatte. Sogar Signora Ravanelli hatten sie besucht, und Florian hatte erstaunt die in flüssigem Italienisch geführte Unterhaltung verfolgt.

»Donnerwetter, Tinchen, du hast ja wirklich was gelernt! Hast du noch Schwierigkeiten mit deinem Italienisch?«

»Nein, ich nicht, aber die Italiener!« hatte sie lakonisch geantwortet.

Nun saß er zusammen mit ihr im Speisesaal und frühstückte. Unter dem Tisch schnarchte Bommel. Ihm war es zu verdanken gewesen, daß sein Herr zu ungewohnt früher Stunde hatte aufstehen und Gassi gehen müssen. Zielpunkt: die Palme. Der Versuch, dem Hund das Duschbecken als Ersatzrinnstein anzubieten, war fehlgeschlagen. Bommel hatte den Papierkorb zu seinem Stammbaum erkoren, und Florian hatte dem Zimmermädchen ein angemessenes Trinkgeld in die Hände drücken müssen, damit es die Spuren wieder beseitigte.

»Mal ganz im Ernst, Tinchen, du willst doch nicht behaupten, daß diese Ansammlung von Steinen, Kies und grauem Sand der berühmte Riviera-Strand ist? Ein Strand hat weiß zu sein, sollte wenigstens zu 98 Prozent aus feinkörnigem Sand bestehen und ohne Schuhe betreten werden können.«

»Du bist hier am Mittelmeer und nicht auf den Malediven! Dann hättest du eben an die Ostsee fahren müssen!«

»Da gibt's kein Tinchen!«

»Bildest du dir ein, ich gehöre zum Hotelinventar, auf das du jederzeit zurückgreifen kannst? In einer Viertelstunde muß ich im Büro sein. Heute ist Dienstag, da bin ich allein, weil Lilo mit ihrer Herde nach Portofino ...«

»Wer ist Lilo?«

»Meine Kollegin.«

»Ist sie hübsch?«

»Wahrscheinlich. Aber mach dir keine Hoffnungen! Sie ist auf der Suche nach einem Mann, der alles hat – sich aber auch mal von was trennen kann.«

»Warum so bissig? Kannst du sie nicht leiden?«

»Anfangs schon, jetzt nicht mehr! Wer die zur Freundin hat, braucht keine Feinde mehr!«

»Sie muß dir ja ganz schön in die Quere gekommen sein.«

»Blödsinn! Ich hab' nur was gegen Mitarbeiterinnen, die mangelnde Fähigkeiten durch künstliche Wimpern kompensieren wollen! – So, und jetzt muß ich weg! Wenn du Lust hast, kannst du mich ja nachher mal besuchen.«

»Kann ich nicht gleich mitkommen?« Florian kippte den Rest seines Kaffees hinunter und stand auf.

»Du bleibst schön hier und erholst dich!«

»Wo denn?«

Tinchen wurde ungeduldig. »Sei nicht albern, Flox! Das Lido hat einen hoteleigenen Strand, da gehst du jetzt hin, meldest dich bei Umberto – das ist der Bademeister –, läßt dir einen Liegestuhl geben und einen Schirm, und bis zum Mittagessen hast du garantiert schon den ersten Sonnenbrand weg. Damit bist du dann für den Rest des Tages beschäftigt. Die Apotheke ist übrigens gleich vorne an der Promenade.«

Auf dem Weg zur ›Röhre‹ kaufte Tinchen einen Blumenstrauß. Einfach so. Sie hätte die ganze Welt umarmen mögen, beschränkte sich dann aber doch auf einen barfüßigen Jungen, dem sie erst durch den Lockenkopf fuhr und dann eine Eistüte spendierte. Mit Sahne obendrauf.

Florians Ankunft, der abendliche Bummel gestern, Arm in Arm wie die vielen anderen Paare auch, der harmonische Ausklang in der kleinen Kneipe – sie hatte schon beinahe vergessen, daß es noch etwas anderes gab als Namenslisten, fehlgeleitete Koffer und einsame Abende im Hotelzimmer. Natürlich war sie nicht verliebt in Florian, dazu kannte sie ihn viel zu gut, und ernst nehmen konnte sie ihn auch nicht. Er war nichts als ein guter Kamerad; jemand, mit dem man Pferde stehlen und bei dem man sich notfalls ausheulen konnte. Zur Liebe gehörte mehr! Man mußte seinen Partner respektieren können, zu ihm aufsehen – bei meiner Größe passiert das ja zwangsläufig, dachte sie –, ihn vielleicht sogar bewundern können, klug mußte er sein und natürlich Humor haben. Den hatte Florian wirklich, aber das allein war ein bißchen wenig. Egal, in den kommenden Wochen würde sie abends jedenfalls nicht mehr Kreuzworträtsel lösen müssen.

Als sie die Tür aufschloß, klingelte das Telefon. Fünf vor neun, da mußte es aber jemand eilig haben! Sie griff nach dem Hörer: »Schmetterlings-Reisen, guten Tag.«

»Guten Morgen, Aschenbrödel.«

Der Schreck verschlug ihr die Sprache. Sie schluckte, die Knie fingen an zu zittern, sie tastete blind nach dem Stuhl, setzte sich, umklammerte krampfhaft den Hörer und – schwieg.

»Hallo, Aschenbrödel, bist du noch da?«

»Ja.«

»Ich weiß, was du jetzt sagen willst, und du hast ja auch recht, aber sag' lieber nichts. Wenn du willst, kannst du mich im nachhinein noch bedauern. Ich hatte nämlich Mumps.«

»Was hattest du?«

»Mumps. Ziegenpeter, oder wie diese alberne Krankheit sonst noch heißt! Ich habe ausgesehen wie ein Hamster und mich aus diesem Grunde selbst aus dem Verkehr gezogen.«

»Sechs Wochen lang?«

»Und einen Tag! Als mein Kürbiskopf endlich auf eine normale Dimension abgeschwollen war und meine Stimme sich nicht mehr anhörte, als hätte ich mit Reißnägeln gegurgelt, kriegte ich die Masern.«

»Und das soll ich glauben? Normale Menschen bekommen Kinderkrankheiten, wenn sie noch zur Schule gehen. Dann sind sie wenigstens nützlich.«

»Ich bin eben ein Spätentwickler.«

Tinchen wußte nicht, was sie sagen sollte. Wochenlang hatte sie auf diesen Anruf gewartet, hatte abwechselnd gehofft und resigniert, hatte Brandt nach einem Verkehrsunfall mit Gedächtnisverlust im Krankenhaus gesehen oder auch mal als unbekannten Toten, zerschellt an irgendwelchen Klippen – aber ganz bestimmt nicht rotgesprenkelt in Tante Josis Bett.

»Kann man mit Masern nicht telefonieren?

»Doch, man kann! Aber wie ich dich einschätze, wärst du doch sofort mit Blümchen und Pralinen an mein Schmerzenslager geeilt, und das wollte ich nicht. Ich esse nämlich keine Pralinen.«

Jetzt mußte sie doch lachen. »Setzt du nicht ein bißchen zu viel Mitgefühl bei mir voraus?«

Seine Stimme klang ernst: »Nein, Tina, das glaube ich nicht. Aber mir ging es wirklich miserabel, und ich wollte keinen Menschen sehen. Nicht einmal dich.«

»Ein Kompliment ist das gerade nicht.«

»Doch, Aschenbrödel, das ist eins. Alle anderen in meiner Umgebung habe ich vergrätzt, mit dir sollte mir das nicht passieren. Verstehst du das?«

Sie verstand es nicht, aber sie glaubte ihm.

»Der Arzt hat die Quarantäne aufgehoben. Sehen wir uns heute?«

Tinchen zögerte. »Ich weiß nicht recht ... Lilo ist mit dem Bus unterwegs, und ich habe Stallwache.«

»Auch abends?«

Sie wollte schon zusagen, als ihr Florian einfiel. Sie hatte doch versprochen, mit ihm nach Noli zu fahren, in das kleine Fischerdorf mit den Spezialitätenrestaurants; Muscheln wollten sie essen oder Krabben, je nachdem, was gerade frisch angelandet worden war. Nein, das konnte sie unmöglich absagen! Brandt hatte so lange nichts von sich hören lassen, jetzt konnte er auch nicht erwarten, daß sie auf Abruf bereitstand.

»Es tut mir leid, Klaus, aber heute abend habe ich keine Zeit.«

»Dann morgen?«

»Da geht's erst recht nicht. Mittwoch ist An- und Abreisetag. Ich weiß vorher nie, wann ich fertig bin.«

Eine ganze Weile schwieg er, dann sagte er in gleichmütigem Ton: »Du willst also nicht?«

»Doch, ich will!« antwortete sie schnell, »ganz bestimmt will ich, nur nicht heute und morgen. Versteh' das doch! Wenn ich die letzten Gäste in ihrem Hotel abgeliefert habe, ist es meistens schon nach acht, und ich gehe auf dem Zahnfleisch. Bis ich mich dann halbwegs erholt und restauriert habe, ist Mitternacht.«

»Okay, Tina, das Argument lasse ich gelten«, lachte er, »dann hole ich dich übermorgen um sechs im Lido ab!«

»Lieber um halb acht, ich komme erst gegen sieben aus Nizza zurück. Hammelherden-Trip nach Frankreich.«

»Armes Aschenbrödel. Nach Frankreich fährt man entweder nur zu zweit oder gar nicht! Ciao bis übermorgen!«

Noch lange starrte Tinchen auf den Hörer in ihrer Hand, ehe sie ihn endlich auflegte. Sie freute sich auf das Wiedersehen, aber sie hatte auch ein bißchen Angst. Jener Abend in Corsenna lag so weit zurück und schien ihr heute so unwirklich, daß sie sich nicht vorstellen konnte, den Faden dort wieder anzuknüpfen, wo er damals so abrupt zerrissen war. Sie schmunzelte in sich hinein. Wochenlang interessierte sich überhaupt kein Mann für sie, und jetzt umbalzten sie gleich zwei, wobei Florian natürlich nicht zählte. Für den gehörten Flirts genauso zum täglichen Leben wie Hot dogs und Aspirin.

Der Vormittag verging quälend langsam. Tinchen arbeitete unkonzentriert, verrechnete sich ständig und hatte zum Schluß zwei Einzelzimmer übrig, was noch nie vorgekommen war und sowieso nicht stimmen konnte.

Endlich erschien Sergio. »Scusi, Tina, aber ich bin noch einmal oben bei Ercole gewesen und habe die künftigen Safaris mit ihm durchgesprochen. Er wollte gar nicht begreifen, weshalb wir einiges ändern müssen. Angeblich ist er trotz der Weinschwemme auf seine Kosten gekommen, und den Gästen habe es doch auch gefallen. Er freut sich schon auf die nächsten. Kannst du das verstehen?«

»Frag' ihn in sechs Wochen noch mal!« Sie schob Sergio die Listen hinüber. »Zähl' *du* mal nach, ich kriege immer was anderes raus.«

»Gleich. Ich habe dir doch noch etwas mitgebracht.« Er zog

einen großen Briefumschlag unter seinem Hemd hervor und gab ihn Tinchen. Neugierig öffnete sie. Zum Vorschein kam ein Steckbrief. »Wanted!« stand oben drauf, und in der Mitte prangte ihr Foto. Wie ein Klammeraffe hing sie auf dem Esel, griente dümmlich vor sich hin und entsprach so gar nicht der Warnung, die auf dem Steckbrief zum Ausdruck kam. Gefährlich sollte sie sein, rücksichtslos von der Schußwaffe Gebrauch machen und scharfe Zähne haben. Zehn Millionen Lire waren auf ihren Kopf ausgesetzt.

»Was soll denn dieser Blödsinn?«

»Eine Idee von Mario. Der hat das mal irgendwo gesehen und sofort nachdrucken lassen. Jetzt bildet er sich ein, daß er auf diese Weise seine Safari-Schnappschüsse schneller los wird.«

»Der Kerl spinnt doch! Wieviel verlangt er denn dafür?«

»Dreitausend Lire.« Sergio nahm Tinchen das Plakat aus der Hand und nagelte es ans Schwarze Brett, direkt neben die Esel-Reklame.

»Bist du verrückt? Nimm das sofort wieder runter! Häng' dich doch selber auf!«

»Ich bin längst nicht so fotogen wie du«, behauptete Sergio und malte liebevoll einen dicken roten Rand um den Steckbrief. »Was glaubst du wohl, wie werbewirksam dieses Foto ist! Jeder, der diese jämmerliche Gestalt sieht, ist doch davon überzeugt, daß er selbst eine viel elegantere Figur abgeben wird. Und weil er das beweisen muß, wird er eine Safari buchen!« Dann machte er sich über die Listen her. »47 Abreisen, 79 Ankünfte, stimmt bis zum letzten Bett!« erklärte er nach einer Weile.

»Noch!« sagte Tinchen. »In der nächsten Woche beginnen in Deutschland die Schulferien, und dann wird's lustig.«

»Ich weiß. Es geht schon das Gerücht um, daß man an den Stränden Lautsprecher anbringen will. Alle dreißig Minuten ertönt das Kommando ›Bitte wenden!‹, damit sich die Sonnenhungrigen auf die andere Seite drehen können.«

Noch vor dem Essen hatte Tinchen beschlossen, den Nachmittag freizunehmen. Hatte nicht Gottlieb Maria behauptet, blasse und überarbeitete Reiseleiter seien eine schlechte Reklame für das Unternehmen? Wo sollte denn die Bräune herkommen, wenn nicht vom Strand? Außerdem hatte sich im Laufe der Zeit herausgestellt, daß sich nachmittags nur selten Besucher im Büro einfanden; die kamen überwiegend morgens, bevor sie zum Strand gingen, oder allenfalls gegen zwölf, wenn sie auf dem Weg zur Futterkrippe waren. Danach waren sie in der Regel müde und hatten keine Lust mehr, sich mit ihrer auch nicht viel muntereren Reiseleiterin herumzustreiten. Wofür Tinchen ihnen dankbar war.

Florian freute sich. Bommel auch. Er trug jetzt grünes Leder und benahm sich sehr gesittet.

»Kein Wunder, der ist vollgefressen bis obenhin. Kalbsbrühe mit Haferflocken, und zum Nachtisch eine Vitaminpille. Herr Schumann hat gesagt, ich soll trotzdem mit ihm zum Tierarzt. Wahrscheinlich hätte Helene Flöhe, Würmer und artfremde Vorfahren. Er jedenfalls hätte noch nie einen Hund gesehen, der saure Gurken frißt.«

Tinchen warf ihren Bademantel ab und präsentierte sich nicht ohne Stolz in dem blauen Badeanzug, den Brandt damals für sie ausgesucht hatte. Anerkennend pfiff Florian durch die Zähne. »Weißt du, Tinchen, ich hab' ja schon immer gewisse Schwierigkeiten gehabt, dir in die Augen zu sehen, und der Bikini macht mir das keineswegs leichter!« Dann erkundigte er sich höflich: »Darf ich dir meinen Liegestuhl anbieten?«

»Nachher vielleicht. Ich geh' erst mal ins Wasser.« Sie rannte los, Florian hinterher, und in gebührendem Abstand folgte Bommel. Widerwillig tapste er mit den Pfoten ins Meer, zog sich aber gleich wieder zurück und rettete sich rückwärts kriechend aufs Trockne. Dort blieb er platt liegen und beobachtete ängstlich die beiden einzigen Menschen, die gut zu ihm waren, die er liebte, und die ihn jetzt doch wieder allein ließen. Er richtete sich auf, seine Ohren gingen auf halbmast, und dann setzte er zu einem so jammervollen Geheul an, daß Florian gleich wieder kehrtmachte.

»Mit dir habe ich mir vielleicht was eingehandelt. Stell' sofort die Sirene ab!« Bommel war selig. Vorn leckte er seinem Herrchen die Füße, und hinten machte er sie vor lauter Freude wieder naß. Fluchend rannte Florian zurück ins Wasser. »Wo hast du bloß deine Manieren her?«

Fünf Minuten später hatte er sein Schlauchboot klargemacht, Bommel hineingesetzt, und nun paddelte er wie ein Wilder der blauen Badekappe hinterher, die schon ziemlich weit draußen auf den Wellen tanzte. Endlich hatte er sie erreicht.

»Nimmst du immer ein Boot mit, wenn du schwimmen gehst?« fragte Tinchen hinterhältig.

»Der Köter ist wasserscheu!«

»Genau wie sein Herr! Oder weshalb sonst hast du dich heute nicht rasiert?«

Florian befühlte seine Stoppeln. »Eines rechten Mannes Kinn ist im natürlichen Zustand bewaldet. Aber wenn dir mein angehender Vollbart nicht paßt, kann ich ihn ja wieder abnehmen.«

»Du siehst aus wie ein Seeigel!«

Lange trieb das Boot steuerlos auf dem wenig bewegten Wasser. Florian war eingeschlafen, und Tinchen mochte ihn nicht wecken. Bommel hatte es sich auf seinem Bauch bequem gemacht, und sie hatte den Kopf an seine Schulter gelehnt – ganz vorsichtig, damit er nicht wach wurde, aber er hatte es doch gemerkt. Im Halbschlaf war er zärtlich durch ihre Haare gefahren und hatte ihren Kopf an sein Kaktuskinn gedrückt. So war sie liegengeblieben. Nicht sehr bequem, denn das Paddel drückte gegen die Kniekehle, und Bommels Schwanz fuhr gelegentlich durch ihr Gesicht. Ganz still war es hier draußen, nur ein paar Möwen übten kreischend Zielanflug.

»Kann man die Viecher eigentlich auch essen?« Florian rappelte sich auf und blinzelte in die tiefstehende Sonne. »Ich hab' nämlich Hunger!«

»Du kannst ja mal so einen Vogel zusammen mit einem Ziegelstein in die Bratröhre stecken, und du wirst sehen, daß der Stein eher gar ist als die Möwe. Wahrscheinlich schmeckt er sogar besser!«

»So lange kann ich nicht warten. Komm, rudern wir zurück und machen uns landfein!«

Aber dann hatte der Abend doch noch mit einem Riesenknall geendet! Warum hatte Florian unbedingt noch in die Beach-Bar gehen müssen? Ausgerechnet in diesen Schuppen, in dem man vor lauter Radau sein eigenes Wort nicht verstand und jede Unterhaltung im Dröhnen der Lautsprecherboxen unterging! Krachend voll war es außerdem gewesen. Tinchen hatte sofort wieder umkehren wollen, aber Florian hatte abgewinkt. »Warum denn? Was man in der Straßenbahn Überfüllung nennt, heißt in Nachtlokalen Atmosphäre.«

Und wem war er beim ersten Tanz mit Tinchen auf die Füße getreten? Lilo! Da hatte es sich natürlich nicht mehr umgehen lassen, daß man sich zusammensetzte, und ebenso natürlich hatte Lilo sofort mit Florian zu flirten angefangen. Um ihren Begleiter, einen sehr schweigsamen Engländer mit Glubschaugen und Haaren, die genauso farblos gewesen waren wie der ganze Mensch, hatte sie sich kaum noch gekümmert. Brüderschaft hatte sie mit Florian getrunken und ihm Letkiss beigebracht, diesen albernen Tanz, bei dem man dauernd in die Hände klatschen muß. Dann hatten sie Mona-Lisa-Cocktails bestellt und nach dem dritten ›La Paloma‹ gesungen.

Als Tinchen in den Waschraum ging, war Lilo hinterhergekommen. »Wo hast du denn diesen blendend aussehenden Mann aufgerissen?«

»Der ist mir hinterhergefahren, aber du kannst ihn gerne haben!« hatte Tinchen wütend geantwortet.

»Ist das dein Einst?«

Doch Tinchen hatte sich schon umgedreht und war hinausgelaufen. Zum Tisch war sie auch nicht mehr zurückgegangen, sondern schnurstracks ins Hotel, wo sie Bommel gesucht und beim Nachtportier gefunden hatte. Beide hatten geschlafen. Sie hatte sich den Hund geschnappt und mit auf ihr Zimmer genommen. Das arme Tier konnte doch nun wirklich nichts dafür, wenn sein Herr sich nächtelang herumtrieb, statt sich um das kleine, hilflose Baby zu kümmern. Sollte er Bommel doch suchen! Aber wahrscheinlich würde er ihn gar nicht erst vermissen! Der hatte anderes im Kopf!

Bommel hatte ihr die Tränen abgeleckt, und an sein weiches Fell gekuschelt, war sie endlich eingeschlafen.

Kapitel 12

Hinter der Zeitung, die er als Barrikade aufgebaut hatte, tauchte Florians Gesicht hoch. »Guten Morgen, Tinchen. Ausgeschlafen?«

Sie würdigte ihn keines Blickes, entfaltete die Serviette, goß Kaffee in die Tasse, suchte aus dem Brotkorb das noch am wenigsten pappige Brötchen, bestrich es mit Marmelade – schwieg.

»Schlechte Laune?«

»Warum sollte ich?«

»Eben!«

Die Minuten dehnten sich, zertröpfelten in lange Sekunden.

»Möchtest du vielleicht von der Zeitung was abhaben?«

»Nein.«

Schweigen.

»Himmeldonnerwetter, Tinchen, jetzt spiel' nicht die beleidigte Leberwurst! Ich gebe ja zu, daß ich gestern ein bißchen über die Stränge geschlagen bin und zu viel getrunken habe, aber das ist noch lange kein Grund ...«

»Mona-Lisa-Cocktails!! Deshalb bist du auch den ganzen Abend das dämliche Grinsen nicht mehr losgeworden!« Mit betont desinteressierter Miene stand sie auf. »Im übrigen ist mir dein Privatleben völlig egal!«

Der majestätische Abgang, den sie oben vor dem Spiegel geübt hatte, wurde durch den hereinstürmenden Bommel beeinträchtigt. Er kugelte laut kläffend in den Speisesaal, wieselte um Tinchens Beine und gab nicht eher Ruhe, bis sie sich hinabgebeugt und ihn ausgiebig gestreichelt hatte.

»Der muß heute nacht herumgestreunt sein!«

»Der hat heute nacht bei mir geschlafen«, berichtigte Tinchen.

Florian seufzte sehnsüchtig: »Warum kann ich nicht auch so ein Hundeleben führen?«

AUS TINCHENS TAGEBUCH

6. Juli

Lilo ist ein Miststück! Fragte heute früh ganz harmlos, ob ich wirklich keine Besitzansprüche auf Flox hätte. Sie hätte den Eindruck, daß er sich mir gegenüber verpflichtet fühle. Habe ihr erklärt, daß Kleinkinder zu starker Mutterbindung neigen. Darauf meinte sie, es sei Sache der Mutter, ihre Kinder frühzeitig genug abzunabeln. Im übrigen sei sie heute abend mit ihm verabredet.

Und wenn schon! Ich muß sowieso Strümpfe waschen.

8. Juli

Männer, die gut mit Frauen zurechtkommen, sind meist solche, die auch ohne sie fertig werden. Klaus gehört dazu. Blieb den ganzen Abend über reserviert. Schwärmte von Tante Josis Krankenkost und seiner Schwester Tanja, die sich jeden zweiten Tag telefonisch nach seinem Befinden erkundigt habe. Bekam ganze Krankengeschichte zu hören und zum Abschied väterlichen Kuß auf die Stirn. Wenn man wirklich so alt ist, wie man sich fühlt, dann bin ich 120.

Florian heute nur kurz gesehen. Buchte für Dienstag Busfahrt nach Portofino. Bot ihm ein paar Prospekte an, um sich über Wissenswertes informieren zu können, da er von seiner Reiseleiterin in dieser Hinsicht nichts zu erwarten habe.

Lehnte ab mit der Begründung, er sei nicht an Sehenswürdigkeiten interessiert, sondern an netter Gesellschaft.

10. Juli

Gestern ganzen Nachmittag am Strand gelegen. Allein mit Bommel. Florian lag zwanzig Meter weiter links. Mit Lilo. Trug neuen rosa Badeanzug mit passender Sonnenbrille und machte auf Dame. Sollte ihn eigentlich warnen. Würde aber nichts nützen, er hat einen schalldichten Kopf.

Morgens um zwei heftiges Gewitter. Bommel noch mehr Angst als ich. Hunde wären viel nützlichere Haustiere, wenn sie bei Gewitter die Fenster schließen würden, statt sich wimmernd im Bett zu verkriechen.

11. Juli

War gestern offiziell bei Tante Josi zum Tee eingeladen. Allein. Mußte Sandkuchen essen und Fotoalben betrachten. Klaus sehr fotogen. Hat schon als Schulkind immer adrett (und langweilig) ausgesehen. War Klassenbester, Schulsprecher und Studentenmeister im Kraulen (oder so ähnlich). Mußte Tante Josi Autobiographie liefern. Schien befriedigt, daß ich »auch Akademikerin« sei (die zwei Semester!!). Musterknabe später dazugekommen. Trug hellgrauen Flanell und tat sehr beschäftigt. Brachte mich zurück ins Hotel. Bin dezentem Abschiedskuß durch leidenschaftliche Umarmung zuvorgekommen. Florian saß in der Halle. Hat alles mitgekriegt.

12. Juli

Zufällig auf der Pizza gewesen, als Bus aus Portofino zurückkam. Florian als letzter ausgestiegen. Konnte sich wohl nicht trennen! Lilo sehr elegant in weißem Hosenanzug (wie kommt sie bloß an die vielen Klamotten? Sie kriegt doch auch nicht mehr Geld als ich?). Hoffe, daß Flor –

Es klopfte. Tinchen klappte das Tagebuch zu und stopfte es schnell ins Schubfach. »Pronto!«

Durch den Türspalt schob sich ein Plüschkamel. Am Halsband trug es eine Rose, die mit Sicherheit aus dem großen Strauß in der Halle stammte, und einen Zettel. »Ich bin auch eins! Flox.« las Tinchen. Und was für ein großes!, dachte sie, während sie das Kamel aufhob und aufs Bett setzte. Ein Mann hat im Durchschnitt dreißig Kilogramm Muskulatur und etwa anderthalb Kilo Hirnsubstanz. Das erklärt manches!

»Da draußen steht ein Hippietyp mit Handgepäck auf dem Rücken und behauptet, er will zu dir!«

»Gib ihm zweihundert Lire und schick ihn zum Campingplatz!« Tinchen schob Lilo die Spesenkasse über den Schreibtisch. »Die Jungs müssen uns mit dem deutschen Konsulat verwechseln. Ich weiß schon gar nicht mehr, wie ich die ganzen Almosen verbuchen soll.«

Lilo öffnete die Tür und winkte. Ein schlaksiger Jüngling mit Zweitagebart sowie einer soliden Dreckschicht auf Gesicht und Händen schlappte langsam näher. Vorsichtig linste er um die Ecke. »Morgen, Tinchen.«

»Karsten!!! Wo um alles in der Welt kommst *du* denn her? Ich denke, du angelst Lachse? Ist zu Hause etwas passiert?«

»Nö, da ist alles in Ordnung.« Er druckste herum, zog mit dem Fuß einen Stuhl heran, setzte sich, klimperte mit den Büroklammern, räusperte sich und sah schließlich treuherzig zu seiner Schwester auf.

»Weißte, Tine, das mit Schweden ist in die Hose ... wollte sagen, ist schiefgegangen. Der Bernd hat vorige Woche seinen Wagen an eine Straßenbahnhaltestelle gebrettert, und für die Reparatur ist sein ganzes Reisegeld draufgegangen. Die Haltestelle muß er auch noch bezahlen. Nun ist es mit unserer Fahrt natürlich Essig gewesen.« Er zögerte einen Augenblick. »Außerdem glaube ich nicht, daß Papa mir überhaupt noch einen Urlaub bewilligt hätte.«

»Verstehe ich nicht. Wie bist du denn hier runtergekommen?«

»Per Anhalter.«

»Und das hat Paps erlaubt?« Langsam hatte sich Tinchen von ihrer Überraschung erholt. »Irgend etwas stimmt doch da nicht!«

»Die Eltern wissen ja gar nicht, daß ich hier bin!«

So, jetzt war es endlich heraus! Karsten atmete auf. Den Rest würde er seiner Schwester erst allmählich beichten, alles auf einmal wäre wohl doch zuviel.

Die griff schon nach dem Telefon, aber Karsten schüttelte den Kopf. »Noch nicht anrufen. Das dicke Ende kommt ja erst! Ich wollte dir die ganze Sache doch in Raten verklikkern!«

Sie ließ den Hörer wieder los. »Raus mit der Sprache! Was hast du angestellt?«

»Ich gar nichts! Du mußt das andersherum sehen! Man hat mit mir was angestellt! Man hat mich nämlich nicht versetzt!«

Sie holte tief Luft. »Ein Jahr vor dem Abi! Das ist ja eine reizende Überraschung!«

»Für mich nicht«, sagte Karsten, »aber für die Eltern wird es eine werden.«

»Das wissen sie *auch* noch nicht?«

»Woher denn? Ich bin doch gleich am letzten Schultag abgehauen! Hab' bloß meine Sachen zusammengesucht und bin getürmt. Zum Glück war Mutti bei Oma, einkochen helfen, und da habe ich bloß einen Zettel auf mein Bett gelegt und bin stiftengegangen.«

»Daß Mutsch jetzt halb verrückt ist vor Angst, hast du wohl nicht einkalkuliert?«

»Ich hab' doch geschrieben, daß ich trampen gehe«, verteidigte er sich, »und hinterher sind sie bestimmt froh, wenn ich heil zurückkomme. Bis dahin hat sich dann auch die Aufregung wegen der miesen Zensuren gelegt. Man muß ja nicht freiwillig in das Zentrum eines Hurrikans laufen, die Nachwirkungen sind auch noch schlimm genug.«

»Karsten, du bist ein Idiot!«

Er nickte bestätigend. »Das hat mein Lateinpauker auch gesagt.« Dann etwas kleinlauter: »Rufste jetzt mal zu Hause an? Ich gehe solange auf die Toilette, muß mich sowieso ein bißchen frisch machen.«

»Hiergeblieben!!« donnerte Tinchen.

Bisher hatte Lilo dem Dialog schweigend zugehört, aber nun ergriff sie Karstens Partei. »Dein Bruder hat recht. Am besten sagst du jetzt nur, daß er gesund und dreckig hier angekommen ist und heute abend selbst noch einmal anrufen wird. Dann ist es auch billiger!«

Sie nickte Karsten zu. »Komm mit, du Held! Die Toilette ist nebenan in der Bar. Hast du überhaupt schon etwas gegessen?«

»Ja, zwei Pfirsiche und 'ne Cola, aber das war heute früh um sechs.«

Als Tinchen nach zehn Minuten in die Bar kam, vertilgte ihr Bruder gerade das vierte Hörnchen.

»Am Buffet schließen sie schon Wetten ab, wie viele er noch schafft«, lachte Lilo und orderte das fünfte.

»Seit dem Mittagessen gestern habe ich ja auch nichts Vernünftiges mehr in den Magen gekriegt, und dieses ostpreußische Mißgeschick hätte ich auch nicht gegessen, wenn ich nicht solchen Kohldampf gehabt hätte.«

»Was war denn das?«

»Ich glaube, es sollten Königsberger Klopse sein, aber die Tante auf dem Campingplatz in Como hatte vom Kochen noch weniger Ahnung als Tinchen.« Er spülte den letzten Bissen mit einem Schluck Cappuccino hinunter. »Sag' mal, haben die hier auch Pizza?«

»Wieviel Geld hast du eigentlich dabei?« wollte Tinchen wissen. »Bei deinem Appetit hast du in drei Tagen meine gesamten Ersparnisse verfressen!«

»Hast du mit Papa telefoniert?« Karsten hielt es für besser, die Geldfrage nicht näher zu erörtern, hauptsächlich deshalb, weil es nichts zu erörtern gab. Er besaß etwas mehr als 7000 Lire und den Fünfzigmarkschein, den ihm seine Großmutter zum Ankauf des roten Judogürtels geschenkt hatte. Na ja, der konnte warten.

»Ich habe im Geschäft angerufen und Papa vorbereitet. Jetzt kannst *du* dich vorbereiten! In einer halben Stunde ruft er zurück.«

»Dann reicht es ja noch für ein Hörnchen«, sagte Karsten erleichtert. Die Aussicht auf das väterliche Donnerwetter erschütterte ihn nicht mehr; tausend Kilometer Telefonkabel waren eine beruhigende Distanz.

Diesen Eindruck schien auch Herr Pabst zu haben. Er verbiß sich alle Vorwürfe, zeigte sogar Verständnis für seinen geflüchteten Sohn, bedauerte aber dessen Vertrauensmangel im Hinblick auf die schulische Katastrophe. »Wieso habe ich davon nie etwas erfahren?« – »Den blauen Brief hatte ich abgefangen, und seitdem ich achtzehn bin, kann ich die Klassenarbeiten selbst unterschreiben!« erwiderte sein Sprößling. Darauf sagte Herr Pabst gar nichts mehr, bewilligte seinem Stammhalter zwei Wochen Ferien unter der schwesterlichen Obhut, sicherte die telegraphische Überweisung der mutmaßlichen Spesen zu sowie eine intensive Nachhilfe in Mathe und Latein, sobald der Nestflüchter wieder zu Hause sei.

»Den letzten Satz hätte er sich wirklich sparen können«, maulte Karsten, nachdem er das Telefongespräch so knapp wie möglich wiedergegeben hatte. »Jetzt macht der ganze Urlaub keinen Spaß mehr.«

»Von mir aus könntest du heute schon zurückfahren«, sagte seine Schwester ungnädig. »Oder willst du mir mal verraten, wo ich dich unterbringen soll? Wir haben nämlich Hauptsaison und in ganz Verenzi kein freies Zimmer.«

»Brauch' ich ja gar nicht«, versicherte Karsten sofort. »Ich habe einen Schlafsack mit und knacke bei dir auf dem Fußboden.«

»Hemmungen hast du wohl gar nicht?«

»Ich denke nur rationell! Ein Zimmer kostet normalerweise einen Haufen Geld. Da du mietfrei wohnst, kann man das doch sparen und lieber anders verwenden. Ich habe auch gar nicht viel zum Anziehen mit« – er zeigte auf eine Art Seesack, der mit einem komplizierten Röhrensystem verbunden war und mit einem herkömmlichen Rucksack herzlich wenig Ähnlichkeit hatte –, »und wenn ich dich nicht blamieren will, muß ich mir noch ein paar Sachen kaufen.«

»Aber nicht auf Kosten meines ungestörten Privatlebens!« protestierte Tinchen. »Jetzt komm erst mal mit ins Hotel. Vielleicht weiß Fritz noch eine andere Möglichkeit.«

Nachdem Tinchen ihren Bruder vorgestellt und die Vorgeschichte seines plötzlichen Auftauchens erzählt hatte, betrachtete Schumann den Zuwachs gründlich von Kopf bis Fuß. »Wenn der gewaschen ist, möchte ich ihm eine gewisse Familienähnlichkeit nicht absprechen. Stellen Sie ihn erst mal unter die Dusche, Tina, er ruiniert das Renommee meines Hauses!« Karsten bekam Tinchens Zimmerschlüssel ausgehändigt und trabte ab. Schumann kratzte sich am Kopf. »Ein Zimmer habe ich beim besten Willen nicht mehr, und daß der Bengel bei Ihnen wohnt, halte ich für unklug. Sie wissen doch, wie die Leute sind! Und wenn er zehnmal Ihr Bruder ist – getratscht wird trotzdem! Wollen Sie nicht mal mit Herrn Bender reden? Ich könnte eine Notliege in sein Zimmer stellen lassen, groß genug ist es ja.«

Unter normalen Umständen hätte Tinchen sofort nach diesem Strohhalm gegriffen, aber die Umstände waren eben alles andere als normal. Florians Versöhnungsgeschenk hatte sie zwar angenommen, und sie bemühte sich auch um einen unverbindlichen Umgangston, aber das alte kameradschaftliche Verhältnis war noch längst nicht wiederhergestellt. Auf keinen Fall wollte sie sich Florian gegenüber verpflichten, was unweigerlich der Fall wäre, wenn er mit dem armen Obdachlosen Zimmer und Bett teilte

»Vielleicht fällt mir noch etwas anderes ein«, tröstete sie sich, obwohl sie ganz genau wußte, daß ihr bestimmt nichts einfallen würde.

Auf der Suche nach dem richtigen Zimmer war Karsten zunächst in die entgegengesetzte Richtung gelaufen und im Halbdunkel auf einen Hund getreten, der an solche Behandlung nicht gewöhnt war und sein Mißfallen laut und deutlich kundtat. Sofort öffnete sich eine Tür, und es erschien Florian, bewaffnet mit Scheuerlappen sowie einer Flasche Superblitz, dem Universalreinigungsmittel für Polster und Teppiche, vorgestern erst im deutschen Supermarkt gekauft und heute schon halbleer. Fluchend ging er in die Knie, bereit, die Spuren von Bommels Freßlust zu beseitigen. Er hatte einsehen müssen, daß sich Francas Tierliebe auf Gassigehen und gelegentliche Leckerbissen beschränkte und sie nicht gewillt war, auch noch die Folgen dieser nahrhaften Zuwendung zu entfernen.

Die Überraschung war beiderseitig! Während Karsten freudestrahlend auf Florian zuging, zeigte dessen Gesicht blankes Entsetzen. »Jetzt bist du mitten reingetreten!«

»Wo rein?«

»Frag' nicht so lange, zieh' deine Treter aus und gib sie her!« Fünf Minuten später weichten die Turnschuhe im Waschbecken und Karsten in der Badewanne. Erstaunlich schnell hatte Florian die Zusammenhänge und die sich daraus ergebenden Schwierigkeiten erfaßt, und noch schneller hatte er die Möglichkeit gesehen, sich bei Tinchen einen Stein ins Brett zu setzen.

»Bei deiner Schwester darfst du nicht wohnen, das ist aus moralischen Gründen nicht drin. Aber wenn es dir nichts ausmacht, kannst du bei mir bleiben. Im Wagen habe ich einen Schlafsack, den können wir ...«

»Hab' selber 'ne Penntüte mit!« winkte Karsten ab, »aber Ihre könnte ich drunterlegen, damit es nicht so hart ist.« Als Karsten krebsrot und bis auf einen schwärzlichen Rand in der Halsgegend auch gründlich gesäubert aus der Wanne stieg, war er davon überzeugt, in Florian einen wahrhaften Freund gefunden zu haben. Der hatte ihm sofort das Du angeboten und ihn aufgefordert, sich aus seinem Kleiderschrank zu bedienen. Dann hatte er ihm eine Handvoll Lirescheine in die Hand gedrückt, »damit du deine Schwester nicht für jede Zigarettenpackung anpumpen mußt, solange das Geld von deinem Vater noch nicht da ist«.

Daß er in Zukunft den Liebeswerber spielen und Florians Hoheslied singen sollte, ahnte er allerdings nicht. Er hatte sich lediglich gewundert, daß Florian auf seine gezielten Fragen so ausweichend geantwortet hatte. Eigentlich ging ihn die ganze Geschichte ja auch gar nichts an, nur konnte er sich keinen besseren Schwager vorstellen als diesen sympathischen und so überaus hilfsbereiten Florian Bender. »Ich verstehe nicht, weshalb du bei Tinchen noch nicht gelandet bist. Die ist doch sonst nicht so dämlich! Oder bist du nur zu schüchtern?«

»Wenn ich das nicht wäre, dann warst du wahrscheinlich schon Onkel!« knurrte Florian grimmig, während er die Schuhe zum Trocknen über die Bettpfosten stülpte.

Die ersten Auswirkungen des Familienzuwachses bekam Tinchen bereits im Speisesaal zu spüren. Ihr kleiner Tisch, hinter einem Pfeiler verborgen und durch ein dickblättriges

Grüngewächs zusätzlich getarnt, reichte für drei Personen nicht mehr aus; jetzt fand sie sich gleich neben der Tür wieder, wo jeder Schmetterling sie freudig begrüßte und bei dieser Gelegenheit Wünsche und Beschwerden ablud. Letztere waren in der Überzahl.

»Fräulein Tina, ich kriege jeden Tag einen anderen Liegestuhl. Der von heute ist ganz durchgesessen. Können Sie nicht mal dafür sorgen, daß ...«

»Ich habe gestern ein Tuch gekauft, aber nun paßt es in der Farbe nicht zu meinem Kleid. Was heißt ›umtauschen‹ auf italienisch?«

»Im Nebenzimmer bellt dauernd ein Hund! Muß ich mir das gefallen lassen? Einen Socken hat er mir auch schon geklaut.«

»Wenn das so weitergeht, esse ich künftig in der Küche«, schimpfte sie. »Vorhin hat mich einer gefragt, warum wir nicht mal einen bunten Abend veranstalten mit Gesangswettbewerb oder einem Tanzturnier. Dann gäbe es wenigstens mal richtig was zum Lachen. Ich bin doch hier nicht als Kindergartentante angestellt, der dauernd irgendwelche Spiele einfallen müssen. Jetzt habe ich erst die Esel-Safari angeleiert, und nun soll ich schon wieder ...«

»Wo hast du denn die anderen Esel alle her, Tine?«

»Einer fehlt uns noch!« giftete sie zurück. Sie war gereizt und nicht in der Stimmung, sich auch noch von ihrem Bruder anfrotzeln zu lassen.

Zwar war der Sonderzug heute ausnahmsweise einmal pünktlich gewesen, aber dafür hatte es Ärger gegeben mit zwei reiferen Damen, die gemeinsam ein Doppelzimmer gebucht und sich während der Reise so gründlich zerstritten hatten, daß sie bereits im Bus die entferntesten Plätze belegt und angekündigt hatten, für den Rest ihres Lebens kein einziges Wort mehr miteinander zu wechseln.

»Das brauchen Sie ja auch nicht, wenn Sie nicht wollen«,

hatte Tinchen gesagt und krampfhaft nach einer Lösung gesucht, »tun Sie doch einfach so, als ob die andere nicht da sei.«

»Das ist unmöglich«, hatte die eine Doppelzimmerhälfte geantwortet, »Luise schnarcht.«

»Ich schnarche überhaupt nicht«, hatte die andere Hälfte protestiert, »und selbst wenn, dann nur nachts, während Käte vierundzwanzig Stunden lang hustet. Kaum achthundert Mark Rente, aber dreißig Zigaretten pro Tag! Als ihre Mutter noch lebte, hat sie sogar ...«

»Wären Sie eventuell bereit, in den Nachbarort zu gehen?« Tinchen wußte, daß bei Lilo nicht alle Zimmer belegt waren. »San Giorgio ist nur fünf Kilometer entfernt.«

»Je weiter, desto besser!« hatte Luise behauptet und sogar auf eigene Kosten ein Taxi genommen, »damit ich keine Minute länger als notwendig mit dieser ... dieser Lebedame dieselbe Luft atmen muß!«

Die Lebedame hatte nur »Phhh« gemacht und während der Fahrt den ganzen Bus mit Einzelheiten aus dem ohnehin nicht sehr ergiebigen Liebesleben ihrer ehemaligen Busenfreundin Luise unterhalten.

Tinchen hatte jedenfalls wieder einmal restlos genug von Touristen im allgemeinen und weiblichen Schmetterlingen im besonderen. Und trotzdem würde sie morgen wieder einen ganzen Käfig voll nach Nizza transportieren müssen – zum elften Mal!

Kapitel 13

Der Bus tappte vorsichtig über die Bahngleise. Noch eine Kurve, dann hatten sie Verenzi endlich hinter sich gelassen und damit hoffentlich auch das Gedränge an den Fenstern, verbunden mit Ausrufen wie: »Da hinten das rote Dach gehört zu meinem Hotel«, oder »Zwanzig Meter Luftlinie links von der großen Palme kann man genau in mein Zimmer sehen. Das Gelbe am Fenster ist mein Badeanzug!«

Mit dem Rücken zur Tür stand Tinchen und überblickte ihre Herde. Bunte Mischung diesmal, überwiegend Jüngere, nur vier Ehepaare dabei, eins davon mit einem zweipfündigen Reiseführer bewaffnet, da würde es Schwierigkeiten geben. Ganz hinten eine kichernde Clique, bei der bereits eine Zweiliterflasche kreiste, und vorne in der ersten Bank ein strahlend gelaunter Florian. Neben ihm saß Karsten und hatte Zahnschmerzen. Krampfhaft hielt er ein Tuch an seine leicht geschwollene Wange gepreßt.

»Du hättest nicht mitfahren sollen! Tut's sehr weh?«

Florian grinste. »Sein verletzter Stolz tut ihm weh, nicht die Ohrfeige! Der Casanova hat sich nämlich heute früh an die kleine Italienerin herangemacht, die seit gestern im Nebenzimmer wohnt. Als Mann von Welt begrüßte er sie mit ›Pronto‹, weil er das von dir am Telefon gehört hatte, und kriegte prompt eine gescherbelt.«

»Ich weiß noch immer nicht, warum«, jammerte Karsten.

»Weil ›Pronto‹ nicht ›Hallo‹ heißt, sondern ›bereit‹, du Trottel!«

»Woher soll ich das denn wissen?«

»Italienisch gehört zu den romanischen Sprachen und hat ihren Ursprung im Lateinischen«, dozierte seine Schwester, »und nach acht Jahren Gymna...«

»Halt die Klappe!« empfahl Karsten. Er wickelte sich noch enger in seine Windjacke und schloß die Augen. Sollten sie ihn doch endlich in Ruhe lassen.

»Ist das nicht meine?« Florian prüfte mißtrauisch den hellgrauen Popelineärmel.

»Natürlich ist das deine! Du willst doch sicher nicht, daß dein weißer Pullover dreckig wird!«

»Könnt ihr nicht endlich mal den Mund halten!« zischte Tinchen leise, »gelegentlich möchte ich auch mal etwas sagen!«

Die Begrüßungsrede konnte sie inzwischen rückwärts, die üblichen Witzchen, zehnmal erprobt und immer wieder Heiterkeitserfolge, kamen ebenfalls an, und nach dem Hinweis, daß man in San Remo eine Kaffeepause einlegen werde, schaltete sie das Mikrofon wieder ab.

»Jetzt gucken sie noch zehn Minuten lang in die Gegend, dann fangen sie an zu essen, und danach schläft die Hälfte.«

»Fräulein, wissen Sie, wie der Berg da drüben heißt?« Der Herr mit dem Baedeker war aufgestanden und zeigte nach rechts. »Ich meine den da hinten mit dem Turm obendrauf.«

Tinchen suchte Hilfe bei Luigi, aber der zuckte nur mit den Schultern. »Das ist der Monte Gallo«, behauptete sie entschlossen, wobei sie den Fahrer entschuldigend anlächelte. Luigi grinste zurück. Er hätte sich nie träumen lassen, daß sein Familienname, der ganz prosaisch ›Hahn‹ lautete, einmal zu topographischen Ehren kommen würde.

»Wieviel mag so ein Berg wohl wiegen?«

Florian sah Tinchens entgeistertes Gesicht und wandte sich höflich nach rückwärts: »Meinen Sie mit Turm oder ohne?«

»Nun sei doch mal still, Karlheinz! Wir können die Angaben ja doch nicht auf ihre Richtigkeit prüfen!« Die Baedeker-Gattin zog ihren Mann wieder auf den Sitz zurück.

»Man wird ja wohl noch fragen dürfen«, knurrte der und vertiefte sich wieder in seinen Wälzer.

»Fünfunddreißig Mark pro Person, und du liest ein Buch! Warum bist du überhaupt mitgekommen?«

»Weil ich wissen will, ob auch alles stimmt, was hier drinsteht!«

Endlich San Remo. Zuerst drängten diejenigen aus dem Bus, die schon seit einiger Zeit unruhig auf ihren Sitzen herumgerutscht waren und nun eilig in die nächste Bar stürzten. Der Inhaber, an derartige Invasionen gewöhnt und bemüht, zur vermutlichen Ankunftszeit die Toilette freizuhalten, brühte deutschen Kaffee auf. Tinchen bekam ihren umsonst, dazu ein frisches Croissant und eine Pakkung Nazionali grün, die billigste Zigarettensorte und ungenießbar. Sogar Karsten lehnte sie ab.

Die Herde bestellte Kaffee und wollte wissen, wie es nun weitergehe. »Sie haben eine Stunde zur freien Verfügung«, verkündete Tinchen. »Ich empfehle Ihnen einen kleinen Bummel durch die Pigna, also die Altstadt, und vielleicht einen Blick in die orthodoxe Kirche. Allerdings möchte ich betonen, daß Sie dort keine Gelegenheit zum Schwimmen haben. Es ist daher unnötig, die Kirche in Strandkleidung zu betreten. Und seien Sie bitte pünktlich um zehn Uhr wieder am Bus!«

Florian hakte Tinchen unter und zog sie ins Freie. »Jetzt zeigst du mir, wo die ollen Kaiser und Könige immer ihr Zipperlein kuriert haben!« Und zum hinterhertrottenden Karsten:.»Du störst! Hier hast du tausend Lire, geh so lange ins Kino!«

Violette Blütenkaskaden fielen von der Mauer bis fast auf den Weg, vermischten sich mit den raschelnden Gräsern und ließen Tinchen vergessen, daß ein paar hundert Meter weiter der Verkehr brodelte und eine Schar Touristen auf sie und den Weitertransport wartete. Schön war dieser Spaziergang gewesen, erst am Meer entlang und dann oben durch die halbverwilderten Gärten. Aprikosen hatte Florian geklaut und Petersilie, weil die in Deutschland immer so teuer ist. »Hier wächst das Zeug wie Unkraut, nicht zu fassen!« hatte er gesagt und sich ein paar Stengel ins Knopfloch gesteckt. Dann hatte er Tinchen geküßt und ihr Margeriten ins Haar geflochten. In einer davon hatte eine Spinne gesessen, und mit der Romantik war es wieder einmal vorbei gewesen. Spinnen an der Wand waren schon schlimm genug, krabbelnd im Halsausschnitt beinahe ein Grund zum Herzinfarkt! Schreiend war Tinchen aufgesprungen und hatte das Tier abgeschüttelt.

Jetzt stapfte sie verbissen schweigend den holprigen Weg entlang. Was war nur mit ihr los? Einen Augenblick lang hatte sie Florians Umarmung an jenen Nachmittag in Loano erinnert, und sie hatte sich gewünscht, daß nicht er, sondern Klaus Brandt ihr die Blumen ins Haar steckte, aber dann war ihr wieder die letzte Begegnung eingefallen, der korrekte Herr im grauen Flanell mit den untadeligen Manieren, und sie hatte ganz schnell die Augen aufgemacht. Prinzen gehörten eben in Märchen, und Märchen erlebt man nur einmal! Punktum, Ernestine!

Vor der Bar wimmelte die Herde durcheinander und vermischte sich mit einer Omnibusfracht reisender Amerikanerinnen. Tinchen kämpfte sich zu dem dösenden Luigi durch. »Drücken Sie mal auf die Hupe!«

Die gehorsamen Schafe versammelten sich. »Sind alle da?« Vergebens reckte sie den Hals, um ihre Mannschaft zu überblicken. Sie war einfach ein paar Zentimeter zu klein.

»Warum zählst du nicht die Beine und dividierst durch zwei?« schlug Karsten vor, aber Florian hatte bereits die Initiative ergriffen.

»Erst mal alles einsteigen! Dann kontrolliert jeder, ob sein Nebenmann da ist! Wenn keiner fehlt, können wir abfahren!«

Niemand fehlte, es war im Gegenteil einer zu viel an Bord.

»Das ist Jürgen!« stellte Karsten vor. »Der will nach Frankreich trampen. Da habe ich gesagt, daß er mit uns fahren kann, wir haben doch noch zwei Plätze frei.«

Um den neuen Passagier kümmerte sich niemand. Alle waren damit beschäftigt, die soeben erworbenen Souvenirs auszupacken und Preisvergleiche anzustellen. Herr Baedeker hatte eine Wanderkarte gekauft und suchte jetzt den Monte Gallo. Seine Gattin häkelte Grünes. Tinchen erläuterte die bevorstehenden Grenzformalitäten, gab den Wechselkurs bekannt und das Porto für Ansichtskarten nach Deutschland, merkte aber bald, daß kaum jemand zuhörte, und sparte sich den Rest. Erst jenseits der Grenze wurden die Insassen wieder munterer. Herr Baedeker knipste Felsen. Tinchen griff wieder zum Mikrofon und kündigte eine kurze Fotopause an. Man nähere sich einem bekannten Aussichtspunkt, von dem aus man einen herrlichen Blick über Monaco habe. Neue Filme wurden in die Kameras gelegt.

»Rechts sehen Sie die Grande Corniche, während es auf der linken Seite rund siebzig Meter in die Tiefe geht. Wer nicht runtergucken will, sollte die Augen schließen«, empfahl Tinchen, der schon auf einer gewöhnlichen Haushaltsleiter schwindlig wurde.

Hoffentlich ist dieser Viehtrieb bald zu Ende! Florian hatte sich in den Schatten einer Agave gesetzt und beobachtete Tinchen, die mit fremden Fotoapparaten hantierte und wunschgemäß Mama, Papa und Tochter Heidelinde vor der Skyline von Monte Carlo knipste oder Herrn und Frau Kruse, eine Palme stützend.

Dann war auch dieser Programmpunkt abgehakt, und die Herde trottete willig zurück zum Bus.

Nächste Station: Spielkasino. Viel Stuck und Plüsch, verstaubtes Relikt der einstigen mondänen Welt, müde herabhängende Palmwedel, ein goldstrotzender Portier, am Billettschalter eine verblühte Schönheit mit Schal und Strickjacke. Zwei Roulette-Tische waren besetzt, die anderen, mit weißen Tüchern abgedeckt, erinnerten an ein Leichenschauhaus. Florian wechselte zwanzig Mark in Chips und drückte sie Tinchen in die Hand.

»Setz' du für mich! Bei so was habe ich niemals Glück. Wenn ich mir bei einer Tombola zehn Lose kaufe, gewinne ich höchstens einen Kugelschreiber oder zwei Eintrittskarten für ein Billardturnier, das schon vor vier Wochen stattgefunden hat.«

»Laßt mich doch mal ran!« bat Karsten. »Ich habe noch nie Roulette gespielt. Neulinge sollen doch immer Glück haben, und vom Gewinn lade ich euch zum Essen ein!« Siegessicher plazierte er die Chips auf Manque und Impair. Es kam die Achtundzwanzig, worauf er beschloß, auf das bekannte Sprichwort zu vertrauen und es lieber noch einmal mit der kleinen Italienerin zu versuchen.

»Reisen bildet«, tröstete Tinchen. »Man lernt, wie schnell man sein Geld loswerden kann!«

»Habt ihr euch mal das Publikum angeguckt? Fast nur Frauen, und alle irgendwo zwischen fünfundsiebzig und scheintot. Verspielen die hier ihre Rente?«

»Das sind die Zeichen der Zeit, Karsten. Wenn heutzutage Großmütter am schnurrenden Rade sitzen, dann höchstwahrscheinlich im Spielkasino«, sagte Florian. »Können wir jetzt wieder gehen? Oder muß noch etwas besichtigt werden?«

»Aquarium, Botanischer Garten, Schloß mit Wachtparade ...«

»Der Himmel bewahre mich vor diesem Kasperltheater! Diese Pseudosoldaten erinnern mich immer an den Nußknacker, der bei meiner Oma auf'm Vertiko stand.« Florian schüttelte den Kopf. »Mein Bildungshunger ist erst mal gestillt. Ich suche mir jetzt 'ne Bockwurstbude!«

Am liebsten wäre Tinchen mitgegangen, aber sie sah sich schon wieder umringt von ihrer Herde, die das Fürstenpaar sehen wollte und das Penthouse von Björn Borg, den Laden mit den Torerohüten, die Jacht von Tina Onassis und die Stelle am Strand, wo Hans Albers damals ›Das ist die Liebe der Matrosen‹ gesungen hatte.

Herr Baedeker hielt Tinchen zwei bizarr geformte Steine vor die Nase.

»Da hinten liegen noch viel mehr« – er deutete irgendwo in die Gegend – »zum Teil tonnenschwere Brocken. Woher kommen die?«

»Sie sind vermutlich in früher Zeit von Gletschern mitgebracht worden.«

»Interessant. Und wo sind die Gletscher jetzt?«

»Unterwegs. Neue Steine holen!« knurrte Karsten halblaut. »Sag' mal, Tinchen, stellen die immer so dusselige Fragen?«

»Noch dusseligere!«

Die Herde hatte sich in alle Windrichtungen zerstreut, bereit, es mit den Sehenswürdigkeiten aufzunehmen. Auch Karsten wollte sich verkrümeln. Unter dem Vorwand, mal etwas für seine Biologienote tun zu müssen, peilte er das Aquarium an. »Kommste mit, Tine?« fragte er anstandshalber.

»Nein, danke. Gebratene Fische sind mir lieber.«

Sie bummelte durch die Straßen in der Hoffnung, irgendwo auf Florian zu stoßen, sah aber nur Baedekers und flüchtete in den nächsten Laden. Es handelte sich um ein Spezialgeschäft für Umstandsmoden, das sie mangels für sie geeigneter Angebote schließlich mit einer Quietschente wieder verließ. Bommel würde sich bestimmt freuen. Sein Herrchen auch.

Um zwei Uhr startete der Bus zur letzten Etappe. Tramper Jürgen verabschiedete sich. Er hatte da ›so 'n paar Typen‹

kennengelernt, die auf dem Weg nach Paris seien. Das kenne er auch noch nicht und wolle mit. Nach Marseille könne er ja später immer noch gehen. Und schönen Dank noch fürs Mitnehmen.

Tinchen steckte ihm ihr Lunchpaket zu (kaltes Huhn und Pfirsiche!) und die grünen Nazionali. Karsten spendete ein Päckchen Kaugummi und Florian Hustenbonbons. Jürgen revanchierte sich mit einer zerknitterten Visitenkarte sowie der Einladung, ihn in Darmstadt zu besuchen. »Aber erst ab Mitte September, vorher bin ich doch nicht zu Hause.«

Müdigkeit machte sich breit. Man hatte, je nach Veranlagung, Kaffee und Kuchen oder Wein und Pizza zu sich genommen und verdaute. Fürstens hatte man leider nicht gesehen, aber man nahm sie in Form von handbemalten Porzellantellern Made in Hongkong oder wenigstens als Ansichtskarte im DIN-A5-Format mit in die monarchenlose Heimat.

Nizza. Palmenpromenade mit Großstadtverkehr, dahinter stuckverzierte Luxushotels – Kulisse von Simmel-Romanen und Fernsehfilmen, den Businsassen also bestens vertraut. Protest kam auf, als Luigi in das Straßengewirr der Altstadt tauchte. »Was sollen wir hier? Mietshäuser gibt es auch in Wanne-Eickel!«

Tinchen versicherte, daß man lediglich den Busparkplatz aufsuche, und von dort sei man in fünf Minuten wieder am Meer. Rechts um die Ecke befinde sich der weltberühmte Blumenmarkt, genau gegenüber ein Restaurant mit deutscher Küche, ansonsten fahre man um siebzehn Uhr zurück, und nun viel Vergnügen!

»Und was machen wir, Tinchen?«

»Essen gehen!« Schon bei ihrem ersten Besuch in Nizza hatte sie ein kleines, typisch französisches Restaurant entdeckt, unscheinbar von außen, innen jedoch sehr stilvoll eingerichtet und von Touristen bisher übersehen. »Ich lade dich ein, Flox!« Und als sie seine abwehrende Handbewegung sah: »Das geht auf Spesen.«

»Hättest du das nicht früher sagen können? Jetzt habe ich mir schon in Monte Carlo zwei Tüten Pommes reingeschoben!«

Trotzdem ging er mit. Er wäre überall mitgegangen, sogar auf den Blumenmarkt, wenn Tinchen das gewollt hätte, obwohl er von Blumen nur soviel wußte, daß sie bei offiziellen Besuchen obligatorisch und vermutlich deshalb so unverschämt teuer waren. Dann gab es noch Blumen in Töpfen, aber die wurden immer nach einer Woche welk, was hauptsächlich daran lag, daß sie regelmäßig begossen werden mußten, und zwar mit Wasser. Da Florian diese Flüssigkeit nur zum Kaffeekochen und Zähneputzen verwendete, konnte er sich nicht vorstellen, daß es Lebewesen geben sollte, die so etwas trinken. Er hatte es schon mit Bier versucht und mit verdünntem Wodka, aber die Zimmerlinde hatte allergisch reagiert und kurzerhand ihren Geist aufgegeben. Seitdem bestanden Florians Zimmerpflanzen aus zwei Schnittlauchtöpfen, denen gar keine Zeit zum Welkwerden blieb, weil er sie immer schon vorher aberntete.

Den Blumenmarkt kannte Tinchen schon. Sie fand ihn langweilig und die Aussicht, dort mindestens die halbe Busbesatzung zu treffen, schlichtweg entsetzlich. Sie wollte ins Museum.

»Schon wieder Bildung!« stöhnte Florian. »Warum können wir nicht hier sitzen bleiben, noch ein Glas Wein trinken und uns ganz einfach unterhalten?«

Sie hatten vorzüglich gegessen, zuerst gefüllte Auberginen, dann ein Kalbsbries und zum Schluß flambierte Kirschen, von denen Florian behauptet hatte, sie seien nicht mit Grand Marnier übergossen worden, wie es die Speisekarte versprochen hatte, sondern mit einem namenlosen Fusel. Auf diesem Gebiet könne er sich durchaus als Fachmann bezeichnen.

Der herbeizitierte Kellner hatte Florians Verdacht wortreich bestritten und war Sieger geblieben. Schon aus rhetorischen Gründen, denn Florian hatte seinerzeit nur Englisch und Latein gelernt. »Drei Sorten Menschen gibt es, mit denen jede Diskussion unmöglich ist«, hatte er schließlich festgestellt, »amerikanische Psychiater, englische Zollbeamte und französische Kellner.«

Nun tigerte er schimpfend hinter Tinchen her, deren Vorliebe für französische Malerei in krassem Gegensatz zu seinen schmerzenden Füßen stand. »Ich habe heute schon mein halbes Monatssoll an Laufarbeit geleistet. Kannst du dir den Rest nicht das nächste Mal ansehen?«

Aber Tinchen wollte nicht. Sie hatte sich vorgenommen, die Chagalls zu besichtigen, und davon ließ sie sich nicht abbringen. Irgendwie mußte sie der Wärter mißverstanden haben, oder er war nicht geneigt gewesen, ihnen auch die Betrachtung der übrigen Schätze des Museums zu schenken, jedenfalls hatten sie sich schon an einer Reihe moderner Plastiken vorbeiführen lassen und die wortreichen Erklärungen des Mannes anhören müssen, die sie im einzelnen zwar nicht verstanden hatten, denen sie jedoch entnehmen konnten, daß dies alles sehr schön und kostbar sei.

»Ich verstehe nicht viel von modernen Skulpturen, aber ich weiß genau, was meine Frau Mühlbauer nie abstauben würde«, bemerkte Florian vor einem Gebilde, das große Ähnlichkeit mit einem Schweizer Käse hatte.

»Ich möchte gar nicht erst fragen, wie lange der Meister daran herumgehämmert hat. Und was ist dabei herausgekommen? Nichts als Löcher!«

Die Chagalls fanden sie dann doch noch, aber Florian interessierte sich mehr für die Bank mitten im Saal, die ihm weitaus besser gefiel als alles, was an den Wänden hing.

»Was weißt du über Chagall?«

Er überlegte. »Ich glaube, das ist ein französischer Pole

oder meinethalben auch ein polnischer Franzose, und er malt immer das, was ich träume, wenn ich besoffen bin!« Tinchen zuckte zusammen. »Ist das alles?«

»Was willst du denn von mir hören, zum Donnerwetter? Katalog-Weisheiten? Wiedergekäute Kunstkritiken? Wer vor solchen Bildern steht und Tiefsinniges vor sich hinschwafelt, benutzt doch selten eigene Gedanken. Die meisten denken per Anhalter. Außerdem kommt es nicht darauf an, was man weiß, sondern auf das, was einem im richtigen Moment einfällt. Mir fällt aber im Augenblick nichts anderes ein als die Tatsache, daß ich ein Loch im Strumpf und darunter eine Blase habe. Laß uns endlich gehen, damit ich mich irgendwo hinsetzen kann!«

»Wir müssen sowieso zurück! In einer Viertelstunde geht der Bus.«

Mit einem Blick auf den jämmerlich humpelnden Florian spendierte sie ein Taxi. Dankbar ließ er sich in die Polster sinken. »Merci, Madame.« – »Mademoiselle«, korrigierte Tinchen, »oder solltest du nicht einmal den Unterschied kennen zwischen Madame und Mademoiselle?«

»Doch«, grinste Florian, »Monsieur!«

Auf dem Parkplatz war die Herde fast vollzählig versammelt. Der Bus war verschlossen, Luigi nirgends zu sehen. Baedekers fehlten noch und Karsten, der sich gleich nach ihrer Ankunft verdrückt hatte. Auch die weinselige Vierergruppe von der Rückbank war noch nicht aufgetaucht. Also würden sie wieder einmal nicht pünktlich wegkommen.

Dafür kam Luigi. Er hatte die vergangenen Stunden im Kreise von Leidensgenossen verbracht, Unmengen von Mineralwasser getrunken und dabei ausgerechnet, um wieviel tausend Lire ihn Pasquale, der krumme Hund, heute wohl wieder betrügen würde. Dienstags und donnerstags, wenn Luigi mit dem Touristenbus unterwegs war, übernahm Pasquale sein Taxi, aber nach seiner Ansicht konnte er weder richtig fahren noch richtig rechnen. Dafür war er billig, und das hatte letztlich den Ausschlag gegeben.

Kaum hatte Florian den Bus betreten, als er auch schon wieder kehrtmachte. »Muß ich da wirklich rein? Ich habe keine Lust, noch vor meiner Beerdigung in einem rollenden Krematorium herumzufahren!«

Für Tinchen war der Anblick von mindestens fünfzig Nelkensträußen, über sämtliche Ablageplätze verteilt, nichts Ungewöhnliches mehr. Sie konnte hundertmal erklären, daß die Blumen auf dem Wochenmarkt in Verenzi um einiges billiger waren als hier, niemand glaubte das, und so bogen sich jedesmal die Gepäcknetze unter der Last von langstieligen Nelken, die später im Hotelzimmer um drei Viertel gekürzt in Zahnputzbechern landeten. Betäubender Duft zog durch den Wagen und würde sich erst nach einigen Kilometern etwas verflüchtigen, wenn Luigi ungeachtet des allgemeinen Protests die Ventilatoren einschaltete.

Frau Baedeker schnaufte über den Platz. »Ist mein Mann schon da? Nein? Dann müssen wir ihn suchen!«

Es stellte sich heraus, daß der Gatte vor dem vierten Souvenirladen kapituliert und sich allein auf den Rückweg gemacht hatte. »Weit kann er nicht sein, ich bin ja auch bloß um zwei Ecken gegangen und stand plötzlich hier.«

Die Herde schwärmte aus und kam kurz darauf im Triumphzug zurück. Vorneweg Karsten, der drei Weinflaschen schleppte, dahinter im Zickzackkurs ein selig vor sich hinbrabbelnder Herr Baedeker, dann der Troß.

»Man kann-hicks- nicht immer nur Gero … Georgra … also nicht immer – hicks – Erdkunde studie … studieren, man m-muß auch mal prak-praktische Studien b-betreiben. Ich b-bin mit den – hicks – W-weinproben noch gar nicht f-fertig. Die anderen habe ich m-mitgebracht. W-willst du auch – hicks – m-mal kosten, H-Helene?«

Die war zu einem mißbilligenden Fragezeichen erstarrt. »Karlheinz!!!«

Karlheinz hörte nicht. Er überwachte das Verstauen seiner hochprozentigen Mitbringsel und sank befriedigt auf seinen Sitz. »Das w-war mal ein schö-schöner Ausf-flug!«

Endlich trudelte auch das Rückbank-Quartett ein. Es hatte den Nachmittag am Strand verbracht und knirschte, nach allen Seiten Entschuldigungen murmelnd, durch den Bus. Der Duft von Nelken mischte sich mit dem Geruch von Sonnenöl und Haute Sauternes.

»Mußte jetzt wieder quasseln?«

Tinchen mußte nicht. Sie ließ sich vielmehr von Karsten erzählen, wie er bei seinem ersten Versuch der deutschfranzösischen Kommunikation gescheitert war.

»Ich bin da hinter so 'ner tollen Blondine hergestapft, erstklassige Figur, ganz enge Jeans, und als ich sie gerade ankeilen wollte, habe ich erst gemerkt, daß das'n Kerl war. Vorher waren mir die hohen Absätze an den Stiefeln gar nicht aufgefallen!« In seinem Seufzer lag die ganze Enttäuschung. »Heutzutage kann man die Geschlechter wirklich bloß noch im Kinderwagen unterscheiden!«

»Wer dich von hinten sieht, könnte auch auf falsche Gedanken kommen«, bemerkte Florian, »du solltest endlich mal zum Friseur gehen!«

»Kommt gar nicht in Frage!«

»Denk' nicht so sehr an die Haare, die du verlierst, freu dich lieber, daß du mehr Gesicht bekommst!«

»Im Gegensatz zu dir hätte ich wenigstens eins zum Vorzeigen!«

»Wie lange noch? Jugend und Schönheit sind vergänglich.«

»Stimmt, aber Häßlichkeit vergeht nie!«

Amüsiert hatte Tinchen dem Schlagabtausch zugehört und gleichzeitig überlegt, wie wohl Klaus ihren Bruder behandeln würde. Sicher ein bißchen von oben herab mit väterlichwohlwollender Überheblichkeit, immer bemüht, Haltung zu wahren. Auf keinen Fall würde er Karsten an das Steuer seines Wagens setzen und ihn sechs Runden um den Golfplatz drehen lassen, wie Florian es getan hatte. Er würde auch keine Aprikosen von fremden Bäumen pflücken und Blumen mit Spinnen drin verschenken. Statt dessen war er mit Tante Josi nach Mailand gefahren – Schmuck einkaufen!

Es war schon fast dunkel, als der Bus wieder auf der Piazza von Verenzi hielt. Schweigsam war es während der letzten beiden Stunden gewesen, fast alle hatten geschlafen, Herr Baedeker mit einer Flasche im Arm und Frau Baedeker mit einer Porzellanvase – Bonjour de Nice.

Tinchen verabschiedete ihre Herde, nahm Dankesworte in Empfang und Trinkgelder, an die sie sich noch immer nicht gewöhnt hatte, und die jedesmal wie Feuer in ihrer Hand brannten, murmelte Unverbindliches und atmete auf, als der letzte endlich den Bus verlassen hatte. Die gesammelten Scheine reichte sie an Luigi weiter, der sie unbesehen einsteckte. »Grazie. Heute mal alles gut gegangen. Nix Person vergessen, nix Kontrolle an Grenze, und Auspuff hat auch gehalten! Habe ich angebunden heute früh noch schnell mit Draht! Buona sera, Signorita.«

In der Halle des Lido wartete Brandt. Er hatte bereits sämtliche Illustrierte durchgeblättert, die Tageszeitungen der vergangenen Woche und La Cuccina Romagna, obwohl er sich im allgemeinen für Kochrezepte nicht interessierte, aber diese Lektüre war immer noch besser, als den neugierigen Blikken standzuhalten, mit denen ihn die Prozession hungriger Gäste auf dem Weg zum Speisesaal durchlöcherte. Alle paar Minuten sah er auf die Uhr. Diese Frankreich-Touren dehnten sich auch von Mal zu Mal länger aus, und wahrscheinlich würde Tina wieder viel zu müde sein, um mit ihm noch irgendwohin zu gehen. In letzter Zeit war sie überhaupt etwas zurückhaltend geworden, gar nicht mehr das entzückend naive Aschenbrödel, das weinend auf der Klippe gesessen und zum ersten Mal Langusten gegessen hatte. Übrigens recht geschickt, wie er festgestellt hatte, also kam sie doch aus einem guten Stall. Aber das hatte ihm ja schon Tante Josi bestätigt, gleich nach der Teestunde. Ein Edelstein sei Tina, hatte sie gesagt, vielleicht noch ein bißchen ungeschliffen, aber das würde sich bestimmt verlieren. Jedenfalls habe sie gegen die Wahl ihres Neffen nichts einzuwenden, zumal es an der Zeit sei, daß er endlich heirate. Schließlich sei er beinahe schon Doktor, und in leitender Position brauche er nun mal eine Frau, das sei so üblich. Schon aus gesellschaftlichen Gründen. Seine Schwester Tanja habe das auch gesagt, und die müsse es ja wissen. Nicht umsonst habe ihr Mann innerhalb von fünf Jahren diese Karriere gemacht. Tanja habe wesentlich dazu beigetragen und ihre repräsentativen Pflichten untadelig erfüllt. Aber Tanja war langweilig, Tina nicht. Und das hatte bei Brandt den Ausschlag gegeben. Beinahe wäre er ja auf diese attraktive und selbstsichere Lilo hereingefallen, aber dann hatte sie ihm erzählt, daß sie schon einmal verheiratet gewesen war, und eine geschiedene Frau hätte Tante Josi niemals akzeptiert. In dieser Hinsicht hatte die italienische Mentalität auf sie abgefärbt. Mit einer Geschiedenen amüsierte man sich höchstens eine Zeitlang, aber so etwas heiratete man nicht!

Als Tinchen endlich auf der Bildfläche erschien, war Brandt gerade bei der Überlegung angekommen, daß man es bei zwei Kindern belassen sollte, die tunlichst in einem Abstand von höchstens drei Jahren geboren werden müßten, denn ein noch größerer Altersunterschied würde sich bestimmt nachteilig auswirken. Seine Schwester war fünf Jahre älter als er und ihr Verhältnis auch heute noch alles andere als innig.

Er ignorierte die beiden traurigen Gestalten neben Tina und überreichte ihr mit strahlendem Lächeln den Rosenstrauß. Absichtlich hatte er blaßrosa Blüten gewählt, rote wären zu eindeutig gewesen.

»Du bist schon zurück?« Achtlos griff Tinchen nach den Blumen, während Brandt etwas irritiert die beiden Männer musterte, die so gar keine Anstalten machten, endlich zu verschwinden.

»Willste uns nicht mal bekannt machen?« forderte Karsten.

»Ach so, ja, natürlich. Das ist mein Bruder Karsten, und das ist sein Freund Florian Bender. Herr Brandt aus Hannover.«

»Sehr erfreut«, murmelte Brandt und war gar nicht erfreut. »Ich dachte ... ich wußte nicht ... Sind Sie hier auf Urlaub?«

»Ja, noch vierzehn Tage«, sagte Karsten.

»Höchstens noch eine Woche«, verbesserte Florian und wandte sich zum Fahrstuhl. »Komm mit, Knabe, merkst du nicht, daß wir stören?«

»Nö, wieso denn?«

Unschlüssig wanderte Tinchens Blick zwischen den beiden Kontrahenten hin und her. Vor ihr der wie aus dem Ei gepellte Brandt, hinten am Lift ein zerknautschter Florian mit Ziehharmonikahosen und verwelkter Petersilie im Knopfloch.

»Sei nicht böse, Klaus, aber ich bin hundemüde. – Die Fahrt und die Hitze ... Können wir uns nicht morgen sehen?«

»Aber natürlich, Tina. An sich bin ich auch nur vorbeigekommen, weil ich in Verenzi etwas zu erledigen hatte und dir bei dieser Gelegenheit mein Mitbringsel geben wollte.« Er zog ein Päckchen aus der Tasche. »Nur eine Kleinigkeit. Du sollst wenigstens wissen, daß ich an dich gedacht und nichts vergessen habe.«

»Aber ...«

»Ciao, Tina, schlaf gut! Ich rufe dich morgen an.« Schon war er verschwunden.

Wegen dieses Florian Bender ließ er sich keine grauen Haare wachsen. Der war nun wirklich kein Konkurrent für ihn!

Ursprünglich hatte Tinchen vorgehabt, das Geschenk ungeöffnet zurückzugeben, aber dann siegte doch die Neugierde. Sie entfernte das Seidenpapier und öffnete das schmale Etui. Vor ihr lag eine Korallenkette.

»Die nehme ich auf keinen Fall an!« sagte sie laut zu ihrem Spiegelbild. »Von Männern lasse ich mir keinen Schmuck schenken, selbst dann nicht, wenn sie ihn mit Rabatt kriegen!« Dabei fiel ihr Blick auf die Autoschlüssel, an denen der goldene Anhänger baumelte. Der war ja auch ganz etwas anderes! Man konnte ihn nicht um den Hals hängen, also war er kein Schmuckstück. In weitestem Sinn konnte man ihn als technisches Zubehörteil einstufen. Außerdem hatte sie Florian heute zum Essen eingeladen, das Taxi bezahlt, und die Omnibusfahrt hatte er auch umsonst gehabt. Also waren sie quitt.

Sie stellte sich unter die Dusche und kroch sofort ins Bett. Keinen Menschen wollte sie heute mehr sehen! Müde war sie und ein bißchen unglücklich, obwohl es doch eigentlich gar keinen Grund gab. Zwei Männer bemühten sich um sie, und sie brauchte nur zu wählen. Weshalb fiel ihr das nur so schwer? Und warum mußte sie überhaupt? Schließlich konnte sie doch mit beiden befreundet sein. Lilo zog ja auch jeden dritten Tag mit einem anderen herum und war nicht die Spur unglücklich.

Schlaf endlich, Tine, morgen sieht alles anders aus!

Aber sie konnte nicht schlafen. Sie hörte Franca kichern und Herrn Überall, ihren Zimmernachbarn, der schnarchend einen halben Pinienwald abholzte. Sie hörte die Kirchturmuhr Mitternacht schlagen und das Moped von Raffaelo, dem Barkeeper, der nach Hause fuhr. Sie hörte leise Schritte über den Flur tappen und vor ihrer Tür anhalten. Es klopfte.

»Tinchen?« klang es leise und sehr zärtlich.

»Ich – ich schlafe schon!«

»Schade. Bommel wollte dir noch gute Nacht sagen.«

Sie krabbelte aus dem Bett und drehte den Schlüssel herum. Vorsichtig ging die Tür auf. Bommel wehrte sich energisch gegen die zugehaltene Schnauze und zappelte wie ein Verrückter, bis Florian ihn auf den Boden setzte. »Ich hatte Angst, der kläfft das ganze Haus zusammen.«

»Warum hast du ihn überhaupt mitgebracht?«

»Als Alibi. Es könnte ja sein, daß Karsten doch mal mitten in der Nacht wach wird!«

Kapitel 14

Florian las BILD. Zu seinem Kummer ließ sich das Düsseldorfer Tageblatt in keinem Laden auftreiben, wofür selbstverständlich die mangelnde Flexibilität der Vertriebsabteilung verantwortlich zu machen war. Sie mußte doch wissen, daß zu den Grundbedürfnissen eines deutschen Touristen neben Sonne und Sahnetorte die Zeitung gehört, die aufzutreiben ihm kein Weg zu weit ist. Am Strand hatten sich schon Fahrgemeinschaften gebildet, weil es in Loano eine größere Auswahl an Boulevardblättern gab als in Verenzi. Aber das Tageblatt hatte Florian auch dort nirgends entdeckt, und er hatte beschlossen, mal ein ernstes Wort mit dem Sperling zu reden. Schließlich mußte der in erster Linie daran interessiert sein, daß seine Leitartikel auch während der Urlaubssaison gelesen und nicht nur zum Einwickeln von Salatköpfen verwendet wurden.

»Nackte Frau stand zitternd vor der Haustür«, las Florian laut.

»Vor Kälte oder vor Angst?« fragte Tinchen.

»So was Dämliches! Warum ist sie nicht zur Nachbarin gegangen statt zu warten, bis ein Reporter sie entdeckt?« Tinchen rollte sich vom Rücken auf den Bauch und blinzelte ihren Bruder an. »Du bist ein Idiot!«

Da sie diese Feststellung mindestens dreimal pro Tag traf und mindestens zweimal damit recht hatte, überhörte Karsten diese Beleidigung und widmete sich weiter dem aussichtslosen Versuch, Bommel die verordneten Tabletten einzutrichtern. Der Tierarzt hatte Würmer diagnostiziert und kleine blaue Pillen verschrieben. »Schnauze auf, Tabletten möglichst tief in den Rachen stecken, und dann Schnauze zuhalten, bis der Hund geschluckt hat!« hatten die Anweisungen des Arztes gelautet.

»Wer weiß, ob du das überhaupt richtig verstanden hast.« Schon zum vierten Mal klaubte Karsten die Pillen aus dem Sand und spülte sie unter der Süßwasserdusche ab. »Bommel spuckt das Zeug immer wieder aus.«

»Laß mich mal!« Zärtlich nahm Tinchen das Tier auf den Arm, öffnete ihm vorsichtig die Schnauze und schob die Tabletten hinein. Dann drückte sie die Schnauze wieder zu. Bommel schluckte gehorsam, sah Tinchen fest in die Augen, die ließ los, und Bommel spie die Tabletten auf den Bademantel. Nach seiner Ansicht war das ein ziemlich blödes Spiel, aber den Großen schien es Spaß zu machen. Wütend warf Tinchen die Pillen in den Sand. »Soll er doch seine Würmer behalten!«

Bommel sah sein Frauchen verachtungsvoll an, sprang von ihrem Arm, schlenderte gemächlich zu den Tabletten und fraß sie auf. »Das nächste Mal kriegt er sie als Leckerbissen. Statt Hundekuchen!«

Die Sonne knallte vom wolkenlos blauen Himmel, verteilte gleichmäßig Wärme und Faulheit und wirkte besänftigend auf alle Schmetterlinge, die schon seit Tagen keinen Grund zu Beschwerden gefunden und ihre Reiseleiterin weitgehend in Ruhe gelassen hatten. Endlich konnte auch sie nachmittags an den Strand gehen, sich braun brennen lassen und …

»Tine, hier steht, daß in der nächsten Woche die Eisenbahner streiken!«

»Laß sie doch! Irgendwer streikt hier immer! Letzten Monat waren es die Briefträger, davor die Metzger, weil ihnen die amtlichen Hygienevorschriften nicht in den Kram gepaßt haben, dann mal wieder die Krankenschwestern, und nun sind es eben die Bahnbeamten. Wahrscheinlich sind sie in diesem Jahr noch nicht drangewesen.« Merkwürdig, daß sich hier niemand aufregte, wenn man tagelang keine Post oder kein Fleisch bekam. Das müßte mal in Deutschland passier...

»Wer will streiken?« Mit einem Ruck war Tinchen hoch und riß Florian die Zeitung aus der Hand. »Von wann ist denn die?«

»Von vorgestern.«

»Und wo ist die von heute?«

»Die kommt doch erst morgen.«

»O Gott!« Sie griff nach ihrem Bademantel und rannte los. »Ich muß sofort rauskriegen, für welchen Tag der Streik angesetzt ist.«

»Warum denn? Wir fahren doch sowieso mit dem Auto zurück.«

Florian warf Karsten einen mitleidigen Blick zu. »Du denkst auch bloß von der Wand bis zur Tapete! Übermorgen kommen doch wieder neue Gäste an.« Dann spurtete er hinterher.

Er fand Tinchen an der Rezeption. Schumann blätterte im Telefonbuch, und Tinchen wählte: »... Zwei-Neun-Sieben. Hoffentlich geht Signor Poltano überhaupt ran! Um diese Zeit fährt kein Zug, und wenn keine Güterwagen kommen, pennt er gewöhnlich. Wie? Oh, Scusi, Signora, äh – falsch verbunden!« Sie drückte auf die Gabel und wählte noch einmal. »Warum sind falsche Nummern nie besetzt?«

Diesmal hatte sie Glück. Der Stationsvorsteher teilte ihr mit, daß er von dem angekündigten Streik auch erst aus der Zeitung gehört habe, offiziell noch gar nichts wisse und auch keine Ahnung habe, wo man Genaueres erfahren könne. Vielleicht bei der Kurverwaltung oder bei der polizia, am sichersten bei der Regierung in Rom. Aber um diese Zeit sei da bestimmt niemand mehr zu erreichen.

Schumann hatte sich inzwischen an den zweiten Apparat

gehängt und seine geheimen Informanten angerufen. Die hatte hier jeder. Irgend jemand kannte immer irgendwen, der an einer Schaltstelle saß und je nach Bekanntschaftsgrad seine Kenntnisse gegen ein mehr oder weniger großes »mancia« weitergab. Diese Trinkgelder fielen in der Regel unter die Rubrik ›Laufende Geschäftskosten‹ und waren steuerlich absetzbar. Nach mehreren Telefonaten, die eigentlich nur die Zuverlässigkeit des ersten Informanten bestätigen sollten, schob Schumann den Apparat zur Seite.

»Ich habe eine gute und eine schlechte Nachricht für Sie, Tina. Zuerst die gute: Der Streik ist vorläufig nur für vierundzwanzig Stunden angesetzt. Und jetzt die schlechte: Er beginnt am Mittwoch um Mitternacht.«

»Das heißt also, der Sonderzug sitzt am Mittwochvormittag in Chiasso fest!«

»Kann man den denn nicht einen Tag lang zurückhalten?« Florian zündete zwei Zigaretten an und schob Tinchen eine zwischen die Lippen.

»Oder ganz einfach später in Marsch setzen?«

»Unmöglich! Was soll aus denen werden, die übermorgen abreisen? Außerdem besteht der Zug ja nicht nur aus Schmetterlings-Touristen, von unserem Verein sind höchstens zwei Wagen dabei, und einer davon geht von Genua aus in die entgegengesetzte Richtung.«

»Wie viele Gäste sollen denn diesmal kommen?«

»Das weiß ich nicht genau. So um die siebzig. Die Listen liegen im Büro.«

»Einfach zwei Busse zur Grenze schicken«, sagte Schumann.

»Prima Idee! Und wo kriege ich die her?« Tinchen drückte die Zigarette im Aschenbecher aus und griff nach einer neuen. »Wahrscheinlich bin ich die letzte, die von diesem Streik erfahren hat, und ich gehe jede Wette ein, daß es an der ganzen Küste keinen einzigen Bus mehr zu chartern gibt.«

»Du hast es ja noch gar nicht versucht«, besänftigte Florian. »Zieh dir erst mal etwas an und komm zum Büro. Ich versuche inzwischen, euren komischen Luigi aufzutreiben. Steht er mit seinem Taxi nicht meistens auf der Piazza?«

Tinchen nickte. Ein Glück, daß Florian da war. Er verlor in brenzligen Situationen nie den Kopf.

Vom Büro aus rief sie sofort in Frankfurt an. Sogar Herr Dennhardt war noch erreichbar, drückte wortreiches Bedauern aus und versicherte gleichzeitig, daß man von dort aus leider nicht das geringste tun könne. Der Zug fahre planmäßig ab und würde wohl, wenn die italienische Gewerkschaft nicht noch in letzter Minute ein Einsehen habe, unplanmäßig an der Grenze stehenbleiben. Ob man die Schmetterlinge nicht für einen Tag in den umliegenden Hotels unterbringen könne, wollte Tinchen wissen. Das säße etatmäßig nicht drin, behauptete Dennhardt, und außerdem gebe es im Umkreis von dreißig Kilometern kein freies Zimmer mehr. Das habe man bereits erkundet. »Sehen Sie, Fräulein Pabst, genau *das* fällt unter den Sammelbegriff Unvorhersehbares, und soweit ich mich erinnere, hatten Sie doch seinerzeit behauptet, mit allen Schwierigkeiten fertigzuwerden. Ich gebe zu, daß das diesmal ein ziemlich harter Brocken wird, aber notfalls können Sie ja Ihre Esel in Marsch setzen.«

Das wußte er also auch schon! Absichtlich hatte sie noch keinen Bericht nach Frankfurt geschickt, weil sie erst abwarten wollte, ob diese Safari nur eine Eintagsfliege oder doch eine dauernde Einrichtung werden würde. Diesem Dennhardt schien aber auch nichts zu entgehen, und ganz bestimmt würde er genau verfolgen, wie sie mit dem jetzigen Problem fertig wurde. Vorläufig wußte sie es selbst noch nicht. Vielleicht hatte Florian Glück.

Als sie seine unheilverkündende Miene sah, wußte sie Bescheid.

»Wenn ich Luigi richtig verstanden habe, dann kann er

einen kleinen Bus kriegen, der momentan noch bei irgendeinem Bobo repariert wird. Den großen, mit dem ihr immer durch die Gegend gurkt, hat sich schon Neckermann gekrallt. Und sonst ist weit und breit kein Fahrzeug mehr aufzutreiben. Luigi hat sich schon gewundert, daß du dich noch um gar nichts gekümmert hast.«

»Wenn mir doch auch niemand was sagt!«

Florian sah das ein. Er hätte allerdings entgegnen können, daß man wenigstens einmal täglich Zeitung lesen oder Radio hören sollte, aber er bezweifelte, daß dieses berechtigte Argument zum jetzigen Zeitpunkt angebracht war. Sein Tinchen saß in der Patsche, und er, Florian, mußte ihm da heraushelfen.

»Ich brauche erst mal ganz genaue Zahlen! Wie viele Gäste kommen beziehungsweise wie viele reisen ab?«

»Neunundvierzig Gäste fahren weg, und dreiundsiebzig kommen.«

»Der Bus faßt fünfunddreißig, hat Luigi gesagt.«

»Dann reicht er gerade fürs Gepäck.«

»Die Koffer lassen wir erst mal beiseite. Wenn alle Stricke reißen, bleiben sie an der Grenze und werden mit dem ersten Zug, der wieder fährt, nachgeschickt.«

»Das klappt nie!« Nicht umsonst hatte Tinchen ihre Erfahrungen mit verlorengegangenem Gepäck. Einmal war ein in Dortmund vergessener und nachgesandter Koffer in Florenz gelandet, weil irgendwo ein beamteter Analphabet statt Verenzi ›Firenze‹ gelesen hatte, sofern er überhaupt hatte lesen können.

»Und was ist mit den Abreisenden? Du glaubst doch nicht, daß die so ohne weiteres ihre Koffer hierlassen? Bei denen drehen sich doch schon im Geiste die Waschmaschinen!« Sie dachte an ihre Mutter, die sofort bei ihrer Heimkehr die schon in Österreich unter dem Aspekt von Schon-, Bunt- und Kochwäsche gepackten Koffer auszukippen pflegte, um – meistens noch in Hut und Mantel – die erste Ladung von unzähligen noch folgenden in die Maschine zu stopfen. »Ich bin erst froh, wenn alles wieder sauber im Schrank liegt«, lautete die immer gleichbleibende Entschuldigung für diesen übertriebenen Arbeitseifer, »zum Teil sind die Sachen schon seit bald drei Wochen schmutzig, man kriegt das ja gar nicht mehr raus!«

»Wenn wir ein paar Stühle in den Gang stellen, bekommen wir vierzig Leute in den kleinen Bus«, überlegte Florian.

»Erstens ist das verboten, und zweitens rutschen die Ärmsten in jeder Kurve durch die Gegend wie Brötchen auf dem Backblech.«

»Aber sie kommen ans Ziel! Die Frage ist nur, wie wir die restlichen dreiunddreißig runterholen.«

»Vierunddreißig«, korrigierte Tinchen. »Ich muß ja auch mit. Das heißt, zunächst mal muß ich rauf.«

»Ich bringe dich natürlich mit dem Wagen nach Chiasso, da haben auch noch zwei Leute Platz, aber es bleiben immer noch zu viele übrig.«

»Und wenn wir Taxis nehmen?«

Er legte tröstend den Arm um ihre Schulter. »Ich weiß ja, daß du nicht besonders gut rechnen kannst, Tinchen, aber zwei und zwei solltest du wenigstens zusammenzählen können! Wer übermorgen ein Taxi benutzen muß, zahlt dreifachen Tarif, dafür garantiere ich.«

Die Tür ging auf und wedelte einen freudig erregten Karsten herein.

»Herr Schumann läßt fragen, ob dir mit zwei Kleinbussen geholfen sei. Damit werden normalerweise Gleisbauarbeiter nach ich weiß nicht wohin transportiert, aber die müssen am Mittwoch auch streiken, weil niemand da ist, der irgendetwas Wichtiges hin- und herfährt. Kranwagen auf Schienen oder so ähnlich.«

»Ab heute werde ich Fritz in mein tägliches Nachtgebet

einschließen«, gelobte Tinchen, fiel ihrem Bruder um den Hals und gab ihm einen Kuß. Der wehrte entsetzt ab. »Womit habe ich das verdient? Ich dachte, du wärst mir dankbar.«

Der praktische Florian telefonierte bereits mit Schumann und erfuhr, daß die offerierten Kleinbusse nicht eben bequem, aber mit jeweils vier Sitzbänken ausgestattet und der behördlichen Requirierung aus nicht geklärten Gründen entgangen seien. Die Verhandlungen über den Mietpreis seien allerdings noch nicht abgeschlossen, er hoffe aber, im Laufe der nächsten halben Stunde zu einem konkreten Ergebnis zu kommen. Amadeo entkorkte gerade die zweite Flasche Black Label. »Ich könnte jetzt auch einen gebrauchen«, meinte Florian, nachdem er den Hörer aufgelegt hatte. »Den rein organisatorischen Teil knobeln wir im Hotel aus.«

Plötzlich wurde Tinchen leichenblaß und sank auf ihrem Stuhl zusammen. »Ich habe einen Denkfehler gemacht!«

»Wieso?«

»Weil ich Lilos Gäste aus San Giorgio vergessen habe!«

Hektische Betriebsamkeit setzte ein. Tinchen hing an der Strippe und telefonierte sich durch alle einschlägigen Hotels und Bars, in denen sich Lilo aufhalten könnte, während Florian sämtliche Diskotheken abklapperte und Sergio suchte. Ihm war nämlich eingefallen, daß man den Safari-Wagen zum Gepäcktransporter umfunktionieren könnte, aber für die notwendigen Verhandlungen mit Bobo fühlte er sich nicht kompetent genug.

Auch Karsten bot seine Hilfe an. »Ich könnte ja mal durch die Straßen fahren und sehen, ob deine Lilo irgendwo draußen sitzt. Wer hockt denn bei diesem herrlichen Wetter in einer muffigen Kneipe?«

»Sagtest du fahren?«

»Na ja«, druckste er, »ich habe zwar noch keinen Führerschein, aber den würde ich auf Anhieb kriegen, sagt Florian. Auf jeden Fall fahre ich besser als du!« trumpfte er auf.

»Dazu gehört auch nicht viel.« Sie schob ihm die Schlüssel über den Tisch. »Aber sei um Himmels willen vorsichtig. Und wenn du doch erwischt wirst, sagst du einfach, du hättest den Wagen heimlich genommen!« Viel konnte ohnehin nicht passieren. Das schmetterlingsverzierte Auto war stadtbekannt, Tinchens mitunter recht eigenwillige Lenkradartistik ebenfalls, und die Carabinieri hatten es inzwischen aufgegeben, sich mit dieser verrückten Tedesca herumzustreiten. Irgendwann würde sie sich sowieso den Hals brechen, und bis dahin sollte sie ruhig Narrenfreiheit genießen.

Florian kam zurück und mit ihm Sergio. »Wir können den Lkw kriegen, aber Bobo will keine Garantie übernehmen, daß der Wagen die ganze Strecke schafft. Auf jeden Fall sollen wir ihn in Chiasso in eine Werkstatt bringen und durchchekken lassen. Natürlich auf unsere Kosten.«

»Das hat er sich aber fein ausgedacht! Wir lassen die Karre reparieren, und er kassiert auch noch die Leihgebühr!«

»Weißt du eine bessere Lösung?«

Tinchen schwieg. Langsam war ihr alles egal. Sie sah Berge von Rechnungen auf sich zukommen, Ärger, Beschwerden und nicht zuletzt ihre sofortige Kündigung. Immerhin war sie gerade dabei, das Unternehmen Schmetterlings-Reisen in den sicheren Ruin zu führen.

Das Telefon läutete. Karsten teilte mit, daß er Lilo noch nicht gefunden habe, und ob Tinchen einen Reserveschlüssel besäße.

»Der liegt im Hotel. Was ist denn passiert?«

Nichts Schlimmes. Er habe nur den Wagen zugemacht und den Schlüssel innen steckenlassen, und ob Florian nicht …

Doch, Florian werde kommen. Nur müsse Karsten sich ein bißchen gedulden. Sie wisse nicht mehr genau, wo der Ersatzschlüssel liegt, und es könne eine Weile dauern, bis Florian ihn gefunden habe. »Wo bist du denn jetzt?«

»Ganz am Ende der … warte mal!« Der Hörer wurde abgelegt, Schritte entfernten sich und kamen gleich wieder zurück. »Via Vittorio Emanuele. Hier stehen lauter Apfelbäume.«

»Kannst du mir mal erklären, weshalb du Lilo ausgerechnet in einer Obstplantage suchst? Sie bevorzugt Früchte ausschließlich in flüssiger Form.«

»Ich hab' mich ein bißchen verfahren.«

»Ein bißchen absichtlich, nicht wahr?« Die Antwort wartete sie gar nicht mehr ab, sondern knallte wütend den Hörer auf die Gabel.

Kaum war Florian in seinen Wagen gestiegen und abgefahren, als das Telefon erneut klingelte. »Ist Florian schon weg?«

»Ja, aber er kommt auch nicht schneller, wenn du alle fünf Minuten hier anrufst.«

»Eigentlich braucht er gar nicht mehr zu kommen. Ich habe nämlich eben gemerkt, daß die Beifahrertür offen ist.«

»Du ...«

»... Idiot, ich weiß, aber das sagst du heute schon zum fünften Mal!«

»Wie willst du dem Florian klarmachen, daß du ihn völlig. umsonst durch die Gegend gehetzt hast?«

»Überhaupt nicht. Ich verriegle die Tür jetzt von innen und schlage sie zu. Und wehe dir, wenn du petzt!«

Klick machte es, und die Leitung war tot.

Lilo blieb den ganzen Abend unauffindbar, und als sie am nächsten Vormittag frisch onduliert im Büro erschien, begriff sie die Aufregung gar nicht.

»Für meine Leute ist gesorgt. Sie werden mit einem Bus zur Grenze gebracht beziehungsweise von dort abgeholt. Ich weiß gar nicht, warum ihr hier alle verrückt spielt.«

»Weil ich kaum damit rechnen konnte, daß du nicht nur mal nachdenkst, sondern sogar handelst. Wo zum Kuckuck hast du überhaupt den Bus her?«

»Von einem Bekannten.«

Tinchen hütete sich, der Sache auf den Grund zu gehen. Wer immer dieser Bekannte auch sein mochte – und die Auswahl war groß –, er verdiente Anerkennung und Provision.

»Wieviel?«

»Was meinst du mit wieviel? Der Bus hat vierzig Sitze.«

»Ich will wissen, was er kostet«, sagte Tinchen ungeduldig.

»Nur das Benzin.«

»Ist dein Bekannter bei der Heilsarmee?«

»Er ist Fabrikant und stellt mir eines seiner Betriebsfahrzeuge zur Verfügung. Natürlich umsonst, er will mir ja einen persönlichen Gefallen tun.« Lilo strahlte Tinchen an und meinte beziehungsreich: »Man muß sich eben die richtigen Leute aussuchen!«

Nachdem nun das Transportproblem gelöst war, erschöpfte sich der Rest im rein Organisatorischen. Die Gäste würden sich morgen früh um sieben Uhr auf der Piazza sammeln und in die bereitgestellten Busse steigen, während Florian zusammen mit Sergio das in den Hotels verbliebene Gepäck abholen würde. Spätestens um halb acht sollte der Konvoi starten, wobei Tinchen hoffte, daß Florians Käfer genug Temperament entwickelte, um wenigstens eine Stunde vor dem ganzen Troß an der Grenze sein zu können. Sie ahnte Fürchterliches und sollte recht behalten.

»Wie kommst du denn nach Chiasso?« erkundigte sie sich. »Wenn du willst, kannst du bei uns mitfahren.«

»Nein, danke«, winkte Lilo ab, »ich ziehe eine etwas komfortablere Beförderung vor. Selbstverständlich bringt mich Enrico zur Grenze.«

Inzwischen hatte Tinchen erfahren, daß der menschenfreundliche Enrico Besitzer einer kleinen Fabrik zur Herstellung von Schuhsohlen war und als solcher über ein angemessenes Einkommen sowie erstaunlich viel Freizeit verfügte, was zur Folge hatte, daß Tinchen ihre Kollegin nur noch selten sah und die Gäste sie überhaupt nicht mehr zu Gesicht bekamen.

»Ich muß schließlich an meine Zukunft denken«, hatte Lilo gesagt, »und so, wie es aussieht, scheint Enrico mich heiraten zu wollen.«

»Herzlichen Glückwunsch, obwohl ich der Meinung bin, daß er mit seinen siebenundvierzig Jahren ein bißchen zu alt ist für dich.«

»Ältere Männer sind mir lieber. Denen braucht man wenigstens nicht mehr das Studium zu finanzieren.«

»Lange genug hast du ja auch gesucht! Es war bestimmt schwer, sich durch all die Ehemänner, die so gern wieder Junggesellen wären, bis zu dem Junggesellen durchzufinden, der gern Ehemann wäre.«

»Du brauchst gar nicht ironisch zu werden. Immerhin habe ich schon eine verkorkste Ehe hinter mir, und wenn ich ein zweites Mal heirate, dann muß sich das wenigstens lohnen.«

»Sobald man in der Liebe zu rechnen anfängt, kommt meistens ein Bruch heraus«, philosophierte Tinchen.

»Und wenn schon, mir reicht es ja, wenn unter dem Bruchstrich eine entsprechende Summe übrigbleibt. Arm und unglücklich kenne ich bereits, jetzt versuche ich es mal halbwegs zufrieden und nicht ganz unbemittelt. Und glaub ja nicht, daß ich nur aus materiellen Gründen heirate. Enrico sieht blendend aus und könnte bestimmt jede Frau haben, die er will. Du wirst ihn ja morgen kennenlernen!«

Tinchen lernte ihn kennen und konnte Lilo verstehen. Zwar war er ein bißchen klein geraten, so daß sie ihre Vorliebe für hohe Absätze würde dämpfen müssen, um das optische Gleichgewicht einigermaßen herzustellen, aber der silberne Skalp des Dottore Enrico Verucci paßte ausgezeichnet sowohl zu dem gebräunten Gesicht als auch zu dem dunkelblauen Sportwagen. Lilo trug wieder Rosa und ergänzte die farbliche

Harmonie. Neben ihr kam sich Tinchen in ihren Jeans und der verwaschenen Bluse wie ein Aschenputtel vor. Der dazugehörige Prinz sah auch nicht besser aus. Mit seiner Latzhose und dem rotkarierten Hemd wirkte er wie ein Transportarbeiter, und genauso fühlte er sich auch.

»Ich weiß nicht, was die Leute alles mit in den Urlaub schleppen«, stöhnte Florian, während er die Koffer möglichst platzsparend auf dem Lkw stapelte, »hier muß einer seinen dreiviertel Kleiderschrank mitgenommen haben!«

»Das ist bestimmt meine Frau gewesen«, vermutete einer der herumstehenden Zuschauer, »wenn die Koffer packt, dann immer nach der Methode Noah: Alles in doppelter Auflage.«

Entgegen Tinchens Vermutung hatten sich alle Betroffenen ohne Protest in das Unvermeidliche gefügt und sahen in der unkonventionellen Fahrt zur Grenze offenbar eine Art krönenden Abschluß ihres Urlaubs. Sie hatten es hingenommen, zu ungewohnt früher Stunde aufstehen und noch vor dem Frühstück ihr Gepäck an den Rezeptionen deponieren zu müssen. Sie waren auch alle pünktlich auf der Pizza gewesen, und Tinchen glaubte in einigen Gesichtern sogar ein bißchen Enttäuschung gesehen zu haben, weil sich die angekündigten Behelfsfahrzeuge dann doch nur als ganz normale Busse entpuppt hatten – kleiner als gewohnt und auch nicht ganz so bequem, aber keineswegs abenteuerlich und deshalb wohl auch ziemlich langweilig. Nur der Safari-Wagen sah verwegen aus. Nachdem Sergio zusammen mit Florian das ganze Gepäck eingesammelt und wahllos auf die Pritsche gelegt hatte, war ihm bei den letzten Koffern klargeworden, daß er diese Ladung niemals auch nur bis nach Genua, geschweige denn bis nach Chiasso bringen würde. Spätestens in Mailand wäre von seiner Fracht bestenfalls noch die Hälfte da. Es gab nur eine Lösung: alles noch einmal abladen und von vorne anfangen. Aus seinem unerschöpflichen Reservoir antiker Gebrauchsartikel hatte Bobo fünfundvierzig Meter leicht geteerte Segelschnur zur Verfügung gestellt, unter deren Verwendung der schwankende Aufbau von Koffern, Taschen und Schachteln einigermaßen rutschfest verankert worden war. Als Beifahrer hatte Sergio Karsten angeheuert, der ihm zwar in keiner Weise nützen würde, ihn aber auch nicht störte. Er konnte ja ab und zu einen Blick in den Rückspiegel werfen und Alarm schlagen, sobald die ersten Koffer auf der Straße lagen.

Mit nur fünf Minuten Verspätung setzte sich der Konvoi in Bewegung. Zu Lilos heimlichem Groll übernahm nicht der schöne Sportwagen die Führung, vielmehr war Enrico dazu verdonnert worden, hinter den vier Bussen, aber wenigstens noch vor dem Safariauto zu fahren, das ohnehin bald den Anschluß verlor und erst am frühen Abend in Chiasso eintrudelte, als die verstörten Besitzer des ganzen Gepäcks schon wieder deutschen Boden unter ihren Eisenbahnrädern hatten. Immerhin war unterwegs kein Stück verlorengegangen, und abgesehen von zwei Reifenpannen und dem blockierten Anlasser, den Sergio immer mit jeweils drei gezielten Hammerschlägen wieder hatte in Gang bringen müssen, war die Fahrt ohne größere Komplikationen verlaufen.

Nachdem sich Florian ein paar Kilometer lang davon überzeugt hatte, daß der Konvoi in relativ zügigem Tempo über die Autostrada donnerte, trat er aufs Gas. »Je schneller wir an der Grenze sind, desto besser! Ich kann mir lebhaft vorstellen, was für ein Chaos jetzt schon dort herrscht. Ist dir eigentlich klar, daß euer Zug ungefähr der zwanzigste oder fünfundzwanzigste ist, der da oben steckenbleibt? Heute abend stauen sich die Waggons bis zum Luganer See!«

»Du spinnst!« sagte Tinchen, aber ganz wohl war ihr doch nicht in ihrer Haut.

Endlos dehnten sich die Felder rechts und links der Autobahn, endlos schienen auch die Autobuskolonnen, die sich über die Straßen schoben, ganz zu schweigen von den Lastwagen und Ferntransportern, die überhaupt kein Ende nehmen wollten.

»Es dauert nicht mehr lange, und wir hängen im schönsten Stau. Am besten schlagen wir uns seitwärts in die Büsche. Gib mal die Straßenkarte her!« Florian kurvte auf einen Parkplatz und beugte sich über den zerknitterten Wegweiser. »Wir sind jetzt ungefähr hier« – er deutete auf ein winziges rotes Pünktchen – »und müssen da hin!« Das andere rote Pünktchen war noch ziemlich weit entfernt.

»Wenn wir bei der nächsten Abfahrt runtergehen und Mailand in großem Bogen umfahren, sparen wir bestimmt eine Menge Zeit und Kilometer. Kannst du Karten lesen?«

Tinchen behauptete, sie könne, und bald befanden sie sich auf dem direkten Weg nach Turin.

»Nimm's mir nicht übel, Tine, aber manchmal bist du wirklich selten dämlich!« konstatierte Florian, als er die Abzweigung nach Genua entdeckte. Ärgerlich umrundete er den Dorfbrunnen eines ärmlichen Provinznestes und fuhr dieselbe kurvenreiche Straße zurück, die er eben erst fluchend entlanggeprescht war.

»Ich dachte ... ich habe gemeint ...« stotterte Tinchen eingeschüchtert.

»Leider haben wir gesetzlich verbriefte Redefreiheit. Jeder kann sagen, was er denkt, auch wenn er nicht denken kann!« unterbrach Florian ihre Entschuldigungsrede. »Mach lieber die Augen zu, dann richtest du noch am wenigsten Unheil an!«

Sie wurde wieder wach, als er abrupt auf die Bremse trat: Eine Schar Enten wackelte schnatternd über die staubige Straße und ließ sich auch durch die quietschenden Reifen nicht vom Weg abbringen.

»Drück mal auf die Hupe!« verlangte Tinchen ungeduldig.

»Nützt doch nichts. Die Viecher laufen ja schon so schnell,

wie sie können.« Plötzlich lachte er. »Weshalb rege ich mich eigentlich so auf, anstatt diese Spritztour mit dir zu genießen? Sonst haben wir doch immer einen Aufpassers dabei, entweder deinen Bruder oder deinen Hund, meistens alle beide. Jetzt sind wir endlich mal allein!« Er stellte den Motor ab und zeigte auf die Enten. »Guck mal, die verschwinden auch schon diskret.«

Die Straße war leer, und niemand sah zu, als Florian sein Tinchen lange und leidenschaftlich küßte.

Das erste, was ihr ins Auge fiel, war der blaue Sportwagen. Ungeachtet des Halteverbots parkte er vor dem Bahnhof, und daneben stand eine sehr gelangweilte Lilo, die das Getümmel ringsherum überhaupt nicht beeindruckte. Sie winkte Tinchen heran. »Hier geht alles drunter und drüber, und kein Mensch weiß, wo unser Zug geblieben ist.«

»Das muß doch rauszukriegen sein!«

»Enrico versucht es ja, aber niemand fühlt sich zuständig. Man kommt an kein Telefon ran, jeder sagt etwas anderes, aber keiner was Richtiges, und wie wir jemals unsere Gäste finden sollen, ist mir langsam schleierhaft. Wahrscheinlich hängen sie auf der Schweizer Seite fest. Wo habt ihr denn die Busse geparkt?« Tinchen wurde blaß. »Wieso wir? Es war doch ausgemacht, daß *ihr* die Karawane begleitet!«

»Du glaubst doch wohl nicht ernsthaft, wir seien die ganze Zeit hinterhergeschlichen? Gleich hinter Genua haben wir uns abgesetzt. Irgend jemand mußte schließlich rechtzeitig an der Grenze sein.«

»Eine geniale Idee! Jetzt haben wir die Busse wenigstens auch noch verloren!«

»Die werden schon allein herfinden«, behauptete Lilo gleichmütig, »mich interessiert viel mehr, wo Enrico abgeblieben ist. Seit einer halben Stunde warte ich!«

»Hoffentlich schlägst du Wurzeln!« wünschte Tinchen aufrichtig, denn im Augenblick erschien ihr Lilo denkbar überflüssig. Wo nur Florian steckte? Er wollte versuchen, irgendwo in der Nähe den Wagen zu parken, aber angesichts des Ameisenhaufens, der hier durcheinanderwimmelte, würde das wohl so gut wie unmöglich sein. Die Zeiten hatten sich eben geändert. Früher suchte man ein Häuschen auf dem Land, heute sucht man einen Parkplatz in der Stadt.

Nachdem Florian dreimal den Bahnhof umrundet und jede zweite Einbahnstraße in entgegengesetzter Richtung durchquert hatte, durfte er sich zwar als ortskundig bezeichnen, aber einen Abstellplatz für seinen Käfer hatte er trotzdem nicht gefunden. Es half alles nichts, er mußte Tinchen wieder aufsammeln und es etwas weiter außerhalb noch einmal versuchen. Vielleicht hatte sie in der Zwischenzeit ja auch schon alles Notwendige erfahren.

»Der Zug ist verschwunden oder hat sich in Luft aufgelöst«, berichtete sie atemlos, nachdem sie neben Florian Platz genommen hatte. Allerdings verschwieg sie, daß sie diese Information lediglich von Lilo bezogen und selbst keinen Versuch unternommen hatte, auf eigene Faust Erkundigungen einzuholen. Im übrigen wäre das zwecklos gewesen. Sie hatte ja nicht mal einen Carabinieri stoppen können, der rücksichtslos auf ihren Fuß getreten war. Nicht einmal entschuldigt hatte sich dieser Flegel. »No competento!« hatte er auf ihre schüchtern vorgebrachte Frage geantwortet. Offenbar war hier niemand für irgend etwas zuständig.

»Wir fahren jetzt ganz einfach zu den Schweizern hinüber!« entschied Florian. »Da sitzen zwar auch lauter Italiener, die wahrscheinlich aus Sympathie mitstreiken, aber wenigstens dürfen sie das nicht offiziell tun.«

Die Schweizer Beamten zeigten sich entgegenkommend und hilfsbereit, aber wo nun genau der Zug stehengeblieben war, wußten sie auch nicht. Die Vermutungen reichten von »Abstellgleis« bis »möglicherweise noch in Zürich«, vielleicht auch irgendwo dazwischen, man müsse schließlich die Strekke für den inländischen Verkehr freihalten, und die Herrschaften brauchten sich auch keine Sorgen zu machen, es käme schon alles in Ordnung, man habe die Sache bestens organisiert.

Florian fragte sich skeptisch, worin diese Organisation wohl bestehen mochte, wahrscheinlich in der kostenlosen Verteilung von Tee und Suppe, wie bei allen größeren Katastrophen üblich – dank der hochsommerlichen Temperaturen erübrigte sich wenigstens die Spende von Wolldecken –, aber die Schweizer schienen mehr auf Lawinen- oder Seilbahnunglücke spezialisiert zu sein als auf Streiks. Soweit er informiert war, kannten sie dieses Wort ohnehin nur aus Zeitungen.

Während er noch überlegte, ob überhaupt, und wenn ja, wo die Suche nach den verschwundenen Schmetterlingen fortgesetzt werden sollte, tippte ihm jemand auf die Schulter. »Suchen Sie auch den Sonderzug?«

Tinchen nickte eifrig. »Wissen Sie etwas?« Sie hatte den blonden Mann mit dem Adlerprofil schon früher ein paarmal gesehen, meist auf dem Busparkplatz in Nizza, wo er genau wie sie als Leithammel einer Touristenherde eingesetzt war, aber sie hatte keine Ahnung, zu welcher Firma er gehörte.

»Van Lommel«, stellte er sich vor, »Reiseleiter aus Amsterdam.« Er sprach ausgezeichnet deutsch, hatte bessere Beziehungen als Tinchen und folglich auch bessere Informationen, aber er hatte kein Auto. Nach den Auskünften, die er aus nicht näher erläuterten Quellen bezogen hatte, sollte der Sonderzug sechs Kilometer landeinwärts auf einer Nebenstrecke stehen. »Würden Sie so freundlich sein und mich mitnehmen?«

Florian war so freundlich. Er bot dem rettenden Engel sogar seine letzte Zigarette an und war heilfroh, als dieser ablehnte. »Das Rauchen habe ich mir vor zwei Jahren abgewöhnt.«

»Hab' ich auch schon versucht, aber es ging nicht. In einer Redaktion gilt Rauchen nicht als Laster, es gehört vielmehr zum Selbsterhaltungstrieb. Ohne blauen Dunst läuft da nichts.« Nachdenklich betrachtete er den Glimmstengel. »Normalerweise verfolgt die Natur ja mit allem einen bestimmten Zweck, aber was, zum Teufel, hatte sie bloß mit dem Tabak vor?«

Abseits der überfüllten Durchgangsstraße wurde der Suchtrupp endlich fündig. Auf einem schon seit Jahren stillgelegten Bahnhof stand der Zug und wirkte in dieser ländlichen Umgebung sehr artfremd. Er war umringt von nahezu allen Bewohnern dieses Ortes, die den hilflos Gestrandeten kuhwarme Milch anboten, Selbstgebackenes und Würste aus dem eigenen Rauchfang: Daß man sich diese Hilfsbereitschaft angemessen bezahlen ließ, war nur natürlich. Bekanntlich beziehen die Eidgenossen den größten Teil ihrer Einkünfte aus ihren lila Kühen und dem Fremdenverkehr, so daß man es niemandem verdenken konnte, wenn er die unerwartete Touristeninvasion als Geschenk des Himmels betrachtete und eine spontane Sympathie für die italienischen Bahnbeamten empfand.

Rund um die abgestellten Waggons sah es aus wie auf einem Open-air-Festival der Beatles. Mehr oder weniger bekleidet lagerten Pärchen auf Decken oder schnell aufgeblasenen Luftmatratzen mitten zwischen Butterblumen, gleichermaßen bestaunt von Dorfkindern wie von glotzenden Kühen. Über einem Lagerfeuer brodelte Teewasser, an einem zweiten versuchte jemand, auf Aluminiumfolie Spiegeleier zu braten. Ein Jüngling mit Knopf im Ohr malträtierte seine Gitarre; ein anderer spielte Mundharmonika. Zusammen klang das wie mißlungene Kompositionsversuche von Stockhausen. Die Stimmung schien jedenfalls prächtig zu sein.

»Die sehen gar nicht so aus, als ob sie sich über ihre Befreiung freuen würden«, warnte Florian, aber er täuschte sich.

Die Campingplatz-Atmosphäre konnte nicht verbergen, daß die Berufsnörgler unter den Fahrgästen bereits fleißig Zweckpessimismus verbreitet hatten, obwohl die Zugbegleiter immer wieder versicherten, daß man sie bald hier abholen und zur Grenze bringen werde.

Herr van Lommel hatte seine Reisegruppe schnell gefunden und befand sich schon mit Florian auf der Rückfahrt nach Chiasso, als Tinchen noch über die Wiesen stolperte und ihre Schmetterlinge suchte. Im vorletzten Waggon entdeckte sie endlich Kofferschilder mit dem wohlbekannten Pfauenauge, aber es dauerte noch eine ganze Weile, bis sie die dazugehörigen Besitzer aufgetrieben hatte.

»In Kürze werden drei Busse hier eintreffen«, verkündete sie ihrem staunenden Auditorium. »Sie werden also mit nur wenigen Stunden Verspätung in Verenzi sein, was man in der gegenwärtigen Situation beinahe als kleines Wunder bezeichnen darf.«

Der erwartete Beifall setzte auch sofort ein, und Tinchen nahm ihn mit einem dankbaren Lächeln entgegen. Ihr Selbstbewußtsein hatte sich in den letzten Minuten beträchtlich gehoben, denn offenbar war sie bisher die einzige, deren Rettungsmaßnahmen für die unfreiwillig Internierten von Erfolg gekrönt waren. Das schlechte Gewissen meldete sich zwar, wenn sie an Florian und seinen tatkräftigen Beistand dachte, aber der hatte letztlich keine offizielle Funktion und würde mit dem zu erwartenden Ruhm gar nichts anfangen können.

Vor dem verfallenen Bahnhofsgebäude tauchte der erste Bus auf; die zwei kleineren folgten in längeren Abständen, weil sich die beiden Fahrer nicht über den Weg hatten einigen können, verschiedene Richtungen eingeschlagen hatten und erst am Ortsausgang wiederzusammengetroffen waren, wo sie sich für die dritte Möglichkeit entschieden hatten, die dann auch noch falsch gewesen war. Entschlossen, sich lieber weiterhin zu verfahren statt einen Schweizer nach dem

Weg zu fragen, waren sie noch eine Zeitlang herumgeirrt, bis sie rein zufällig ein Nudistenpärchen und damit die Vorhut der Urlauber entdeckt hatten.

»Wieviel Geld hast du bei dir?« brüllte Florian schon von weitem, kaum daß er seinen Wagen zum Halten gebracht hatte.

»Für ein Mittagessen reicht es!« Selbst unter Berücksichtigung von Florians unstillbarem Appetit würde die Spesenkasse diese Belastung noch ertragen.

»Wer redet von Pfennigen! Wir brauchen Fahrkarten! Ich habe die abreisenden Gäste erst mal fünf Kilometer vor Chiasso in einer Dorfkneipe deponiert, wo sie vermutlich alles kahlfressen werden, weil es nicht ihr Geld kostet, aber sie müssen mit einem regulären Zug weiterfahren, und dazu brauchen sie Fahrkarten. So viel Geld hat keiner mehr in der Tasche, und die wenigsten haben Euroschecks mit.«

»Sehe ich aus wie ein wandelnder Tresor?«

Eine berechtigte Frage, die Florian denn auch sofort verneinte.

»Die Schmetterlinge haben ihren Urlaub einschließlich Rückfahrt bezahlt und somit keine Veranlassung, noch ein zweites Mal Geld hinzublättern«, entschied Tinchen.

»Dann sitzen sie morgen noch hier! Euer Sonderzug fährt doch erst zurück, wenn alle Fahrgäste da sind, und der Himmel mag wissen, wann die letzten kommen. Alle Zufahrtsstraßen zur Grenze sind verstopft! Du kannst deine Leute nur mit einem normalen Zug nach Hause befördern, aber ohne gültige Fahrkarten keine Weiterfahrt, und ohne Geld keine Fahrkarten. Darin sind sich alle Bahnbeamten gleich. Kannst du nicht mal deine vorgesetzte Behörde anrufen?«

Nach längeren Verhandlungen mit einer Dorfschönen, die gleichzeitig Vorsteherin der örtlichen Postfiliale, beamtete Telefonistin und Saaltöchterli des einzigen Gasthauses war, kam die Verbindung mit Frankfurt zustande: Doch, man werde sich sofort mit den zuständigen Beamten in Verbindung setzen, notfalls auch mit übergeordneten Instanzen, eine Regelung werde man auf jeden Fall finden, und Tinchen solle unbesorgt nach Chiasso zurückfahren. Sie habe alles großartig gemacht, man sei überaus zufrieden und habe sie schon für die Wintersaison in den Bayerischen Alpen vorgesehen. Jodelkenntnisse seien nicht erforderlich, und Skifahren könne man lernen.

Tinchen bedankte sich lauwarm und wünschte Herrn Dennhardt im stillen die Pest an den Hals. Im Augenblick interessierte sie sich weder für Bayern noch für eine Verlängerung ihres Vertrags, sie wollte nichts anderes sehen als die Schlußlichter des Zuges, der die 43 Schmetterlinge endlich Richtung Heimat befördern würde.

Der blaue Sportwagen holperte über die Wiese, gefolgt von einem chromblitzenden Autobus, auf dem unübersehbar in silberner Schnörkelschrift der Name Verucci prangte.

»Wie haben die denn hierhergefunden?« wunderte sich Tinchen.

»Weil ich deiner Lilo gesagt habe, wo sie ihre Gäste aufsammeln kann. Nur aus Egoismus! Der Bus ist nämlich groß genug, um noch ein paar von deinen Leuten aufzunehmen. Dann kommen sich die anderen wenigstens nicht wie Heringe in der Dose vor.«

Als professioneller Manager übernahm Enrico sofort die Leitung des ganzen Unternehmens, und bald schaukelten die vier Busse unter Luigis Führung Richtung Verenzi. Nur ungern hatten sich die Reisenden von ihrem Gepäck getrennt und sich erst dann zufriedengegeben, als der Zugreiseleiter heilige Eide geschworen hatte, jeden einzelnen Koffer wie Englands Kronjuwelen zu bewachen, wobei ihm noch völlig rätselhaft war, wie er das in der Praxis bewerkstelligen sollte. Andererseits sind alle guten Deutschen gegen nahezu alle Eventualitäten versichert, und ein möglicherweise doch verschwundener Koffer würde den Besitzer sicher nicht an den Bettelstab bringen.

»Ich glaube, wir können uns jetzt auch verkrümeln«, meinte Florian zufrieden, »wenn ich bloß wüßte, wo Sergio mit seinem Eselskarren hängt.«

»Um den ist mir nicht bange. Wir werden auf dem Bahnhof in Chiasso eine Nachricht für ihn hinterlassen, und dann wird er sich schon irgendwie durchwursteln. Clever genug ist er ja.«

»Steig ein, damit wir endlich Land gewinnen!« Angewidert überblickte Florian noch einmal die Wiesen, auf denen immer noch reges Campingtreiben herrschte. »Ich glaube kaum, daß die Bauern uns in guter Erinnerung behalten werden. Hier sieht es schon jetzt aus wie auf einer Mülldeponie! – Na ja, die Menschheit hat sich aus der Steinzeit hochgearbeitet, also wird sie sich auch aus dem Altpapierzeitalter wieder hochrappeln.«

»Sei nicht so optimistisch! Heutzutage ergibt eine Tüte Lebensmittel zwei Tüten Müll!«

Quer durch die Gänseblümchen kam Lilo auf sie zu. »Können wir jetzt endlich nach Hause fahren?«

»Wo denkst du hin! Erst müssen wir noch die Abreisenden Richtung Heimat in Marsch setzen.«

»Die sind doch längst weg!«

Sehr intelligent sah Tinchen nicht aus. »Ich denke, die sitzen auf Warteposition in irgendeiner ländlichen Pinte und lauern auf ihre Fahrkarten?«

»Ach wo, das ist doch schon lange erledigt. Enrico hat einen Scheck ausgeschrieben. Irgendwann wird er das Geld wohl zurückbekommen, nicht wahr?«

»Natürlich«, versicherte Tinchen sofort. Ihr war ein Stein vom Herzen gefallen. »Ich werde mich gleich morgen darum kümmern.«

»So eilig ist es nun auch wieder nicht.«

»Sag deinem Dottore herzlichen Dank. Bei nächster Gelegenheit hole ich es persönlich nach, dann kriegt er auch einen Orden. Jetzt muß ich erst einmal ein Telefon auftreiben und die Frankfurter verständigen, daß sämtliche Schmetterlinge auf dem Rückflug sind.« Spontan umarmte sie ihre Kollegin. »Heute hast du so ziemlich alles ausgebügelt, was du in den letzten Wochen verbockt hast!«

»Weißt du, Tinchen«, lachte Lilo, »Probleme lassen sich immer am besten mit anderer Leute Geld lösen.«

Hundemüde waren sie, als sie kurz vor Einbruch der Dunkelheit wieder im Lido eintrafen. Zweimal schon hatte Sergio angerufen – das erste Mal, um die glückliche Ankunft in Chiasso zu vermelden, das zweite Mal, als er endlich das bahnpolizeilich sichergestellte Gepäck gefunden und nach langen Debatten ausgehändigt bekommen hatte. Im übrigen sei der Sonderzug schon auf der Rückfahrt. Man habe die an- und abreisenden Passagiere mit Schweizer Bussen im Pendelverkehr über die Grenze gebracht, und abgesehen von der unvermeidlichen Verspätung sei alles komplikationslos verlaufen.

Fassungslos starrte Tinchen auf den Notizblock, den Schumann ihr zusammen mit einem doppelstöckigen Kognak über den Tisch geschoben hatte. »Ich glaube, den können Sie jetzt brauchen!«

»Florian, was sind wir für Idioten! Wenn wir ein bißchen weniger tüchtig und ein bißchen weniger schnell gewesen wären, hätten wir uns eine Menge Zeit und Aufregung sparen können!«

»Ganz zu schweigen von den doppelt bezahlten Fahrkarten!« Mit einem schmerzlichen Grinsen nahm er Tinchen das Glas aus der Hand und leerte es auf einen Zug. »Weißt du, was Selbstkritik ist? Wenn man den Nagel auf den Daumen trifft!«

Kapitel 15

Schon seit zwei Tagen hatten Florian, Karsten und Fritz Schumann die Köpfe zusammengesteckt, geheimnisvoll gewispert und sofort das Thema gewechselt, sobald Tinchen in der Nähe erschienen war. »Abwarten!« lautete die immer gleichbleibende Entschuldigung, »die Geschichte ist noch nicht ganz spruchreif.«

Dann war sie es endlich! Am Montagabend bauten sich die drei Verschwörer vor Tinchen auf und verkündeten: »Wir veranstalten ein Schmetterlingsfest!«

»Ein was?«

»Ein Sommerfest! Und als Höhepunkt krönen wir eine Miß Butterfly!« Florian sah Tinchen beifallheischend an.

»Und wo soll dieses gesellschaftliche Ereignis stattfinden?«

»Hier natürlich!« sagte Karsten sofort. »Ich habe mir neulich mal diesen komischen Glaskasten angesehen. Der ist doch bestens geeignet!«

Wenn man davon absah, daß dieser große verglaste Anbau mit seiner Jugendstilfassade seit Jahren als Abstellraum für Liegestühle, reparaturbedürftige Möbel, verbeulte Kochtöpfe und ins Überdimensionale gewachsene Topfpflanzen diente und außer Spinnen nur noch diverse Fledermäuse beherbergte, so konnte man den Pavillon durchaus als repräsentabel bezeichnen. Allerdings müßte er zunächst einmal entrümpelt und von der Patina zweier Jahrzehnte befreit werden. Tinchen sah sich im Geist schon Fenster putzen und ging sofort in Abwehrposition. »Ihr spinnt ja!«

»Genau *die* Reaktion haben wir erwartet!« trumpfte Karsten auf. »Du gehörst auch zu denen, die sich nie spontan für etwas Außergewöhnliches entscheiden können – so nach der Devise: Das haben wir noch nie so gemacht! Das haben wir schon immer so gemacht! Da könnte ja jeder kommen!«

»Im Ernst, Tina, wir haben das genau durchkalkuliert«, behauptete Schumann, der von dieser Idee ganz begeistert war. »Den Pavillon bringen wir in spätestens drei Tagen auf Hochglanz, dafür müßte ich nur genügend Leute ansetzen. Im Speisesaal bauen wir ein kaltes Buffet auf, im Festsaal improvisieren wir eine zweite Bar, vielleicht kann ich bis dahin noch deutsches Faßbier auftreiben, dann engagieren wir eine Kapelle, die auch noch ein paar Walzer in ihrem Repertoire hat, und damit wären die Grundvoraussetzungen für einen gelungenen Abend geschaffen.«

»Für wann habt ihr denn das ganze Spektakel geplant?«

»Für kommenden Samstag«, sagte Florian kleinlaut.

»Jetzt seid ihr total verrückt! Erstens ist das in fünf Tagen nie hinzukriegen, und zweitens müßte dieser Auftrieb irgendwie publik gemacht werden, damit überhaupt ein paar Leute kommen. Drittens ist das Ganze eine Schnapsidee, die wohl auch genau da ihren Ursprung hat!«

»Wegen der Reklame brauchst du dir keine Sorgen zu machen«, versicherte Karsten, »das Plakat habe ich schon fertig, und wenn du willst, geht es morgen in die Druckerei und kann am Nachmittag abgeholt werden. Abends hängt es bereits in allen Hotels. Das erledige ich!«

Allmählich begann Tinchen sich für den Plan zu erwärmen. »Die Idee ist ja gar nicht so schlecht, ich verstehe nur nicht, weshalb ihr die Sache so Hals über Kopf durchziehen wollt. Nächste Woche ist doch auch noch früh genug.«

»Eben nicht«, widersprach Schumann. »Die ganze Geschichte war doch Florians Einfall, und es ist klar, daß er den

Spaß noch mitmachen möchte. Am Montag fährt er doch wieder nach Hause.«

Tinchen erschrak. »Sind die vier Wochen schon herum?« Sie hatte jedes Gefühl für Daten verloren und lebte nur noch nach Wochentagen: Dienstag Portofino, Mittwoch An- und Abreise, Donnerstag Nizza-Tour, Freitag Eselkarawane … und die deutschen Zeitungen, die als Antiquitäten in der Halle lagen, waren meistens vom vergangenen Monat. Aber wenn der Juli schon fast vorbei war, dann blieben ihr ja auch nur noch acht Wochen, bis für sie die Abschiedsstunde schlug. Vielleicht sollte sie sich doch langsam an den Gedanken gewöhnen, daß alles Schöne mal ein Ende hatte. Dabei dachte sie gar nicht so sehr an Florians Abreise, den würde sie ja in zwei Monaten wiedersehen, nur alles andere mußte sie zurücklassen: das Meer, die Sonne, die südländische Lebensfreude, die Nachmittage am Strand und die lauen Nächte, die so viele Sehnsüchte weckten und manche sogar erfüllten.

Energisch schüttelte Tinchen die trübseligen Gedanken ab. Andere freuten sich ein ganzes Jahr lang auf drei Wochen Urlaub, und sie hatte immerhin noch zwei Monate vor sich. Weshalb also jetzt schon Trübsal blasen?

Die erwartungsvollen Gesichter der zweieinhalb Mannsbilder brachten sie in die Gegenwart zurück. »Wenn ihr alles schon bis ins kleinste organisiert habt, dann weiß ich gar nicht, weshalb ich überhaupt noch gefragt werde. Macht doch, was ihr wollt!«

»Geht aber nicht«, bohrte Florian weiter. »Du bist quasi Schirmherrin der Veranstaltung. Irgend jemand muß doch die Begrüßungsrede halten und später der Miß Butterfly die Krone aufs Haupt drücken!«

»Ganz bestimmt nicht ich!« protestierte Tinchen. »Habt ihr denn überhaupt eine?«

»Was? Eine Krone? Kleinigkeit, die machen wir selber«,

versprach Karsten. »Man muß bloß improvisieren können. Nicht umsonst bin ich in der Theater-AG unserer Penne schon seit drei Jahren als Requisiteur angeheuert. Für das letzte Stück brauchten wir einen Raubtierkäfig, und sogar den habe ich organisiert.«

»Wo denn?«

»In der Turnhalle. Allerdings fielen eine Zeitlang sämtliche Ballspiele aus, weil ich die Netze demontiert hatte.«

»Also tut, was ihr nicht lassen könnt«, entschied Tinchen, »mir ist das egal. Es darf bloß kein Geld kosten.«

»So ganz ohne geht es aber doch nicht.« Florian zählte auf, was an unvermeidbaren Ausgaben berücksichtigt werden mußte. »Die Plakate müssen bezahlt werden, drei Blumensträuße für die Siegerinnen und natürlich drei Präsente – klein, kleiner, am kleinsten. Nun denk mal nicht ans Geld, sondern an die Reklame, die wir für deinen Verein machen. Läßt sich alles unter Werbungskosten absetzen.«

»Dafür ist meine Spesenkasse nicht vorgesehen.«

»Laß man, Tine, mir wird schon irgend etwas einfallen«, tröstete Karsten und gab damit zu verstehen, daß man alles getrost in seine bewährten Hände legen sollte.

Zunächst fiel ihm ein, daß er unbedingt etwas zum Anziehen brauchte, denn als Bruder der Schirmherrin konnte er unmöglich in ausgeleierten Jeans kommen, und Florians Hosen waren alle zehn Zentimeter zu lang. Da half auch keine Sicherheitsnadel, und Tesafilm war gänzlich ungeeignet; das hatte er vor ein paar Abenden feststellen müssen, als er von einer Minute zur anderen ständig über seine Hosenbeine gestolpert war.

Seine Schwester bewilligte den Ankauf einer weißen Leinenhose, und weil sie nun schon einmal bei Lorenzo waren, konnte sie sich eigentlich auch etwas Passendes aussuchen. Die meergrüne Bluse von Oma hatte sie gleich in den ersten

Tagen an Lilo verschenkt – verfrühte Konzession an eine gar nicht existente Freundschaft.

Mit Kennermiene durchwühlte Karsten den Kleiderständer und entschied sich für ein mattgelbes Cocktailkleid mit einem ziemlich gewagten Ausschnitt. »Hier, zieh das mal an!«

»Sieh erst nach, ob ein Name drinsteht. Steht einer drin, ist es sowieso zu teuer!«

Es war keiner zu finden, und Tinchen verschwand mit dem Kleid in der Kabine. Es paßte auf Anhieb und stand ihr ausgezeichnet. Der straßbestickte Gürtel betonte ihre schlanke Taille, der weite Rock wippte bei jeder Bewegung, dazu noch die hochhackigen Sandaletten, die sie sich einmal aus lauter Übermut gekauft und noch nie getragen hatte ... doch, sie würde bestimmt eine gute Figur machen. Wenn bloß dieser unanständig tiefe Ausschnitt nicht wäre!

»Biste noch nicht rein- oder schon rausgewachsen, Tine?« Durch den Türspalt linste Karsten. Anerkennend pfiff er durch die Zähne. »Steht dir prima, aber bücken darfste dich nicht!«

»Ich weiß, das Dekolleté ist einfach polizeiwidrig!« Sie wollte das Kleid gerade ausziehen; als Lorenzo an die Tür klopfte. »Scusi, Signorina, aber Sie haben vergessen die Jakke.« Er reichte ein glitzerndes Bolerojäckchen in die Kabine. »Für den Fall, daß Sie verlieren die Courage!«

Moralisch gestärkt durch das kleine Stückchen Stoff zahlte Tinchen den unverschämt hohen Preis, drückte Karsten die Tüte in die Hand und ging auf schnellstem Weg ins Büro. »Ich bin schon viel zu spät dran.«

Zu ihrer Überraschung saß Lilo am Schreibtisch und manikürte ihre Fingernägel.

»Hast du dich in der Adresse geirrt?«

»Nein, aber ich habe um halb zehn Anprobe. Enrico läßt mir für den Ball ein phantastisches Abendkleid anfertigen.«

»Für welchen Ball?«

Irritiert sah Lilo hoch. »Du willst mir doch nicht erzählen, daß du noch nichts von dem Schmetterlingsball weißt?«

»Ach, du meinst diesen Tanzabend? Natürlich weiß ich davon, ich kann mir nur nicht vorstellen, daß unsere Gäste große Abendgarderobe im Koffer haben. Du wirst also ganz schön aus dem Rahmen fallen.«

Diese Aussicht beeindruckte Lilo nicht im geringsten. Enrico würde selbstverständlich einen Smoking tragen, und es war nur zu begreiflich, daß auch sie entsprechend angezogen sein mußte. Leider besaß sie keinen passenden Schmuck, aber vielleicht konnte sie Enrico noch davon überzeugen, daß die Perlenkette, die sie in einem Geschäft auf der Promenade entdeckt hatte, das richtige Accessoire zu dem rosafarbenen Chiffonkleid wäre. Mattschimmernde Perlen auf gebräunter Haut – das klang direkt nach Klatschspalte und High-Society, denn dazu durfte sich Enrico durchaus zählen. Zumindest hier in Verenzi und der unmittelbaren Umgebung, wo die Auswahl an Prominenz nicht sehr groß war und im wesentlichen aus dem örtlichen Kommunistenführer, zwei Bischöfen und der geschiedenen Gattin eines Perückenfabrikanten bestand. Zu deren fünfzigstem Geburtstag war sogar ein offizieller Glückwunsch der italienischen Regierung gekommen, vermutlich der Fürsprache des kommunistischen Abgeordneten zu verdanken, aber solche Beziehungen mußte man ja auch erst einmal haben! Jedenfalls würde sie, Lilo, schon dafür sorgen, daß die Feste in der Villa Verucci in Zukunft auch zu den gesellschaftlichen Höhepunkten der Saison zählten.

»Hast du eine Ahnung, wo wir möglichst billig drei dekorative Geschenke herkriegen?« Auf Karstens Einfälle wollte Tinchen sich nicht unbedingt verlassen. »Florian besteht darauf, daß wir eine Miß Schmetterling küren, und da ist es obligatorisch, der betreffenden Dame etwas zur bleibenden Erinnerung zu überreichen, wobei ich einen aufgespießten

Zitronenfalter für angebracht hielte. Ich glaube nur nicht, daß ich mit diesem Vorschlag durchkomme.«

»Vielleicht gibt es Schmetterlinge als Modeschmuck. Das wäre doch dekorativ genug.«

»Manchmal hast du direkt einen Geistesblitz! Wenn er bloß nicht so teuer wäre.«

»Laß doch auch mal deine Beziehungen spielen«, riet Lilo. »Warum fragst du nicht Klaus Brandt? Bei dem bekommst du das Zeug doch zum Einkaufspreis. Oder ist es aus zwischen euch?«

Tinchen wurde rot. »Da ist nie etwas gewesen. Wir sind nur gute Bekannte.«

»Platonische Freundschaft also?« nickte Lilo verstehend. »Halb Loano behauptet allerdings, es sei keine.«

»Woher willst ausgerechnet du das wissen? Du weißt ja nicht mal, was Freundschaft auf italienisch heißt!« entgegnete Tinchen patzig.

»Relazione.«

»Irrtum, das heißt Verhältnis!« korrigierte Tinchen, »aber bei dir ist das vermutlich ein und dasselbe!«

Lilo zog es vor, keine Antwort zu geben. Es wurde ohnedies höchste Zeit für die Anprobe, und sie war froh, die ›Röhre‹ verlassen zu können. Tinchens angeblicher Humor wurde beißend wie ein Laserstrahl.

Einen Augenblick zögerte Tinchen, bevor sie zum Telefon griff, aber dann fiel ihr ein, daß sie Brandt offiziell zu dem Sommerfest einladen und so ganz nebenbei fragen konnte, ob er ihr bei der Auswahl der Geschenke helfen würde.

Er war selbst am Apparat. Selbstverständlich habe er am Nachmittag Zeit, für sie immer, und ob es nicht etwas früher gehe, dann könnten sie doch zusammen essen, das hätten sie schon so lange nicht mehr getan. Ach so, sie habe noch in der Druckerei zu tun wegen der Plakate, das verstehe er natürlich, dann werde man eben abends essen gehen. Aha, den

Abend habe sie ihrem Bruder versprochen. Minigolf? Danke für die Einladung, aber dafür habe er nun gar nichts übrig. So so, Karsten reise am Montag wieder ab. Herr Bender auch? Fahren zusammen? Nun ja, das sei zweifellos auch bequemer. Dann bleibe es also bei vierzehn Uhr? Vor dem Lido? Sehr schön, er werde pünktlich sein. Bis dann also. Ciao.

Nachdenklich legte sie den Hörer wieder auf. Eigenartig, daß es überhaupt nicht mehr kribbelte, wenn sie mit Brandt telefonierte. Dabei mochte sie ihn nach wie vor, bewunderte seine Selbstsicherheit, seine Intelligenz, seinen Humor – aber irgend etwas fehlte, das schon einmal dagewesen war. Damals, auf der Klippe, und erst recht in Corsenna. Verliebt? Nein, Tinchen war nicht verliebt, oder wenn doch, dann nur ein ganz kleines bißchen, und zwar in Florian. Für mehr reichte es nicht, und für Klaus reichte es *noch* nicht. Es wurde wirklich Zeit, daß Florian endlich zurückfuhr. Wenn man fortwährend Gelegenheit hat, zwei Männer miteinander zu vergleichen, bleibt von keinem genug übrig, um den anderen auszustechen. Das Leben war entsetzlich kompliziert!

Im Lido lief der Betrieb auf vollen Touren. Eine ganze Besenbrigade war angerückt, die unter Schumanns Kommando den verstaubten Glaspavillon in einen Ballsaat verwandelte. Schon blitzten die Fensterscheiben, das Parkett wurde gewachst, damit die Gäste gepflegt darauf ausrutschen konnten, ein Podium wurde aufgeschlagen, gleichermaßen als Tribüne für das Orchester beziehungsweise als Empore für die künftige Miß Schmetterling gedacht, die ersten Lampions baumelten über der Tanzfläche – es sah alles sehr vielversprechend und ein bißchen kitschig aus. Zum Glück hatte Tinchen Schumann wenigstens das künstliche Weinlaub ausreden können, mit dem er die beiden Marmorpfeiler rechts und links vom Eingang umwickeln wollte.

Auch die Küchenbelegschaft rotierte. Schumann hatte in Alassio den ganzen Bestand an Sauerkrautkonserven aufgekauft – offenbar gab es entlang der Küste nur ein einziges Geschäft, das diese teutonische Delikatesse führte – und beschlossen, das kalte Buffet mit Sauerkohl und Würstchen anzureichern. Da diese als »Wiener« deklarierten rosa Plastikschläuche ebenfalls aus der Dose stammten, versuchte er, eine Marinade zu komponieren, in der die Würstchen 24 Stunden lang ruhen und ihren Geschmack verbessern sollten. Das taten sie auch. Nach ihrem Bad schmeckten sie leicht säuerlich und kompensierten dadurch das etwas süßlich geratene Sauerkraut, wurden dennoch ein Erfolg und künftig auf der Speisekarte unter der Rubrik ›Kalte Speisen‹ und dort wiederum als ›Spezialität des Hauses‹ geführt.

Das Problem, mit welchem Geschenk die erste Miß Butterfly geehrt und gleichzeitig dauerhaft an den Initiator dieser Wahl, nämlich das Unternehmen Schmetterlings-Reisen, erinnert werden sollte, war in der Zwischenzeit auch gelöst worden. Zu einem gar nicht angemessenen Preis, hinter dem Tinchen ein erhebliches Entgegenkommen seitens Tante Josis vermutete, hatte sie eine kleine, mit Saphirsplittern besetzte Anstecknadel in Schmetterlingsform gekauft. Die zweite Preisträgerin sollte einen silbernen Armreif bekommen, und für die dritte hatte Tante Josi einen Seidenschal gestiftet unter der Bedingung, daß er mit dem noch extra angebrachten Firmenschild überreicht wurde. Edel sei der Mensch, hilfreich und nicht ganz selbstlos!

Karsten bastelte an der Krone. Nach dem vierten mißlungenen Versuch kapitulierte er und beschloß, seine Niederlage nur insofern einzugestehen, als er das unerläßliche Attribut königlicher Würde von seinem eigenen Geld kaufen würde. Zu seinem Erstaunen gab es in ganz Verenzi kein Geschäft für Faschingsartikel, was ihn in seinem Urteil bestärkte, daß Italien in mancher Hinsicht doch ein ziemlich rückständiges Land sei. Trotzdem gab er nicht auf. In einem Laden, der neben Nachthemden und Unterwäsche auch drei Brautkleider auf Lager hatte und zwischen Weihnachten und Ostern sogar eine bescheidene Auswahl an Kommunionskleidern führte – wer es sich leisten konnte, kleidete seine Kinder ja doch in Mailand oder zumindest in Genua ein –, wurde er schließlich fündig. Mit Händen und Füßen erklärte er seinen Wunsch, worauf ihm die Verkäuferin zunächst einen Tüllschleier und auf seinen verzweifelten Ruf: »Etwas mit fiori dran!« ein Gesteck aus imitierten Orangenblüten auf den Ladentisch legte. Erst als er mimisch um Papier und Bleistift bat, weil er sich von seiner künstlerischen Ausdruckskraft mehr versprach als von seiner rhetorischen, kam man einer Verständigung etwas näher. Mit ein paar Strichen skizzierte er eine Art Diadem. Die Signorina nickte erfreut, verschwand durch einen Vorhang und erschien nach längerer Zeit wieder mit einer Schachtel. Zwischen vergilbtem Seidenpapier lag das Gesuchte: Kopfschmuck für Kommunikantinnen.

Karsten wählte eine Kreation, die nach dem Entfernen der störenden Dekoration aus künstlicher Myrthe und gelackten Gänseblümchen zumindest die äußere Form eines königlichen Diadems hatte und mit Hilfe von Goldfolie auch den majestätischen Glanz erhalten könnte. Widerspruchslos zahlte er den verlangten Preis in der Absicht, ihn von Tinchen zurückzufordern. Schließlich braucht jeder Künstler Material, um seine Werke zu schaffen. Auch ein Leonardo da Vinci ist nicht ohne Leinwand ausgekommen!

»Er hat aber bestimmt nicht seine Verwandtschaft beklaut!« wetterte Tinchen, als sie später an der goldpapierumwickelten Krone ihre Straßkette wiederfand.

»Das Ding hast du doch nie getragen!« entschuldigte sich Karsten. »Seit wann behängst du dich mit solchen Woolworth-Klunkern?«

»Modeschmuck ist nie echt!«

»Deshalb braucht er aber nicht auszusehen wie ein Hundehalsband für Pekinesen. Kauf dir lieber was Geschmackvolles!« Einen Moment zögerte er, dann fragte er neugierig: »Hast du eigentlich noch Papas Notgroschen?«

»Meinst du den Scheck? Selbstverständlich habe ich ihn noch.«

»Du bist schön blöd! Papa hat den längst abgeschrieben, aber du knauserst mit jedem Pfennig. Warum haust du ihn nicht endlich auf den Kopf? Wenn du das nicht allein schaffst ... ich könnte zu der neuen Hose noch ein schickes Hemd gebrauchen!«

»Raus!!!«

Murrend trollte er sich. »Alter Geizkragen! Bloß weil du sparen willst, muß ich auf alles Lebensnotwendige verzichten!«

Kapitel 16

Große Ereignisse warfen ihre Schatten voraus! Bereits morgens um sieben stand Karsten vor dem Spiegel und rasierte sich.

»So ein Blödsinn«, gähnte Florian, »warum machst du das nicht heute abend?«

»Bis dahin soll mein Gesicht ja wieder abgeheilt sein.«

»Die paar Haare kannst du doch noch mit einer Nagelschere kappen!« Er fuhr mißmutig über sein borstiges Kinn. »Jeden Tag die gleiche überflüssige Prozedur! Angeblich sollen den meisten Männern ihre geistigen Heldentaten beim Rasieren eingefallen sein, die Formel für die Atomspaltung zum Beispiel, oder wie man Champignons züchtet, aber die einzige gute Idee, die mir jemals beim Abschaben gekommen ist, war die, mir einen Bart stehenzulassen. Bloß Tinchen hatte was dagegen!«

»Verstehe ich nicht! Viele große Männer haben doch Bärte getragen! Einstein, Lenin, Che Guevara, Clark Gable …«

»Idiot! Wer sagt denn, daß ich ein großer Mann sein will? Es ist schon eine respektable Leistung, überhaupt ein Mann zu sein!« Florian kroch aus dem Bett und trat vor den Spiegel. Eingehend musterte er sein Gesicht, um dann resignierend festzustellen: »Ich glaube kaum, daß ich jemals in die Annalen der Geschichte eingehen werde. Dabei würde ich mich so gern mal als 9 waagerecht oder 34 senkrecht in einem Kreuzworträtsel verewigt sehen! – Haben wir noch ein Paar saubere Socken?«

Fünf Türen weiter betrachtete Tinchen ebenfalls ihr Spiegelbild. Besonders gut ausgeschlafen sah sie nicht aus, aber gestern war es doch wieder ziemlich spät geworden. Hauptsächlich deshalb, weil Florian die obligatorische Schärpe reklamiert hatte, ohne die eine richtige Miß nicht denkbar wäre.

»Heiliger Himmel, daran habe ich überhaupt nicht gedacht!« hatte Karsten entsetzt gerufen, denn als selbsternannter Requisitenbeschaffer wäre er dafür zuständig gewesen. Aber dann hatte er sofort einen Ausweg gefunden. »Drei Meter Taft und einen Topf Goldbronze, mehr brauche ich nicht. Den Lappen pinsele ich selber!«

»Und wer näht dir die drei Meter Stoff zusammen?« hatte Tinchen gefragt. Darauf hatte Karsten geschwiegen und gleich darauf behauptet, so eine Schärpe sei ohnedies sehr hinderlich und würde jedes Kleid verschandeln, das könne man doch immer im Fernsehen feststellen bei diesen Staatsempfängen mit Lieschen Windsor oder anderen gekrönten Häuptern. Florian hatte allerdings auf dieser Schärpe bestanden und sogar die rettende Idee gehabt: »Hier gibt es doch eine Friedhofsgärtnerei, oder?«

Tinchen hatte nur genickt und nichts begriffen.

»Und was binden die an ihre Kränze? – Eben!!«

Schumann hatte versprochen, sich der Sache gleich am nächsten Morgen anzunehmen, und als Tinchen im Speisesaal erschien, bekam sie zusammen mit dem Kaffee die Vollzugsmeldung.

»Dreimal habe ich die beiden Wörter buchstabiert und viermal erklärt, wozu wir die Bauchbinde brauchen, schon wegen des außergewöhnlichen Formats«, erzählte er lachend, »um fünf Uhr können wir sie abholen. Wenn Sie mit dem Frühstück fertig sind, Tina, kommen Sie doch bitte mal in den Pavillon rüber! Florian und Sergio liegen sich seit einer halben Stunde in den Haaren, weil sie sich nicht über den Standort der Bierbar einigen können.«

Es war Schumann tatsächlich gelungen, drei Fässer Starkbier aufzutreiben, deren fachgemäßes Anstechen Florian übernehmen wollte. Schließlich sei er ein halber Bayer, da ihm seine Mutter als gebürtige Rosenheimerin die Liebe zum Bier und die entsprechende Sachkenntnis quasi mit der Muttermilch eingeflößt habe. Im übrigen habe der Ausschank gleich links neben der Tür zu sein und nicht am entgegengesetzten Ende, weil da die Kapelle säße und Musiker traditionsgemäß Anrecht auf Freibier hätten. »Wenn die so dicht an der Quelle hocken, saufen sie ein Faß alleine leer.«

Dem hielt Sergio entgegen, daß eine italienische Combo, und eine solche habe man ja wohl engagiert, weit über dem Niveau einer deutschen Blaskapelle stehe und allenfalls mal ein Glas Wein trinke.

»Was bleibt den armen Schweinen auch anderes übrig? Wer säuft schon gerne Abwaschwasser?« sagte Florian.

Bevor die Diskussion über die Qualität heimischer Nationalgetränke in eine handgreifliche Auseinandersetzung übergehen konnte, fällte Tinchen ein salomonisches Urteil: »Die Bar kommt an die Längsseite, sonst müßten die Kellner jedesmal quer über die Tanzflache pilgern.«

»Von mir aus, ich bin ja tolerant«, knurrte Florian, womit er einräumte, daß Tinchen vielleicht doch recht haben könnte.

Kaum hatten sich die Gemüter beruhigt, da kam Schumann mit allen Anzeichen eines bevorstehenden Herzinfarkts gelaufen. »Den Alfredo schmeiße ich raus! Sofort! Koch will der Kerl sein und verhunzt mir meinen schönen Geflügelsalat! Knoblauch hat er druntergerührt und Parmesan! Und dann behauptet dieser Ignorant auch noch, das Rezept stamme von seiner sizilianischen Großmutter! Als ob der jemals eine gehabt hätte! Der ist doch eine Mutation von Esel und Kamel!«

Sofort bot Florian seine Hilfe an. »Ich bin Hobbykoch und habe festgestellt, daß man so ziemlich jedes Gericht mit Salbei und Kognak retten kann. Den Salbei schüttet man ins Essen, den Kognak trinkt man selber. Spätestens nach dem dritten ist alles wieder in Ordnung!«

Die beiden verschwanden Richtung Küche, und Tinchen warf noch einen Blick auf den Blumenschmuck, von Franca mit viel Geschick arrangiert, bevor sie ins Büro ging. Mit Besuchern rechnete sie zwar nicht, die saßen entweder am Strand oder beim Friseur, aber sie wollte noch einmal in Ruhe alles durchgehen und nachprüfen, ob sie auch nichts vergessen hatte.

Die drei Buketts für die Preisträgerinnen waren bereits am Morgen geliefert worden und schwammen cellophanumhüllt in leeren Marmeladeeimern. Die Nummernschilder 1–20 für die Kandidatinnen, von Karsten unter Verwendung von Tinchens Lippenstift beschriftet, lagen im Hotel auf ihrem Schreibtisch, zusammen mit einem Stapel zurechtgeschnittener Zettel für die Stimmabgabe. Es hatte lange gedauert, bis sie sich auf einen Wahlmodus geeinigt hatten. Schumann hatte für zwei Durchgänge plädiert, von denen einer im Badeanzug stattfinden sollte, weil er so wenig Gelegenheit habe, Bikini-Schönheiten zu besichtigen. »Im Hotel sind sie ja meistens angezogen!« Zu seinem Bedauern wurde er überstimmt, was nicht zuletzt auf den Mangel an geeigneten Umkleideräumen zurückzuführen war.

»Wer soll überhaupt die Kandidatinnen aussuchen?« hatte Tinchen gefragt, aber nur mitleidige Blicke geerntet.

»Die melden sich von selber. Wir werden ein Überangebot haben«, hatte Florian versichert, für den gegenteiligen Fall jedoch angeregt, daß die anwesenden Herren eine Vorentscheidung treffen und den nach ihrer Meinung aussichtsreichsten Damen einfach eine Nummer in die Hand drücken sollten.

»Außerdem finde ich, daß nur wir Männer stimmberechtigt sein müßten«, hatte Karsten gefordert. »Ihr Frauen zählt ja doch bloß die falschen Wimpern und seid neidisch, weil ihr nicht so gut ausseht. Wir Männer beurteilen die Schönheit einer Frau nach anderen Kriterien!«

»Besonders du! Ich kann mich noch gut an deine letzte Tussie erinnern! Sie hatte Füße wie Donald Duck, eine Knubbelnase und hundertvierzig Pfund Nettogewicht.«

»Dazu kamen aber eine Eins in Latein und sämtliche Platten von Alexis Korner. Wenn man erst siebzehn ist, legt man eben andere Maßstäbe an. Inzwischen bin ich reifer geworden.«

»Um ganze sieben Monate«, hatte Tinchen gesagt, dann aber eingeräumt, Karstens Vorschlag sei gar nicht so schlecht. Wenn nur die Männer abstimmten, seien Fehlentscheidungen aufgrund von Neid oder verletzter Eitelkeit nahezu ausgeschlossen. »Siegen wird vermutlich ein blondes Puppengesicht mit Wespentaille und langen Beinen, aber Intelligenz ist morgen abend ja doch nicht gefragt. Sie ließe sich in Ermangelung einer kompetenten Jury auch gar nicht ermitteln!«

Um zwölf Uhr schloß Tinchen die Bürotür ab und machte sich auf den Heimweg. Weshalb sollte sie noch länger in der ›Röhre‹ herumhängen? Viel besser wäre es, sich nach dem Essen ein bißchen hinzulegen, vorausgesetzt, man ließe sie in Ruhe.

Kaum hatte sie die Halle betreten, als Florian schon auf sie zustürzte.

»Dein Bruder behauptet, ich müsse zum Friseur. Stimmt das?«

Sie warf einen flüchtigen Blick auf seine wallende Haarpracht. »Zu einem schulterfreien Kleid würde die Schnittlauchfrisur bestimmt gut aussehen, bei einem Oberhemd kaschiert sie bestenfalls den dreckigen Kragen!«

»Also doch Friseur!« resignierte er. »Welchen kannst du mir empfehlen? Ich habe schon Schumann gefragt, aber der braucht ja keinen mehr. Das Beste an einer Glatze ist, daß man damit immer adrett aussieht.«

»Bei mir bist du auch an der falschen Adresse, weil ich nie zum Friseur gehe.« Zum Beweis fuhr sie sich mit beiden Händen durch die kurzen Haare. »Die schneide ich mir immer selber.«

»Meine aber nicht!« wehrte er ab. »Also sag' schon, welcher von euren Figaros ist am billigsten?«

»Der neben Bobos Tankstelle. Wenn ich zu dem nicht gehe, spare ich fünfundzwanzig Mark, bei dem auf der Promenade fünfunddreißig. Meistens entscheide ich mich für den letzteren.«

»Recht hast du, Tine! Ich werde mir an dir ein Beispiel nehmen und heute abend Mozartzopf tragen. Könntest du mir vielleicht mit einer passenden Schleife aushelfen?«

Wütend ließ sie ihn stehen und lief die Treppen hinauf zu ihrem Zimmer. Auf dem Tisch stand ein Wasserglas mit einer blaßvioletten Orchidee. Überrascht öffnete sie den beiliegenden Umschlag. ›Sie müßte zu Deinem gelben Kleid passen. Lila: Bekanntlich der letzte Versuch! Ich freue mich auf heute abend. K. B.‹

Wie beim Tanzstundenball, dachte sie flüchtig, aber dann war sie doch gerührt. Auf solch eine Idee würde Florian niemals kommen, der verschenkte allenfalls Suppengrün. Deshalb also hatte Klaus sich so dafür interessiert, was sie nachher anziehen würde. Aber was meinte er mit ›Letzter Versuch‹? So alt war sie ja nun doch noch nicht, auch wenn sie in knapp drei Monaten achtundzwanzig wurde.

Als Mittagessen ließ Schumann Minestrone servieren und Salatplatten. Das Küchenpersonal habe keine Zeit zum Kochen, es sei mit den Vorbereitungen für den Abend beschäftigt, wofür die geschätzten Herrschaften doch sicher Verständnis hätten.

Sie hatten es und beschlossen, sich später am kalten Buffet

schadlos zu halten, für das sie als Hausgäste nicht zu bezahlen brauchten. Wie er die vermutlich zahlreichen Nassauer von seinen eigenen Gästen unterscheiden sollte, wußte Schumann noch nicht, auf jeden Fall würde er höllisch aufpassen müssen. Wer weiß, wie viele Mädchen Sergio ohne Eintritt ins Hotel ließ. Bei dem genügte doch schon ein verheißungsvolles Lächeln, und er vergaß sämtliche Geschäftsinteressen. Er war es auch gewesen, der dafür plädiert hatte, daß man den italienischen Strandcasanovas Zutritt gewähren sollte, obwohl er dann mit einer erheblichen Konkurrenz rechnen mußte.

»Es gibt aber zu viele weibliche Touristen und zu wenig Männer. Die Mädchen wollen tanzen, und mit wem sollten sie, wenn nicht mit uns Eingeborenen?«

»Sergio, du weißt doch selbst, daß die Jungs kaum ein paar Lire in der Tasche haben«, hatte Tinchen eingeworfen.

»Die nicht, aber die Frauen! Ihr Deutschen propagiert doch ständig die Emanzipation. Weshalb soll also nicht derjenige die Rechnung bezahlen, der das meiste Geld hat?«

»Jawohl!« hatte Florian bekräftigt, »mir macht es auch nichts aus, mich von einer Frau zum Essen einladen zu lassen.« Dabei hatte er Tinchen zugeblinzelt, und die hatte schleunigst ihren Mund wieder zugeklappt.

Nun stand sie unter der Dusche, ließ das lauwarme Wasser an sich herabrieseln und memorierte ihre Begrüßungsrede. Kurz sollte sie sein, humorvoll und trotzdem Wesentliches aussagen. Wesentliches fiel ihr nicht ein, ihr Repertoire an humoristischen Allgemeinplätzen spulte sie jede Woche einmal auf der Fahrt nach Nizza ab, so daß es keinen Anspruch mehr auf Originalität erheben konnte, und wozu überhaupt eine Ansprache? Reden sollten gefälligst die Leute halten, die Spaß daran hatten: Politiker, Wirtschaftsbosse, Brautväter …

Mit einem Knall flog die Zimmertür auf. »Tine, wo bist du?«

Sie griff nach dem Badetuch und versuchte, es möglichst

dekorativ und vor allem rutschfest um ihren Körper zu drapieren. Gelungen war ihr das noch nie. Wie machten die das bloß immer im Film? Da stiegen die Frauen aus der Wanne, hüllten sich flüchtig ins Handtuch, klemmten links oben einen Zipfel fest und bewegten sich die nächste halbe Stunde so sicher, als hätten sie einen bequemen Trainingsanzug an. Tinchen dagegen stand nach längstens drei Schritten wieder oben ohne da. »Kannst du nicht anklopfen?« fauchte sie. »Gib mir wenigstens den Bademantel rüber!«

»Hab' dich nicht so! Guck dir lieber an, was du deiner Miß Butterfly nachher über den Busen hängen sollst!« Aus einer Plastiktüte zog Florian die Schärpe und entfaltete sie zu voller Länge.

»Soll das ein Witz sein?« Vor Tinchen lagen dreieinhalb Meter schwarzer Taft, an beiden Enden mit Silberfransen verziert, und mitten drin stand in großen silbernen Buchstaben: Miss Butterfly.

Ein paar Sekunden lang starrte sie fassungslos auf die Trauerschleife, dann brach sie in schallendes Gelächter aus. »Wir müssen umdisponieren! Statt der schönsten Frau werden wir ganz einfach die älteste prämieren.«

»Und ihr mit diesem Trauerflor taktvoll klarmachen, daß sie bereits kurz vor dem Ableben steht. Bist du verrückt geworden, Tine?«

»Nein, das geht auch nicht«, räumte sie ein, »wer will schon wahrhaben, daß er älter ist als alle anderen?« Sie bückte sich und legte die Schärpe aufs Bett. »Was sagt denn Schumann dazu?«

»Der tobt! Allerdings mußte er zugeben, daß er am Telefon nichts von der Farbe gesagt hatte. Er war der Meinung gewesen, Begräbnisschleifen seien grundsätzlich weiß.«

»Das muß er mit den Lorbeerkränzen verwechselt haben, die immer an Kriegerdenkmälern abgelegt werden«, lachte Tinchen. »Jedenfalls können wir das Ding hier vergessen!«

»Nimm es auf alle Fälle mit rüber«, empfahl Florian und stopfte den Stein des Anstoßes in die Tüte zurück, »es könnte doch sein, daß es wenigstens zum Kleid unserer künftigen Queen paßt. Und solltest du noch einmal eine Miß-Wahl inszenieren, dann such dir einen anderen Lieferanten. Friedhofsgärtner leben schon von Berufs wegen alle halb im Jenseits! – Jetzt schmeiß dich endlich in Gala, die ersten Ballschönen trudeln bereits ein.«

Kaum hatte sie mit dem Make-up begonnen, als Karsten im Türrahmen erschien. »Hast du Nähgarn? Der Manschettenknopf ist ab, und mit Uhu hält er nicht.«

»Im Nachttischkästchen müßte welches sein.«

Während Karsten mit doppeltem Zwirn den Knopf annähte, beobachtete er interessiert die kosmetischen Anstrengungen seiner Schwester.

»Warum machste das überhaupt?«

»Ein bißchen Lidschatten macht die Augen schöner.«

Er sah sie prüfend an. »Und wann wirkt es?«

Erbost warf sie die Haarbürste in seine Richtung. »Verschwinde! Ich habe keine Lust, mir die unqualifizierten Kommentare eines Halbwüchsigen anzuhören!«

Das hatte gesessen! »Verstehst du denn überhaupt keinen Spaß mehr? Ich wollte doch nur sagen, daß du dich gar nicht anzumalen brauchst, weil du auch ohne diesen ganzen Quatsch prima aussiehst.«

Sie strich ihm versöhnlich über die Haare. »Ist ja gut. Deine Getränke heute abend hätte ich sowieso bezahlt.«

Als sie gegen zwanzig Uhr den Pavillon betrat, war sie überrascht, daß fast jeder Tisch schon besetzt und die Tanzerei in vollem Gang war. Gleich neben der Tür stand Schumann. Er hatte einen Frack angezogen und wirkte sehr historisch. »Der Abend wird ein Bombenerfolg, Tina, so etwas hätten wir schon viel öfter machen sollen.«

Suchend blickte sie in die Menge. Auf der Tanzfläche entdeckte sie Karsten, der mit einem nickelbebrillten Teenager vom Typ Klassenbeste herumhopste, und gleich neben der Bierbar – wo auch sonst? – unterhielt sich Florian mit einem rothaarigen Vollblutweib. Beinahe hätte Tinchen ihn gar nicht erkannt. Er trug einen nagelneuen weißen Anzug, dazu ein dunkelblaues Hemd mit Schlips, und der schicke Haarschnitt war ihm ganz bestimmt nicht im Laden neben der Tankstelle verpaßt worden. Der sah nach mindestens dreißig Mark aus.

Jetzt hatte Florian sie gesehen. Lässig winkte er mit der Hand und wandte sich wieder seiner Gesprächspartnerin zu. Vierzig war die bestimmt und aufgetakelt wie ein Zirkuspferd, registrierte Tinchen wütend. Die hatte bestimmt den halben Nachmittag vor dem Spiegel verbracht, damit sie für fünf Stunden zehn Jahre jünger aussah! Was fand er bloß an der? Nun führte er sie sogar zur Tanzfläche! Ausgerechnet Florian, der im ganzen Pressehaus als Tanzmuffel verschrieen und auf dem Betriebsfest nur mit Mühe zu bewegen gewesen war, die üblichen Pflichtrunden mit Frau Sperling und der Chefsekretärin zu drehen. Tinchen hatte er noch nie aufgefordert, aber für diesen wandelnden Farbkasten da hinten brach er mit sämtlichen Prinzipien! Wahrscheinlich hatte sie Geld! Und Florian hatte ganz sicher seine letzten Kröten in den neuen Habitus gesteckt, um jetzt eine lohnende Quelle anzuzapfen. Nun hatte er sie offenbar gefunden. Auch wenn sie viel zu alt für ihn war und gefärbte Haare hatte. Außerdem war sie mehr als nur vollschlank. Dafür trug sie allein am Hals ein halbes Einfamilienhaus mit sich herum! Die andere Hälfte steckte an den rotlackierten Fingern! Und für so einen charakterlosen Schuft hatte sie, Tinchen, Sympathie und sogar noch ein bißchen mehr empfunden! Ein Glück, daß ihr noch rechtzeitig genug die Augen aufgegangen waren!

Trotzdem konnte sie die aufsteigenden Tränen nicht verhindern. Ein Schluchzen saß in ihrer Kehle, das sie mühsam zu unterdrücken suchte, weil die Wimperntusche nicht wasserfest war. Aber dann tropfte es doch dunkelgrau auf ihren Handrücken, und sie trat eilends den Rückzug an. Auf ihr Zimmer wollte sie, am liebsten gleich ins Bett, niemanden mehr sehen, schon gar nicht Florian – jetzt tropfte das schwarze Zeug bereits aufs Kleid –, sollte er doch seine Miß Karottenkopf krönen, zu der paßte sogar die Trauerschärpe, weil sie ohnehin in schwarzen Brillantsamt gewickelt war …

»Schon wieder eine Fliege im Auge?« Tinchen fühlte sich von zwei kräftigen Armen gepackt, die sie vom Eingangsweg in die Dunkelheit zogen. »Du siehst bezaubernd aus, Tina, und solltest wirklich keinen Grund zum Weinen haben.«

»Ich weine ja gar nicht«, schluchzte sie.

»Auf Freudentränen hatte ich allerdings nicht zu hoffen gewagt.«

Brandt reichte ihr sein Taschentuch. »Napoleon hat mal gesagt, daß Frauen zwei Waffen haben: Kosmetik und Tränen. Damit hatte er zweifellos recht, nur solltet ihr nicht beide gleichzeitig anwenden!«

Sie schnaubte herzhaft in das Tuch und steckte es ein. »Jetzt habe ich schon zwei.« Und mit einem zaghaften Lächeln: »Ich freue mich, daß du endlich da bist. Wir sitzen dort drüben unter dem grünen Lampion. Wartest du einen Moment? Ich glaube, ich muß mich doch erst ein bißchen restaurieren.«

Florian würde hoffentlich nicht die Unverfrorenheit besitzen, seine neue Eroberung an ihren Tisch zu bringen. Der war für Lilo und ihren Dottore reserviert, für Karsten natürlich, für Sergio und für sie, gezwungenermaßen auch für Florian, aber keinesfalls für brillantenbehängte Matronen!

Als sie kurze Zeit später zurückkam, hatte Tinchen Lilos großen Auftritt verpaßt. Mit genau einkalkulierter Verspätung war sie just in dem Augenblick am Eingang erschienen, als die Kapelle eine Pause gemacht hatte und die Anwesenden nicht mehr von der Freizeitakrobatik auf der Tanzfläche abgelenkt worden waren.

»Die ist reingerauscht wie eine Primadonna«, flüsterte Karsten seiner Schwester zu, »und ihr Macker ist hinterhergewieselt wie der Impresario.«

Genauso benahm er sich auch. Er bestellte Champagner für den ganzen Tisch, ließ ein Sortiment Zigaretten bringen und sorgte dafür, daß ständig mindestens ein Kellner für ihn durch die Gegend trabte und die kleine Gesellschaft in den Mittelpunkt der Aufmerksamkeit rückte. Im Gegensatz zu Tinchen schien Lilo dieses allgemeine Interesse zu genießen. Scheinbar zufällig spielte sie mit ihrer neuen Perlenkette. An der linken Hand blitzte ein Halbkaräter.

»Na, hast du ihn doch herumgekriegt?«

»Die Perlen sind mein Verlobungsgeschenk. Enrico wird das nachher offiziell bekanntgeben.«

»Bravo! Dann hast du es ja endlich geschafft! Gratuliere!« Neidisch war Tinchen nicht, aber einen kleinen Stich verspürte sie doch. Man hätte ihr diesen Enrico zwar platinumwickelt auf einem Tablett servieren können, ohne daß sie ihm mehr als zwei Blicke geschenkt hätte, aber Lilo schien sich diesen Goldfisch nicht nur aus materiellen Erwägungen geangelt zu haben. Es sah fast so aus, als ob sie sogar Gefühle investierte.

»Stammt der Ring auch von ihm?«

»Nein, der ist schon alt. Mein erster Mann hatte ihn mir zur Hochzeit geschenkt.«

»Und du hast ihn nach der Scheidung nicht zurückgegeben?« staunte Tinchen, »ich denke, das tut man?«

»Weshalb denn? Meine Gefühle für den Ring hatten sich doch nicht verändert!«

Entgegen Sergios Behauptung hatte die Kapelle das deutsche Faßbier dem einheimischen Wein vorgezogen und ging frisch gestärkt wieder an die Arbeit. Sie spielte einen Walzer.

»Darf ich bitten?«

In dem weißen Dinnerjackett machte Brandt eine tadellose Figur, und daß er dazu auch noch hervorragend tanzen konnte, überraschte Tinchen gar nicht. Wer so aussah, mußte das einfach können! Sie selbst tanzte auch nicht schlecht, und so dauerte es nicht lange, bis sich die anderen Paare von dem Rondell zurückzogen und den beiden das Parkett allein überließen.

»Genau wie im Märchen, als der Prinz mit Aschenbrödel den Ball eröffnete«, flüsterte Brandt, bevor er Tinchen unter dem Beifall der übrigen Gäste wieder zum Tisch brachte. Dort lümmelte Florian einsam und verlassen auf seinem Stuhl. Mit scheelen Blicken begrüßte er seinen Nebenbuhler. »Der nächste Tanz gehört aber mir, Tine!«

Sie wollte empört ablehnen, besann sich dann aber doch eines Besseren. Ganz nüchtern war Florian bestimmt nicht mehr, und einen Korb würde er kaum widerspruchslos hinnehmen. Eine lautstarke Auseinandersetzung wollte sie aber nicht riskieren, deshalb stand sie gehorsam auf, als die Kapelle wieder spielte.

»Warum tanzt du nicht mit deinem Zirkuspferd?«

»Mit wem?« Florians Erstaunen war echt.

»Ich meine dieses rothaarige Tier mit seinen goldbeschlagenen Hufen!«

Vor lauter Überlegen kam er aus dem Takt und trat ihr auf die Füße.

»Autsch!«

»Tschuldigung, aber ich kann mich beim besten Willen an kein Pferd erinnern.«

»Vorhin an der Bierbar konntest du es noch ganz gut.«

Endlich hatte Florian begriffen. »Du meinst doch nicht etwa Frau Leibowitz? Die habe ich schon gekannt, als sie noch in meinem Alter war. Sie ist Moderedakteurin bei einer Illustrierten und hauptberuflich Gattin eines Badewannenfabrikanten. Zur Zeit macht sie Urlaub. Warum ausgerechnet hier, weiß ich nicht. Wahrscheinlich war Hawaii schon ausgebucht. Ich hab' sie ganz zufällig getroffen.«

Tinchen biß sich auf die Lippen. Nur nicht weich werden! Florian konnte ihr viel erzählen! Seine Phantasie schlug manchmal Purzelbäume. Das hatte schon Dr. Vogel festgestellt – damals, als Flox den detaillierten Bericht in die Setzerei gegeben hatte über einen Liederabend, der wegen Erkrankung des Künstlers kurzfristig abgesagt worden war. Erst am nächsten Tag war herausgekommen, daß Florian überhaupt nicht hingegangen war, sondern seinen Artikel aus Archivmaterial zusammengeschmiert hatte. Die Blamage hatte ihm der Sperling lange nicht verziehen.

»Wann soll die Schlacht eigentlich beginnen?« Ein Themawechsel schien Tinchen jetzt dringend angebracht.

»Soviel ich weiß, wird das Buffet um zehn Uhr freigegeben.«

»Kannst du nur ans Essen denken?«

»Wenn's nichts kostet, immer!« Sie seufzte – weniger wegen Florians Vorliebe für Eiersalat, von dem er bereits am Nachmittag zwei Teller verdrückt hatte, sondern weil er schon wieder auf ihrem Fuß stand. »Du tanzt wie ein Nilpferd!«

»Ich weiß, aber Tango war noch nie meine Stärke.«

»Das ist ein Foxtrott!«

»Den kann ich auch nicht!«

Sie löste sich aus seinen Armen und ließ ihn einfach stehen. Es wurde sowieso höchste Zeit, die Anwesenden mit den Präliminarien zur Schönheitskonkurrenz bekanntzumachen. Die Kellnerbrigade, aufgefüllt durch mehrere Aushilfskräfte, die nach Schumanns Ansicht ihr Metier in einer Hafenkneipe gelernt hatten, verteilte die Stimmzettel, während Tinchen auf den verabredeten Tusch wartete, der größeren Ereignissen immer vorauszugehen pflegt. Brandt half ihr zuvorkommend aufs Podium, stellte das Mikrofon niedriger, vor dem ein ellenlanger Schmalztenor in allen Variationen sein ›Bella Italia‹ besungen hatte, drückte Tinchen beruhigend die Hand und überließ sie ihrem Schicksal.

»Sehr geehrte Damen und Herren, liebe Schmetterlinge«, begann sie und hätte sich am liebsten gleich auf die Zunge gebissen. So ähnlich hatte Lübke auch immer angefangen, wenn er in einem Negerkral die Stammesältesten begrüßen mußte. Sie fuhr fort: »In der ganzen zivilisierten Welt wird immer irgendwo irgend etwas gewählt: Das Europaparlament, der Sportler des Jahres, die deutsche Weinkönigin, der billigste Kleinwagen oder die erfolgreichste Fernsehsendung. Und dann gibt es noch die Schönheitsköniginnen, die von der Miß Airport bis zur Miß Strumpfhose so ungefähr alle Bereiche umfassen, die ein publikumswirksames Aushängeschild brauchen. Nur die Tierwelt ist bisher verschont geblieben. Dieses Versäumnis wollen wir heute nachholen. Wir werden eine Miß Schmetterling wählen, oder – um es auf gut Deutsch zu sagen – eine Miß Butterfly.«

Bravorufe ertönten, es wurde Beifall geklatscht, und eine sonore Männerstimme rief: »Denn bleiben Se man jleich da oben stehn, Frollein! Eenen schön'ren Schmettaling wer'n wa wohl janich finden!«

Sie überhörte das Kompliment und fuhr fort: »Da bekanntlich die Herren der Schöpfung seit Jahren um ihre Gleichberechtigung kämpfen, sollen sie heute das alleinige Stimmrecht bekommen. Die Mutigen unter Ihnen können sich bei mir eine Nummer abholen, die Sie dann bitte an die Dame weitergeben wollen, der Sie eine berechtigte Chance einräumen. Wenn das Defilee der Kandidatinnen vorüber ist, werden auch alle Ehemänner Gelegenheit haben, ihrer Favoritin zum Sieg zu verhelfen. Die Wahl ist selbstverständlich geheim und nur den Männern vorbehalten. Und jetzt darf ich um die Nominierung der Kandidatinnen bitten.«

Im Handumdrehen war Tinchen ihre Lippenstiftnummern los. Amüsiert verfolgte sie, wie sich die Männer an den Tischen vorbei zu ihren Auserwählten schlängelten und den zum Teil Zögernden die Nummernschilder in die Hand drückten. Besonderes Gedränge herrschte bei Lilo, die offenbar schon jetzt als heimliche Siegerin galt. Geschmeichelt überlegte sie, mit welcher der drei angebotenen Nummern sie in die Konkurrenz gehen sollte. Sie hatte sich gerade für die Sieben entschieden, als Florian dazwischenfuhr.

»Du bist wohl total plemplem, Mädchen! Als Angestellte dieses Vereins kannst du bei dem Zirkus doch nicht mitmachen! Ja, ich weiß, du würdest mit Längen gewinnen, aber was willst du mit einer Pappmachékrone, wenn dir dein Schuhsohlenfritze bald eine aus diesem grünen Stachelzeug aufs Haupt drückt. Oder heiratet man beim zweiten Mal nicht mehr in Weiß?«

Verärgert setzte sich Lilo wieder hin. So ungern sie Florian recht gab, mußte sie doch einsehen, daß sie wirklich nicht an der Wahl teilnehmen konnte.

»Gib mir mal so'n Ding!« Er klemmte sich die Zwölf unter den Arm und verschwand im Gedränge.

Die ersten Kandidatinnen sammelten sich auf der Tanzfläche. Hellblauer Tüll mischte sich mit Großgeblümtem, hochhackige Sandaletten trippelten neben ausgetretenen Slippern Größe 42, toupiertes Blond musterte abschätzend dunklen Pagenkopf. Die jüngste Teilnehmerin mochte gerade sechzehn sein, die älteste bereits im Rentenalter – eine zierliche Dame mit schneeweißen Haaren und lustigen braunen Augen. Sie wurde von ihrem Enkel begleitet.

»Drei Stimmen kriegst du garantiert, Oma! Meine, die von Onkel Albrecht und die von dem Herrn am Nebentisch, der schon den ganzen Abend mit dir flirtet. Für mich bist du sowieso die Schönste!« Mit einem Kuß verabschiedete er sich.

Recht hat er, dachte Tinchen. Neben diesen ausdruckslosen

Schaufensterpuppen wirkte die alte Dame mit dem faltigen Gesicht als einzige lebendig. Bewundernswert ihr Humor, der sie diesen Blödsinn hier mitmachen ließ.

Tinchen zählte die Damenriege durch. Neunzehn – also fehlte noch eine. »Wir vermissen unsere letzte Kandidatin!« tönte sie ins Mikro, und prompt klang es von ganz hinten: »Die kommt schon!«

Tinchen fielen fast die Augen aus dem Kopf. Auf der Tanzfläche erschien schwarzer Samt, darauf ein Brillantkollier – das Zirkuspferd! Nur Florian konnte diese Walküre in die Arena geschickt haben! Und dann behauptete der verlogene Kerl auch noch, er würde sie nur flüchtig kennen! Rein beruflich natürlich! Wer sich selbst zum Gespött der Leute macht und als Beinahe-Greisin mit gutgewachsenen jungen Mädchen in Konkurrenz tritt, der mußte entweder blind oder verliebt sein. Blind war sie bestimmt nicht, sonst hätte sie eine Sonnenbrille getragen statt der angeklebten Fliegenbeine. Mancher Mensch braucht eben eine ganze Menge Zubehör – um halbwegs menschlich auszusehen!

Zu den Klängen des River-Kwai-Marsches zogen die zwanzig Auserwählten unter den teils wohlwollenden, teils spöttischen Blicken der Zuschauer ihre Kreise. Fünfmal rechts herum, dann Kehrtwendung, und noch einmal das gleiche in entgegengesetzter Richtung. Man konnte ja nicht wissen, wer wo seine Schokoladenseite hatte, und schließlich sollte die Wahl einigermaßen gerecht ablaufen.

Die Kapelle verstummte, und Tinchen griff wieder zum Mikrofon. »Jetzt sind Sie dran, meine Herren! Notieren Sie bitte die Nummer Ihrer Favoritin, und falten Sie die Zettel zusammen. Die Kellner werden sie gleich einsammeln und genau darauf achten, daß nicht gemogelt wird. Jeder hat nur *eine* Stimme!«

Erleichtert kehrte Tinchen auf ihren Platz zurück. Das Schlimmste war überstanden.

»Haste ganz prima gemacht, Tine«, lobte Karsten, »besser hätte ich das auch nicht hingekriegt. Was glaubst du denn, wer Sieger wird?«

»Wenn es nach mir ginge, das Muttchen. Für wen hast du gestimmt?«

»Geht dich gar nichts an, die Wahl ist geheim!«

»Ich habe von meinem demokratischen Recht Gebrauch gemacht und mich der Stimme enthalten«, sagte Brandt. Leise fügte er hinzu: »Meine Königin siegt außer Konkurrenz.«

Gott, dachte Tinchen, ein bißchen viel Schmalz auf einmal. Warum rutschen die meisten Männer bloß immer ins Banale ab, sobald sie ein Kompliment machen wollen?

Die erste ›Wahlurne‹ wurde vor ihr abgeladen. Karsten kippte den Sektkühler um und machte sich ans Zählen.

»Wo ist Lilo?«

»Die hat sich verdrückt. Als Florian ihr verklickert hatte, daß sie bei dieser Fleischbeschau nicht mitmachen könnte, ist sie beleidigt abgezogen. Ihren Heini hat sie mitgenommen. Wahrscheinlich hatte sie Angst, der würde angesichts dieser geballten Masse Schönheit auf falsche Gedanken kommen. Sagen Sie mal, Herr Brandt, haben Sie von Ihren Computern schon genug gelernt, um aufgrund der ersten Ergebnisse eine Hochrechnung aufstellen zu können? Nein? Dann bin ich Ihnen überlegen. Ich tippe auf die Nummer elf.«

Eine knappe halbe Stunde dauerte es, dann stand die Siegerin fest. Es war tatsächlich die Elf.

»Weißt du noch, was sie anhat?«

»Irgendwas in Grün mit was Schwarzem am Hals«, lautete die präzise Auskunft, wobei man Karsten zugestehen mußte, daß er sich mehr für die Gesichter interessiert hatte als für die Garderobe und darüber hinaus eine ganz andere Aspirantin gewählt hatte, die weit abgeschlagen auf dem siebzehnten Platz gelandet war.

»Dann können wir die Schärpe ja doch benutzen!« Tinchen

holte die Trauerschleife aus der Tüte, vergewisserte sich, daß die Blumensträuße ohne Marmeladeneimer griffbereit neben dem Schlagzeug lagen, und bestieg erneut das Podium. Sofort wurde es still im Saal.

»Darf ich die Nummern vier, sechs und elf herbitten?«

Hälse wurden gereckt, Stimmengemurmel setzte ein, und unter dem Beifall des Publikums bauten sich die drei Siegerinnen vor Tinchen auf, darunter die alte Dame mit dem weißen Haar. Vor Aufregung hatte sie richtige rote Bäckchen bekommen.

»Gewinnerin und damit Miß Butterfly wurde die Nummer elf!« verkündete Tinchen und drapierte dem Brigitte-Bardot-Verschnitt das Taftungetüm über die Schulter. Das Kleid entpuppte sich übrigens als türkisfarben und das Schwarze am Hals als gehäkelte Stola – eine etwas merkwürdige Kombination, die durch den schwarzen Brustwickel nun auch nicht eleganter wirkte. Mit einer artigen Verbeugung überreichte Schumann die Blumen, aber irgend etwas fehlte doch noch? Richtig, die Krone. Verflixt noch eins, wo war das Ding denn abgeblieben? Hilfesuchend sah Tinchen zu Karsten hinunter. WO IST DIE KRONE? artikulierte sie stumm.

»An der Rezeption!« brüllte der und entwetzte. An eine Fortsetzung der Inthronisation war im Augenblick nicht zu denken. Mit hochrotem Gesicht überreichte Tinchen den beiden Plazierten – Oma war Dritte geworden – Blumen nebst Angebinde, sicherte ihnen aus lauter Verlegenheit noch eine Freifahrt nach Nizza zu (Nummer vier hatte die Tour schon hinter sich und wollte lieber nach Portofino) und schickte sie mit ein paar Floskeln wieder auf ihre Plätze. Endlich kam Karsten angestürmt, reichte die Krone aufs Podium, wobei er ein gezischtes »Du kannst nachher noch was erleben!« kassierte, und nun konnte Tinchen die Zeremonie beenden. Lauter Beifall ertönte, als sie der strahlenden Miß Butterfly das glitzernde Diadem auf die blonden Dauerwellen drückte. Nachdem sie die Brosche überreicht hatte, sagte sie einladend: »Vielleicht möchten Sie ein paar Worte sagen?«

»O yes.« Fräulein Schmetterling trippelte zum Mikrofon und hauchte mit Piepsstimme: »I'm so very happy! Thanks to all!«

Ausgerechnet eine Janet Carter aus Birmingham war deutsche Schmetterlingskönigin geworden!

Tinchen stand neben Brandt an der Hotelbar und spielte mit dem Campariglas. Es war schon der dritte, trotzdem zeigte er überhaupt keine Wirkung. Dabei reichten normalerweise zwei, um sie in Hochstimmung zu versetzen. Diesmal trat das Gegenteil ein. Sie hatte einen Moralischen und fühlte sich zum Heulen.

Durch die geöffnete Tür beobachtete Brandt die Schlacht am kalten Buffet. »Leute, die vor einer Bevölkerungsexplosion warnen, meinen eine Welt mit zu vielen Menschen und zu wenig Nahrung – also genau das, was sich da drüben gerade abspielt.«

»Laß sie doch. Was heute nicht alle wird, kriegen die Angestellten sonst morgen als Personalessen.«

Aufmerksam sah er sie an. »Tina, was ist los mit dir? Du hast doch allen Grund, froh zu sein. Diese alberne Wahl hast du sehr souverän über die Bühne gebracht, die Party ist ein voller Erfolg, alle amüsieren sich, nur du läßt die Flügel hängen und machst auf Weltschmerz. Laß uns tanzen! Vielleicht kommst du dann auf andere Gedanken.«

Kam sie auch! Das erste, was sie sah, war der schwarze Brillantsamt und neben ihm ein schwafelnder Florian. Jetzt verhakten sie auch noch ihre Arme, führten die Sektgläser zum Mund und ... Also für einen harmlosen Brüderschaftskuß dauerte der aber entschieden zu lange! Die ließ ihn ja gar nicht mehr los! Und dann diese unverhohlene Leidenschaft hier vor allen Leuten! Außer Tinchen kümmerte sich allerdings niemand um das vergnügte Paar, so daß sie ihre Empörung nicht einmal laut hinausschreien konnte.

»Wollen wir nicht einen kleinen Spaziergang machen?« schlug Brandt nach einer Weile vor. Er hatte Tango getanzt und Rumba, sogar Charleston, obwohl er dafür nun gar nichts übrig hatte, nur weil Tinchen plötzlich eingefallen war, daß die Tanzfläche jetzt nicht mehr so voll sei und man sich endlich richtig bewegen könne. Dabei hatte sie sich gar nicht bewegt. Sie war mehr oder weniger auf der Stelle getreten und hatte sich kaum einmal herumgedreht. Ständig hatte sie die Bierfässer im Auge behalten; obwohl die inzwischen geleert und schon deshalb völlig uninteressant waren.

»Kann ich nicht endlich mal ein paar Minuten mit dir allein sein?« bohrte Brandt von neuem, »ich möchte dich nämlich etwas fragen.«

»Was denn?«

»Etwas Wichtiges.«

Für Tinchen gab es im Augenblick nichts Wichtigeres als den Tisch, an dem sich Florian mit dem Brillantsamt amüsierte. Seit der Miß-Wahl, die für seine Favoritin zu einem grandiosen Miß-Erfolg geworden war (auf den sechzehnten Platz war sie gekommen!), hatte er kein Wort mehr mit Tinchen gewechselt. Viel Spaß hatte er ihr nur gewünscht und dafür plädiert, daß man Gesellschaftstanz als Pflichtfach in allen Schulen einführen sollte, da es offenbar zur Allgemeinbildung gehöre und für manche Leute einschneidender sei als ein liebend Herz, das man trotz aller medizinischen Fortschritte noch immer nicht sichtbar vor sich hertragen könne. Im übrigen sei sie kalt wie eine Hundeschnauze, was andererseits eine Beleidigung für Bommel bedeute, noch blinder als ein Maulwurf und so feinfühlig wie ein Panzernashorn. Womit seine Kenntnisse der Mentalität einzelner Tierarten erschöpft seien, aber mehr Vergleiche brauche er sowieso nicht. Dann hatte er sie stehenlassen und den ganzen Abend nicht mehr angesehen.

»Willst du nicht wenigstens eine Kleinigkeit essen?« Manchen Menschen schlägt ein leerer Magen aufs Gemüt, und nach Brandts Ansicht mußte Tina auch dazu gehören. Wenn sie ihm bloß nicht wieder aus den Pantinen kippte!

»Ich hab' keinen Hunger.«

»Der Appetit kommt beim Essen!« dozierte er Großmütterweisheit, ohne zu ahnen, daß Antonie Pabst mit diesem Spruch ihre kalorienarmen Mahlzeiten anzupreisen pflegte und fast immer das Gegenteil erlebte.

Wie zum Beweis für Brandts Theorie erschien ein vergnügter Karsten am Tisch. In der linken Hand balancierte er einen vollgehäuften Teller, mit der anderen schaufelte er Muschelsalat in sich hinein. »Schmeckt prima, Tine, willste mal probieren?«

»Nein danke, du frißt ohnehin für zwei! Das ist doch mindestens der vierte Teller, den du jetzt verdrückst! Schämst du dich eigentlich nicht?«

»Nö, warum denn?« fragte er kauend, »die letzten drei Mal habe ich Schumann gesagt, es sei für dich. Spendierst du mir noch'n Gin-Fizz? Dann rutscht es besser.«

An der Bar hockten Lilo und ihr Dottore, erstere ein bißchen pikiert, weil sich noch immer keine Gelegenheit ergeben hatte, die Verlobung offiziell zu verkünden. Enrico unterhielt sich sehr angeregt mit dem Stadtpfarrer, einem noch sehr jugendlichen Herrn, von dem behauptet wurde, er habe seiner inoffiziellen Freundin einen Parfümeriesalon eingerichtet. Das Gerücht hielt sich hartnäckig, obwohl Don Emilio in dem eleganten Geschäft nicht häufiger gesichtet wurde als in der Splendid-Bar und im Waisenhaus. Oder ebenso selten – je nachdem, wie herum man die Sache sehen wollte.

Wie fast überall in Italien tolerierte man das Privatleben des parrocco und erwartete als Gegenleistung, daß er von der

Kanzel nicht ewige Verdammnis predigte, sondern ein Hintertürchen offenließ, und mit den Sündern im Beichtstuhl gnädig umging. Zehn Ave Maria nebst einem Scherflein für den Opferstock erschienen selbst dem ärgsten Geizkragen nicht zu viel. Man würde ja auch dafür Sorge tragen, daß sich jener peinliche Vorfall nicht wiederholte, als ein paar Halbwüchsige ihrem Seelenhirten zu nächtlicher Stunde aufgelauert und ihn in die Gartenlaube seiner – nun ja, mütterlichen Freundin gesperrt hatten. Erst am Morgen hatte man die Tür entriegelt, und es hatte wohl vieler weiser Worte bedurft, um später dem Bischof dieses für einen geistlichen Herrn doch etwas unübliche Nachtquartier zu erklären.

Tinchen langweilte sich. Außerdem begannen die vielen Camparis zu wirken und machten sie müde. Eigentlich könnte sie jetzt ruhig schlafen gehen. Niemandem würde auffallen, wenn sie jetzt verschwände, nicht einmal Klaus, der offenbar vergessen hatte, was er ihr Wichtiges sagen wollte. Er stand neben Schumann und sah ungläubig auf das Dekolleté der schwarzhaarigen Frau, die gerade mühsam einen Hocker erkletterte.

»Unfaßbar!« murmelte er.

Schumann nickte zustimmend. »Leider!«

Die Dame war nicht allein. In ihrem Kielwasser schwamm ein angeheiterter Florian, der zuerst stutzte, als er Tinchen sah, dann schnurstracks auf die Theke zusteuerte und Whisky bestellte. In einem Zug kippte er ihn hinunter und orderte sofort den nächsten. »Bei deinen Preisen, Fritz, kann man sich erst dann zu dem zweiten entschließen, wenn man den ersten intus hat.« Versonnen stierte er ins Glas. »Den ganzen Abend schon will ich meine Sorgen ertränken, aber die können alle so prima schwimmen.«

»Was haste denn für Sorgen?« Mitfühlend legte Karsten seinen Arm um Florians Schultern, »du kannst doch Schumann ruhig anpumpen, er hat es dir ja angeboten.«

»Quatsch! Notfalls kann ich noch meine Benzingutscheine verscherbeln. Aber dieser gelackte Affe da drüben« – ein finsterer Blick streifte Brandt – »macht mir deine Schwester abspenstig. Kannst du mir vielleicht mal verraten, was der hat und ich nicht habe?«

»'ne weiße Jacke!«

»Habe ich auch!« Florian strich über sein Revers und korrigierte sich: »Jedenfalls war sie weiß, bis mir jemand Pfefferminzlikör drübergekippt hat. Außerdem ist das nur äußerlich. Arroganz ist aber angeboren. Und dieser Knilch da ist widerwärtig arrogant!«

Der so Beschuldigte nahm die Anklage mit hochgezogenen Augenbrauen entgegen, sagte aber nichts.

»Er hält mich ja nicht mal einer Antwort für würdig!« Es war offensichtlich, daß Florian Streit suchte.

»Läßt du dir das gefallen?« stichelte Tinchen. Sie hatte ihren Kopf demonstrativ an Brandts Schulter gelegt und mimte junges Glück.

»Nein!« sagte Brandt Florian auf.

»Darf ich Ihnen jetzt mal in aller Freundschaft meine Meinung sagen?«

»Nur zu!« ermunterte ihn Florian, während er nun seinerseits aufstand. »Das ist die zivilisierte Form, Beleidigungen anzubringen!« Er kochte vor Wut und Eifersucht, sah aber ein, daß er jetzt und hier auf jeden Fall den kürzeren ziehen würde. Dieser Brandt schien stocknüchtern zu sein, während er, Florian, entschieden zuviel getrunken hatte. Seit jenem Abend in der Disco, wo er so intensiv mit Lilo geflirtet und sich Tinchens Zorn eingehandelt hatte, war ihm das nicht mehr passiert. Aber heute hatte er einfach nicht anders gekonnt. Stundenlang zusehen zu müssen, wie sein Tinchen in den Armen dieses Schnösels lag, war einfach mehr gewesen, als er in nüchternem Zustand ertragen konnte. Man muß ja nicht unbedingt Wange an Wange tanzen, wenn man nicht will! Aber Tinchen hatte ja gewollt, das hatte er ganz deutlich gesehen. Daraufhin hatte ihn der Hafer gestochen, und er hatte angefangen, mit dieser verblühten Schönheit aus Neuss herumzualbern. Eine ganze Flasche Asti spumante hatte es ihn gekostet, bis sie endlich bereit gewesen war, an dieser Schönheitskonkurrenz teilzunehmen. Aber der Einsatz, hatte sich wenigstens gelohnt! Für Tinchen war es ein Schock gewesen, als Inge Leibowitz plötzlich mit der Nummer in der Hand auftauchte. Und später, als Tinchen mit diesem personifizierten Kleiderständer so hingebungsvoll getanzt hatte und gar nicht mehr aufhören wollte, da hatte er sich sogar überwunden und mit der Badewannentante Brüderschaft getrunken. Jetzt bereute er diesen Einfall bitter. Vielleicht war er doch zu weit gegangen. Der eisige Blick, den Tinchen ihm zugeworfen hatte, hätte sogar die Sahara in eine Kältesteppe verwandelt! Seitdem hatte sie durch ihn hindurchgesehen, als ob er Luft wäre. Warum war er nicht ganz einfach hingegangen und hatte diesem Klaus Brandt eine heruntergehauen? Das ist zwar nicht die feine englische Art, manchmal aber sehr wirkungsvoll, und das Überraschungsmoment wäre auch auf seiner Seite gewesen. Jetzt war es zu spät. Brandt stand vor ihm, lächelte spöttisch und – wartete.

Florian zog die Konsequenzen. Er stellte das leere Glas auf die Theke, und mit einem verachtungsvollen Blick auf seinen Widersacher wandte er sich zum Ausgang. »Ich überlasse Ihnen kampflos das Feld! Mich sehen Sie hier nicht wieder!« Sprach's und wankte hinaus.

Tinchen erinnerte sich, etwas ähnlich Monumentales bei Schiller gelesen zu haben, aber es war doch wohl kaum anzunehmen, daß er die Absicht hatte, als Räuber in die böhmischen Wälder zu gehen.

»Das war'n Abgang!« sagte Karsten ehrfurchtsvoll.

»Das war kindisch!« sagte Tinchen.

»Das war gemein!« sagte die Schwarzhaarige auf dem Barhocker. »Er hatte doch versprochen, heute nacht noch mit mir Boot zu fahren.«

In jeder Lage hilft Salzwasser – Schweiß, Tränen oder das Meer. Nachdem Tinchen die erste und die letzte Möglichkeit verworfen hatte, entschied sie sich für die Alternative. Sie heulte.

Nur mit Mühe hatte sie in leidlich gefaßter Haltung die Bar verlassen und in ihr Zimmer laufen können, aber dann hatte es einen wahren Sturzbach gegeben. Der ganze Ärger und vor allem die Enttäuschung über diesen verpatzten Abend hatten sich in einem minutenlangen Schluchzen Luft gemacht, aber erleichtert hatte es sie nicht. Sie trat ans Fenster und schob die Vorhänge zur Seite. Das Meer glitzerte, wie es eben bei Mondschein zu glitzern hat, Gelächter war zu hören und ein Plattenspieler, der jaulend einem verlorengegangenen Motorrad nachtrauerte. In der Ferne flackerte ein Feuer. Strandparty.

So jung müßte man noch einmal sein, dachte sie sehnsüchtig, jung und unbeschwert, nicht von Enttäuschungen verbittert und von Erfahrungen gereift!

Das Kapitel Florian war jedenfalls abgeschlossen! Gleich morgen früh würde sie mit ›Sole mio‹ wegfahren, in die Berge oder nach Mailand, endlich mal den Dom und die Scala wenigstens von außen angucken, und erst spät abends würde sie zurückkommen, wenn Florian auf seinem Zimmer Koffer packte. Sie wollte ihn vor der Abreise nicht mehr sehen. Überhaupt nie mehr! Statt dessen würde sie sich bei Klaus entschuldigen, weil sie vorhin ganz einfach weggelaufen war. Er würde das schon verstehen. Auch ohne viel Worte. Hatte er nicht vorhin erst gesagt, daß man die gar nicht brauche? Ein Händedruck genüge schon oder eine Blume, zum Beispiel eine violette Orchidee. Nein, mit ihrem Alter habe die Farbe gar nichts zu tun, vielmehr habe er einen letzten Versuch machen wollen, mit Tinchen ins reine zu kommen, aber dazu sei dieser Abend wohl doch nicht geeignet. Zu viele Menschen und nicht immer die angenehmsten!

Sie schloß die Vorhänge und zog sich aus. Schon im Halbschlaf überlegte sie, ob Lilo nun doch noch ihre Verlobung hatte bekanntgeben können. Dieser Enrico war eigentlich ein Trottel! Wer zum zweiten Mal heiraten will, hat es wirklich nicht verdient, daß ihm die erste Frau weggelaufen ist.

Kapitel 17

AUS TINCHENS TAGEBUCH

3. August

Bommel fehlt mir. Wenn ich in mieser Stimmung war, hat er wenigstens nicht dauernd wissen wollen, was ich habe.

Karsten hat ihn mitgenommen. Behauptete, ich hätte weder Zeit noch Verständnis für Lebewesen, Touristen ausgenommen. Hat sich mit Florian solidarisiert und nicht mal auf Wiedersehen gesagt. Meinte, es sei ganz allein meine Schuld, wenn Florian nichts mehr von mir wissen will. Dabei wird erst umgekehrt ein Schuh daraus! Man muß die Tatsachen schon sehr genau kennen, bevor man sie verdrehen will!

6. August

Schumann behandelt mich wie ein krankes Kind. Ich bin nicht krank, ich bin auch nicht unglücklich, und heiraten will ich schon gar nicht! Die Ehe ist vielleicht gut für Männer, als Frau bleibt man besser ledig!

11. August

Klaus ist rührend. Jeden Abend holt er mich ab und schleppt mich in irgendwelche Feinschmeckerlokale. Ich habe schon drei Pfund zugenommen. Schumann sagt, das sei Kummerspeck, und ich solle endlich mal an was anderes denken. Blöder Hund! Gute Ratschläge sollte man weitergeben. Einem selbst nützen sie ja doch nichts.

19. August

Heute früh große Aufregung. Kurz nach sechs scheuchte mich Franca aus dem Bett. Einem Gast sei offenbar schlecht geworden, entsetzliches Stöhnen käme aus seinem Zimmer, und was sie tun solle. Die Tür könne sie nicht öffnen, weil innen der Schlüssel stecke. Auf Klopfen käme keine Antwort. Ob sie einen Arzt holen müsse? Schickte sie zu Schumann. Der diagnostizierte durch geschlossene Tür Herzinfarkt und telefonierte nach Dottore Marineo. Stöhnen ging in Erstikkungsanfälle über. Schumann ließ Tür aufbrechen.

Todkranker saß äußerst lebendig auf Toilettenbrille. Hielt Opernpartitur in der Hand und sah reichlich verdattert aus. Glaubte an Raubüberfall oder Terroristen.

Des Rätsels Lösung: Gasu ist Opernsänger und probte für seine neue Rolle. Soll in ›Lulu‹ den Schigolch spielen, einen asthmatischen Greis, der trotzdem singt. Behauptete, die überzeugende Darstellung solch eines medizinischen Phänomens erfordere wochenlanges Probieren. Sehr zerknirscht, weil er unwissentlich Ursache dieses Volksauftriebs gewesen. Versprach Dottore Marineo Freikarten.

22. August

Nun ist es amtlich! Am Samstag Lilos Verlobungsanzeige in der Zeitung entdeckt. Hochzeit soll im November sein. Meinen Segen hat sie, legt aber wohl keinen Wert darauf. Wurde richtig giftig, als ich ihr sagte, daß Verlobungszeit wie ein süßer Traum sei und die Hochzeit der Wecker. Fragte mich, wie ich zu dieser Weisheit käme, dabei müßte sie das doch selbst am besten wissen. Anscheinend gehört sie aber zu jenen ausgeglichenen Menschen, die denselben Fehler zweimal machen können, ohne dabei nervös zu werden.

27. August

Sergio hat heute den Dienst quittiert. Behauptet, er müsse mal wieder an ernsthafte Arbeit denken. Weiß aber noch nicht, ob er weiter Germanistik oder nicht doch besser asiatische Religionswissenschaften studieren soll. Letzteres reize ihn wegen der damit verbundenen Meditationsübungen, denn sie machten das Nichtstun endlich gesellschaftsfähig.

Großer Bahnhof am Bahnhof. Blondinen wie die Orgelpfeifen, dazwischen zwei einheimische Gewächse (vermutlich stille Reserve), sogar Ercole war aus seiner Einöde gekommen. Ohne Esel. Die werden sich auch wundern. Nicht ohne Grund hat Sergio in jedem Hotel immer die Zuckertütchen geklaut.

Seine ewig gute Laune und sein loses Mundwerk werden mir fehlen.

31. August

Die Reisewelle ebbt langsam ab. Heute 84 Gäste abgereist und nur 30 angekommen. Alles ältere Ehepaare ohne Anhang. Die Ferien gehen zu Ende. Schumann deshalb ganz froh. Stellte fest, daß Kinder tatsächlich jedes Haus erhellen – sie lassen überall das Licht brennen.

Als Tinchen mittags vom Büro kam, lief ihr Franca über den Weg. Sie schluchzte zum Steinerweichen, schimpfte zwischendurch in allen ihr geläufigen Sprachen, darunter auch in Englisch, und Tinchen entnahm ihrem wütenden »Go to hell, you stupid silly woman!«, daß es mal wieder Ärger mit einem weiblichen Gast gegeben hatte.

»Was ist denn los, Franca? Sie sollten doch inzwischen wissen, daß die Engländer noch mehr Marotten haben als andere Touristen. Weshalb regen Sie sich also auf?«

»Ist nicht englisch Frau, ist Deutsche. Sagt, ich nicht bin

sauber genug und will alles machen selber. Putzt Boden und macht Bett.«

»Dann lassen Sie sie doch! Um so weniger Arbeit haben Sie.«

»Aber wenn Chef erfährt, er ist böse.«

»Unsinn! Herr Schumann weiß ganz genau, daß Sie sein bestes Pferd im Stall sind. Ich werde mir diesen Putzteufel mal vorknöpfen. In welchem Zimmer wohnt die Dame?«

»Nummer siebenunddreißig in dritten Stock.«

»Wissen Sie, ob sie jetzt da ist?«

Franca nickte heftig. »Ist da. Macht gerade Bett mit eigene Wäsche.«

Tinchen wurde neugierig. Es war tatsächlich schon vorgekommen, daß ein Gast gelegentlich Scheuerpulver gekauft und sein Waschbecken selbst geschrubbt hatte, aber hauptsächlich dann, wenn er dort Seesterne eingeweicht oder seine Haare gefärbt hatte. Ein Tourist, der mit eigener Bettwäsche anreiste, war allerdings neu. Tinchen klopfte an die Tür.

»Komme Se nur roi, dann kenne Se glei d' Wäsch uffräume!«

Vor Tinchen stand eine Frau von etwa fünfzig Jahren, eingewickelt in Kittelschürze nebst Kopftuch, die mit einem Lederlappen das Fenster bearbeitete. »Des isch au schon seit mindeschdens fäzeh Tag nimmi geputzt worre!«

»Das könnte stimmen«, sagte Tinchen belustigt, »soviel ich weiß, werden hier alle drei Wochen die Fenster geputzt.«

»Awa net bei mir! Des g'hört jede Woch g'macht!«

Auch ohne den unverkennbaren Dialekt hätte Tinchen sofort gewußt, daß sie es mit einem typischen Exemplar der Gattung ›Schwäbische Hausfrau‹ zu tun hatte; bekanntlich ist ja die Elite dieses Berufszweiges in dem süddeutschen Musterländle beheimatet. Das Zimmer war makellos aufgeräumt, zwei Koffer lagen – rechtwinklig ausgerichtet – auf dem Schrank, ein dritter stand geöffnet auf dem Boden. Neben einem Sortiment von Handtüchern enthielt er auch mehrere Staublappen, Scheuertücher, zwei oder drei Schürzen, eine Hohlsaumdecke (die zweite, röschenbestickt, zierte bereits den runden Tisch), eine Wurzelbürste sowie eine respektable Auswahl an Putzmitteln. Neben dem Doppelbett lag ein säuberlich zusammengefalteter Stapel Hotelwäsche. Die Schlafdecken steckten in himmelblauem Damast, die für hiesige Verhältnisse ungewöhnlich großen Kopfkissen in ebensolchen Bezügen mit Spitzenumrandung. Die Laken waren eine Schattierung dunkler und faltenfrei glattgezogen.

»Do gucke Se, Freilein, gelle? I nemm immä mei eigene Wäsch mit, wenn i fortgeh. Weiß ma denn, wer in denne annere Sach scho alles g'schlofe hat? Un so richtich gründlich mit Vorwäsch un Stärke hinnerhä wird do b'schimmt net g'wäsche. Mei Kisse bring i au immä mit, die do sin mir zu kloi un zu hart. Bloß mit de Teppich isch es ä bisset umschtändlich. Die Größ paßt net in mei Üwwerzüg. Wie wir vorigs Johr in Mallorca ware, hewwe sich die Teppich immä zusammegerollt. Diesmol hab' i Sicherheitsnadle mitg'nomme.«

»Welche Teppiche?« Nach Tinchens Ansicht gehörte ein Teppich auf den Boden und nicht ins Bett.

»Sie sage jo Decke da dazu, bei uns im Schwäbische heißt des Debbich. Daheim hewwe mir nur Daune, awa die kennt ma ja do net. Die wäre au ä bissel zu warm. Ha, und daß i mei Zimmer selwa putz, isch au klar, des mecht mir nämlich koiner sauber g'nug. I bring mir au immä mei eigens Zeug mit, do bin i dran g'wöhnt, un do weiß i, was i hab. Bloß die Bürscht für d'Heizung hab i diesmol dahoam g'lasse. In Mallorca hab i sie nämlich net brauche könne, weil die do gar koi Heizung hewwe.«

»Weshalb verreisen Sie überhaupt?« fragte Tinchen verwundert.

»Ha, man will doch au mol was anneres sehe!«

Italienische Spinnweben und spanische Staubflocken,

dachte Tinchen, für mehr interessierst du dich ja doch nicht! Trotzdem fragte sie höflich: »Gefällt es Ihnen denn hier?«

»Des kann i noch net sage. Mir sinn erscht geschtern okumme, un do hab i glei auspackt un als allererschtes des Bad putzt. Nachher, wenn's Zimmer fertich isch, geh i eikaufe. En anschtändig's G'sells zum Frühstück un frische Eier, wo mir uns dann koche losse, und für mei Mann ebbes Richtig's zum Veschpern. Wisse Se, wo do da de beschte Metzger wohnt?«

Was auch immer das geheimnisvolle ›G'sells‹ sein mochte, Tinchen war davon überzeugt, daß Frau Wölfle es nirgends bekommen würde. Vermutlich handelte es sich um eine Spezialität aus Epfenbach, jenem Ort, in dem die Familie Wölfle beheimatet war, und der dicht bei Waibstadt liegen sollte. Tinchen hatte noch nie etwas von Waibstadt oder Epfenbach gehört, hütete sich aber, diese offensichtliche Bildungslücke zuzugeben. So ließ sie sich geduldig die geographischen Vorzüge von Epfenbach schildern, die wohl im wesentlichen darin bestehen, daß es irgendwo im Schwäbischen liegt, und beneidete Herrn Wölfle, der vor dem Reinlichkeitsdrang seiner Gattin geflohen und höchstwahrscheinlich in einer Kneipe gelandet war.

Endlich konnte sich auch Tinchen verdrücken. Unter dem Vorwand, wieder ins Büro zu müssen, hatte sie den Redefluß der mitteilungsbedürftigen Dame stoppen können. Zustimmend nickte die. »Ganget Se nur, wenn d' Pflicht ruft, Freilein. 1 kenn des, mei Mann isch au Beamter.«

Das sind bestimmt die besten Ehemänner, sinnierte Tinchen, während sie den langen Flur entlangstapfte, abends sind sie niemals müde, und die Zeitung haben sie auch schon gelesen. Ob Herr Wölfle wohl statt dessen Geschirr spülte?

Während der nächsten Tage intensivierte sich der Kontakt zwischen Tinchen und Frau Wölfle hauptsächlich deshalb, weil Tinchen jedesmal als Dolmetscher bemüht wurde, sobald es Schwierigkeiten gab. Und die gab es häufig.

»Sage Se mol dem Mädle, daß es net immä de Nachthemde wegräume soll. Die g'höre bis middags an d' frisch Luft!«

Fortan baumelten die rüschenverzierten Barchenthemden am Fensterkreuz.

»Der Kellner soll uns e Holzbredd bringe. Die Zwiebele für de Salat müsse kloig'schnitte sei und net in so große Ring. Awa des mach i mi scho selwer.«

Amadeo schleppte grinsend ein Brett von Toilettendeckelgröße an.

»Was soll'n des sei? Schpinat? Bin i denn e Kuh, wo ganze Blätter frißt? Schpinat g'hört g'hackt, des hab i schon als Kind g'lernt.«

Herrn Wölfle waren die diktatorischen Äußerungen seiner Frau sichtbar unangenehm. Ihm schmeckte die italienische Küche, aber als er sich einmal lobend über die verschiedenen Nudelvariationen ausließ, funkte seine Frau dazwischen: »Mir sind mei handg'schabte Schpätzle lieber. Oder die g'schmälzte Maultasche. Für die ellelonge Schpaghetti zum Esse hab i net g'nug Händ.« Worauf sie dem italienischen Nationalgericht mit Messer und Gabel zu Leibe rückte.

Das Personal ertrug Frau Wölfle mit dem gleichen Fatalismus, mit dem es auch gelegentlichen Stromausfall oder den Streik der Bäckerinnung hinnahm: Unangenehm, aber nicht zu ändern! Außerdem pflegte Herr Wölfle etwaige Anzeichen einer Rebellion im Keim zu ersticken. Nach dem Gießkannenprinzip verteilte er Trinkgelder, von denen seine Frau nichts wissen durfte, denn die Höhe entsprach so gar nicht der schwäbischen Sparsamkeit. Als plötzlich das Wetter umschlug und von einem Tag zum anderen ein Kälteeinbruch kam, befahl Frau Wölfle ihrem fröstelnden Ehemann: »Denk an die Nachsaisonpreis, Häbbel, dann frierscht au nimmer!«

Herbert fror weiter, holte sich eine Erkältung, fuhr trotzdem mit nach Nizza, wo es auch nicht viel wärmer war, bekam eine Angina und verbrachte den Rest seines Urlaubs im Bett. Darauf verkündete seine Frau, daß man im nächsten Jahr ganz bestimmt nicht verreisen werde. »Was hot er jetzt von seine fünfäfuchzich Mark pro Tach inklusiv Vollpangsion? Tee un Penicillin! Des kann er dahoim billicher hawe!«

Als das Ehepaar Wölfle nach drei Wochen ins heimische Epfenbach zurückfuhr, hatte Tinchen noch immer nicht herausgebracht, was ein nördlich der Mainlinie geborener Deutscher unter ›G'sells‹ zu verstehen hatte. Erst aus dem geöffneten Abteilfenster kam die Aufklärung: »Ha no, des isch Mus. Mar-me-la-de! Selbscht eikocht isch se am beschte. I nemm immä Obscht aus'm eigene Garte. Johonnisbäre und Kirsche und vor allem Breschtling. Do brauch man net so viel …«

Das Wort ›Zucker‹ verstand Tinchen nicht mehr, doch das interessierte sie auch nicht, denn was, um alles in der Welt, waren Breschtling?

Portofino blinzelte ins Sonnenlicht. Träge lag es in der Mittagshitze und schien nahezu ausgestorben. Am Randstein der Uferpromenade dösten zwei Taxis vor sich hin. Neben seinem Wagen hielt der Eisverkäufer Siesta. Sogar die Musikbox gab nur halblaute Töne von sich.

Tinchen löffelte ihre Cassata. Brandt trank Mineralwasser. Beide schwiegen. Sie waren die einzigen Gäste in der kleinen Bar und darüber hinaus, wie es Tinchen schien, auch unerwünschte, denn der Kellner polierte nun schon zum dritten Mal die Espressomaschine und gab damit deutlich zu verstehen, daß er sich in seinem Dolce far niente gestört fühlte, das jedem standesbewußten Italiener zwischen dreizehn und sechzehn Uhr zusteht.

Der Ausflug war überraschend gekommen. Brandt hatte ganz einfach vor dem Hotel gestanden und erklärt, der heutige Sonntag sei ja wohl die letzte Gelegenheit für Tinchen, Portofino kennenzulernen, es gehe doch nicht an, daß sie die Perle der italienischen Riviera nicht gesehen habe, und überhaupt müsse er mal ein paar ernste Worte mit ihr reden. So eine Spritztour sei gerade die richtige Gelegenheit dafür.

Bevor sie protestieren konnte, hatte sich Tinchen im Lancia wiedergefunden – diesmal auf der rechten Seite – und neben ihr hatte ein schweigender Brandt gesessen. Bis Rapallo hatte er belangloses Zeug geredet, aber dann war er plötzlich zur Sache gekommen. Er hatte den Wagen wieder auf der großen Piazza geparkt und war mit ihr genau denselben Weg entlanggebummeit, den sie damals auf der Suche nach einer Boutique genommen hatten. Sogar das kleine Café hatte er nicht ausgespart, sondern bei demselben fußkranken Kellner den gleichen miesen Kaffee bestellt.

Tinchen hatte sich über diesen nostalgischen Spaziergang gewundert. So etwas taten doch sonst nur alte Leute, wenn sie nach Jahrzehnten mal wieder in ihren Geburtsort zurückkehrten oder an die Stätte ihrer ersten Liebe, und in der Vergangenheit das suchten, was ihnen die Gegenwart vorenthielt. Plötzlich hatte sie lauthals lachen müssen und sich ausgemalt, wie sie als würdige Greisin in das Brombeergestrüpp kriechen würde, hinter dem sie damals ihren ersten Kuß bekommen hatte. Vierzehn war sie gewesen und Peter fünfzehn, ein Junge aus der Nachbarschaft, dessen Vater zwei Bäckerläden besaß und von Antonie Pabst schon aus diesem Grund wohlwollend betrachtet worden war. Sogar zu Tinchens fünfzehntem Geburtstag hatte sie ihn eingeladen, wo er sich zwischen den ganzen Mädchen etwas unbehaglich gefühlt hatte. Heute war er Tanzlehrer und absolut keine gute Partie, obwohl Frau Antonie noch eine Zeitlang darauf hingewiesen hatte, daß ihm dermaleinst ein respektables Erbe zufallen würde. Schließlich sei nicht jeder zum Bäcker geboren, schon allein das frühe Aufstehen sei äußerst lästig, und gut eingeführte Geschäfte könne man ja auch gewinnbringend verpachten. Tinchen hätten allenfalls die Torten interessiert, nicht aber der potentielle Erbe.

»Hast du etwas Bestimmtes vor, oder weshalb sonst schleppst du mich ausgerechnet durch die Straßen, die ich schon alle kenne?« hatte sie gefragt, und Brandt hatte erwidert, daß es ihn erstaune, wenn sie nicht ähnliche Gedanken habe wie er. »Hier haben wir uns näher kennengelernt, und schon hier habe ich gemerkt, daß du ein liebenswerter, entzückender Kerl bist, den man nicht mehr von seiner Seite lassen sollte.«

Der entzückende Kerl war feuerrot geworden. »Aber warum hast du dann damals den ganzen Tag so unverschämt mit Lilo geflirtet?«

»Weil ich wissen wollte, ob du eifersüchtig wirst«, hatte er lächelnd geantwortet. »Das bist du ja auch prompt geworden.«

Lauthals hatte sie protestiert: »Blödsinn! Ich war überhaupt nicht eifersüchtig. Ich fand es bloß unfair, daß du mit zwei Frauen herumziehst und dich nur um eine kümmerst.«

»Also doch eifersüchtig?«

»Nicht im geringsten! Damals habe ich dich für einen eingebildeten Affen gehalten und für einen Gigolo.«

»Und heute?«

»Nehme ich den Gigolo zurück!« hatte sie lachend gesagt. Der nostalgische Trip war weitergegangen. Kurz vor Portofino hatte Brandt wieder an derselben Stelle angehalten, von der aus sie an jenem Tag auf den Ort geblickt und sich vorgenommen hatten, irgendwann einmal wiederzukommen. Nur war es diesmal gar nicht romantisch gewesen. Der kleine Parkplatz war fast aus den Nähten geplatzt, hupende Autos hatten sich gegenseitig den Weg versperrt, und Tinchen hatte belustigt festgestellt: »Jeder will zurück zur Natur, aber keiner zu Fuß.«

Nun hockten sie hierin diesem trübseligen kleinen Café und wußten nicht, was sie sagen sollten. Tinchen litt schon ein bißchen unter Abschiedsschmerz, und Brandt sah auch nicht gerade aus, als ob er sonderlich glücklich sei. Dabei hatte er sich fest vorgenommen, heute endlich die Entscheidung herbeizuführen. Nur – wie sollte er am besten anfangen?

»Weißt du schon, was du in Zukunft machen wirst, Tina?«

Das hatte sie sich auch schon überlegt. »Keine Ahnung. Zunächst mal ein bißchen ausspannen. Ich muß mich ja erst wieder akklimatisieren. Meine Mutter hat geschrieben, daß beim letzten Herbststurm die halbe Regenrinne heruntergekommen ist. In Düsseldorf heizen sie schon fleißig, und ich renne hier im Sommerfähnchen herum.« Sie schmunzelte. »Kein Wunder, daß am Mittwoch noch einmal ein beachtlicher Schwung Gäste eingetrudelt ist. Die glauben sicher, daß sich Herbstlaub bei dreiundzwanzig Grad im Schatten hübscher verfärbt als zu Hause im Garten.«

»Willst du wieder in deine Zeitungsredaktion zurückgehen?«

»Ich glaube kaum, daß die dort auf mich warten. Irgendwie habe ich auch keine rechte Lust mehr. Acht Stunden täglich eingesperrt zu sein, stumpfsinnige Briefe zu schreiben und literweise Kaffee zu kochen ... das kann ich mir einfach nicht mehr vorstellen. Vielleicht komme ich doch auf Dennhardts Angebot zurück und lasse mich für die kommende Saison anheuern. Die dauert nur vier Monate, und im Winter bin ich sowieso noch nie verreist.«

Brandt richtete sich auf. Mit einem beinahe hypnotischen Blick, der Tinchen ein bißchen an die Kuhaugen von Rumpelstilz erinnerte, zwang er sie, ihn anzusehen. »Tina, willst du mich heiraten?«

»Warum denn?« fragte sie automatisch, denn in ihrem zugegebenermaßen nicht sehr großen Bekanntenkreis wurde immer erst dann geheiratet, wenn ein Kind unterwegs war.

Lilo mal ausgenommen, aber hier in Italien legte man eben noch Wert auf korrekte Formen.

Ein einfaches Nein hätte Brandt akzeptiert, obwohl er ein verschämtes Ja lieber gehört hätte, aber auf dieses unerwartete Warum war er nicht vorbereitet.

»Weil … weil du mir gefällst, weil ich gern mit dir zusammen bin, weil du Humor hast, weil … weil ich dich liebe!« Das war ja wohl der Hauptgrund und bei Frauen ohnehin der entscheidende! Seine persönlichen Verhältnisse kannte Tinchen sowieso, die waren gesichert und karriereverdächtig. Er würde jetzt sogar daran denken können, ein eigenes Haus zu bauen.

»Du sagst ja gar nichts?«

»Ich bin viel zu überrascht«, murmelte Tinchen. Natürlich hatte sie damit gerechnet, daß er ihr einen Antrag machen würde, allerdings nicht einen so seriösen. Weshalb sonst hätte sie wohl Schumann darauf vorbereitet, daß sie heute nacht wahrscheinlich nicht nach Hause kommen, sondern irgendwo außerhalb übernachten würde? Vielleicht sogar hier in Portofino. Abendessen bei Kerzenlicht, ein Spaziergang unter Sternen, von irgendwoher Mandolinenklänge – einfach bloß Gitarre wäre zu profan –, unter dem schützenden Dach einer Palme ein zärtlicher Kuß, Mondschein, betäubender Duft von exotischen Blumen (die wuchsen hier gar nicht, aber das war ja auch egal), Glühwürmchen … kurzum, die ganze Romantik einer südlichen Nacht, wie Tinchen sie aus Büchern kannte und selbst noch nie erlebt hatte. Und was kam statt dessen? Ein Heiratsantrag! Bei Eis und aqua minerale. Keine Rosen und kein »Ich kann ohne dich nicht mehr leben!«, einfach bloß »Willst du mich heiraten?«

»Nein!« sagte sie laut. »Ich heirate nicht! Weder dich noch einen anderen! Ich heirate überhaupt nie!«

»Ist das endgültig?« wollte Brandt wissen.

»Vorläufig endgültig!«

»Hm«, überlegte er, »wir müssen ja auch nicht gleich heiraten. So eine Ehe auf Probe wäre eigentlich nicht schlecht. Es könnte ja sein, daß wir gar nicht zusammenpassen. Schraubst du immer die Zahnpastatube zu?«

Verdutzt sah sie ihn an. »Ich glaube ja. Aber was hat das mit Heiraten zu tun?«

»An Zahnpastatuben sind schon viele Ehen kaputtgegangen.«

»Schraubst du sie denn zu?«

»Immer!« sagte er überzeugt.

»Wie beruhigend«, spöttelte sie, »dann gibt es einen Scheidungsgrund weniger.«

Brandt konnte sich des Eindrucks nicht erwehren, als ob das Gespräch in die falsche Richtung lief. »Ich erwarte ja gar nicht, daß du dich sofort entscheidest. Einen so schwerwiegenden Entschluß kann man nicht Hals über Kopf fassen. Überleg' ihn dir in aller Ruhe. In spätestens sechs Wochen bin ich wieder in Hannover, und bis nach Düsseldorf sind es nur ein paar Autostunden. Dann werde ich mir deine Antwort selbst abholen.«

Also doch Kintopp! dachte Tinchen. Bedenkzeit, Antrittsbesuch bei den Eltern, Jawort, vorsorglich gekühlte Sektflasche, Freudentränen, Happy-End. Mutsch würde mit dem akademisch gebildeten Schwiegersohn renommieren, Vati würde die Achseln zucken und »Es ist schließlich *dein* Leben, Tinchen« sagen, und Karsten würde seinen Schwager mit Florian vergleichen, wobei das Resultat schon jetzt feststand.

Entschlossen stand sie auf. »Laß uns bitte heimfahren, Klaus.« Er war sofort dazu bereit. »Habe ich dir etwa die Stimmung verdorben?«

»Ich hab' erst gar keine gehabt! So ein zauberhaftes Fleckchen Erde sollte man nicht besuchen, wenn man in fünf Tagen wegfahren muß und nicht weiß, ob man jemals zurückkommt. Wer hierherfährt, sollte glücklich sein.«

»Du bist nicht glücklich?«

»Nicht besonders«, sagte sie leise.

Zu ihren Mandolinenklängen kam sie aber doch noch. Spätabends stand am hinteren Ausgang des Hotels der Kellner Fernando und sah schmachtend zu Franca hinauf, die drei Stockwerke über ihm aus dem Fenster hing. Die Mandoline in seinem Arm glänzte verdächtig neu, aber bekanntlich ist den Italienern die Musikalität ja angeboren. Fernando war der lebende Beweis dafür. Virtuos entlockte er dem Instrument schmeichelnde Töne, und nur Tinchen sah den geschickt im Gebüsch verborgenen Kassettenrecorder.

Kapitel 18

Die Summe der Teile kann sehr wohl größer sein als das Ganze – besonders wenn man nach dem Urlaub seine Koffer packt. Diesen mathematischen Widerspruch bekam Tinchen zu spüren, als sie in fünf Koffern nicht das unterbringen konnte, was sie vor einem halben Jahr in vier Koffern hergeschleppt hatte. Es waren zwar ein paar Sachen dazugekommen, andererseits hatte sie einen Teil ihrer Garderobe ausrangiert und den Zimmermädchen geschenkt – somit hätte die Relation eigentlich stimmen müssen. Trotzdem gingen die Koffer nicht zu. Ob das an den ganzen Mitbringseln lag? Besonders der Keramikkrug für Oma Marlowitz war so sperrig. Einfach zurücklassen? Kommt nicht in Frage, das Ding ist viel zu teuer gewesen!

Vorsichtshalber hatte Tinchen die Verwandtschaft in zwei Gruppen eingeteilt – solche unter zwanzig Mark und solche darüber. Oma gehörte zur zweiten Kategorie, also mußte der Topf unter allen Umständen mit.

Wieder fing sie von vorne an, und wieder blieb ein Haufen übrig. Sie hätte eben doch Florians Angebot annehmen und ein paar entbehrliche Dinge im Wagen mit nach Hause schikken sollen, aber um nichts in der Welt wäre sie diesem widerwärtigen Individuum freiwillig noch einmal unter die Augen getreten. Im Zimmer hatte sie sich eingeschlossen, als er sich hatte verabschieden wollen, mucksmäuschenstill war sie gewesen, hatte Nichtdasein vorgetäuscht und auf dem Bettrand vor sich hingeheult.

Jetzt war sie allerdings darüber hinweg. Florian existierte nicht mehr! Abgeschrieben, ausgelöscht, vergessen! Was hätte sie auch mit solch einem Windhund anfangen sollen? Ewig pleite (wer weiß, wie lange er für seinen Urlaub gespart und wen er nicht alles vorher angepumpt hatte), völlig ohne Ehrgeiz (in dreißig Jahren noch würde er sich als Lokalreporter die Schuhsohlen durchwetzen!), einer, der in den Tag hineinlebte und sich einen Teufel darum scherte, wovon er am nächsten Mittag seine Tütensuppe bezahlen würde. Der ewige Junggeselle! Lieber zwei Ringe unter den Augen als einen an der Hand!

Da war Klaus doch ein ganz anderer Typ: strebsam, zielbewußt, finanziell abgesichert, eine attraktive Erscheinung mit erstklassigen Manieren, einer ebensolchen Familie und – manchmal wenigstens – einer gehörigen Portion Humor. Warum also nicht? An die himmelhochjauchzende Liebe glaubte Tinchen sowieso nicht mehr. So etwas passierte einem allenfalls in ganz jungen Jahren, und zu dieser Zeit mußte sie wohl gerade in England gewesen sein, wo Love eine Lippenstiftmarke und vielleicht noch eine Vokabel im Wörterbuch gewesen war.

Weshalb also sollte sie Klaus nicht heiraten? Die stürmische Leidenschaft ging ohnedies irgendwann einmal vorüber und war schon deshalb nicht als alleinige Grundlage einer Ehe empfehlenswert. Viel wichtiger waren Verständnis, Vertrauen, Kameradschaft – alles das würde sie bei Klaus finden.

Langsam begann sie sich mit dem Gedanken anzufreunden. Eine eigene Familie zu haben, Kinder, ein schönes Zuhause ... Früher hatte man doch auch häufig nur aus Vernunftgründen geheiratet, und trotzdem waren die Ehen sehr glücklich geworden. Kaiser Franz Joseph zum Beispiel mit Sissi – na ja, die war ja wohl doch nicht so unbedingt glücklich gewesen! – oder der letzte Zar von Rußland – auch kein so gutes Beispiel! –, aber Urgroßtante Melanie und Onkel Oskar! Die hatten wirklich bloß geheiratet, damit aus der Tischlerei und dem Sarggeschäft endlich ein gemeinsamer Betrieb werden konnte. Und was war dabei herausgekommen? Acht Kinder und zu guter Letzt ein Doppelgrab, nachdem die Luftmine das Haus getroffen hatte.

»Bis zur letzten Minute haben die beiden Hand in Hand im Luftschutzkeller gesessen, getreu ihrem Gelöbnis ›Bis daß der Tod euch scheidet‹«, hatte Oma oft genug erzählt, eine Behauptung, die begreiflicherweise nie bewiesen, aber auch ebensowenig widerlegt werden konnte. Jedenfalls wurden die 32 Jahre Eheglück von Melanie und Oskar Marlowitz immer als lobenswertes Beispiel angeführt, wenn irgendwo im Bekanntenkreis von Scheidung die Rede war. »Obwohl sie nicht aus Liebe geheiratet haben«, wie Oma quasi als I-Punkt anzufügen pflegte.

Die werden zu Hause Augen machen, wenn ich als Braut zurückkomme! Oder vielleicht wäre es besser, doch noch nichts zu verraten und zu warten, bis sie Klaus in voller Lebensgröße präsentieren konnte. Nächsten Monat schon werde er nach Deutschland zurückfahren, hatte er noch gestern gesagt. Seine Arbeit sei nahezu abgeschlossen, und wenn Tina erst weg sei, würde ihn auch nichts mehr in Loano halten. Keine Minute länger als unbedingt nötig wolle er hier unten bleiben, vielleicht fahre er sogar noch früher ab.

Verlobung unterm Weihnachtsbaum, Hochzeit im Mai – alles sehr stilvoll und bestimmt nach Muttis Geschmack. Ihre eigene Hochzeit war ja wohl ziemlich kläglich gewesen, damals so kurz nach der Währungsreform, um so mehr würde sie jetzt dafür sorgen, daß alles so ablief, wie eine richtige Hochzeit abzulaufen hatte. Mutsch im weinroten Knöchellangen, das sie sich zum fünfzigjährigen Firmenjubiläum hatte machen lassen, Vati im Smoking, der ihm wahrscheinlich gar nicht mehr paßte, Karsten fluchend im korrekten Anzug, Oma in ihrem silbergrauen Opernkleid, Onkel Anton im Bratenrock und Tante Sophie großgeblümt – und sie selbst ganz in Weiß mit viel Tüll auf dem Kopf und Maiglöckchenstrauß. Klaus natürlich im Frack. Die Figur dazu hatte er ja. Und eine richtige Kutsche wollte sie haben mit vier Pferden und …

Mitten in ihre Backfischträume hinein klopfte es.

»Luigi steht mit dem Taxi unten und will das Gepäck holen. Sind Sie fertig, Tina?«

»Sofort! Ich muß bloß noch einen Koffer kaufen!«

Das große Türenschlagen lief am Zug entlang. Tinchen lehnte aus dem Abteilfenster und überblickte noch einmal das zahlreich erschienene Abschiedskomitee: Lilo stand da und Enrico, Bobo war gekommen und hatte ihr den vergessenen Schlüsselanhänger gebracht. ›Sole mio‹ würde den Winter über bei ihm bleiben, vorausgesetzt, er würde ihn noch einmal in Gang bringen können. Als Tinchen gestern ihre Abschiedsrunde gedreht hatte, war er genau vor Signora Ravanellis Laden stehengeblieben und hatte keinen Ton mehr von sich gegeben. Aber sie hatte ja schon immer gewußt, daß ›Sole mio‹ kein gewöhnliches Auto war. Es hatte Charakter! Und eine Seele! Es mußte wohl geahnt haben, daß es vorläufig nicht mehr gebraucht wurde.

Sogar Lorenzo hatte sich eingefunden und Tinchen eine Tüte zugesteckt. »Kleine Souvenir!« hatte er gesagt. Ganz verlegen war er geworden, als sie sich überschwenglich für das Seidentuch bedanken wollte. Geliebäugelt hatte sie schon lange damit, aber es war so sündhaft teuer gewesen.

Zum dritten Mal schüttelte Luigi ihre Hand. »Nächstes Jahr ick komme auch nach Deutschland. Muß kaufen neues Taxi. Wenn genug Zeit, ick komme auch nach Dusseldorf«, versprach er.

»Düsseldorf, nicht Dussel!« verbesserte Tinchen.

»Makt nix, ick finde beides!«

Signor Poltano blickte mahnend zu Tinchen und zeigte auf

die Uhr. Schon zwei Minuten Verspätung. Eine würde er noch zugeben, aber dann war Schluß!

»Du kommst doch zur Hochzeit, nicht wahr, Tinchen?« forderte Lilo zum siebenundzwanzigsten Mal, »du sollst doch meine Brautjungfer sein. Natürlich bist du eingeladen. Enrico schickt dir die Flugkarte, und in Mailand holen wir dich ab.« Enrico nickte bestätigend. Wenn seine Lilo unbedingt eine deutsche Brautjungfer brauchte, obwohl es in seiner Verwandtschaft nun wirklich genügend junges Gemüse für diesen Zweck gab, dann sollte sie sie haben.

Herr Poltano hob die Kelle. Der Zug ruckte an.

»Im nächsten Frühjahr kommen Sie doch bestimmt wieder? Ihr Zimmer halte ich frei, da kommt mir kein anderer rein!« versprach Schumann. Er durchwühlte seine Hosen nach einem Taschentuch. »Nur zum Winken«, wie er versicherte. Dabei fiel die Tüte, die er bis jetzt krampfhaft festgehalten hatte, zu Boden. Schnell hob er sie auf und trabte neben dem anfahrenden Zug her. »Die ist für Sie, Tina. Ein bißchen was für unterwegs. Kaltes Huhn und ein paar Pfirsiche.«

Tinchen winkte, obwohl sie gar nichts mehr sehen konnte. Ein Tränenschleier hing vor ihren Augen. Dann kam endlich der Tunnel, und sie konnte sich ausgiebig ihrer derzeitigen Lieblingsbeschäftigung widmen: sie heulte.

Als der Zug in Loano einlief, tropften die Tränen zwar immer noch, aber Tinchen wischte sie schnell ab und öffnete das Fenster. Klaus würde für ihr verschmiertes Gesicht bestimmt Verständnis haben, vielleicht glaubte er sogar, daß sie seinetwegen in Abschiedsschmerz versunken war. Wo steckte er bloß? Sie konnte ihn nirgends entdecken, obwohl er doch versprochen hatte …

»Hallo, Aschenbrödel! Eigentlich hatte ich fest damit gerechnet, daß du den Zug verpaßt. Du bist doch noch nie irgendwo pünktlich gewesen!«

Beinahe hätte sie ihn nicht erkannt. Der sonst so konservativ gekleidete Doktorand hatte sich wieder in den Prinzen zurückverwandelt, als den Tinchen ihn kennengelernt und in den sie sich damals verliebt hatte: Ausgeblichene Hosen, ein zerknittertes T-Shirt, an den Füßen Tennisschuhe und in der Hand einen Rosenstrauß.

»So gefällst du mir viel besser!« sagte sie überzeugt.

Ein wenig schuldbewußt sah er an sich herab. »Ich hab' ein bißchen im Garten herumgewurstelt und gar nicht gemerkt, daß es schon so spät geworden war. Da hatte ich keine Zeit mehr zum Umziehen.«

Er reichte ihr die Blumen ins Abteil. »Diesmal sind es rote! Da ich mich trotz deiner Kaugummitaktik seit fünf Tagen als dein Verlobter betrachte, habe ich auch das Recht, dir rote Rosen zu schenken. Oder hast du. etwa schon welche?« Mit den Augen durchstöberte er das Abteil.

»Das sind alles bloß Nelken«, versicherte Tinchen sofort. »Die roten stammen von Lilo, die gelben sind von Schumann, desgleichen der Gurkeneimer zum Frischhalten, und den bunten Strauß hat mir Franca geschenkt. Der verwelkt bestimmt nicht, weil sie ausgiebig hineingeheult hat.«

»Und was ist das Gelbe da in der Tüte?« forschte er weiter.

»Ein Zitronenzweig mit Früchten dran. Den will ich meiner Mutter mitnehmen. Sie glaubt nämlich immer noch, die Dinger buddelt man wie Kartoffeln aus der Erde.«

Türen knallten, ein Pfiff ertönte, der Zug rollte wieder. Brandt lief nebenher und hielt Tinchens Hand fest. »Warte auf mich, Tina«, sagte er plötzlich sehr ernst, »ich bin bald in Düsseldorf. Sogar eher als du denkst. Ich liebe dich nämlich.«

»Ich glaube, ich dich auch«, hörte sie sich zu ihrer Überraschung sagen, aber das hatte er wahrscheinlich gar nicht mehr verstanden. Bevor sie wußte, was sie eigentlich tat, hatte sie einen Schuh ausgezogen und aus dem Fenster geworfen. »Den mußt du aber wieder mitbringen!« rief sie hinterher. Wenn schon Aschenbrödel, dann wenigstens konsequent bis zum Grimmschen Ende. Und wenn sie nicht gestorben sind ...

Lange Zeit saß sie auf ihrem Platz und starrte nachdenklich auf ihren nackten Fuß. Blödsinnige Idee, einfach die Sandalette rauszuschmeißen. Fast hätte Klaus sie noch am den Kopf gekriegt! Er hatte ja auch reichlich blöd geguckt, als er den Schuh aufhob. Ob er den tieferen Sinn überhaupt verstanden hatte? Vermutlich hielt er sie für verrückt, aber daran mußte er sich ohnehin gewöhnen. Sogar Karsten hatte sich schon des öfteren anerkennend über den Einfallsreichtum seiner Schwester geäußert, obwohl er selbst auch nicht gerade an Phantasiemangel litt. Und Florian erst! Aber der hatte ja immer mit gleicher Münze heimgezahlt. Der Regenwurm in der Schreibtischschublade als Quittung für den mit zwei Teelöffeln Salz getränkten Kaffee, oder die Sache mit der angeblichen Opernpremiere, als sie im langen Abendkleid aus dem Taxi gestiegen war und sich zwischen lauter Teenagern wiedergefunden hatte. Und dann hatte Florian auch noch mit todernster Miene behauptet, er müsse wohl den Tag verwechselt und sie statt dessen zu einem Konzert der Bay-City-Rollers eingeladen haben.

Sie schüttelte energisch den Kopf. Das alles war jetzt vorbei! Mit Klaus würde sie richtige Opern besuchen, in klassische Konzerte gehen und überhaupt kulturell viel aufgeschlossener werden. Er schien eine ganze Menge Ahnung zu haben. Wagner liebte er besonders und hatte ihr auch schon angedroht – nein, natürlich versprochen! –, daß er mit ihr zu den Festspielen nach Bayreuth fahren werde.

Sie stand auf und holte die Reisetasche aus dem Gepäcknetz. Die grünen Slipper würden zwar nicht zu den hellblauen Hosen passen, aber darauf kam es jetzt auch nicht an. In Kürze würde es sowieso dunkel werden. Plötzlich schoß es ihr siedendheiß durch den Kopf: Sie hatte die Schuhe ja noch in letzter Minute in den großen Koffer gestopft, der zusammen mit dem anderen Gepäck aufgegeben worden und bestimmt schon in Düsseldorf war. Was nun? Fieberhaft durchwühlte sie die Tasche in der Hoffnung, doch noch ein Paar Treter zu finden, obwohl sie genau wußte, daß sie vergeblich suchte. Nur dunkelrote Socken von Florian kamen zum Vorschein. Handgestrickte, die Bommel mal angeschleppt hatte. Immer noch besser als gar nichts an den Füßen! Sie zog die Strümpfe an und stellte fest, daß sie nicht nur mindestens drei Nummern zu groß waren, sondern auch noch Löcher hatten. Nicht mal anständige Socken kann er sich leisten! Aber wozu auch? Meistens lief er ja ohne herum!

Tinchen zog ihre Entenbeine auf den Sitz und legte die Wolljacke darüber. Hoffentlich blieb sie möglichst lange allein im Abteil oder wenigstens bis zur Schlafenszeit, wenn die Pritschen heruntergeklappt wurden und sich sowieso kein Mensch mehr darum kümmerte, in welcher Aufmachung man in seine Koje kroch. Oma ging ja auch immer mit Socken ins Bett. Jedenfalls im Winter. Wegen der Arthritis. Dumm war nur, daß sie sich nicht in den Speisewagen setzen konnte. Dabei hatte sie Hunger, aber nicht den geringsten Appetit auf kaltes Huhn. Schumann hätte sich wirklich mal etwas anderes einfallen lassen können. Ein Wunder, daß es in Italien überhaupt noch Hühner gab. Eigentlich müßten die schon längst ausgerottet und in den Lunchpaketen verschwunden sein!

»Bis Weihnachten kann ich jedenfalls kein Huhn mehr sehen!« sagte Tinchen laut, »und ab morgen werde ich mich an Muttis Diätkur beteiligen. Die drei Kilo zuviel müssen wieder runter! Am Ende glauben noch alle, daß ich heiraten *muß!*«

Beim Anblick der Schrebergartenkolonien, die die Vororte von Düsseldorf signalisierten, wurde Tinchen aufgeregt. Nicht zuletzt wegen des Problems, barfuß durch den ganzen

Bahnhof und über den belebten Vorplatz laufen zu müssen. Wer weiß, wo Vati den Wagen hatte parken können. Vielleicht holte sie ja auch Mutsch ab. Dann würden sie ein Taxi nehmen müssen, und das bedeutete noch einmal erstaunte Blikke und spöttisches Lächeln. Der Zollbeamte an der Grenze hatte ja auch gefragt, ob sie vielleicht ausgeraubt worden sei, und ob er mit grauen Strümpfen aushelfen dürfe, die seien unauffälliger. Seitdem lief sie barfuß herum, was man ihren Füßen auch ansehen konnte. Außerdem waren sie eiskalt. Kein Wunder bei diesen arktischen Temperaturen. Zehn Grad über Null und nackte Beine!

Als der Zug in den Hauptbahnhof einlief, steckten ihre Füße wieder in den roten Handgestrickten. Das zu erwartende Spießrutenlaufen würde schlimmstenfalls fünf Minuten dauern, eine Lungenentzündung ebenso viele Wochen! Und wenn sie als Letzte aus dem Wagen stieg und wartete, bis sich die meisten Reisenden verlaufen hatten, würde es schon nicht so furchtbar werden. Zum Glück hatte sie ja nicht viel Gepäck, wenn man einmal von den Blumen absah. Und hinter denen konnte sie sich ganz gut verstecken: Immerhin war es ja möglich, daß ihr jemand Bekanntes über den Weg lief.

Halb verborgen von der geöffneten Tür wartete sie. Vorn am Ausgang drängten sich die Reisenden, aber der größte Teil des Bahnsteigs war schon leer. Sie griff nach der Tasche, klemmte sich die Blumen unter den Arm und stieg vorsichtig aus dem Zug. Ein verlassen herumstehender Kofferkuli kam ihr gerade recht. Wenn sie den vor sich herschob, fielen die Entenfüße vielleicht gar nicht so auf. Inzwischen war es auch an der Sperre leerer geworden, und so marschierte sie zielstrebig dem Ausgang zu.

Plötzlich löste sich ein winziges Pünktchen aus der Menge und jachterte kläffend den Bahnsteig entlang. Bommel! Und wer kam hinter ihm herspaziert? So, als ob nichts, aber auch rein gar nichts gewesen wäre?

»Tach, Tinchen«, sagte Florian, »schön, daß du wieder da bist. Wurde auch höchste Zeit! Ich wollte mit Bommel schon zum Psychiater, weil er ganz offensichtlich verhaltensgestört ist, aber dann hätte mich der Seelenklempner auch gleich dabehalten. Und für zwei wird's zu teuer.«

Vor lauter Freude wußte Bommel gar nicht, wo er sein endlich wieder aufgetauchtes Frauchen zuerst belecken sollte. Also fing er unten an und entdeckte auch gleich die Löcher, durch die er wenigstens ein kleines Stück Fuß erwischen konnte.

»Ach, *da* sind meine Socken«, staunte Florian und wunderte sich sonst überhaupt nicht, »die suche ich schon seit Wochen. Aber wenn sie dir gefallen, darfst du sie behalten. Du solltest sie bloß mal stopfen!«

Tinchen saß auf dem Kofferkarren, hielt den zappelnden Bommel im Arm und wußte nicht, ob sie lachen oder empört sein sollte. Schließlich dachte sie an das Nächstliegende. »Hat denn niemand von meiner Familie Zeit gehabt, mich abzuholen?«

»Doch, natürlich. Es hat lange genug gedauert, bis ich sie davon abbringen konnte. Dein Vater wollte sein Geschäft wegen des freudigen Ereignisses heute schließen, deine Mutter hat um halb sieben mit dem Kochen angefangen, damit das Essen fertig und sie am Bahnhof sein konnte, deine Oma war gestern extra noch beim Friseur, und Karsten hatte sich schon vor Tagen für heute beurlauben lassen. Wegen einer Familienfeier. Jetzt sitzt er draußen im Auto und fährt immer ums Karree. Wir hatten nämlich keinen Groschen für die Parkuhr.«

Er warf einen scheelen Blick auf die Blumensträuße. »Mit diesen Edelgewächsen kann ich natürlich nicht konkurrieren, aber du mußt dich sowieso wieder an normale Verhältnisse gewöhnen. Hierzulande kauft man Nelken nämlich stückweise und nicht nach Gewicht! Aber so ganz ohne was wollte ich doch nicht kommen.«

Mit einem spitzbübischen Grinsen überreichte er sein Bukett: Die von einer Spitzenmanschette umhüllten und mit ein paar Margeriten aufgemotzten Petersilienstengel. »Diesmal garantiert ohne Spinne!« wie er ernsthaft versicherte.

Ob sie wollte oder nicht, sie mußte ganz einfach lachen. Es hatte Florian bestimmt eine Menge Mühe gekostet, eine Floristin zu finden, die diesen aber schon sehr eigenwilligen Biedermeierstrauß binden wollte.

»Eine richtige Ansprache hatte ich mir auch schon zurechtgelegt, weil man so was ja immer feierlich vortragen soll, aber nun habe ich doch wieder die Hälfte vergessen. Ich hab' nämlich so gar keine Übung. Immerhin ist das mein erster Versuch in dieser Richtung.«

Vorsichtshalber machte er eine Pause, aber als der erwartete Einspruch nicht kam, fuhr er mutig fort: »Der Müller-Menkert hat sich aufs Altenteil zurückgezogen, und ich bin sein Nachfolger geworden. Du siehst also, wenn man getreulich jeden Tag acht Stunden arbeitet, kann man schließlich Chef werden und zwölf Stunden arbeiten. Jetzt bin ich Lokalredakteur beim Tageblatt mit festem Gehalt, Lohnsteuerkarte I und keinerlei Abzugsposten. Mit Ehefrau käme ich in Klasse III. Außerdem braucht Bommel dringend eine Mutter, und daß ich keine Strümpfe stopfen kann, hast du ja selbst gemerkt. – Tinchen, willst du mich heiraten?«

»Ja!« sagte Tinchen sofort und hatte alles andere vergessen. »Ich will's wenigstens mal mit dir versuchen!«

»Na, Gott sei Dank!« Florian seufzte erleichtert. »Ich hab' mich bei deinen Eltern nämlich schon als künftiger Schwiegersohn eingeführt.« Er angelte die Reisetasche vom Karren und drückte Tinchen die Nelken in die Hand. »Willst du die Rosen auch mitnehmen?«

Sie zögerte. »Lieber nicht, aber zum Wegwerfen sind sie eigentlich zu schade.«

»Gib mal her!«

Die Putzfrau machte ein sehr komisches Gesicht, als Florian ihr die Blumen in den Scheuereimer steckte. »Die brauchen wir nicht mehr, weil wir uns gerade verlobt haben!«

Lachend hakte er Tinchen unter. »Jetzt aber nichts wie nach Hause, sonst wird das Mittagessen kalt. Es gibt übrigens Hühnerfrikassee!«